W0302633

CAPTIVE DE SES PASSIONS

KATE LYON

CAPTIVE DE SES PASSIONS

Traduit de l'américain par Élisabeth Luc

J'AI LU
POUR elle

Titre original :
Hope's Captive
A Leisure Book, published by Dorchester Publishing Co., Inc., New York

Je dédie ce roman à Vern, en le remerciant pour sa patience, son soutien, sa foi en moi et son amour.

Prologue

Virginie, juillet 1878

— Allez, debout, sale brigand !

Un coup dans les côtes fit émerger Zach McCallister d'un profond sommeil, un luxe qu'il n'avait pas connu depuis des semaines. Il ouvrit les yeux, prêt à bondir sur son agresseur, mais subit un nouvel assaut.

— Réveille-toi, nom d'un chien, et sors ta maudite carcasse de ma grange !

Zach se leva vivement de son tas de foin et projeta son agresseur contre le mur. Très vite, la lame de son couteau scintilla sur la gorge du malheureux.

Comment avait-il pu commettre une telle erreur ? Jamais personne n'avait pris Zach par surprise, car il ne dormait toujours que d'un œil.

— Zachariah ?

Il posa les yeux sur l'homme, brisant une autre de ses règles fondamentales : ne jamais regarder l'adversaire en face. Le visage qu'il découvrit ressemblait à s'y méprendre à celui qu'il distinguait chaque matin dans le miroir en se rasant.

Josh !

Zach était donc de retour à la maison. Son soulagement fut plus étourdissant que l'odeur du foin coupé qui flottait dans la grange. Il n'avait donc pas perdu la main. Même plongé dans le plus profond sommeil, il avait senti qu'il était en sécurité, chez lui.

— Tu comptes ranger ton couteau ou bien massacrer un à un les membres de ta famille ?

Zach dévisagea son frère. Profondément ému, il éloigna la lame de la gorge de Josh. Quel monstre était-il donc devenu ?

— Salut, Josh, dit-il en se détournant pour rengainer son arme.

— Drôle de façon de saluer un frangin que tu n'as pas vu depuis deux ans ! marmonna Josh en rajustant sa chemise. Désolé, pour le coup de béquille. Je ne t'ai pas reconnu tout de suite.

Il se tourna vers un étalon gris qui dévorait du foin dans une stalle.

— J'aurais dû me douter que c'était toi, à la maigreur de ta monture. On dirait qu'il n'a rien mangé depuis des jours.

— Il s'appelle Démon. Une bête superbe, non ? répondit Zach en ramassant sa couverture.

Il avait de la chance que ce soit son frère qui l'ait trouvé profondément endormi. Ce moment de faiblesse aurait pu lui coûter la vie. Chaque jour, il côtoyait la mort. S'il échouait dans sa mission, ses supérieurs la confieraient à un autre officier, quelqu'un qui ne chercherait pas à récupérer Luke. Il n'était pas question que cela se produise.

— Comment va Abby ? s'enquit-il.

Josh émit un grommellement vague et glissa les mains dans ses poches.

— Je me demande pourquoi elle reste mariée avec moi...

— Ce doit être ton charme naturel, ton caractère en or, railla Zach en lançant sa couverture sur une botte de foin.

Il se dirigea vers la porte de la grange, restée ouverte. Le ciel se teintait de rose, à l'aube de cette belle journée d'été. Les mains sur les hanches, il respira l'air frais à pleins poumons. Si sa maison n'avait guère changé, en dépit des ravages provoqués par les confédérés et les troupes de l'Union, les murs avaient tout de même besoin d'un coup de peinture et les champs n'avaient jamais été aussi misérables. Heureusement, Josh avait réussi à empêcher les bandits de piller ses réserves.

— Il n'y a pas trop de dégâts, commenta-t-il.

Il garda les yeux rivés au loin tandis que son frère le rejoignait à l'entrée de la grange.

— C'est facile, pour toi. Tu n'as pas dû te débattre avec des stalles vides, grommela Josh en s'appuyant sur sa béquille.

— Ta jambe te fait souffrir ? demanda Zach.

— Pour ce qu'il en reste…

— Ne te plains pas. Bien des gars ont perdu plus qu'une jambe, tu sais.

— Tu en as sans doute amoché pas mal toi-même, répliqua Josh d'un ton accusateur.

— Si tu as quelque chose à me reprocher, vas-y, vide ton sac !

— Où étais-tu ?

— Je ne peux pas te le dire.

— Tu ne peux pas, ou tu ne *veux* pas ?

— Les deux.

— D'accord. Garde-les, tes maudits secrets, maugréa Josh, mais ne sois pas étonné si tu arrives trop tard.

Zach ignora la colère familière qui montait en lui. Il s'en voulait de se disputer avec son frère sur des événements auxquels ils ne pouvaient rien : les hommes que Zach avait tués pour son pays, l'odeur du sang versé qui lui collait à la peau comme un voile de honte...

Nerveux, il glissa les mains dans ses poches. La guerre était finie depuis deux ans, mais ses démons ne cessaient de le hanter. Il ne voulait pas imposer à Josh le récit des horreurs dont il avait été témoin, et de la peur qui ne le quittait jamais. Il ne pouvait non plus lui révéler le nom de certains hommes qui risquaient leur vie chaque jour pour protéger la liberté du peuple américain. Zach n'avait pas le droit d'évoquer l'organisation secrète que le gouvernement venait de créer et qui régentait sa vie, désormais.

Josh avait des doutes et lui reprochait son silence. Il détestait être confiné chez lui par son infirmité, allant jusqu'à affirmer que la balle qui l'avait privé de sa jambe aurait mieux fait de lui prendre la vie, car il n'avait plus rien d'un homme.

Les deux frères auraient pu se quereller pendant des heures sans trouver un terrain d'entente. Zach soupçonnait Josh de palabrer pour le plaisir de le contrarier. Pourtant, Abby aimait ce vaurien entêté, presque autant qu'elle aimait Luke... Au point qu'il se disait souvent que Luke était davantage leur fils que le sien.

Il éprouvait pour son frère un amour teinté de culpabilité. Aussi avait-il accouru, dès qu'il avait reçu le message de Josh. Sa mission était passée au second plan, malgré les grincements de dents de ses supérieurs.

Il ramassa une pierre qu'il lança avec force.

— Quand Patricia est-elle partie ?

— Je ne comprendrai jamais pourquoi tu as épousé cette fille, bougonna Josh.

— Quand ? insista Zach.

— Le jour où je t'ai envoyé le message. Il y a deux mois.

Ces paroles frappèrent Zach en plein cœur. Deux mois ! La piste était froide.

— Tu es sûr qu'ils sont partis vers l'ouest ?

L'esprit en ébullition, il songea aux cartes qu'il avait dans ses sacoches. Comment allait-il retrouver l'enfant, maintenant ?

— Oui. Ce bon à rien ne parlait que de construire une grande maison, d'élever du bétail, de s'enrichir... C'était un beau parleur. Il passait son temps à faire les yeux doux à ta femme. Il n'a eu aucun mal à la convaincre de le suivre. De toute façon, Patricia ne se souvient sans doute pas de la tête que tu as. Un matin, en se levant, on s'est rendu compte qu'ils avaient filé, en emmenant Luke et nos deux meilleures juments.

— Les chevaux des McCallister sont faciles à repérer, marmonna Zach. Tout comme Patricia, d'ailleurs...

Il se promit de lui faire payer l'enlèvement de son fils et le chagrin qu'elle infligeait à Josh.

Ce dernier s'avança péniblement, plissant les yeux en voyant le ciel s'assombrir.

— J'ai eu des nouvelles, la semaine dernière.

— Comment ?

Le cœur de Zach se serra. Le souffle court, il attendit que son frère poursuive. Josh ravala son émotion pour s'exprimer d'une voix rauque :

— Les Indiens les ont capturés. Des soldats ont retrouvé le type, mort, attaché tout nu à un poteau et transpercé de flèches. Apparemment, il a essayé de sauver Patricia, mais elle est morte, elle aussi.

Il déglutit et fixa l'horizon.

— Et Luke ? demanda Zach.

Josh haussa les épaules.

— Aucune trace de lui, répondit-il en tremblant.

L'enfant était peut-être encore vivant ! Zach crispa les poings, bien décidé à ne pas perdre espoir, pas tant qu'il n'aurait pas passé la région au peigne fin.

— Je te jure de retrouver Luke et de le ramener à la maison, même si je dois y laisser ma peau, déclara-t-il en posant une main sur l'épaule de son frère.

1

Dodge City, Kansas, septembre 1878

Sans la moindre hésitation, Caroline Whitley franchit la frontière invisible qui séparait les honnêtes gens des ivrognes, prostituées et autres brigands qui peuplaient les bas-fonds de la ville. Elle s'arrêta devant l'Alhambra, un saloon d'où filtrait de la lumière. Une main crispée sur la bourse qu'elle dissimulait dans la poche secrète de sa robe, elle prit une profonde inspiration. Après avoir connu l'enfer en tant que prisonnière des Kiowas, cette mission serait un jeu d'enfant. Il fallait qu'elle réussisse. Les Cheyennes avaient besoin de son aide.

— *Il faut affronter l'ennemi avec fierté.*

Les paroles de Petit Loup résonnaient encore à sa mémoire. Caroline redressa la tête, comme il le lui avait appris.

— *Ne jamais laisser l'adversaire sentir sa peur.*

En entrant dans l'établissement, elle plissa les yeux, éblouie par la lumière vive. Au son du piano désaccordé se mêlaient les cris et jurons des clients éméchés qui jouaient aux cartes ou buvaient au bar. Un nuage de fumée âcre flottait dans la salle, ainsi qu'une odeur de sueur rance.

Au comptoir, une femme à demi dévêtue était lovée contre un petit homme noueux. Elle se tourna vers

Caroline et l'observa. D'instinct, celle-ci glissa une mèche de ses cheveux sur son oreille gauche. La femme murmura quelques mots à l'oreille de son compagnon. Aussitôt, il pivota à son tour, une main glissée dans le corset de la femme, dont les seins généreux semblaient déborder. Ses bas noirs révélaient le haut de ses cuisses nacrées. Elle était outrageusement maquillée, mais son teint semblait blafard à la lueur du lustre.

C'est une prostituée, songea Caroline.

Sa propre robe la couvrait du cou aux pieds et elle ne portait pas de maquillage. Pourquoi les gens de la ville la qualifiaient-ils de prostituée, elle aussi, alors qu'elle n'avait jamais laissé un homme utiliser son corps contre une somme d'argent ?

Le piano se tut. Soudain, Caroline sentit tous les regards se river sur elle. Elle avait l'impression que tous ces hommes venaient de poser les mains sur sa peau. Un sentiment de panique menaçait de s'emparer d'elle, la privant de toute volonté.

— Sale squaw ! grommela un homme à sa droite, injure qui résonna bientôt dans toute la salle.

Ne montre pas ta peur. Elle n'aurait pas dû se laisser distraire par cette femme au visage peint. Redressant la tête, elle ignora les regards méprisants. Elle balaya la salle des yeux, en quête d'un homme de confiance, mais ne trouva que de la haine et des soupçons. Elle ne s'attarda pas sur trois des joueurs de poker attablés au fond de la salle, mais s'intéressa au quatrième.

Si son chapeau dissimulait ses traits, il croisa le regard de la jeune femme. Son visage n'exprimait rien. Il était assis dos au mur, signe d'intelligence et de prudence. De cette place, il pouvait observer la salle entière et nul ne risquait de l'attaquer par surprise. Si ses vêtements noirs et délavés n'attiraient pas l'attention sur lui, il n'était cependant pas homme à passer inaperçu.

— Putain de Cheyenne, maugréa le joueur le plus proche de Caroline, avant de cracher sur elle.

Le jet de salive souilla le bas de la robe bleue toute neuve, formant une traînée visqueuse.

Caroline posa la main sur le couteau qu'elle avait attaché à sa cuisse, réprimant l'envie d'étriper ce goujat. Il venait de salir sa belle robe, mais ce n'était pas grave. Elle n'était pas blessée dans sa chair. Le plus important, à ses yeux, était de livrer son chariot de médicaments et de couvertures à Petit Loup et son peuple, avant qu'ils ne soient décimés par la maladie.

— Qu'est-ce que tu veux, maudite squaw ? lança le petit bonhomme noueux du bar, tout en caressant les seins de la prostituée. Tu as l'intention de rejoindre les autres catins du saloon ?

Il contempla la poitrine de Caroline, puis la toisa sans vergogne et esquissa un sourire qui révéla des dents pourries. La jeune femme sentit son estomac se retourner.

— Je cherche un guide, annonça-t-elle dès que les rires gras se furent calmés.

— Moi, je t'emmène où tu veux, sale squaw, railla une voix traînante. Je te baiserai bien mieux que ce maudit Petit Loup, tu sais !

Les rires fusèrent de plus belle, suivis de commentaires salaces. Caroline adressa à la brute un regard glacial. Elle reconnaissait les vauriens de son espèce à leurs petits yeux plissés, leur air méchant et leur cruauté envers les faibles, alors qu'ils n'oseraient jamais affronter un homme plus fort.

Elle avait été stupide d'espérer mieux. Elle pensait même trouver un homme honnête. Hélas, elle n'avait plus le choix, désormais. Il ne lui restait qu'un moyen de dénicher celui qui l'aiderait à accomplir sa mission.

— J'ai de l'argent, ajouta-t-elle en brandissant sa bourse de pièces d'or.

Le silence se fit dans la salle. Des regards avides se posèrent sur la bourse. Caroline se tourna vers l'homme en noir. Une main sur la table, il croisa à nouveau son regard, puis ses yeux se détournèrent.

Une vague de déception submergea la jeune femme. Elle observa les autres, mais leur expression lubrique l'inquiétait au plus haut point.

Aurais-je manqué de prudence ? se demanda-t-elle. Il était trop tard pour faire machine arrière.

— Eh bien, je serai très fier de vous venir en aide, madame, déclara le petit homme noueux avant de repousser la prostituée.

Il donna un coup de coude à son voisin et se dirigea vers Caroline.

— Moi et mes deux *compadres,* on vous emmènera où vous voulez.

Les autres reprirent leurs parties de cartes. Il n'y avait pas d'autre candidat.

— Très bien, fit-elle en rangeant sa bourse de pièces d'or sous l'œil intéressé du petit homme noueux. Suivez-moi.

Elle lança un ultime coup d'œil à l'homme en noir, qui lui répondit d'un regard dans lequel elle décela une mise en garde qu'elle entendait bien suivre.

Nom d'un chien ! Zach but une longue rasade de bière allongée d'eau et ramassa ses cartes. Il ne s'attendait pas à ce qu'elle soit aussi belle. Ses cheveux blonds étaient lumineux comme un soleil d'été, au milieu de cette salle aux tons sales et gris. Il fronça les sourcils. Pour la première fois, il s'interrogeait sur son intention d'utiliser la jeune femme pour entrer dans le campement de Petit Loup, où l'on avait aperçu un jeune garçon aux cheveux clairs. Il observa ses cartes, la mine soucieuse. Il était tout proche du but, il le sentait au plus profond de lui-même. Mais il devait agir vite. Minés par la maladie, les Cheyennes étaient désespérés et ne tarderaient pas à fuir leur réserve. Ensuite, ce serait le chaos.

Zach avait fait la guerre. Il savait pertinemment que, dans le feu de l'action, on tirait parfois sur n'importe quelle cible. Certains soldats ne faisaient aucun effort. Il fallait qu'il retrouve Luke au plus vite, et cette femme constituait le meilleur moyen de pénétrer dans le campement. Il décida de soutirer davantage d'informations à ses voisins de table avant de tenter sa chance avec elle.

— C'était qui, cette folle ? demanda-t-il en jouant.

— T'as pas écouté ? C'est la squaw de Petit Loup.

— Petit Loup ?

Zach détestait jouer les imbéciles, mais il avait besoin de glaner quelques renseignements.

Son interlocuteur, un vagabond assis à sa droite, secoua la tête.

— Tu débarques, ma parole !

— Je viens d'arriver de l'Est, expliqua Zach, ce qui n'était pas tout à fait un mensonge. Ce Petit Loup, c'est un Sioux, comme ceux dont on parle dans les romans d'aventures ?

— Un Sioux ?

Le voisin de gauche de Zach, un homme taciturne, sans doute un fermier, secoua la tête et posa quelques pièces au milieu de la table.

— C'est de la vermine de Cheyenne, un tueur. On l'appelle le vieux chef.

— Je croyais que ces gens-là, on les capturait pour les mettre dans une réserve.

L'homme corpulent et maussade assis en face de Zach intervint à son tour :

— Ils ne sont pas bien, ici, mais le gouvernement refuse de les laisser partir vers le nord. Ils ne veulent pas qu'ils soient trop proches de ce vieux Nuage rouge ou de Taureau assis. Mais la panthère, elle ne restera pas très longtemps dans la réserve, je vous le dis.

— La panthère ?

Cette fois, l'étonnement de Zach n'était pas feint. Il enquêtait sur l'entourage de Petit Loup depuis plusieurs mois et n'avait jamais entendu parler d'une « panthère ». Était-ce un nouveau surnom ? Le désespoir avait-il rendu Petit Loup violent et cruel ?

— Tu veux dire qu'il risque de s'évader de la réserve et de s'aventurer par ici ?

— D'après toi, pourquoi elle cherche un guide, sa squaw ? Je parie qu'elle a prévu de le rejoindre quelque part.

Zach observa tour à tour ses partenaires de jeu.

— Vous pensez que… ?

Mais ils attendaient qu'il joue. Il tira deux rois. Pourquoi fallait-il que la chance soit de la partie, ce soir ?

— Bon sang, fit le plus corpulent, tu devrais faire plus attention à ce qui se passe, mon vieux. Par ici, l'ignorance peut coûter la vie à un homme.

Bien vu, songea Zach.

— Comment s'appelle-t-elle ? s'enquit-il.

— Qu'est-ce que ça peut te faire ? rétorqua le vagabond. On l'appelle squaw ou putain, comme on veut.

— Caroline Whitley, déclara le fermier.

— Tu la connais ? poursuivit Zach.

On lui avait raconté que tel était le cas, et il avait dû patienter plusieurs jours avant que le fermier ne se présente en ville.

— On a voyagé dans le même convoi. Le chariot de sa famille s'est brisé. On a dû les laisser sur place.

Il remua sur sa chaise en étudiant son jeu.

— On n'allait tout de même pas retarder tout le monde pour un essieu brisé, reprit-il. Au bout de trois jours, comme ils ne nous rattrapaient pas, on est partis à leur rencontre.

— Que s'était-il passé ? demanda Zach.

— On a retrouvé son père et son frère attachés aux roues. Ils avaient les paupières coupées, pour les obliger à regarder. Ensuite, on leur a tiré dessus des flèches enflammées.

L'homme but une rasade de bière.

— Regarder quoi ? insista Zach.

Il était prêt à tout pour obtenir des informations lui permettant de retrouver son fils.

— La mère de Caroline était morte sous leurs coups. Il n'y avait aucune trace de Caroline, simplement de l'herbe aplatie, là où ils l'avaient violée, et des lambeaux de ses vêtements.

Zach sentit sa gorge se nouer. Les paroles de cet homme lui rappelaient une scène similaire. S'il en voulait terriblement à Patricia d'avoir enlevé leur fils, jamais il ne lui aurait souhaité une mort aussi atroce. Sur les lieux du massacre, il avait été pris d'une violente nausée, en dépit de son expérience des horreurs de la guerre. Depuis ce jour, la peur ne le quittait pas. Si ces monstres étaient capables d'une telle cruauté envers une femme, que pouvaient-ils infliger à un enfant ?

— Comment s'est-elle retrouvée ici ? persista Zach, revenant au présent.

— Ours blanc, le chef des Kiowas qui avaient tué sa famille, devait avoir un faible pour elle. Il se l'est gardée pour lui tout seul. Un jour, il l'a pratiquement battue à mort devant une guérisseuse comanche, une amie de Petit Loup. Ours blanc voulait aussi frapper la guérisseuse, mais son homme, un chef de guerre comanche, l'en a empêché. D'après ce que je sais, Petit

Loup a évité un affrontement sanglant en achetant Caroline à Ours blanc.

Zach crispa les doigts sur ses cartes. Son cœur se mit à battre la chamade. Il était proche du but, très proche. Son plan allait fonctionner. Il lui suffisait d'exploiter la vulnérabilité de Caroline pour gagner sa confiance. Ensuite, elle le mènerait droit vers Petit Loup et parlerait en sa faveur. Toutefois, avant de placer sa vie entre les mains de cette jeune femme, il lui fallait une réponse à une ultime question.

— Pourquoi Petit Loup a-t-il renoncé à elle ?

— D'après Caroline, il ne voulait pas qu'elle reste avec eux à la réserve, alors il l'a envoyée ici, chez son oncle, pour qu'elle soit en sécurité. Son oncle possède la quincaillerie du bout de la rue. Il paraît qu'elle en détient une partie, elle aussi, celle qui appartenait à son père.

Toutes les pièces du puzzle s'emboîtaient enfin dans l'esprit de Zach. Depuis plusieurs jours, il voyait les habitants de la ville humilier Caroline. Seul le désespoir avait pu inciter la jeune femme à franchir le seuil du saloon, ce soir. Bat Masterson, le shérif, un ancien militaire très aguerri, n'aurait pas levé le petit doigt pour l'aider. Sans doute avait-elle obtenu tout ce qu'elle souhaitait de la quincaillerie, mais elle ne pouvait emporter ces marchandises à Petit Loup sans aide. Les désespérés commettent souvent des erreurs. La chance était du côté de Zach...

— Deux rois, dit-il en posant son jeu.

Il ramassa ses gains et se leva.

— Merci, conclut-il. Vous avez été très généreux. Je vous laisse, messieurs.

— Attends un peu, grommela le plus imposant en plissant les yeux. Tu nous as plumés. Tu nous dois une revanche.

Nom d'un chien, songea Zach, regrettant de ne pas avoir fait semblant de perdre. Il était si soucieux de glaner des informations qu'il avait sous-estimé le danger que réprésentait cet homme. Il s'écarta, la main sur la crosse de son pistolet.

— Tu devrais peut-être réfléchir, dit le vagabond à son compagnon. Après tout, il a gagné à la régulière.

Le fermier quitta la table à son tour.

— Je ne veux rien avoir à faire avec tout ça, grommela-t-il.

Zach plongea dans le regard de son adversaire.

— Je ne suis pas venu chercher la bagarre, mais je n'ai pas l'habitude de reculer face aux ennuis.

— Vraiment ? On va voir ce que tu vaux, rétorqua l'autre en tendant la main vers son arme.

Le colt de Zach tira une fois. L'homme sursauta, les yeux écarquillés, puis s'écroula sur une chaise. Le sang se mit à couler de sa blessure en pleine poitrine.

— Nom de Dieu !

— Enfer et damnation...

— Vous avez vu ça ?

Les exclamations fusèrent de toutes parts. Zach ignora les regards admiratifs, voire effrayés des clients. Dos au mur, il se dirigea vers la sortie. Son arme fumait encore.

Le shérif Masterson surgit, prêt à dégainer ses deux revolvers, et balaya la salle d'un regard implacable. Zach jura dans sa barbe. Depuis son arrivée en ville, il restait discret, de peur d'attirer l'attention de cet homme de loi de triste réputation.

— Légitime défense, shérif !

Zach reconnut la voix du fermier qui connaissait Caroline. Il rangea son arme et croisa le regard du shérif avec calme. Il ne fut guère étonné de voir se plisser les yeux gris et froids de Masterson.

— Vous quittez la ville ce soir.

Il ne s'agissait pas d'une question.

— Je pars sur-le-champ, acquiesça Zach.

— Ne tardez pas trop à faire vos bagages.

— Je n'en ai pas l'intention.

Il sortit d'un pas lent. Tous les regards étaient rivés sur lui. Dehors, il prit le temps de s'accoutumer à la pénombre, puis observa la rue.

Où diable était-elle partie ?

Il se dirigeait vers la quincaillerie quand un cri de femme s'éleva dans une ruelle, un peu étouffé.

Dans quel pétrin s'était-elle fourrée ?

Lorsque le petit homme noueux la saisit par le poignet pour la plaquer contre le mur, Caroline se mit à hurler de rage. Surprise, elle lâcha son couteau. Soucieuse de ne pas perdre son arme des yeux, elle laissa son agresseur lui écarter les cuisses d'un genou, avant de lui assener un coup dans le bas-ventre.

— La garce ! jura-t-il en s'écartant d'un pas chancelant.

Avant que la jeune femme ne puisse prendre ses jambes à son cou, ses acolytes apparurent. Caroline lutta avec hargne. Mais elle eut beau griffer, mordre, frapper, elle ne parvint pas à prendre le dessus. Les mains de ses agresseurs erraient sur son corps, sur ses jambes. Quel calvaire allaient-ils lui infliger dès qu'ils auraient trouvé les pièces d'or ?

— Ôtez vos sales pattes ! lança-t-elle en se débattant.

— Maintenez-la immobile ! ordonna le chef, pantelant.

Il sortit son couteau, encore étourdi par la douleur.

— J'ai un petit cadeau à lui offrir...

— Cette dame n'est pas intéressée, intervint une voix grave, au bout de la ruelle.

Les agresseurs se figèrent. Caroline en profita pour se dégager et se précipiter vers son couteau. Elle se redressa, arme en main.

— Imbéciles ! cria le chef. Ne la laissez pas filer !

— Mais, Zeke... j'peux pas la maîtriser tout seul, cette furie.

— Ne discute pas. Attrape-la !

— Vous ne comprenez pas que cette furie ne vous apportera que des ennuis ? reprit le nouveau venu, comme pour accorder à chacun le temps de la réflexion. Eh bien, je peux vous créer des problèmes, moi aussi, et vous n'imaginez pas à quel point.

Caroline était concentrée sur ses agresseurs.

— Je peux m'en sortir toute seule, monsieur, affirma-t-elle.

— En effet, madame. Vous vous en sortiez très bien, railla l'inconnu. Si bien que ces messieurs étaient sur le point de vous donner bien plus que vous n'en demandiez.

La voix traînante de l'inconnu était révélatrice. Que faisait un élégant homme du Sud dans une ruelle sordide de Dodge City ?

— Qu'est-ce que vous voulez ?

— C'est nous qui avons accepté son offre, monsieur, protesta Zeke en reprenant son souffle. Allez-vous-en.

— Je n'en ai pas envie, répondit l'inconnu d'un ton posé.

— Fichez le camp ! Sinon, vous allez le regretter. On est arrivés les premiers et on ne partage pas !

L'inconnu s'approcha de Zeke.

— Partez ! lança Caroline. Soit vous êtes complètement fou, soit vous êtes encore plus avide que ces trois demeurés réunis !

— Attention ! la prévint-il, juste à temps.

Caroline se baissa et s'écarta vivement au moment même où l'un des complices de Zeke lui sautait dessus par-derrière. Elle brandit son couteau et l'enfonça dans la chair du malfrat. Quand elle ressortit la lame, l'agresseur poussa un cri de douleur. Haletante, la jeune femme s'appuya dos au mur, prête à affronter le troisième agresseur.

Zeke profita de la confusion pour s'en prendre à l'inconnu. Les deux hommes luttèrent avec acharnement. Caroline ne pouvait s'enfuir, car ils bloquaient une extrémité de la ruelle, tandis que le troisième larron l'empêchait de partir dans l'autre direction.

Elle perçut un craquement sinistre. Zeke se mit à hurler et tomba à genoux, se tenant le bras. Son poignet pendait lamentablement.

Le troisième larron s'enfuit alors sans demander son reste, laissant ses complices blessés sur le carreau.

L'inconnu vint s'interposer entre Zeke et Caroline pour la protéger.

— Vous allez bien, madame ?

Méfiante, la jeune femme se crispa.

— Ça va, répondit-elle avant de désigner l'homme poignardé, à terre. Mais pas lui...

— Il n'a que ce qu'il mérite, assura l'inconnu en se penchant vers lui pour examiner son torse. Ce n'est pas méchant.

Il leva les yeux vers elle et lui sourit, révélant des dents parfaitement blanches. En apercevant une fossette sur sa joue, elle retint son souffle. Cet homme avait un charme démoniaque.

— La prochaine fois, ne pliez pas le poignet et frappez plus fort.

— Je m'en souviendrai, dit-elle en essuyant sa lame souillée sur la chemise du blessé, avant de rengainer son arme sous sa robe.

Elle surprit le regard de l'inconnu et baissa vivement le bas de son vêtement.

— Alors ? Qu'est-ce que vous attendez ? Ils sont hors d'état de nuire. Si vous croyez que je vais vous remercier...

— Qu'allez-vous faire, maintenant ?

— Engager un autre guide, mentit-elle, espérant que le ton de sa voix ne trahirait pas son désespoir.

Quelle idée stupide de chercher un homme honnête dans un saloon ! Hélas, les circonstances ne lui laissaient guère le choix.

— Puis-je vous proposer mes services ?

— Comment ?

Elle remarqua à peine Zeke qui se traînait dans la ruelle, derrière l'inconnu.

— Si vous étiez intéressé, pourquoi ne pas l'avoir dit au saloon, tout à l'heure ? Cela nous aurait évité bien des problèmes à tous les deux.

— Vous avez raison, et je me sens responsable de vos ennuis.

— Lesquels ?

Il semblait trop poli pour être honnête et ne lui inspirait aucune confiance, mais elle devait admettre qu'elle le préférait à ces trois vauriens. Elle s'avança d'un pas pour mieux observer son visage.

— Si j'avais accepté de vous guider, vous ne seriez pas dans cette ruelle en train de défendre votre honneur, répliqua-t-il.

— Seriez-vous sourd ? Je n'ai plus d'honneur à défendre.

— Je vous ai mise en danger, je dois me racheter.

— Vous êtes un beau parleur. Que pensez-vous pouvoir faire pour moi ? J'ai besoin d'un guide, pas d'un donneur de leçons. Savez-vous au moins dans quelle direction vous regardez, en ce moment ?

L'inconnu s'approcha. Elle décela une lueur inquiétante dans ses prunelles grises. Caroline était grande, pour une femme, mais il la dépassait de plus d'une tête. Elle devait se pencher en arrière pour regarder sous le bord de son chapeau noir. Sous une barbe de trois jours, ses traits étaient difficiles à distinguer. Il n'était pas menaçant, mais il avait un regard pénétrant.

De toute évidence, il connaissait son affaire. Caroline commença à se détendre, mais elle se ressaisit bien vite. Ce n'était pas parce que cet homme lui plaisait qu'elle pouvait lui faire confiance.

— J'ai sillonné les pistes de toute la région, et je me suis beaucoup déplacé, pendant la guerre. Je sais que Petit Loup est votre mari, et que les Cheyennes ne sont pas heureux dans la réserve. Ils meurent par centaines de la malaria et de la dysenterie. Le médecin du gouvernement manque de quinine et il y a tant de malades qu'il n'arrive plus à les soigner. Petit Loup a multiplié les requêtes pour partir vers le nord avec ceux qui sont encore en vie, mais Miles, l'agent gouvernemental, refuse de les y autoriser. L'armée a fait appel à une unité spéciale de cavalerie pour maintenir les Cheyennes dans la réserve. Toutefois, on s'attend à ce que Petit Loup s'échappe à tout moment, avec près de deux cents femmes et enfants, et moins de cent hommes pour les protéger. Si vous avez l'intention de le rejoindre avant qu'il ne fasse une bêtise, vous feriez bien de vous décider. Nous pourrions partir ce soir.

Caroline sentit le découragement la gagner. À l'entendre, la situation était désespérée, mais Petit Loup était un homme déterminé, dévoué à son peuple. Il ferait le nécessaire pour sauvegarder les siens. Après avoir sauvé Caroline des griffes d'Ours blanc, il avait mené son peuple dans la montagne pour la chasse d'été, lui épargnant la bataille contre Custer. Mais ensuite, il avait conduit des guerriers au combat. Il avait pris six balles dans le corps, ce qui ne l'avait pas empêché de continuer la lutte à la tête des survivants. S'il existait un homme au monde capable de réaliser l'impossible, c'était bien Petit Loup.

— Comment se fait-il que vous en sachiez autant sur mon mari ?

Elle s'en voulait de mentir à cet homme, mais il avait dû entendre dire qu'elle était la femme de Petit Loup. En réitérant ce mensonge, elle se sentait protégée. Il ne lui ferait pas d'avances dès qu'ils se retrouveraient seuls, dans la prairie. Du moins l'espérait-elle…

— Toute la ville en parle.

— Et personne ne m'a proposé son aide. Pourquoi le faites-vous ?

— Pourquoi pas ?

Il ôta son chapeau et passa une main dans ses cheveux bruns.

— Vous n'avez guère le choix, madame. Vous voulez rejoindre les Cheyennes et je peux vous mener à eux. Que voulez-vous de plus ?

Il ne lui avouait pas tout. Avait-il des raisons personnelles de se rendre chez les Cheyennes ? Il avait l'accent du Sud. Un rebelle, sans doute. Tout comme Petit Loup. Il semblait tendu, tandis qu'elle réfléchissait. Pourquoi ? Que lui cachait-il ?

Et si elle cherchait un autre guide ? Mais le voulait-elle vraiment ? Elle appréciait la façon dont il s'était chargé de Zeke et ses acolytes. De plus, ayant fait la guerre, il avait l'habitude des situations difficiles. Il ne la laisserait pas tomber en route.

— Je ne vous veux aucun mal, lui dit-il.

C'était la vérité. Elle le savait, même si elle ignorait pourquoi. Elle ne tenait pas à créer de nouveaux ennuis aux Cheyennes… Elle soupira et lissa sa robe. Elle n'avait pas le choix. C'était lui ou personne. Jamais elle ne parviendrait à conduire un chariot plein de marchandises. De plus, une femme seule ne pouvait s'aventurer sur les pistes sans risquer le pire. Même une femme qui maniait le couteau à merveille et tirait comme les meilleurs soldats. Elle se sentirait mieux en compagnie de cet homme qu'avec les trois malfrats.

— Très bien, concéda-t-elle en se dirigeant vers la rue. Nous partons dans une heure. Retrouvez-moi aux écuries, à l'ouest de la ville.

Elle sortit sa bourse de pièces d'or.

— Je vous verse la moitié de la somme maintenant...

— C'est inutile, coupa-t-il. Je vous fais confiance.

Elle empocha la bourse et se plaça face à lui, les mains sur les hanches.

— Il est d'usage de verser la moitié de la somme d'avance. Or vous refusez mon argent. Pourquoi ?

Il était crispé, mais ne lui fournit aucune explication. Elle se rappela qu'il jouait au poker. N'avait-elle pas entendu un coup de feu, tout à l'heure ?

— Vous avez gagné au jeu, mais vos partenaires ont remis en cause votre intégrité, c'est ça ?

— Ce type était un mauvais perdant, admit-il en haussant les épaules. J'ai promis au shérif de quitter la ville dès ce soir.

— D'accord. Je vous verserai ce que je jugerai équitable quand nous arriverons à la réserve. Mais je vous jure que si les Cheyennes ont des ennuis à cause de vous, Petit Loup vous scalpera.

En s'éloignant, elle sentit son regard perçant dans son dos.

Elle glissa une mèche de ses cheveux sur son oreille gauche et sourit. Enfin, elle avait trouvé l'homme de la situation.

2

Un doux chant s'élevait vers la cheminée du tipi, dans un nuage de fumée odorante. Derrière le minuscule autel, Petit Loup la contemplait, s'en imprégnait le visage, laissant la sauge lui clarifier l'esprit et renforcer son âme.

Il alluma son calumet et le brandit vers le ciel.

— Grand Heammawihio, sagesse suprême des cieux, ton peuple est pauvre, dans le besoin. Veille sur nous, ce soir. Accorde-nous un pas sûr et silencieux, et dissimule-nous au regard de l'ennemi. Aktuno'wihio, puissance de la terre, pria-t-il en offrant sa fumée au sol, absorbe le bruit de notre passage et rends la terre que nous foulons ferme et lisse.

Il tendit le calumet aux quatre vents, au sud, à l'est, au nord, à l'ouest.

— Porte la nouvelle de notre voyage à nos frères. Qu'ils nous aident dans la mesure de leurs moyens, et qu'ils gardent notre secret pour qu'il ne vienne pas aux oreilles de ceux qui cherchent à nous arrêter.

Enfin, Petit Loup tira fortement sur le calumet et garda la fumée dans ses poumons jusqu'à ce qu'elle lui brûle la poitrine, comme la colère qui le consumait. Bien avant que les membres de son peuple ne commencent à mourir sur ces terres haïes, ils avaient vécu libres et heureux. Ils avaient lutté, le cœur plein d'espoir, dans de vertes prairies, près de rivières limpides. L'homme blanc avait lui aussi décelé la beauté de ce pays et avait voulu s'en emparer, obligeant les Cheyennes à errer, à supplier pour obtenir un abri dans des territoires inconnus où les gens ne les accueillaient pas à bras ouverts. Sa colère s'amplifia lorsqu'il songea aux *veho,* ces Blancs que son peuple appelait araignées, des hommes qui n'avaient aucune parole.

Ici, dans le secteur de Darlington, son peuple dépérissait. Le docteur *veho* n'avait plus de médicaments. Beaucoup souffraient de la malaria, au point que le médecin avait cessé ses visites. Tant de voix s'étaient tues. Tant de cœurs étaient tombés...

Hélas, ces morts ne suffisaient pas, pour les *veho*. Quand Petit Loup avait supplié les autorités de le laisser partir avec son peuple pour fuir la maladie et les problèmes, l'agent Miles, surnommé Petit Père, avait refusé. Pour punir Petit Loup, il affamait son peuple, ne lui accordant qu'une vache maigre à chaque nouvelle lune pour nourrir une famille entière. Lors de la chasse au bison, les guerriers cheyennes n'avaient trouvé que de l'herbe, car les bêtes avaient disparu, abattues par les chasseurs *veho* qui vendaient à bon prix leurs peaux et leurs langues. Pire encore, les soldats *veho* avaient amené leurs ennemis sur le terrain de chasse des Cheyennes, ce qui ne s'était jamais vu.

Cela faisait trop de lunes que Petit Loup ignorait la voix de la colère et disait à son peuple d'en faire autant. Mais il refusait d'écouter davantage les mensonges des *veho*. Ce soir-là, il avait laissé la colère hurler dans sa tête en ajoutant des herbes dans le feu.

Le nuage de fumée l'enveloppa. Il rejeta la tête en arrière et ferma les yeux. Le chant se fit plus puissant et la fumée du feu se mêla à celle du calumet, lui réchauffant le torse, les bras, les jambes, attirant l'esprit vers le haut, dans la cheminée, puis dans l'air nocturne.

Lentement, il se laissa porter par les ailes de la brise vers ses ennemis, tapis dans les collines entourant le campement, comme autant de crapauds. Sa rage enveloppa chaque *veho*, embrumant son esprit.

Autour du campement, Petit Loup vit des ombres se glisser hors de chaque tipi, en contrebas, pour partir vers le nord. Les silhouettes familières de ses femmes et de sa fille se fondirent dans la pénombre. La face de la lune souriait sur les tipis qui luisaient doucement. Les yeux écarquillés des soldats ne voyaient rien...

Avec un soupir las, Petit Loup se redressa derrière son autel. Il prit son calumet, cherchant dans sa fumée le souvenir de la messagère comanche de Heammawihio. Une fois de plus, il revit son visage tandis qu'il lui demandait ce qui attendait son peuple. Comme toujours, il fut touché par la douleur dans ses yeux.

— Que veux-tu savoir ? lui avait-elle demandé d'une voix brisée par la tristesse. Combien des tiens vont mourir ? Ce que tu vas endurer ou bien si, à la fin, vous aurez le droit de vivre là où vous le voulez ?

Elle n'avait rien dit de plus, mais son chagrin était éloquent. Et elle avait eu raison. Son peuple avait été décimé lors de la bataille de Washita, lors de la marche depuis leurs chères terres du fleuve Powder, et dans cette maudite réserve où le Petit Père les avait contraints à dresser leurs demeures. D'autres Cheyennes allaient mourir, mais l'espoir était sans doute au bout du chemin. Son peuple allait se mettre en route en emportant tout ce qu'il pourrait.

Le visage angoissé de la messagère s'évanouit dans les cheveux clairs et les yeux bleus rieurs d'une autre femme, Caroline, une *veho* qu'il aimait comme une sœur. Petit Loup fronça les sourcils. Il l'avait renvoyée dans sa famille blanche pour qu'elle soit en sécurité. Pourquoi pensait-il à elle en cet instant ? Était-elle malheureuse ? N'avait-elle pu trouver un homme qui l'aimerait ? Il l'avait installée dans son tipi pour la protéger de son peuple, mais il redoutait que les Blancs ne la méprisent, persuadés qu'elle avait partagé sa couche. Jamais ils ne la croiraient, si elle leur disait la vérité. Avait-elle eu vent des problèmes des Cheyennes ? Les sourcils froncés, il resserra sa couverture contre lui.

Soudain, un homme apparut dans la fumée, derrière Caroline, un homme aux yeux gris et perçants. Il se tenait près de la jeune femme, sans toutefois la toucher, et elle ne semblait pas avoir peur de lui.

Petit Loup plissa les yeux. Serait-ce l'homme qu'il avait vu dans le brouillard de leur avenir ? Il plongea dans son regard et sentit sa détermination, sa force. Il en voulait à son peuple et se servait de Caroline pour le débusquer. Petit Loup murmura une prière pour la sécurité de la jeune femme. Il ôta la couverture de ses épaules, soudain saisi du besoin de bouger. Il ne pouvait guider Caroline, mais si elle avait besoin de lui, il serait au rendez-vous.

Il devait pour l'heure se concentrer sur cette nuit, rester calme et silencieux. Il s'agenouilla pour attiser le feu et y ajouter des herbes odorantes. Une fois de plus, il se laissa envelopper par la fumée, puis sortit du tipi.

À l'insu des soldats perchés sur la corniche, il quitta le campement. Les *veho* pouvaient ravaler leurs vaines promesses, il allait faire partir son peuple d'ici.

— Qu'est-ce qui ne va pas ?

Zach s'interrompit au moment où il soulevait sa selle. Caroline s'était redressée vivement et fixait la rue sombre, au-delà des écuries.

— J'ai cru... J'ai l'impression qu'on nous observe, déclara-t-elle, toujours en alerte.

Zach rejoignit la jeune femme et suivit son regard. Immobiles et tendus, ils scrutèrent les alentours. Il comprenait la réaction de Caroline. Il décelait une odeur de fumée et de sauge brûlée, or aucune des cheminées voisines ne fumait. Il en eut la chair de poule. Puis l'odeur se dissipa.

Caroline s'écarta de lui.

— Il n'y a plus rien, déclara-t-elle.

— Il faut que nous partions d'ici, avant que le shérif ne change d'avis et nous tire dessus à coups de chevrotine.

— Il n'utilise pas de chevrotine, lança-t-elle en le regardant par-dessus son épaule avec un sourire. Il a une winchester.

— Je n'avais pas remarqué, répondit Zach en frottant une cicatrice qui le faisait souffrir.

Il grimaça à la perspective de la confrontation à venir. Malgré lui, il observa l'habit de peau de la jeune femme. En arrivant aux écuries, la tenue vestimentaire de Caroline l'avait surpris. Dans cet accoutrement, une femme blanche ne manquerait pas d'attirer l'attention, ce qu'il fallait éviter à tout prix.

Elle arborait une sorte de tunique à manches longues nouée aux épaules qui lui arrivait aux hanches, fendue sur les côtés et ourlée de franges. Sa jupe lui descendait à mi-mollets. Assez ample, elle lui enserrait toutefois les hanches. Une frange ornée de perles lui ajoutait un peu de longueur. Ses mocassins à perles se seraient prêtés à merveille à un dîner en compagnie d'un chef cheyenne. En revanche, sur les pistes, ils allaient croiser cow-boys, fermiers et autres soldats. Il leur suffirait de poser les yeux sur la jeune femme pour dégainer leurs armes en affichant un air lubrique.

— Vous ne comptez pas rester dans cette tenue, j'espère, dit-il d'un ton qui se voulait neutre.

Il ne parvint cependant pas à masquer sa réprobation.

— Si, répondit-elle en lui tendant une pile de couvertures. Cela vous pose un problème ?

— Oui, avoua Zach en se débarrassant des couvertures.

Tant que leur discussion ne serait pas terminée, il voulait être libre de ses mouvements, au cas où elle s'en prendrait à lui. Elle semblait capable de l'attaquer à la moindre parole malheureuse. Une tigresse.

— Cette tenue en peau est plus confortable pour conduire un chariot, dit-elle, les sourcils froncés.

Elle ramassa les couvertures.

— C'est moi qui conduirai, répliqua Zach en refusant les couvertures qu'elle lui tendait à nouveau.

— Comment comptez-vous conduire et partir en éclaireur en même temps ?

Elle le croisa pour aller déposer elle-même son chargement dans le chariot.

— Nous ne sommes pas encore en territoire indien. Les gens du coin et les autres voyageurs n'apprécieront guère de vous voir ainsi affublée.

Elle le foudroya du regard. Ses prunelles lui rappelèrent un ciel nocturne. C'était une femme superbe, dont la beauté ressortait quand elle était en colère. Zach eut l'impression de recevoir un coup en plein cœur qui le laissa pantelant.

Enfer et damnation, songea-t-il, je suis dans un sacré pétrin.

Il avait entendu tout le monde raconter qu'elle était la femme du chef cheyenne. De plus, elle savait manier le couteau.

— Je voulais dire que nous ne devons pas nous faire remarquer, reprit-il.

Elle s'approcha de lui, les mains sur les hanches.

— Autant mettre les choses au clair tout de suite, gronda-t-elle. C'est moi qui dirige cette expédition. Faites ce que je vous dis, et tout se passera bien.

Zach eut un mouvement de recul.

— Vous m'avez engagé pour vous protéger, madame. Comment le faire si vous ne suivez pas mes recommandations ?

Caroline combla la distance qui les séparait. Elle se pencha vers lui jusqu'à le frôler.

— Nous n'avons pas encore atteint la piste, et j'en ai déjà assez de vos bavardages. Vous n'avez donc pas écouté les clients du saloon, tout à l'heure ? Je ne suis pas une dame, énonça-t-elle en détachant chaque mot. Vous n'avez pas à m'appeler « madame ». Et cessez de vous pavaner comme si nous allions prendre le thé. Ne m'aidez pas, sauf pour me couvrir en cas de fusillade ou pour partager vos munitions. Suis-je bien claire ?

Zach la fusilla du regard, insulté par son attitude, mais décidé à garder son sang-froid.

— Je ne me pavane jamais, madame. Je regrette que mon attitude vous déplaise, mais mon père m'a inculqué les bonnes manières à coups de ceinturon, alors autant vous y faire. En dépit de ces circonstances malheureuses, je suis un gentleman, et vous serez toujours une dame à mes yeux. Maintenant, si vous voulez bien vous installer dans une de ces stalles, je resterai un gentleman pendant que vous changez de tenue.

— Monsieur…

— Zach, coupa-t-il en s'efforçant de ne pas crier.

— Vous pouvez rester planté là le dos tourné jusqu'au chant du coq, j'ai l'intention de monter dans ce chariot et de quitter cette ville. Tout de suite !

Sur ces mots, elle empoigna le bord du véhicule et s'apprêta à monter, mais elle se retourna et pointa sur Zach un index rageur.

— Et épargnez-moi vos discours ! N'en faites pas trop, et nous nous entendrons bien.

Zach repoussa vivement la main de la jeune femme.

— Enlevez cette tenue en peau ! ordonna-t-il.

— Vous allez devoir me l'arracher.

— Très bien.

— Vous n'oseriez pas !

Elle plissa ses yeux bleus et crispa la mâchoire.

Personne n'avait jamais défié Zach, pas même son frère, qui était pourtant fort. Fou de rage, il avait envie de lui administrer une fessée bien méritée. Il ôta sa veste et roula les manches de sa chemise. En comprenant qu'il ne plaisantait pas, elle se raviserait sans doute. Il n'avait aucun désir de lui arracher ces vêtements et ignorait pourquoi il l'avait provoquée de la sorte, mais il était trop tard pour revenir en arrière.

— Je vous préviens, dit-il, il n'en restera pas grand-chose quand j'en aurai terminé.

Il prit son couteau. Caroline recula, les yeux écarquillés.

— Si vous touchez une parcelle de mes vêtements, je vous réduis en charpie, menaça-t-elle, les mains dans le dos.

Enfer et damnation ! Zach se rappela le couteau qu'elle avait rengainé sur sa cuisse. En avait-elle un autre dans le dos ?

Voyant un éclat métallique dans sa main, il poussa la jeune femme sur une botte de foin pour l'empêcher de se servir de son arme. Il la saisit par les poignets et la maintint prisonnière sous son corps, jusqu'à ce qu'elle lâche le couteau. Zach le projeta en l'air, le rattrapa par la lame et le lança dans la paroi de bois où il resta planté.

Il fixa Caroline, qui semblait abasourdie.

— Je préfère procéder simplement, mais je constate que vous ne me facilitez pas la tâche.

— Ôtez-vous de là, malotru ! cria-t-elle en le repoussant, mais il ne broncha pas.

— Et vous, changez de tenue, rétorqua-t-il en montrant son propre couteau.

— D'accord !

Savourant sa victoire, il ne la libéra pas de son emprise, admirant le spectacle de cette furie. Ses yeux bleus scintillaient d'un éclat doré. Quant à ses lèvres pulpeuses, elles lui rappelaient des fruits mûrs et juteux.

Un objet pointu lui piqua soudain les côtes. Étonné, il plongea à nouveau dans son regard. Il était glacial.

— Écartez-vous de moi, et vite, énonça-t-elle froidement.

Zach baissa les yeux vers son flanc et vit un couteau dont l'extrémité était plantée dans sa chair. Un filet de sang coulait déjà. Au moindre mouvement brusque, il risquait une grave blessure. Il se rendit compte que la jeune femme était terrifiée. Elle avait peur de lui. Cette pensée lui fit froid dans le dos.

— Je me trompe peut-être, dit-il, mais je trouve qu'il est un peu excessif de poignarder un homme parce qu'il a songé à vous voler un baiser.

Lorsque le couteau s'enfonça davantage, il fit la grimace.

— Vous avez raison. J'avais oublié que vous étiez mariée. Je vous demande pardon.

Il rougit. Jamais il ne s'était aussi mal comporté envers une femme. Chez lui, on le considérait plutôt comme un galant homme. Jamais le désir n'avait pris le pas sur sa raison. Son comportement était stupide.

— Enlevez ça, dit-il avec un sourire qu'il espérait conciliant. S'il vous plaît…

Elle éloigna le couteau. Il grimaça de douleur et se leva. Puis il tendit une main pour l'aider à se lever à son tour.

— Je vous avais prévenu, murmura-t-elle.

Elle le dépassa et ôta des brins de paille de ses vêtements. Abasourdi, il la suivit des yeux. Il était sur le point de quitter la seule ville à des centaines de kilomètres à la ronde avec une femme qu'il était incapable de maîtriser. Il fallait être fou.

Soudain, le visage de Luke apparut dans son esprit et il jura intérieurement. Comment avait-il pu oublier son fils ? Il avait besoin de cette femme pour le retrouver. Il fallait pour cela gagner sa confiance.

D'un pan de sa chemise, il tamponna sa blessure pour endiguer l'hémorragie. Il connaissait Caroline depuis moins de deux heures et, déjà, il l'avait contrariée suffisamment pour qu'elle le poignarde.

Cette mission s'annonçait mal.

— Nous ferions bien de nous mettre en route, déclara-t-elle en chargeant les dernières couvertures sur le chariot. Il va bientôt faire jour.

Toujours vêtue de ses vêtements de peau, elle grimpa sur le siège et saisit les rênes.

En apercevant une parcelle de sa cuisse, Zach soupira. Il allait devoir s'habituer à cette tenue… en espérant ne croiser que des Indiens.

Les mains crispées sur les rênes, Caroline s'efforçait de maîtriser ses tremblements. Je n'ai pas peur, se disait-elle. Non, ce n'est qu'un moment de panique. Cet homme l'avait jetée dans le foin et ne cessait de dévorer ses lèvres des yeux. Et alors ? Il ne lui avait pas arraché ses vêtements, ne l'avait pas fouettée jusqu'au sang, il ne l'avait pas pénétrée brutalement comme une bête en rut. Cet homme n'était pas Ours blanc.

Il affirmait être un gentleman originaire de Virginie, ce que confirmaient son accent traînant et ses bonnes manières. Toutefois, il était facile d'imiter un accent et de prendre des grands airs. Tant qu'elle n'en saurait pas davantage sur lui, mieux valait rester vigilante.

Son comportement n'avait pourtant rien d'étonnant. Après tout, elle lui avait dit elle-même qu'elle n'était pas une dame. Il était sans doute resté à Dodge City assez longtemps pour entendre les ragots qui circulaient à son sujet. Elle avait tout de même espéré qu'il était différent des autres. Après son sauvetage héroïque, dans cette ruelle, elle s'attendait à mieux qu'une culbute dans le foin. Il disait savoir se conduire avec une dame.

Elle aurait mieux fait de se fier à son instinct. En dépit des apparences, il dégageait quelque chose d'implacable, un côté sombre qu'elle n'aurait pas dû ignorer. Derrière ces yeux gris et froids se cachait un prédateur. Il était peut-être capable de la protéger, mais saurait-elle se protéger de lui ?

Leur querelle n'était pas uniquement de son fait, mais il n'aurait pas dû menacer de lui arracher ses vêtements, et aurait pu se dispenser de la jeter dans le foin. Une fois de plus, l'orgueil de la jeune femme, son besoin de tout diriger ne lui valaient que des ennuis. Pourquoi était-elle incapable de tout compromis ? Elle devait discuter, au lieu de tirer des conclusions hâtives. Elle avait vraiment exagéré en lui enfonçant son couteau dans les côtes.

Son couteau ! Elle avait oublié son couteau ! Elle tira sur les rênes, se sentant perdue, presque nue. Il fallait qu'elle récupère son arme.

Zach arriva à cet instant à la hauteur du chariot et tendit la main vers la jeune femme. Elle contenait son couteau.

Soulagée, elle s'en saisit vivement. Elle attendit toutefois qu'il se soit éloigné pour le glisser dans son fourreau, dans le creux de ses reins. La chaleur de la lame sur sa peau lui rappela celle de ce corps masculin plaqué contre le sien, dans le foin. Elle n'avait été aussi proche que d'un seul autre homme, et en gardait un souvenir douloureux. Son cœur s'emballa et elle crispa les doigts sur les rênes. Elle avait eu de la chance de s'en tirer sans mal, cette fois, mais aurait-elle toujours cette chance ?

Il n'était pas trop tard pour faire demi-tour, regagner la ville et sa sécurité relative. Hélas, elle y trouverait aussi la haine de ses concitoyens, de sa propre famille. La seule solution était de faire confiance à cet homme.

Elle fit claquer les rênes sur la vieille mule tout en observant le dos puissant de Zach. Fallait-il vraiment qu'elle place son sort entre ses mains ?

Elle n'avait pas le choix. Les Cheyennes étaient en danger de mort. Elle leur devait la vie. Si elle était contrainte de la sacrifier pour leur venir en aide, elle le ferait.

Petit Loup faisait les cent pas près du feu de camp qu'il avait allumé en rejoignant ses jeunes guerriers et leurs chevaux. Où étaient les autres ? Enfin, un messager approcha, mais il s'arrêta à quelques mètres de lui. Mauvais signe.

— Les *veho*, les soldats blancs, ont trouvé les tipis vides ? s'enquit Petit Loup, agacé. Raconte-moi tout, vite !

— Oui, chef, répondit le messager, haletant, en s'approchant enfin.

Il s'accroupit pour lui faire part des autres mauvaises nouvelles.

Petit Loup marmonna dans sa barbe et envoya le jeune homme dire à son peuple de se préparer à partir. Cheval américain et sa famille avaient donc choisi de rester. Il sentit la colère monter en lui, tel un éclair frappant une colline. Cheval américain aurait pu attendre le matin pour transmettre la nouvelle de leur départ au chef des *veho*. Était-il obligé d'aller voir le chef de l'agence gouvernementale en pleine nuit pour l'en informer ? Petit Loup crispa les doigts sur son fouet, regrettant de ne pas avoir Cheval américain en face de lui.

Il n'y pouvait rien. De toute façon, il ne l'aurait pas fouetté, même s'il avait été présent. Il avait renoncé à la colère en devenant chef de la médecine douce et en acceptant la bourse sacrée. Il effleura le porte-bonheur qu'il gardait sous le bras, près de son cœur. C'était tout ce qui restait de la bourse que leur ancien guérisseur avait rapportée de leur lieu sacré, la butte aux Ours. En tant que détenteur de cette charge, Petit Loup avait renoncé à toute colère et juré de ne penser qu'à son peuple.

Coyote noir se leva et croisa les bras, attendant qu'on s'adresse à lui. Petit Loup lui donna l'autorisation de parler, ravi de rompre enfin le silence pesant qui régnait sur le campement. Mieux valait que Coyote noir s'exprime librement au lieu de parler dans le dos des chefs.

— Nous avons décidé de prendre la route du nord. Il y a plus d'habitations *veho*, d'armes et de chevaux à prendre.

D'autres guerriers acquiescèrent. Coyote noir leur fit signe de le suivre.

Étoile du matin les arrêta en levant une main noueuse.

— Vous savez que l'itinéraire est choisi depuis longtemps. Nous partons vers l'ouest pour éviter les *veho*.

Les chasseurs et éleveurs de chevaux sont déjà sur cette piste. On vous a demandé de chasser pour donner de la viande à nos enfants. Faites-vous tant de bruit pour ne pas entendre leurs pleurs ?

— Il ne doit pas y avoir de problèmes avec les Blancs, renchérit Petit Loup, soutenant son frère. Nous ne partons pas en guerre.

— Nous emprunterons l'autre route, s'entêta Coyote noir en désignant d'un geste la piste du nord.

Il voulut s'éloigner, mais Petit Loup l'intercepta. Il devait laisser parler sa médecine, sinon, les Cheyennes allaient s'effondrer avant même de se mettre en route.

— Vous avez entendu notre frère, notre chef, s'exprimer. Notre vacarme le fatigue, ainsi que les problèmes que vous ne cessez de créer. Moi aussi, j'en ai assez. Nous devrions parler beaucoup moins et travailler davantage. Dans le cas contraire, nous allons droit à l'échec.

— Nous prenons la route du nord ! cria un homme, bientôt soutenu par ses compagnons.

— Non ! répondit Petit Loup d'un ton posé, tandis qu'une colère sombre montait en lui.

Il ôta la couverture de ses épaules.

— Seriez-vous en train de remettre en cause la sagesse de notre vieux chef ? Vous êtes jeunes, pour la plupart. Vous n'avez pas l'expérience de la guerre. Oublieriez-vous les armes des soldats *veho* ?

Il écarta sa tunique sur son torse, qu'il ne dénudait jamais, à cause de ses cicatrices. Puis il désigna chacune d'elles, notamment les six plus récentes, qui remontaient à sa dernière bataille, avant leur reddition. Il scruta les visages réunis autour du feu. Certains se détournèrent, honteux de leur entêtement.

La fureur monta en Petit Loup, dont la voix se fit de plus en plus grave.

— Heammawihio m'a protégé, ce jour-là, mais de nombreux hommes de valeur sont morts à cause des caprices d'hommes tels que vous.

Il fit claquer son fouet au-dessus de sa tête pour se libérer de sa colère.

— Je ne veux plus que les nôtres meurent à cause de vos querelles. Nous prendrons la route de l'ouest, comme l'a dit Étoile du matin.

Maussades, les guerriers s'éloignèrent du feu de camp en silence, tête basse. Tous, sauf Coyote noir. Il portait à la ceinture le pistolet qu'il avait rapporté de la bataille durant laquelle Custer avait péri. Depuis, il se montrait arrogant, vindicatif, il résistait à ses chefs et se plaignait sans cesse des conditions de vie à la réserve. À ses yeux, la gloire personnelle passait avant le bien de son peuple.

Petit Loup soutint le regard courroucé de Coyote noir tout en enroulant son fouet. Ce dernier n'esquissa pas un mouvement, mais Petit Loup devinait la haine qui bouillonnait en lui. Il partit sans un mot.

— On prend la route de l'ouest, déclara-t-il aux hommes qui l'attendaient, un peu plus loin.

Petit Loup croisa longuement le regard de son frère tout en étouffant le feu.

— Il va nous poser des problèmes, soupira Étoile du matin en se levant.

— Pas ce soir, mon frère.

— Non.

Étoile du matin posa une main sur son épaule.

— Espérons que le feu qui brûle en lui ne brûlera que lui.

— Tu as raison, admit Petit Loup en effleurant la bourse sacrée sous son bras, bien décidé à y veiller.

3

Zach mit pied à terre et ôta vivement ses gants qu'il fit claquer contre sa cuisse. Avant de desseller son cheval, il prit une profonde inspiration et détendit ses épaules. À quoi bon défouler sa frustration sur la pauvre bête ? Démon n'était en rien responsable du peu de distance qu'ils avaient parcourue. Zach avait pourtant l'impression que le temps manquait. Il fallait retrouver Luke rapidement. Il le sentait au plus profond de lui-même.

— Qu'est-ce qui vous énerve tant ?

Il leva les yeux vers Caroline, qui sauta du chariot. Il fit un pas vers elle pour l'aider, mais se rappela qu'elle rejetait toute galanterie. Il ne devait ni l'aider, ni la toucher. Il se demandait même s'il pouvait la regarder sans se faire mordre…

— Ce fut une longue journée, répondit-il en haussant les épaules, avec un sourire forcé. Je pensais progresser plus vite.

Elle se massa la nuque et hocha la tête.

— D'après vous, combien de kilomètres avons-nous parcourus ?

— Pas suffisamment.

Zach savait qu'il devait tenir sa langue, ne pas trahir son angoisse, mais sa nervosité prenait le pas sur la raison.

— Soit ces mules sont les plus lentes du pays, soit ce chariot est trop chargé. Qu'est-ce que vous transportez donc ?

Soudain méfiant, il se tut et scruta le véhicule, puis la jeune femme. Elle n'était tout de même pas assez stupide pour porter des armes aux Cheyennes...

— De l'alimentation, des couvertures, des vêtements, des chaussures... Ce genre de choses.

— Ce ne sont pas des articles très lourds, répliqua Zach en soulevant une pile de couvertures pour vérifier qu'il n'y avait rien en dessous.

— Il y a principalement des conserves et des bouteilles, expliqua Caroline qui se mit à dételer les mules. Le tout est emballé dans des caisses en bois.

Il fouilla le chariot, mais n'y trouva rien de plus que ce qu'elle affirmait transporter. L'indifférence de la jeune femme le rassurait plus que ses paroles. Si elle avait eu quelque chose à cacher, elle l'aurait empêché de fouiner.

— Pendant que vous y êtes, sortez donc le réchaud et le nécessaire pour faire la cuisine ! lança-t-elle en s'occupant des mules.

Il trouva une caisse contenant une marmite et une cafetière. En la soulevant, il se fit mal au dos et grimaça de douleur. S'il souffrait déjà au bout d'une journée de périple, il n'osait imaginer ce que ressentait Caroline. N'importe quelle femme se serait évanouie à la seule pensée de conduire un attelage de six mules. À la voir se mouvoir souplement sur le campement, elle ne semblait pourtant pas avoir souffert.

Ravi, mais agacé aussi, Zach examina le contenu de la caisse et trouva une véritable batterie de cuisine. Lui qui redoutait qu'elle ne lui impose de se nourrir à l'aide du petit réchaud qu'ils avaient partagé lors de la pause de midi... Il ne connaissait rien de pire, au terme d'une longue journée de voyage, que de manger ce qu'il se préparait lui-même. Il se nourrissait principalement de haricots froids, de pain rassis acheté dans les fermes.

En levant les yeux, il la vit dégager quelques broussailles à l'aide d'un bâton.

— Qu'est-ce que vous faites ? demanda-t-il en lui arrachant le bâton des mains.

— D'après vous ? rétorqua-t-elle en essayant de le reprendre, mais il s'écarta. Je dégage une zone pour faire du feu. Je ne veux pas dormir sur les cailloux. Vous y voyez un inconvénient ?

— Je m'en occupe, dit-il en imitant maladroitement les gestes de la jeune femme. Ce bâton est sans doute plus lourd que vous.

— Je vous l'ai déjà dit, je n'ai pas besoin de votre aide ! Je ne suis pas une petite créature fragile que l'on doit ménager. Rendez-moi ce bâton.

— Vous êtes restée trop longtemps au soleil, madame !

Il la saisit par le bras et l'entraîna vers un rocher où il la fit asseoir.

— Restez là et buvez un peu d'eau, ordonna-t-il en lui tendant sa gourde. Vous vous sentirez mieux.

Au lieu de boire, elle éclata de rire. Des larmes se mirent à couler sur ses joues. Elle faillit même perdre l'équilibre.

Zach se redressa, insulté par son attitude. Pourtant, plus il la regardait, moins il était agacé. Bientôt, il fut même gagné par son hilarité.

— Vous vous sentez mieux ? demanda-t-il dès qu'elle se fut calmée.

Gêné, il fit claquer son chapeau sur ses cuisses, soulevant un nuage de poussière qui le fit toussoter. La jeune femme s'esclaffa de plus belle. Écœuré, il la quitta pour aller soigner les mules.

Le temps qu'elle retrouve son sérieux, il s'était occupé de nourrir les bêtes et de les abreuver.

— Seigneur ! fit-elle en se tenant les côtes. Cela fait du bien de rire un peu...

— Je suis ravi de vous rendre ce service, répondit-il, encore vexé.

— Je suis désolée.

Persuadé qu'elle le provoquait une fois de plus, il la dévisagea, mais il ne lut que de la sincérité dans ses yeux.

— J'ai été un peu dure avec vous, aujourd'hui, avoua-t-elle. Je suis pressée d'arriver et ces mules sont si lentes... J'ai du mal à le supporter.

Zach se remit à secouer son chapeau sur sa cuisse, mais il se ravisa et leva les yeux vers Caroline, qui souriait.

— J'accepte vos excuses. Et si vous vous défouliez sur les mules, demain ?

— Promis, dit-elle en grimpant sur le chariot pour décharger les provisions. Et si vous alliez à la rivière me remplir un seau d'eau ?

Il reçut un seau vide en pleine poitrine.

— Ensuite, vous pourrez faire un brin de toilette pendant que je prépare le dîner.

Il s'éloigna en direction du cours d'eau, puis se retourna.

— Vous avez besoin d'aide, pour le repas ?

— Non, répondit-elle d'une voix étouffée.

— Vous êtes sûre ?

Elle l'ignora. Il prit donc une savonnette, son rasoir et une chemise propre. Jusqu'alors, elle lui avait fait confiance. Il se devait d'en faire autant.

Caroline le suivit des yeux jusqu'à ce qu'il disparaisse dans les fourrés qui bordaient la rivière.

Ainsi, songea-t-elle, il me fait confiance... En tout cas, il croit en mes talents de cuisinière.

Ce gredin méritait qu'elle fasse tout brûler, uniquement pour le contrarier. En vérité, elle n'était pas certaine de ne rien brûler involontairement. Elle espérait que ses connaissances culinaires fraîchement acquises seraient à la hauteur de ses espérances. En s'installant chez son oncle, elle pensait ne plus jamais passer la nuit sur un campement de fortune. Elle avait appris les rudiments de la cuisine derrière les fourneaux de sa tante.

Caroline décida de se faire pardonner à l'aide de ce repas, mais elle préféra ne pas se demander pourquoi. Pourquoi se souciait-elle de ce qu'il pensait d'elle ?

Quand il revint du bord de la rivière, elle avait allumé un feu et déplié leurs couvertures de part et d'autre du brasier. Il flottait dans l'air un fumet de lapin grillé, de pommes de terre, de lard, sans oublier des pommes en conserve. Elle était assez satisfaite du résultat.

— Qu'est-ce que c'est que tout cela ? s'enquit Zach en s'approchant.

— Notre dîner, répondit-elle avec une nonchalance étudiée. Vous n'avez pas faim ?

— Si, je meurs de faim.

Il jeta ses vêtements sales sur sa couverture et observa le repas d'un air méfiant.

— Mais je préfère savoir ce que cela va me coûter, avant de manger.

— Je me suis dit que vous étiez aussi épuisé que moi, et qu'un repas chaud nous ferait du bien. Ensuite, je laverai vos vêtements, proposa-t-elle.

Face à son air inquiet, elle ne put s'empêcher d'étouffer un rire. Pensait-il donc qu'elle allait lui voler ses effets ? La perspective de le regarder se détendre près du feu, en sous-vêtements, voire dans le plus simple appareil, la prit au dépourvu. Cette proposition innocente avait-elle été mal interprétée ? Et s'il en concluait qu'elle était disposée à accepter ses avances ? La gorge de la jeune femme se noua. Soudain, elle eut très froid.

— Non, merci. Je peux m'occuper moi-même de ma lessive.

Il prit une assiette et la remplit. Puis, à la grande surprise de Caroline, il la lui tendit.

— Cela sent très bon, commenta-t-il. Tous les voyageurs du coin vont être attirés vers notre campement.

— Merci, dit-elle, ravie qu'il n'ait pas mal réagi à sa suggestion.

Cette fois, elle ne lui reprocha pas ses bonnes manières. Il n'y avait pas de mal à se laisser servir, mais elle ne devait pas s'habituer à sa gentillesse. Les hommes de l'Ouest étaient brutaux et rustres, et cette sympathie était désarmante. Mieux valait rester sur ses gardes, ne pas lui accorder sa confiance. Elle ignorait encore pourquoi exactement il avait accepté de l'accompagner.

Le repas se déroula en silence. Si Zach mangea avec appétit, Caroline trouvait les mets insipides. Il dévorait la dernière tranche de main quand un bruit de sabots se fit entendre. Il se leva et sortit son pistolet.

— Sous le chariot ! ordonna-t-il à voix basse.

Elle ne discuta pas. En fait, elle était déjà en train de se mettre à l'abri, non sans s'être munie d'un fusil et d'une boîte de cartouches. Une fois sous le véhicule, elle chargea son arme. Le cœur battant à tout rompre, elle attendit que le mystérieux cavalier arrive sur le campement.

— Holà ! Il y a quelqu'un ?

— Oui, répondit Zach, depuis son abri. Approchez doucement. Je vous ai à l'œil.

Comme pour souligner ces propos, Caroline épaula son fusil. Le cliquetis de l'arme résonna dans la nuit.

Zach observa l'inconnu qui s'approchait sur un cheval fatigué.

— Ôtez votre chapeau ! ordonna-t-il à l'inconnu, qui s'empressa d'obéir.

— Je ne vous veux pas de mal, assura-t-il. J'ai simplement besoin de votre cheval.

— Il n'est pas à vendre, répondit Zach, toujours tendu. Si c'est ce que vous voulez, vous pouvez faire demi-tour.

— C'est que je ne pensais pas vous l'acheter, reprit le cavalier.

Voyant que Zach s'approchait, il se mit à parler plus vite.

— Je pensais davantage à une sorte d'échange contre celui-ci.

— Pas question. Ce bourrin ne vaut pas un clou, répliqua Zach sans quitter l'inconnu des yeux.

Prenant soin de ne pas trahir sa présence, Caroline examina l'animal et plissa le nez. La pauvre bête semblait assoiffée et sur le point de s'écrouler. Zach abattrait cet homme s'il tentait de s'emparer de son superbe étalon. Et si cet imbécile essayait de prendre une mule, elle lui logerait une balle dans la peau.

— Écoutez, mon vieux, dit le cavalier en haussant le ton, j'agis sur ordre de Bat Masterson, le shérif de Dodge City. Je dois réunir tous les colons et les mettre à l'abri avant que les sauvages n'arrivent.

Caroline réprima à grand-peine un cri d'effroi. Non, ce n'était pas possible…

— Les Cheyennes ont donc quitté la réserve ? s'enquit Zach.

— Mais oui ! s'exclama l'inconnu. Où étiez-vous donc terré ? C'est arrivé hier soir. Ils viennent par ici. Alors, vous me le donnez ?

Il se lécha les babines en désignant le feu de camp.

— Et je ne dirais pas non à un bon repas...

Visiblement persuadé d'être le bienvenu, après ces explications, il voulut mettre pied à terre.

Zach arma son pistolet.

— Pas si vite, monsieur.

Il lui fit signe de rester en selle.

— Qu'est-ce qui me prouve que ce que vous dites est vrai ? Vous avez des preuves ?

— Et comment, j'ai des preuves ! s'exclama le cavalier en glissant une main dans sa veste.

— Whitley ! hurla Zach.

Caroline tira au-dessus de sa tête. Le cavalier leva les bras et poussa un cri.

— Pourquoi vous me tirez dessus ? J'ai une lettre du shérif dans la poche !

— Sortez-la avec deux doigts seulement, ordonna Zach. C'est bien... Lancez-la-moi, maintenant.

Le cavalier obéit.

— Whitley ? fit Zach avant de se pencher pour la ramasser.

Pour toute réponse, la jeune femme réarma son fusil. Le cavalier déglutit et recula prudemment, le temps que Zach lise la lettre.

— Très bien, je vous crois. À présent, descendez de cheval et repartez là d'où vous venez.

— À pied ? demanda le cavalier, les joues empourprées. Qu'est-ce que ça veut dire ?

— Vous avez bien compris. Ce cheval n'en peut plus. Si vous croyez que je vais vous en confier un autre, maintenant que je sais comment vous traitez les chevaux, vous êtes encore plus stupide que vous en avez l'air. Allez, filez !

L'inconnu pinça les lèvres et mit pied à terre. Il voulut faire marcher son cheval, qui refusait d'avancer. Il tira trop fort sur les rênes, meurtrissant l'animal un peu plus. Furieux, Zach s'avança. Le cavalier bondit alors et lui assena un coup de pied qui lui fit lâcher son arme. Puis il assena à Zach une puissante droite.

Zach chancela. Le cavalier ne lui accorda pas le temps de retrouver l'équilibre. Il frappa à l'abdomen, mais Zach ne réagit pas. Étonné, le cavalier reçut un coup de poing dans le nez. Sa tête bascula en arrière. Le sang jaillit. Se tenant le visage, l'homme tomba à genoux.

Prise au dépourvu par la réaction brutale du cavalier, Caroline avait tenté de viser, mais elle ne pouvait faire feu sans risquer de blesser Zach. Elle rampa sous le véhicule pour trouver une meilleure position de tir.

Zach empoigna la tignasse de son adversaire.

— C'est terminé ?

Lorsque l'autre hocha la tête, Zach le relâcha, puis le désarma. Il lui prit également le couteau qu'il cachait dans sa botte.

— C'est tout ce que tu as ? Un pistolet et un couteau ? demanda-t-il. Soit tu es très sûr de toi, soit tu es complètement demeuré.

Le cavalier le foudroya des yeux.

— Whitley ! appela Zach.

— Par ici ! répondit la jeune femme.

Elle gardait son fusil braqué sur le cavalier.

— Selon moi, il est demeuré, déclara-t-elle en reconnaissant l'une des brutes de la ville qui avaient fait de sa vie un enfer.

L'homme scruta sa tenue de peau et esquissa un sourire narquois.

— J'aurais dû me douter qu'elle serait la première à vouloir rattraper Petit Loup, celle-là ! Tu as envie de coucher avec ton homme avant qu'il soit abattu ou enfermé, c'est ça ? Où as-tu rendez-vous avec lui, traînée ?

Le poing de Zach le fit taire.

— Il me suffit d'un coup de feu, assura Caroline, le doigt sur la détente.

— Ce ne serait pas une mauvaise idée, admit Zach avec un sourire glacial.

Le cavalier gémit et s'écarta.

— Vous allez le regretter si vous devez retourner un jour à Dodge City.

— Cela ne risque pas d'arriver, affirma-t-elle en baissant son arme. Je ne le soignerai pas.

— Je vous comprends, dit Zach en désignant le cavalier. Toi ! La rivière est par là ! Va te laver !

Caroline regarda l'homme s'éloigner d'un pas incertain.

— Vous voyez ? Vous pouvez être concis, quand vous le voulez.

Zach ignora cette réflexion et entreprit de desseller le cheval épuisé.

— Autant lui donner une assiette de nourriture, histoire de nous débarrasser de lui. Je n'ai pas envie de monter la garde toute la nuit.

— Vous allez lui donner votre cheval ?

— Bien sûr que non. C'est le vôtre que je vais lui donner.

— Comment ? s'exclama-t-elle, lâchant presque l'assiette qu'elle était en train de garnir. Vous ne pouvez donner mon cheval sans me demander mon avis !

— Jamais je ne me comporterais de la sorte. Je vous demande votre avis. Et vous allez accepter, bien sûr.

Il posa la selle de l'inconnu sur la jument de la jeune femme.

— Pourquoi ferais-je une chose aussi stupide ? questionna-t-elle.

Elle posa l'assiette et s'approcha de sa jument, les poings crispés.

— Pour trois raisons, expliqua Zach sans s'interrompre, et avec un plaisir non dissimulé. Vous avez acheté ce cheval aux écuries de la ville ?

— Oui, répondit-elle, intriguée. Pourquoi ?

— Parce qu'il n'a que des défauts. De plus, je le soupçonne d'être infesté de vers. Vous vous êtes fait avoir, expliqua-t-il. L'autre cheval, bien qu'il soit épuisé, va vite se remettre. Vous verrez, il sera bien plus efficace.

— C'est juste, admit la jeune femme à contrecœur. Et les autres raisons ?

— Ce type est en possession d'une lettre du shérif de Dodge City qui lui octroie les pouvoirs d'un adjoint. Les Cheyennes ont bien fui la réserve hier soir, et se dirigent apparemment vers le nord. L'armée est à leur poursuite.

Le cœur de la jeune femme se serra, au point qu'elle ne parvint plus à prononcer un mot. Elle n'ignorait pas combien la situation était intolérable, dans la réserve. Des centaines de Cheyennes avaient déjà succombé à la malaria et aux privations. D'autant plus que l'agent du gouvernement ne livrait pas les rations promises, pour les forcer à collaborer. Les autorités du Nord leur avaient garanti qu'ils pourraient revenir chez eux s'ils ne se plaisaient pas dans la réserve. D'après les journaux, l'agent Miles ne se sentait pas tenu de respecter ces engagements.

Caroline n'osait imaginer les souffrances de ses amis pour qu'ils en soient réduits à la fuite. Avaient-ils au moins des chevaux ? Étaient-ils partis à pied ? Les femmes cheyennes étaient robustes, mais ces épreuves étaient inhumaines.

Elle soupira. Qu'allaient-ils devenir, maintenant ? Pourquoi Petit Loup avait-il pris une décision aussi grave ? Son peuple serait décimé, emprisonné, renvoyé dans la réserve. Sans doute étaient-ils prêts à se battre jusqu'à la mort.

— Vous voulez être responsable du sort funeste des colons que cet homme n'aurait pas prévenus à temps ? reprit Zach. Vous savez très bien que les Cheyennes vont devoir les piller. Pourriez-vous vous regarder dans une glace en sachant que vous avez empêché ce type de prévenir des colons innocents ?

— Non, admit-elle doucement, les yeux embués de larmes.

Elle aimait tendrement Petit Loup et les Tsisitas, mais ne pouvait oublier les colons.

— Qu'il prenne la jument, conclut-elle.

— Sage décision, commenta Zach.

— Quelle est la troisième raison ? demanda-t-elle en l'aidant à seller la monture.

— J'espérais bien ne pas en arriver là.

— Pourquoi ? s'enquit-elle, intriguée.

— Si vous n'aviez pas été d'accord avec mes deux premières raisons, j'étais prêt à vous acheter ce canasson pour le remettre à cet homme.

Zach regarda l'adjoint du shérif quitter le campement avec la jument de Caroline. Malgré son nez fracturé et sa lèvre fendue, l'homme semblait soucieux de poursuivre sa mission.

Il posa la main sur son colt. Il avait eu envie d'abattre cet idiot pour les insultes qu'il avait lancées à Caroline. Depuis des années, il pourchassait des déserteurs, des traîtres, des criminels de tous poils, mais jamais il n'avait eu envie de tuer un homme de sang-froid. Jusqu'à ce soir.

Qu'avait donc cette femme de si particulier ? Il ne la connaissait que depuis deux jours, mais il aurait été prêt à tuer pour laver son honneur. Certes, elle était belle, mais il avait connu beaucoup de femmes magnifiques. Sa mère, une femme superbe, avait un cœur de pierre. Son épouse aussi, et elle ne se souciait que d'elle-même, au détriment de son propre fils. Si elle avait enlevé Luke, c'était uniquement parce qu'elle savait qu'il viendrait le chercher et paierait cher pour récupérer l'enfant.

La vie avait appris à Zach qu'il ne pouvait faire confiance à une belle femme. La beauté extérieure dissimulait souvent une âme misérable. Les femmes utilisaient leurs atouts pour obtenir ce qu'elles voulaient, et elles en voulaient toujours plus.

Il se promit de surveiller Caroline à mesure qu'ils s'approcheraient des Cheyennes. Les réflexions de l'adjoint du shérif l'avaient marqué. Avait-elle vraiment rendez-vous avec Petit Loup ? Faire appel à lui était-il une ruse de sa part ?

Zach avait espéré entrer dans leur campement pour chercher Luke. S'il ne l'avait pas trouvé sur place, il aurait glané des informations pour récupérer l'enfant. Que faire, désormais ? Il ne pouvait abandonner Caroline et poursuivre les Cheyennes sur la piste, car il serait abattu sans tarder. Et s'il mourait, que deviendrait Luke ? En restant avec la jeune femme, il avait une chance de rencontrer les Cheyennes. Toutefois, il ne tenait pas à se retrouver encerclé par des guerriers féroces. Mieux valait les rattraper à proximité d'un fort. La présence de soldats aux alentours inciterait peut-être les Indiens à ne pas le scalper.

La meilleure solution était de se diriger vers le nord, vers Fort Dodge, tout en gagnant la confiance de Caroline.

Autant dompter un fauve, songea-t-il. Mais la vie de Luke était en jeu. Son devoir de père était de le sauver par tous les moyens.

Constatant que l'adjoint ne rebroussait pas chemin, Zach retourna auprès de la jeune femme. Elle était penchée sur le feu de camp. Sa tenue de peau moulait son dos et ses fesses. Il serra les dents en sentant son corps réagir à ce spectacle. Une chaleur irrépressible lui envahit le bas-ventre. Il marmonna un juron et se força à penser à autre chose.

Ce n'était qu'une intrigante, autoritaire, stupide... se répéta-t-il, se demandant pourquoi il était fasciné par la femme d'un Indien.

Dans quel pétrin s'était-il fourré ?

Il ôta ses bottes et s'allongea près du feu, face à elle, se couvrant d'une couverture pour ne pas trahir son trouble. Son agacement l'empêchait d'être aussi galant qu'il l'aurait souhaité.

— Demain, nous devrons couper vers le nord.

— Comment ? dit-elle en le dévisageant au-dessus des flammes.

Il soupira.

— Nous ignorons quelle piste les Cheyennes vont emprunter, mais je parie qu'ils préféreront les zones moins habitées. Je crois qu'ils vont prendre la piste du Kansas, vers le nord-ouest, en évitant Dodge City.

— C'est logique, admit Caroline, mais je ne comprends pas pourquoi nous devons couper vers le nord.

— Réfléchissez un peu. Les Cheyennes avancent vite pour éviter les soldats. Ils n'ont pas assez de chevaux, et ne se chargeront pas de vivres. Même si nous les rejoignions en route, entre ici et Dodge City, ils ne pourraient prendre le chariot qui les ralentirait. Et ils sont tous trop fatigués pour porter le moindre fardeau.

— Vous avez raison, dit-elle en fronçant les sourcils. Que suggérez-vous ?

Il saisit un bâton et dessina une carte sur le sol, devant lui, puis il lui fit signe d'approcher.

— Ici, Dodge City, et la piste de l'ouest. Et là, l'endroit le plus dangereux pour eux.

Il traça une croix à l'ouest de Dodge City.

— Ils vont devoir traverser le fleuve Kansas, puis la voie ferrée. Si l'armée ne les rattrape pas dans les jours à venir, c'est là qu'ils tenteront de les arrêter.

— Comment pouvez-vous être certain de cet itinéraire ?

— Je ne le suis pas, avoua-t-il, mais c'est ce que je ferais à leur place. En partant vers Fort Dodge, à quelques jours de route, nous verrons bien. Si je me trompe, nous serons proches de la piste du nord et nous pourrons changer nos projets.

— Fort Dodge ? fit Caroline en se levant, les bras croisés. Et si les soldats découvrent mon intention et confisquent le chariot ?

— Faites-moi confiance. Je veillerai à ce que cela ne se produise pas. Nous établirons un campement en dehors du fort et je partirai en reconnaissance.

Elle l'observa sans masquer sa méfiance.

— Comment ferez-vous ? Vous avez un uniforme militaire dans votre sac ?

— Bien sûr que non, répondit-il en évitant son regard.

Il détestait lui mentir, mais si elle découvrait son statut de militaire, elle ne lui accorderait jamais sa confiance.

— Il y a un tas d'allées et venues, dans ce fort, des gens qui cherchent du travail, des vagabonds...

— Des bandits, aussi ? s'enquit-elle, l'air interrogateur.

Il aurait aimé lui dire la vérité, mais l'enjeu était trop important.

— Je ne suis pas un bandit, assura-t-il en revenant à sa carte. Si j'ai raison, nous suivrons la route de l'ouest jusqu'à la station de Cimarron pour tenter de prendre de l'avance sur les Cheyennes.

Il traça des marques sur le sol, puis un X au nord du fleuve Arkansas.

— Nous camperons ici et essaierons de les rencontrer. S'ils parviennent aussi loin, ils auront besoin de vivres.

— D'après vous, combien de temps mettront-ils à arriver là-bas ? questionna la jeune femme en étudiant la carte avec attention.

— Je dirais douze jours, deux semaines, peut-être, selon le nombre de batailles qu'ils devront livrer.

— Comment en être certains ? Et si nous les manquons ?

— N'oubliez pas qu'ils sont à pied, accompagnés de femmes, d'enfants et de vieillards. Leur périple sera long.

— Ils n'y arriveront jamais, fit Caroline en suivant du doigt l'itinéraire tracé par Zach. Mais ils m'ont sauvé la vie. Je dois les aider de mon mieux.

Il la dévisagea, impressionné par sa détermination.

— Nous ne pouvons pas faire grand-chose, ce soir. Reposez-vous.

Il l'accompagna vers sa couche.

— Une rude journée nous attend, demain, ajouta-t-il.

Zach se coucha à son tour et fit mine de fermer les yeux, mais il surveilla la jeune femme qui ne trouvait visiblement pas le sommeil. Allongée sur le dos, elle rabattit une mèche de cheveux sur son oreille gauche.

Ce n'était pas la première fois qu'il la voyait faire ce geste. Quel était donc le problème, avec son oreille ? Pourquoi masquer uniquement la gauche ? Décidément, cette femme l'intriguait à plus d'un titre.

Il se promit de trouver des réponses à ses questions dès le lendemain.

4

Petit Loup fit le tour du feu de camp, s'adressant à son peuple épuisé qui se restaurait. Depuis trois jours, ils étaient en fuite, ne s'arrêtant que pour abreuver les chevaux et permettre aux femmes et aux enfants de rattraper leur retard. Il s'efforçait de leur insuffler du courage, tout en masquant sa propre angoisse.

Où sont passés les retardataires, les enfants, partis à pied, sans oublier les femmes enceintes ? songea-t-il.

Incapable d'avaler une bouchée, il fit signe à Grue noire. En silence, ils parcoururent la prairie qui s'étendait entre deux canyons menant à Turkey Springs. C'était le lieu idéal pour se battre contre les soldats qui les suivaient de près, désormais. Du moins s'ils en étaient réduits à livrer bataille. Ils étaient inquiets de ne pas voir les derniers les rejoindre. Les soldats les avaient-ils capturés ? Ils n'avaient pourtant pas entendu de coups de feu, ni de cris portés par le vent. Aucun messager n'était venu, porteur de mauvaises nouvelles.

— Ce silence est anormal, déclara Grue noire. Les soldats auraient pu nous rattraper il y a trois jours, déjà, avant que nous n'abattions le petit troupeau de bufflonnes. Nous sommes plus forts, aujourd'hui, et prêts à en découdre.

— Oui, admit Petit Loup, peu étonné de constater que Grue noire partageait ses pensées.

Il en avait toujours été ainsi entre les deux hommes. Grue noire ne se souciait que de l'intérêt de son peuple, qui passait même avant celui de sa propre famille.

— Ils doivent se cacher pour échapper aux soldats, et ils nous rejoindront dès qu'ils pourront le faire en toute sécurité.

— Ils auront besoin de vivres et d'eau, fit Grue noire en tournant les talons.

— Attends, dit Petit Loup en désignant l'éclaireur qui arrivait vers eux au galop.

— Les soldats ! Ils sont là ! cria l'éclaireur qui montrait un nuage de poussière, au loin.

Petit Loup se tourna vers ses guerriers.

— Allez chercher vos chevaux et vos armes, mais ne tirez pas. Qu'ils fassent feu les premiers.

Il se tourna ensuite vers Grue noire.

— Va dire aux femmes présentes de se cacher sur les rives, un peu plus loin.

Grue noire s'éloigna vivement.

— N'ayez crainte ! lança-t-il aux femmes qui commençaient à s'enfuir, cherchant des grottes où se réfugier. Vos hommes sont prêts à se battre !

Petit Loup les regarda s'éloigner. Bientôt, elles reviendraient pour chanter des chants de guerre et encourager leurs hommes.

Il scruta les alentours et hocha la tête. Le lieu était bien choisi. Les guerriers à cheval allaient et venaient sur la corniche située entre les soldats et la rivière, se préparant à la bataille. Derrière, ils avaient creusé des tranchées. Les soldats n'avaient pas pu abreuver leurs chevaux dans les derniers points d'eau, trop boueux. Au terme d'une chevauchée sous le soleil accablant, hommes et bêtes seraient assoiffés. Et les guerriers comptaient leur bloquer l'accès à l'eau fraîche.

De part et d'autre de la prairie verdoyante qui menait à la rivière, les gorges dissimulaient d'autres guerriers. Petit Loup fronça les sourcils en regardant la colonne de soldats fatigués s'approcher. Pourquoi étaient-ils si peu nombreux ? Il comprit rapidement. Les *veho* pensaient rassembler son peuple comme un troupeau de bêtes malades avant de les ramener dans cette maudite réserve.

Il fit un pas en avant en veillant à ce que sa médaille, un cadeau du grand-père blanc de Washington, capte les rayons du soleil. Elle rappellerait au chef de ces soldats qu'il avait été un ami de l'homme blanc, avant que les mensonges ne commencent à tuer son peuple. Il soupira.

Derrière lui, ses jeunes guerriers se martelaient le torse en criant. Les soldats les observèrent, les yeux écarquillés et les épaules voûtées. Leurs uniformes étaient trempés de sueur. Ces hommes ne s'attendaient visiblement pas à combattre. L'officier leur donna l'ordre de mettre pied à terre. Les chevaux furent relégués à l'arrière, avec une trentaine de soldats.

Ce chef rend les choses trop faciles, songea Petit Loup, le cœur gonflé d'émotion. Nous allons mener une bonne bataille, aujourd'hui.

Un éclaireur indien s'avança, un homme que connaissait Petit Loup, un Arapaho. Le Cheyenne devrait donc combattre d'anciens amis. En ces périodes troublées, ils avaient été contraints de lutter contre les leurs. L'amitié n'existait plus.

Dans sa lâcheté, l'éclaireur s'arrêta à quelques mètres de lui. Il salua les hommes qu'il connaissait – Petit Loup, Étoile du matin, Sanglier sauvage et Cheveux mêlés, puis se mit à parler fort et vite :

— Ils veulent que vous vous rendiez et que vous retourniez à la réserve, déclara-t-il en agitant sa couverture en signe de paix. Ils vous donneront vos rations. Vous serez bien traités.

Petit Loup ne dit rien. L'éclaireur répéta son message.

Ainsi, songea Petit Loup, le Petit Père est disposé à renoncer à la nourriture qu'il retenait. Miles avait compté sur l'estomac vide de son peuple pour l'obliger à ne rien faire. Mais s'ils obéissaient, ils mourraient de faim ou de maladie. Le Blanc ne tiendrait pas sa parole. De toute façon, ils allaient tous périr. Il en avait assez des promesses des *veho*. Les pères *veho* ne comprenaient pas.

— Retourne les voir, ordonna-t-il à l'éclaireur. Dis-leur que nous ne voulons pas nous battre, mais que nous le ferons s'ils veulent nous forcer à regagner la réserve.

L'éclaireur transmit le message au chef des soldats.

Soudain, des coups de feu retentirent. Petit Loup ordonna à ses hommes de riposter. Des soldats tombèrent. Leur chef mit vivement pied à terre et, accompagné de l'éclaireur et d'autres hommes, entreprit de gravir la pente, sur leur gauche. Sans tarder, Petit Loup envoya des guerriers à leurs trousses, mais ils avaient une position stratégique, au sommet de la colline.

Les guerriers cachés de Petit Loup surgirent alors pour les attaquer par-derrière. Aussitôt, les soldats plongèrent à terre pour se protéger des balles ennemies. Les Cheyennes ripostèrent, mais leurs armes n'avaient pas la portée de celles des Blancs. De plus, il s'agissait de fusils à un coup, ce qui les obligeait à recharger après chaque tir.

Les Cheyennes lancèrent une nouvelle offensive sur la colline, mais furent à nouveau repoussés. L'éclaireur fut abattu.

Petit Loup renonça à prendre la colline. Toute la journée, ils se contentèrent d'encercler les soldats, en plein soleil.

Au crépuscule, Petit Loup et Étoile du matin se retrouvèrent au bord de la rivière.

— Ce ne sera plus très long, maintenant ! déclara Étoile du matin. Ils ont soif et vont bientôt manquer de munitions.

— Ils tenteront d'atteindre l'eau à la nuit tombée, mon frère, répondit Petit Loup.

— Ils n'avaleront pas une goutte d'eau, assura Étoile du matin. Je vais avertir les guerriers.

Petit Loup s'accroupit et regarda son frère s'éloigner en rampant vers la colline, où la fusillade continuait par intermittence. Il était heureux de voir la lueur qui brillait à nouveau dans ses yeux, après tant de tourments. En observant ses hommes, il sentit son cœur se gonfler de fierté. Hélas, des idées sombres le submergèrent aussitôt. Les pères des *veho* ne considéraient plus les Cheyennes comme des hommes. Ils allaient vite comprendre leur erreur et envoyer des renforts. De nouvelles batailles les attendaient sur le long chemin qui les mènerait à la liberté.

En blessant un soldat, Coyote noir poussa un cri de triomphe. Dans la prairie, au-delà de la rivière, sa femme, Jeune Bufflonne, exprima son enthousiasme face aux prouesses de son mari. Les plus jeunes guerriers le félicitèrent à leur tour.

Petit Loup fronça les sourcils. Il était bon de battre ces soldats, mais cette victoire allait attiser la soif de sang de Coyote noir. Les jeunes l'admiraient et Étoile du matin, vieux et fragile, perdait de son ascendant sur les hommes. S'ils commençaient à commettre des écarts, à piller, à tuer, à voler des chevaux, les fermiers blancs se regrouperaient pour s'en prendre aux Cheyennes, eux aussi.

De retour au bord de la rivière, Petit Loup trouva Étoile du matin en train d'inciter ses guerriers à mener un ultime assaut.

— Mon frère, tu as accompli des exploits autrefois, et les femmes auraient de quoi chanter tes louanges. Toutefois, cela suffit pour aujourd'hui. Le soleil se couche, nous manquons de munitions. Si nous n'humilions pas trop le chef des soldats, il retournera au fort avec ses hommes.

— On dirait que notre grand chef s'est attendri, dans la réserve, railla un guerrier.

— Pas du tout, assura Étoile du matin. Tu ne l'as donc pas vu au milieu des balles ? Il s'est battu comme un ours. Sans la moindre peur. Il a raison. Reposons-nous et reprenons le combat dès l'aube.

Grue noire entraîna Petit Loup à l'écart et désigna l'endroit où les femmes et les enfants retardataires étaient réunis, de l'autre côté de la rivière. Les autres femmes étaient en train de s'occuper d'eux.

— Ils sont arrivés. Et il y a un nouveau venu.

Petit Loup aperçut un nourrisson qu'une femme portait dans le dos. Son épouse, Femme tranquille, était en train de le soigner.

Il hocha la tête, le front soucieux.

— C'est bien, mais une longue route nous attend et nous allons croiser de nombreux soldats.

— Elle est robuste et sait que son enfant aura une vie meilleure, assura Grue noire.

Petit Loup effleura sa bourse sacrée de grand guérisseur, priant pour qu'il dise vrai.

Lorsque Zach et Caroline entrèrent dans Fort Dodge et la ville qui en dépendait, perchée sur les rives du fleuve Arkansas, il régnait une effervescence inhabituelle. Des clients faisaient la queue devant la quincaillerie, impatients et nerveux. Ils observèrent le couple qui remontait la rue en direction des écuries. La jeune femme se réjouit d'avoir cédé aux exigences de Zach en troquant son costume de peau contre une robe.

— Regardez droit devant vous, lui recommanda-t-il en faisant claquer les rênes sur la croupe des mules.

— On dirait qu'ils sont tous devenus fous, répondit-elle en plaquant ses cheveux sur son oreille gauche.

Sa main se posa ensuite sur le manche de son couteau, contre sa cuisse. Elle devrait soulever le bas de sa robe pour s'en saisir, mais ce contact était rassurant.

— Allons, allons, fit Zach à ses mules qui semblaient terrorisées. Les Cheyennes doivent se diriger par ici.

La plupart des fenêtres étaient déjà condamnées par des planches. La jeune femme entendait à peine Zach au milieu des coups de marteau et des cris.

— Nous n'allons pas trouver à nous loger, dit Caroline en passant devant la seule pension, qui affichait complet. Les gens campent sous la tente, dans les ruelles. Nous n'aurions pas dû amener le chariot ici. Les soldats vont nous le confisquer.

— Ils ne nous remarqueront même pas, affirma Zach. Ils ont d'autres chats à fouetter.

Il désigna le commissariat du fort, devant lequel des soldats chargeaient des chariots.

— Je ne pouvais pas vous laisser là-bas toute seule, et il fallait que je sache ce qui se passe.

Caroline se mordit les lèvres. Son projet visant à aider les Cheyennes était compromis. Elle avait hésité à rétribuer Zach pour le temps qu'il lui avait consacré, puis à confier les marchandises à son oncle. Hélas, ce dernier ne résisterait pas à la tentation de tout vendre. En ces temps troublés, il pouvait en tirer au moins trois fois la valeur. Les Cheyennes n'en seraient pas plus avancés. S'ils étaient capturés et reconduits dans leur réserve, ils seraient toujours malades et affamés.

Trois de ces femmes lui avaient permis de recouvrer la santé. Il était de son devoir de veiller sur elles.

Si un chef était capable d'échapper aux soldats, c'était bien Petit Loup, mais il ne devait lui rester qu'une centaine d'hommes pour protéger le double de femmes et d'enfants, sans oublier les vieillards. Caroline observa les nombreux soldats qui se préparaient à se lancer à leurs trousses. Réprimant un frisson, elle décida de garder son chargement, quoi qu'il lui en coûte. Dès qu'ils seraient tirés d'affaire, les Cheyennes auraient grand besoin de ces marchandises.

— Où allez-vous ? demanda-t-elle à Zach. Je crois que je vais surveiller le chariot pendant que vous partez en reconnaissance.

— Je vous accompagne aux écuries. Il faudra nourrir les bêtes. Le charron devra jeter un coup d'œil à l'essieu arrière, et votre nouvelle monture a besoin de fers.

— Cet essieu est en bon état.

— Le charron l'ignore, répondit Zach avec un clin d'œil.

— Très rusé, commenta la jeune femme en arquant les sourcils.

L'étable sombre qui jouxtait la forge serait une cachette idéale pour leur véhicule.

— Si je ne suis pas de retour quand vous aurez terminé, garez-vous devant le saloon.

Il désigna un bâtiment qui semblait regorger d'hommes en pleine discussion.

— Là-bas ? fit-elle, la mine soucieuse. Cela ne me dit rien qui vaille.

— Ne vous inquiétez pas. Ils savent que vous êtes avec moi.

Zach était bien plus confiant qu'elle, d'autant plus que certains de ces hommes l'observaient d'un air méchant.

— Nul ne vous importunera, ajouta-t-il.

Il s'arrêta devant les écuries, donna ses instructions au propriétaire, puis gagna la forge. Du haut de son perchoir, Caroline le regarda s'entretenir avec le forgeron.

Elle se tripota nerveusement les cheveux, puis crispa les poings. Si seulement il se dépêchait un peu !

Zach foula à nouveau le trottoir en planches, mémorisant les visages des hommes qu'il croisait. L'un après l'autre, ils baissèrent les yeux et s'écartèrent pour le laisser passer. Nul n'osa prononcer un mot avant d'être à bonne distance de Zach, et encore, ils s'exprimaient à voix basse. Ils se gardèrent désormais de fixer Caroline, qui sentit leurs regards glisser sur elle.

Elle était en sécurité, mais devait se montrer méfiante. Elle prit une profonde inspiration et regarda Zach s'éloigner dans la rue, tel le maître des lieux, la tête haute. Les femmes l'admiraient, mais il poursuivit son chemin sans se soucier de l'effet qu'il produisait sur elles.

Elle sourit et secoua la tête : cet homme était capable d'impressionner un serpent à sonnette.

Soulagée, elle se détendit un peu et se tourna vers un cavalier qui s'approchait.

Aussitôt, son sourire s'envola.

— Commandant Zachary McCallister, au rapport !

— Toujours bon pour le service ? s'enquit le colonel William H. Lewis, en se penchant en arrière sur son siège. Qu'est-ce qui vous amène dans ce trou perdu ?

Zach sortit une liasse de feuilles de sa chemise et la tendit à l'officier. Lewis lui désigna une chaise.

— Asseyez-vous. J'ai l'impression que j'en ai pour un bon moment.

Zach le trouvait très serein pour un officier sur la piste de centaines de Cheyennes en fuite. Sans quitter le document des yeux, Lewis sortit une boîte de petits cigares. Il se servit et en proposa un à son visiteur, qui accepta.

Zach observa l'agitation qui régnait dehors pendant que Lewis lisait le document. Enfin, l'officier leva les yeux et le regarda à travers un nuage de fumée.

— Je suis censé vous apporter toute l'aide dont vous aurez besoin, et ne pas entraver votre mission.

— Oui, mon colonel, répondit-il en soutenant son regard.

— Cela fait un moment que vous êtes dans le secteur, reprit Lewis. Pourquoi avoir attendu ce jour pour venir me voir ?

— Jusqu'à présent, je n'avais aucune raison de vous solliciter.

— Ah, je comprends, fit Lewis en plissant les yeux. Vous êtes avec la squaw de Petit Loup...

— Caroline Whitley, corrigea Zach d'un ton sec, car il n'appréciait pas le ton de l'officier. J'ai bon espoir qu'elle me permette de pénétrer dans le campement cheyenne, le moment venu.

— Elle vous fera scalper, oui, rétorqua Lewis en examinant l'extrémité rougeoyante de son cigare. Mais elle est si belle que le jeu en vaut peut-être la chandelle.

— Comment ? s'indigna Zach en se redressant.

L'officier afficha un air narquois.

— Du moins, si cela ne vous ennuie pas de passer par où est passé Petit Loup, bien sûr...

— Je n'apprécie guère vos propos, mon colonel, répliqua Zach en écrasant son cigare dans le cendrier. Mlle Whitley est victime de circonstances indépendantes de sa volonté.

— Certes, fit Lewis en opinant. Elle n'a pas pu s'empêcher d'écarter les jambes pour un maudit Indien.

Zach se leva d'un bond et s'appuya sur le bureau.

— Veuillez retirer ces paroles.

— Pour qui vous prenez-vous, monsieur l'agent spécial du gouvernement ? lança l'officier, courroucé. Je me moque éperdument de votre ordre de mission. Vous débarquez ici en compagnie d'une traînée alors que nous sommes en état de siège, et vous voulez que je vous aide ?

— Vous n'avez peut-être pas remarqué la signature qui figure au bas de ce document.

— Ce n'est pas à Sheridan que vous vous adressez, en ce moment !

— Si vous vous opposez à moi, c'est vous qui aurez affaire à Sheridan, prévint Zach.

Lewis se leva, ivre de rage. Zach se redressa, mais ne recula pas. Il regrettait d'en arriver là. Si Lewis refusait de le laisser parcourir le territoire sans être importuné par ses troupes, autant abandonner le chariot au milieu du fort et laisser les colons se servir. Il s'efforça de se détendre.

— J'ai des raisons de croire que mon fils est encore en vie. Tant qu'il me reste une lueur d'espoir, je dois poursuivre mes recherches.

— Et votre objectif premier ? s'enquit Lewis en se rasseyant.

Zach hésita. Son objectif premier était Luke, mais il se devait d'adopter un comportement militaire.

— Je ferai tout ce qui est en mon pouvoir pour convaincre Petit Loup de se rendre.

— Mlle Whitley est-elle au courant ? poursuivit l'officier en insistant sur le nom de la jeune femme.

Zach secoua la tête.

— Non, mon colonel. Elle ne sait rien de mes objectifs. C'est une femme très… entêtée. Jamais elle ne me permettrait de l'accompagner si elle était au courant.

Lewis émit un petit rire.

— Eh bien, vous êtes dans une situation délicate. Je m'en voudrais de la rendre encore plus difficile.

Il se releva et se mit à arpenter le bureau. Son masque de désinvolture avait disparu.

— Petit Loup se dirige par ici en compagnie d'une centaine de guerriers à cheval. Il y a aussi cent soixante-quinze femmes et enfants, certains à cheval, d'autres à pied.

— Cela correspond à mon estimation, marmonna Zach. Les conditions devaient être rudes, dans la réserve.

— Il est fou ! Les citoyens de Dodge City et les fermiers sont en train de s'armer. Des troupes attendent les ordres jusqu'à Fort Sill. Il semble avoir emprunté la vieille piste du Kansas, et non la route de ravitaillement des campements, qui les mènerait directement ici. C'est sa première erreur. Il y a moins de fermes et de colons dans cette direction, donc moins de possibilités de pillage. Le capitaine Rendlestock arrive de Fort Reno. Il aurait dû les rattraper hier, à Turkey Springs. Nous attendons un message qui nous informe que les Cheyennes ont été capturés.

— J'espère que vous avez raison. Masters sera furieux si Rendlestock échoue. L'armée comprend certainement que Petit Loup représente un véritable danger. Nul n'a jamais battu cet homme lors d'une bataille. C'est un fin stratège, très intelligent.

Lewis se mit à rire.

— C'est un Indien ! Sa tribu est affamée et ses hommes sont affaiblis par la malaria. Il n'y a pas un seul guerrier vaillant. Ce qui m'inquiète surtout, ce sont ces citoyens hystériques. Ils incriminent déjà les Indiens pour tous leurs malheurs.

Il leva les mains au ciel.

— Hier, un fermier et sa famille ont abandonné leur ferme, à cinq kilomètres de Dodge City. Cet imbécile avait laissé son fourneau allumé et la maison a pris feu. Naturellement, il crie à qui veut l'entendre que ce sont les Indiens qui l'ont incendiée. Il exige des indemnités de la part du gouvernement et affirme que les autorités auraient dû le protéger. À présent, je reçois des messages affolés du maire de Dodge City, qui réclame des armes et des munitions. Comme si je possédais un arsenal en plein milieu de la prairie ! Non, commandant, fit-il en s'asseyant sur un coin de son bureau. Ce ne sont pas les Indiens qui m'inquiètent. Toutefois, je vous conseille de sortir rapidement cette squaw de la ville. Les gens sont trop énervés. Je dirai à mes hommes de vous garantir une entière liberté de mouvement.

Il serra la main de Zach.

— Ce n'est pas une squaw.

Lewis crispa les doigts sur sa main.

— Ne vous laissez pas abuser par ses beaux yeux. Elle est mariée avec un Indien.

Il rendit à Zach son ordre de mission.

Ce dernier salua l'officier et rangea ses documents sous sa chemise. Il se surprit à souhaiter que Petit Loup se dirige vers Dodge City. Lewis avait besoin d'une bonne leçon.

Lorsqu'il quitta le bâtiment, des exclamations, puis les cris étouffés d'une femme le firent émerger de ses pensées. Un attroupement s'était formé devant la forge. Par terre, il distingua un amas de jupons, puis une robe bleue et deux jambes nues qui s'agitaient.

Nom d'un chien ! songea-t-il en se précipitant à la rescousse. Cette femme ne peut donc pas s'empêcher de se fourrer dans le pétrin ?

Zach saisit les rênes d'un cheval, fit descendre son cavalier sans ménagement et monta en selle. Il partit au galop et fendit la foule qui entourait Caroline. Il bondit au-dessus des badauds et parvint à frapper un homme agenouillé près de la jeune femme. D'un coup de pied, il le projeta au loin. En apercevant ses seins dénudés, Zach rougit et descendit de sa selle.

Il tira un coup de feu en l'air. Aussitôt, les curieux s'écartèrent.

— Pas de bêtises ! prévint-il.

L'homme qu'il venait de bousculer se releva en grommelant. Caroline lui assena un coup de pied dans le tibia, tout en relevant sa robe sur sa poitrine. L'agresseur poussa un cri de douleur et se plia en deux.

— Vous allez bien ?

En remarquant la lueur métallique qui brillait dans les yeux de la jeune femme, il comprit qu'elle n'était pas blessée… et qu'elle s'apprêtait à se servir de son arme.

— Je suis un peu secouée, mais je m'en remettrai, répondit-elle, visiblement furieuse.

— Vous entendez ça, les gars ? lança Zach en brandissant son colt face aux curieux.

Comme un seul homme, ils reculèrent.

— Méfiez-vous, elle sait utiliser son couteau ! ajouta-t-il.

L'agresseur gémissait de douleur. Un homme corpulent fendit la foule et s'approcha, le regard interrogateur. Zach lui fit un signe de tête. Prudent, il s'approcha du blessé.

— Allez, Igor, pauvre imbécile, lui dit l'homme. Tu vas nous faire tuer tous.

— Mais elle m'a souri ! s'exclama le dénommé Igor tandis que son ami le soulevait sur son épaule, comme un sac de farine.

— Et non, mon vieux, lui répondit-il en regardant Zach. Elle souriait parce que c'est une belle journée, et pas parce qu'elle en voulait à ton caleçon.

Quelques rires fusèrent tandis que le colosse emportait son fardeau sans le moindre effort. Les autres lui emboîtèrent le pas, fusillant Zach et Caroline du regard.

Zach attendit qu'ils se fussent éloignés pour rengainer son colt. Puis il se tourna vers la jeune femme.

— Vous lui avez souri ?

Elle posa sur lui un regard glacial, puis se détourna pour ranger son couteau.

— C'était involontaire, assura-t-elle en relevant fièrement la tête.

Elle se dirigea vers l'arrière du chariot et prit son sac de toile.

— Qu'a-t-il fait pour provoquer ce sourire ? insista Zach.

Elle fit volte-face si vivement qu'elle faillit lâcher le haut de sa robe.

— Ce serait donc de ma faute ? s'exclama-t-elle, outrée.

Ses yeux lançaient des éclairs, au point que Zach se réjouit qu'elle ait remis son couteau en place.

— Bien sûr que non, mais prenez garde à vos sourires, désormais. Ils sont aussi dangereux que votre couteau.

Sur ces mots, il s'avança et saisit un pan du tissu déchiré de la robe.

— Vous êtes blessée ?

— Non, mais vous, vous le serez si vous ne me lâchez pas tout de suite.

Les yeux écarquillés, elle crispa les doigts sur son vêtement.

Zach leva les mains en l'air en signe de reddition.

— J'avais oublié. Vous n'avez pas besoin de mon aide.

Il s'attendait à ce qu'elle le remercie de l'avoir sauvée des griffes de cet homme, mais elle se contenta de pincer les lèvres.

— Vous êtes certaine que tout va bien ?

Elle opina.

— Changez-vous vite, reprit-il. Je tiens à partir d'ici sans tarder, avant qu'il ne nous arrive malheur.

Il alla rendre le cheval qu'il avait « emprunté ». À son retour, son sourire fit rapidement place à une mine renfrognée : plusieurs hommes traînaient toujours autour de la jeune femme. Si certains osèrent croiser son regard, la plupart lui tournaient le dos.

Zach devrait établir leur campement un peu plus loin du fort qu'il ne l'avait prévu.

Mais ce n'était pas une bande de civils excités qui l'empêcheraient de retrouver son fils.

5

Caroline prit son sac et alla se changer dans une stalle inoccupée. Appuyant le front contre la paroi en bois, elle tenta de maîtriser ses tremblements. Comment avait-elle pu être aussi stupide ? Son cauchemar avait failli recommencer...

En commençant d'ôter sa robe, elle découvrit la peau meurtrie de ses seins et frémit d'effroi. Ce monstre l'avait touchée, embrassée... Pour se laver de cet affront, elle se précipita vers un abreuvoir et s'aspergea le visage d'eau fraîche, ainsi que la poitrine.

Deux mains douces l'éloignèrent de l'abreuvoir. Une voix murmura des paroles apaisantes tandis que les mains l'enveloppaient dans une couverture. En levant les yeux, elle croisa le regard de Zach. Sans doute la trouvait-il sale, souillée. Tous les habitants de la ville crachaient sur elle et l'insultaient. Les femmes refusaient même de la croiser, de peur de l'effleurer au passage.

Mais les hommes... Les hommes considéraient qu'ils avaient le droit de la toucher là où ils le voulaient, autant qu'ils le voulaient...

Zach avait dû entendre les commentaires des clients du saloon, le premier soir. Maintenant, il avait vu ces hommes la traiter comme une prostituée. Sans doute ne voudrait-il plus l'accompagner dans son périple.

Pourquoi la soutenait-il ? Pourquoi cherchait-il à la rassurer ? Partirait-il dès qu'elle se sentirait mieux ?

Que ferait-elle, ensuite ? Elle avait besoin de son aide pour porter ces vivres et ces médicaments aux Cheyennes. Elle avait besoin de se ressaisir. Elle mourait d'envie de se blottir dans ses bras, mais refusait d'être faible, de pleurer. Si elle se laissait aller, elle risquait de ne plus pouvoir s'arrêter.

— C'est fini, dit-il en se penchant vers elle. Vous êtes en sécurité.

Il glissa une mèche de ses cheveux derrière son oreille, mais elle repoussa vivement sa main.

— Ne me touchez pas ! Je vous en prie, dit-elle en serrant la couverture rêche sur sa poitrine.

— Vous avez besoin d'en parler ? Cela vous aiderait-il de me raconter ce qui s'est passé ?

— Je... J'ignore comment cela a pu se produire, avoua-t-elle. Il est arrivé à cheval quand vous êtes passé près du saloon. Je souriais devant la façon dont vous intimidiez ces hommes. En l'entendant approcher, je me suis retournée. Je... ne voulais pas. C'était un sourire involontaire.

Zach crispa la mâchoire.

— C'est tout ? Vous lui avez simplement souri ?

— Sans que je puisse réagir, il m'a attrapée par la main. J'ai voulu me dégager mais il refusait de me lâcher, alors je l'ai frappé à la poitrine. Il était si fort... Ensuite, il a essayé de m'embrasser.

Elle se rendait compte que ses propos semblaient incohérents et qu'elle parlait trop vite, mais elle ne pouvait s'arrêter.

— Il a insinué sa langue dans ma bouche. J'ai eu un haut-le-cœur, mais il a continué. Alors je lui ai donné un coup de pied, ce qui l'a rendu fou. Les hommes du saloon se sont approchés en l'encourageant. J'ai réussi à me dégager pour le gifler. Il était furieux et de plus en plus brutal.

Elle se tut, le temps de reprendre son souffle.

— Ils ont commencé à me bousculer. Je passais de main en main. J'avais beau me débattre, les griffer, ils se contentaient de rire.

Elle frémit.

— Je sentais leurs mains sur moi, un peu partout. L'un d'eux a déchiré ma robe. Je n'ai pas réussi à cacher mes...

Elle ferma les yeux, mais les images de leurs regards lubriques, de leurs mains sales la hantaient.

— Caroline, fit Zach en la prenant par les épaules. Ne vous torturez pas. C'est terminé.

Elle leva vers lui des yeux étonnés. Il avait les traits tendus, le front soucieux, les lèvres pincées. Naturellement, songea-t-elle, son babillage incessant ne l'intéressait guère. Cette mésaventure ne suscitait en lui que du dégoût. Comme il avait dû détester prendre sa défense !

— Vous avez raison, fit-elle en se dégageant de son emprise, dans un effort pour retrouver sa dignité. Je suis désolée. Vous savez, si vous ne souhaitez pas poursuivre notre... association, je le comprendrai parfaitement.

Zach la dévisagea. Il ne répondit pas tout de suite, puis s'exprima d'un ton mordant :

— Pourquoi ne voudrais-je pas poursuivre ? Vous n'avez rien fait de mal. Ce qui vient de vous arriver n'est pas de votre faute.

— Les gens me considèrent comme une prostituée, dit-elle d'un ton posé mais ferme. À cause de ce qui m'est arrivé, et parce que je... parce que Petit Loup est mon... mari.

Il lui était de plus en plus difficile de prononcer ces paroles. Pendant combien de temps allait-elle devoir user de ce mensonge ?

— Vous n'êtes pas responsable, répéta Zach en la prenant à nouveau par les bras. Jamais je n'aurais dû vous laisser seule, avec tous ces hommes qui rôdent.

Il ne l'écoutait donc pas. Elle prit une profonde inspiration. Ses doigts se crispèrent sur la couverture, mais elle parvint à regarder Zach droit dans les yeux.

— Vous ne comprenez pas... Il y a quelques années, j'ai été capturée par les Kiowas...

— Je sais, coupa-t-il en soutenant son regard.

La jeune femme écarquilla les yeux. Il était au courant ? Elle plissa les yeux en sentant les mains de Zach glisser sur ses bras.

— Depuis combien de temps ?

Il hésita.

— Un moment.

— Combien de temps ? insista-t-elle en penchant la tête.

Il rougit et déglutit péniblement, mal à l'aise.

— C'est un homme de votre convoi qui m'a tout raconté.

— Ainsi, vous le saviez avant d'accepter mon offre ?

Elle fronça les sourcils. S'il n'ignorait rien de ses épreuves, pourquoi avait-il accepté de l'accompagner ?

— Vous connaissiez ces malfrats qui m'ont agressée, dans la ruelle ?

Elle se mit à faire les cent pas devant lui.

— Combien leur avez-vous versé pour qu'ils vous laissent jouer les héros ?

— Ce n'est pas le cas ! s'écria-t-il, offusqué. Jamais je n'aurais fait quelque chose d'aussi bas !

— Vraiment ? demanda-t-elle en se postant face à lui. Vous n'êtes donc pas homme à profiter d'une femme désespérée ? Vous n'utiliseriez pas une femme pour parvenir à vos fins ?

Zach se pencha vers elle.

— Je ne ferai jamais rien qui puisse vous nuire.

— À qui pourriez-vous faire du mal, monsieur McCallister ? s'enquit Caroline, déterminée à obtenir une réponse franche. Pourquoi tenez-vous tant à gagner le campement des Cheyennes, au point de tolérer la présence d'une personne de mon genre ? Auriez-vous soif de vengeance ? Les Cheyennes ont-ils fait du mal à quelqu'un qui vous est cher ?

Il se détourna vivement, mais sa mâchoire crispée n'échappa pas à la jeune femme, de même que la lueur qui brillait dans ses yeux, et qui reflétait un sentiment proche de la peur.

— Je ne peux pas en parler, dit-il, les poings sur les hanches.

— Et vous voulez que je vous fasse confiance, répliqua-t-elle avec un soupir. Comment pourrais-je vous faire confiance si vous ne m'expliquez pas pourquoi je devrais vous accorder cette confiance ?

Fixant son dos, elle attendit. Ce qui le motivait devait être d'une gravité extrême, car il ne semblait pas homme à agir sans réfléchir.

— Vous vous trompez, dit-il en la regardant par-dessus son épaule. Je n'ai pas besoin de « tolérer » votre présence. Vous êtes l'une des femmes les plus courageuses que j'aie jamais rencontrée.

L'esprit de Caroline s'embruma. Les paroles de Zach et son expression la laissaient sans voix. Personne ne lui avait jamais fait un tel compliment, au point qu'elle ne savait comment réagir. Son entourage, même les gens qui lui étaient chers, la considérait comme souillée à jamais, une véritable paria. Seuls les Cheyennes avaient su l'accepter et l'aimer pour elle-même.

Il désigna sa robe déchirée et maculée de boue.

— Il faut que nous quittions cet enfer au plus vite. Vous voulez que je vous aide à enlever cette robe ?

— Non ! lança-t-elle plus brutalement qu'elle ne l'aurait voulu.

Elle regrettait de le rudoyer, mais il était redescendu sur terre un peu trop vite à son goût, après ce compliment dont elle se remettait à peine. Elle respira profondément, sachant qu'elle n'avait d'autre possibilité que de ne pas insister, jusqu'à ce qu'elle parvienne à lui faire révéler ses secrets.

— Non, merci, dit-elle d'un ton plus posé. J'y arriverai toute seule.

Elle fit mine d'examiner sa robe pour éviter de regarder Zach dans les yeux.

— J'ai quelques affaires à régler, reprit-il en replaçant son chapeau sur sa tête. Je n'en ai pas pour longtemps. J'aimerais établir le campement avant la tombée de la nuit. Ne quittez pas les écuries avant mon retour, surtout.

— Vous ne me connaissez pas, rétorqua-t-elle. Il n'est pas question que je reste terrée ici comme une bête aux abois.

Elle crut l'entendre marmonner un commentaire peu élogieux sur son entêtement, puis il s'éloigna.

Les mains tremblantes, la jeune femme se dévêtit. Elle secoua la tête en observant ses jupons déchirés. Inutile d'ouvrir sa valise pour prendre conscience du dilemme qui s'imposait à elle. Sa garde-robe se limitait en tout et pour tout à son beau costume en peau, sa robe du dimanche et sa robe en mousseline rapiécée qu'elle portait pour travailler.

Elle réfléchit en caressant distraitement la matière lisse. Zach l'avait obligée à enfiler une robe pour se promener en ville. Avec tous les fermiers affolés qui cherchaient refuge au fort, il avait trouvé peu raisonnable d'afficher tout rapport avec les Cheyennes. Mais cela n'avait servi à rien : elle s'était fait injurier comme d'habitude...

Elle roula en boule sa robe souillée et la déposa dans un coin en attendant de la laver. À quoi bon se fatiguer à la raccommoder ? Elle en ferait des chiffons et des pansements. Il pouvait leur arriver de nombreuses mésaventures dans la prairie.

Elle enfila sa tenue en peau et soupira à son contact frais.

Elle se sentait bien mieux ainsi. Ajustant son couteau sur sa cuisse, elle plaça ses cheveux sur son oreille. Enfin, elle était redevenue elle-même.

Zach talonna le cheval de Caroline et quitta leur nouveau campement, ne s'arrêtant brièvement que pour s'assurer que les hommes de Lewis montaient la garde. Il prit ensuite la direction de Fort Dodge. Il termina le trajet au galop jusqu'au dernier saloon de la rue. Il ne tenait pas à annoncer son arrivée, enfin, pas totalement, admit-il avec une moue désabusée. Il avait besoin de défouler sa colère depuis qu'il avait vu Caroline allongée par terre, en train de se débattre, sous les regards lubriques des badauds.

Il ôta ses gants et les attacha à sa selle, puis il noua les rênes de son cheval à un poteau.

Comme toujours, le trottoir grouillait de clients qui, verre à la main, observaient les moindres mouvements de Zach. Une clameur rauque s'éleva de l'intérieur du saloon tandis qu'il en gravissait les marches, vers la porte à double battant. Dans la salle, il attendit que ses yeux s'accoutument à l'atmosphère enfumée. Il repéra sa proie parmi un groupe de barbus au teint rubicond. Ces géants qui roulaient les « r » étaient des mennonites russes, des nouveaux arrivants qui entendaient coloniser une longue bande de terre près de Cimarron et que l'arrivée des Cheyennes contrariait dans leurs projets.

Zach plissa les yeux en identifiant Igor, l'agresseur de Caroline, et avança sans se rendre compte du silence qui s'était installé. Il éclaboussa au passage plusieurs clients de bière. Beaucoup grommelèrent, sans oser le regarder en face. La colère de Zach monta d'un cran lorsqu'il se posta derrière Igor, attendant qu'il remarque sa présence.

Le Russe posa sa bière sur une table.

— Ah oui, femme très beaux nichons, commenta-t-il avec un geste éloquent. Et une bouche...

En reconnaissant Zach, il s'arrêta net, bouche bée, les yeux écarquillés.

Zach crispa le poing. Cette vengeance n'allait pas lui apporter la satisfaction qu'il espérait, mais il frappa de toutes ses forces, visant le nez d'Igor. Celui-ci fut projeté en arrière et s'écroula sur une table qui se brisa. Il se retrouva sur les genoux de l'homme qui l'avait emmené, plus tôt dans la journée. Dans un silence pesant, celui-ci observa Zach, puis releva Igor qui saignait en gémissant.

— Quand on goûte, on paye, dit le colosse en écartant Igor. Non ! cria-t-il à plusieurs jeunes hommes qui commençaient à rouler leurs manches de chemise. C'est la bagarre d'Igor. Vous regardez ou vous partez.

— Dehors ! lança le barman en tirant un coup de fusil en l'air. Pas de bagarres chez moi !

Zach hocha la tête et recula vers la porte, suivi d'Igor. Les clients leur emboîtèrent le pas dans la rue, où ils encerclèrent les deux hommes tout en pariant sur le gagnant. Plusieurs saisirent des lanternes accrochées aux poteaux.

Zach étudia son adversaire dans la lumière vacillante. Bien qu'ivre mort, Igor le dépassait de vingt kilos et de plus de dix centimètres. Mais son agilité, sa rapidité, sans parler de sa colère, lui donneraient l'avantage.

Il scruta ensuite les mines patibulaires des badauds. Il devrait affronter bien d'autres hommes qu'Igor, avant d'en avoir terminé. Mais il avait besoin de se défouler. De toute façon, les soldats de Lewis mettraient fin aux hostilités avant que la situation ne dégénère. En attendant, il avait envie de frapper.

Il assena donc un coup violent dans la mâchoire d'Igor, qui chuta. Voyant qu'il ne cherchait pas à se relever, Zach lui jeta de la poussière au visage.

— Debout ! La femme que tu as souillée de tes sales pattes a plus de combativité dans le petit doigt que tu n'en as dans toute ta carcasse.

— Assez, bredouilla Igor, à la grande déception de ses compagnons qui tentaient de le relever.

— Pourquoi tant d'histoires ? lança une voix dans la foule. Cette femme est la squaw d'un de ces maudits Cheyennes.

Un murmure d'approbation parcourut l'assemblée.

— Vous aimez les Indiens, monsieur ? demanda un autre.

Très vite, la situation s'envenima.

— Vous auriez peut-être besoin qu'on vous mette du plomb dans la cervelle !

Le cercle de spectateurs se rétrécit. Plusieurs hommes bousculèrent Zach. Il se défendit, frappant un adversaire au nez, mais reçut une droite dans l'abdomen. Les lanternes s'éteignirent. Zach affronta alors des silhouettes indistinctes, esquivant les coups de son mieux. Hélas, il en encaissait plus qu'il n'en donnait.

Des coups de feu retentirent tandis que des soldats entraient dans la mêlée.

— J'aurais dû me douter que je vous trouverais au cœur de cette rixe, maugréa Lewis en aidant Zach à se lever.

Ses soldats leur frayèrent un chemin de sortie. Ils ordonnèrent aux ivrognes de retourner boire, leur assenant des coups de crosse de fusil au besoin.

Zach ne se rendit compte qu'il était soutenu que lorsque Lewis le lâcha. Il eut toutes les peines du monde à rester debout.

— Tu sais te battre, admit le colosse russe avec une moue approbatrice.

Zach sourit et lui tendit la main.

— Merci. Je m'appelle Zach McCallister.

— Peter Stanislovsky.

— Enchanté, dit Zach en grimaçant, tant la poigne de l'homme était puissante.

— Je vais coucher Igor.

Sur ces mots, il souleva son compagnon sur son épaule et s'éloigna en les saluant d'un signe de tête.

— Vous venez de vous faire un ami, commenta Lewis en soutenant Zach sur son épaule. J'ai un produit qui soignera vos plaies. Et des nouvelles à vous annoncer.

Zach s'immobilisa.

— Qu'avez-vous appris ?

— Pas ici, murmura Lewis. Les murs ont des oreilles.

Quand l'infirmier militaire eut fini de panser ses plaies, Zach s'installa plus confortablement et avala une gorgée d'un whisky étonnamment bon.

— Quelles sont les nouvelles ?

Lewis tira sur son cigare et forma un cercle de fumée, puis il se pencha en avant.

— Un messager est arrivé. C'est ridicule, mais il n'y a pas encore de télégraphe entre les forts. Comment respecter les ordres quand nous dépendons de messagers pour communiquer ?

Il se leva.

— Mes considérations pratiques ne vous passionnent guère, on dirait, reprit-il.

— Bien sûr que si, car vos problèmes m'empêchent de respecter les ordres que je reçois.

Lewis se rassit.

— Les Cheyennes ont échappé aux hommes chargés de les rassembler. Petit Loup a attiré Rendlestock dans un piège, à Turkey Springs. Nous avions pourtant l'avantage en hommes et en munitions, avec une tranchée judicieusement placée entre le campement de Rendlestock et la source la plus proche... Bref, Rendlestock est en route pour le prochain camp de ravitaillement avec ses éclopés.

— C'était donc si terrible ? s'enquit Zach, qui ne s'étonnait guère de la victoire des Cheyennes.

— Petit Loup, le mari de votre protégée, les a coincés pendant une journée et une nuit, sans eau. Les hommes ont dû se résoudre à boire de l'urine de cheval.

Zach faillit avaler de travers.

— De l'urine de cheval ?

— Vous pouvez me croire sur parole, les têtes vont tomber ! fit l'officier en frappant du poing sur la table. Rendlestock est bon pour la cour martiale. Plus jamais nous ne sous-estimerons les Indiens.

— Vous allez envoyer des troupes à leur poursuite ? demanda Zach, admiratif devant le courage de Petit Loup.

— Les hommes des cinq forts de la région vont pourchasser ces maudits Indiens, déclara Lewis en écrasant son cigare dans un cendrier. Cette victoire a certainement donné du courage aux Cheyennes. Ils vont prendre de l'assurance. Ce sera un véritable bain de sang.

Il se tourna vers Zach et ajouta :

— Je n'arriverai pas à cacher longtemps l'information. Tout le monde semble au courant de la présence de votre femme dans les environs. Vous feriez mieux de partir au plus vite. Je ne puis garantir sa sécurité, ni la vôtre. Je vais ordonner à mes hommes de ne pas entraver votre liberté de mouvement, mais vous devrez veiller vous-même sur votre sécurité.

Zach ne prit pas la peine de corriger l'officier. Si Caroline Whitley n'était pas sa femme, elle n'en était pas moins sous sa responsabilité. Il vida son verre et se dirigea vers la porte du bureau.

— Merci pour cet excellent whisky et pour votre aide précieuse, conclut-il en saluant Lewis de sa main bandée.

Lewis lui répondit d'un hochement de tête.

Zach quitta le fort et la ville qui le jouxtait. Dès qu'il eut dépassé les derniers campements, il mit son cheval au galop. Son esprit tournait à la vitesse de sa monture.

Pourquoi avait-il été incapable de souhaiter à Lewis de remporter la victoire face aux Cheyennes ? De quel côté se situait donc sa loyauté ? Son engagement envers une femme superbe le privait-il de tout sens du devoir ?

Le devoir était le cadet de ses soucis. Seule la sécurité de Luke avait de l'importance. Rien, pas même la ravissante Caroline, ne l'empêcherait de sauver son fils.

En entendant le signal de Zach, une série de sifflements, Caroline lâcha la crosse de son fusil et se détendit. Elle émergea de sous le chariot et ajouta une bûche dans le feu de camp. Zach apparut dans l'ombre.

— Vous faites cela aussi bien qu'un Cheyenne, dit-elle.

— Quoi ? demanda-t-il en ôtant son manteau qu'il jeta sur sa couverture.

Il garda toutefois son chapeau vissé sur la tête.

— Arriver sur la pointe des pieds.

— C'est l'un de mes talents.

La lueur de son regard fit frémir la jeune femme. Il ressemblait presque à un prédateur.

— Vous avez faim ? s'enquit-elle en se penchant pour garnir une assiette.

Elle savait qu'il n'était pas dupe de cette diversion, mais elle refusait de lui donner la satisfaction de voir à quel point il la troublait.

— Oh oui ! répondit-il d'une voix rauque qui la fit trembler de tous ses membres.

Elle avait déjà entendu ce ton de voix chez certains hommes, juste avant qu'ils ne perdent le contrôle d'eux-mêmes…

Le chiffon qui lui permettait de tenir la grille sur le feu lui échappa et elle se brûla la main. Elle dut se mordre les lèvres pour ne pas crier de douleur.

La marmite se renversa. Son contenu faillit disparaître dans les flammes.

— Tout va bien ? s'inquiéta Zach en se précipitant vers la jeune femme.

Il la prit par la taille pour l'éloigner du feu. En sentant son haleine chargée d'alcool, Caroline se raidit.

— Ce n'est rien, assura-t-elle en l'observant d'un œil méfiant.

Elle était irritée de constater qu'il avait bu pendant qu'il était au fort, alors qu'elle l'attendait, seule, au campement. Se dégageant de son emprise, elle se dirigea vers le chariot pour chercher un remède de Vieux Pont, le guérisseur cheyenne. C'était ce baume qui avait soigné les plaies de son dos, naguère.

Elle sentait le regard de Zach rivé sur elle. Il n'était pas responsable de sa maladresse, mais elle devrait faire en sorte qu'il ne la touche plus et qu'il cesse de l'observer ainsi. Il lui rappelait trop d'épreuves qu'elle préférait oublier.

— Qu'avez-vous découvert ? demanda-t-elle en badigeonnant sa main du baume.

— Oh... marmonna-t-il, la bouche pleine. Les soldats ont rattrapé les Cheyennes à Turkey Springs.

Il se tut, le temps d'enfourner une autre bouchée de nourriture.

— Et alors ? fit Caroline, si impatiente qu'elle lui aurait volontiers pris son assiette pour l'empêcher de manger.

— Ces soldats, du moins ce qu'il en reste, sont en route pour un campement de ravitaillement.

— Formidable ! s'exclama la jeune femme. Il y a de nombreux tués, parmi les Cheyennes ?

— Non, répondit Zach en secouant la tête. Petit Loup a privé les soldats d'eau jusqu'à ce qu'ils soient contraints de boire de la pi... euh, de l'urine de cheval.

— Mon Dieu, souffla-t-elle en croisant les bras. C'est bien joué de leur part, mais les soldats n'en seront que plus déterminés. Les Cheyennes vont devoir se dépêcher...

De plus en plus inquiète pour ses amis, Caroline se sentit soudain désespérée.

— La meilleure solution est toujours de rencontrer Petit Loup à Cimarron.

Zach scruta les alentours du campement, une lueur glaciale dans les yeux. Face à un tel regard, ses adversaires n'avaient aucune chance, songea la jeune femme.

Il se leva, son assiette vide en main.

— Nous camperons au bord du fleuve en les attendant.

— Et les soldats ?

— Nous devrons les éviter.

— Comment ? insista-t-elle. Les lieux grouilleront de soldats.

Elle voulut lui prendre son assiette, mais il secoua la tête.

— Je la laverai moi-même. Mieux vaut ne pas mouiller votre bandage.

Elle voulut insister, la lui prendre des mains, mais ne réussit par accident qu'à griffer les doigts de Zach. Il ravala un juron et lâcha l'assiette dans les flammes.

— Montrez-moi votre main, dit-elle en la saisissant dans la sienne, l'obligeant à s'accroupir près du feu. Mon Dieu... commenta-t-elle en découvrant la chair éraflée et son œil au beurre noir. Vous avez bu et vous vous êtes battu ?

Elle renifla ses blessures. Quelqu'un avait versé du whisky dessus et quelques fibres d'un bandage de fortune étaient collées sur les croûtes.

— Pour quelle raison avez-vous dû retourner en ville, d'ailleurs ? Ce n'était pas pour mettre du plomb dans la cervelle d'un certain homme, j'espère !

Elle lui enleva son chapeau et le prit par le menton pour chercher d'autres traces de coups sur son visage.

— Vous auriez dû garder ce pansement. Votre œil au beurre noir vous trahit, de toute façon. J'avais un frère, vous savez.

— Assez de simagrées, grommela-t-il. J'irai mieux dans quelques jours.

En crispant le poing, il grimaça.

— On dirait que vous êtes salement touché, commenta Caroline. Quelle idée ! Vous auriez pu être gravement blessé. À quoi m'auriez-vous servi, ensuite ?

La gorge de la jeune femme se serra. Ce devait être la peur. Elle s'imaginait seule, dans la prairie, à se demander s'il allait revenir, et quand...

— Asseyez-vous, ordonna-t-elle en le guidant vers sa couverture.

Elle prit son pot de baume et quelques linges propres, qu'elle déposa sur les genoux de Zach. Elle eut la satisfaction de le voir sursauter.

— Je vais bien, assura-t-il en essayant de se lever.

Elle le repoussa fermement, une main sur sa poitrine. Il retint son souffle. En déboutonnant sa chemise, elle lui jeta un regard, le mettant au défi de l'en empêcher. Puis, face au spectacle qui s'offrait à elle, elle ne put réprimer un soupir.

Zach avait un torse sculptural, le ventre plat. Sa toison brune et bouclée dessinait une ligne sous le nombril. Elle écarquilla les yeux. Ce n'était pas la première fois qu'elle voyait un homme à demi nu, mais aucun ne dégageait une telle virilité, une telle force. Elle se prit à espérer ne jamais devoir se défendre contre lui.

Ses ecchymoses étaient tout aussi spectaculaires. Elle en effleura une du bout du doigt.

— Nom de Dieu ! Vous voulez me tuer, ma parole ! grommela Zach, confirmant les soupçons de la jeune femme : il avait des côtes cassées.

En l'incitant à se retourner, elle découvrit son dos meurtri.

— Que s'est-il passé ? C'est Igor qui vous a infligé ces coups ?

— Non, maugréa-t-il en la repoussant. Ce n'est rien, je vous dis.

Elle sortit son couteau de sous ses vêtements.

— Vous avez au moins une côte cassée. Vous ne souffrez pas, quand vous respirez ?

— Cela me fait un mal de chien, avoua-t-il, le front plissé.

— Ah, les hommes ! Vous êtes tellement douillets ! Je ne vais pas vous torturer, tout de même !

— J'ai déjà eu affaire à cette lame, alors vous comprendrez que je me méfie.

Il fit mine de se lever, mais ce simple geste lui fit si mal qu'il ne put réprimer un gémissement.

— D'accord… soupira-t-il. Mais faites vite.

Elle n'appréciait pas la proximité de cet homme à demi nu, mais c'était pour défendre son honneur qu'il avait subi ces coups. Elle devait surmonter son trouble, le temps de le soigner.

Dès qu'elle ouvrit le pot de baume, une odeur de graisse d'ours emplit l'atmosphère. Zach eut un mouvement de recul.

— C'est un excellent remède, assura-t-elle avec un sourire.

Elle étala une couche du précieux baume sur les ecchymoses, puis aida le blessé à se lever pour lui bander le torse.

— Je pue le grizzli, maugréa-t-il. Combien de temps vais-je devoir rester ainsi ?

— Quelques semaines suffiront, répondit-elle en bandant sa propre main brûlée.

Elle ne voulait pas qu'il remarque combien elle tremblait. La chaleur de son corps, la texture de sa peau provoquaient en elle des émotions qu'elle ne parvenait pas à identifier. Le souffle court, elle ressentait des picotements étranges.

Elle ne se faisait aucune illusion sur cet homme, qui allait lui prendre ce dont il avait besoin puis s'en aller. Soudain, elle céda au désespoir. Autrefois elle avait des rêves, pourtant, dans le Maryland, avant que son père n'entraîne toute la famille loin de tout ce qui leur était cher. Elle était si jeune à l'époque, celle de ses premières fêtes, ses premiers rendez-vous… Ses soupirants étaient galants lorsqu'ils l'emmenaient danser…

Elle se ressaisit. La vie avait changé. Plus jamais elle ne serait insouciante et naïve.

Zach l'observait, le visage tendu, le regard sombre. Avait-il lu dans ses pensées ? Percevait-il ses doutes, son trouble ? Ses yeux reflétaient ses propres réticences, ainsi qu'une chaleur qui la remuait au plus profond de son être.

— Caroline, dit-il d'une voix rauque.

Cette fois, elle lui faisait confiance. Il saurait maîtriser sa force. Le cœur battant à tout rompre, elle se hissa sur la pointe des pieds et posa les mains sur son torse puissant. Il se pencha vers elle et effleura ses lèvres.

Loin de céder à la panique, la jeune femme se laissa aller contre lui. Ses lèvres étaient fermes et chaudes, en dépit de sa barbe de quelques jours. Savourant son souffle tiède sur son visage, elle lui rendit son baiser et glissa les doigts dans les boucles brunes de sa nuque pour l'attirer vers elle. Zach gémit contre ses lèvres, puis posa la tête de la jeune femme sur son épaule.

Troublée, elle perdit l'équilibre et s'agrippa à lui. Elle se sentit alors enveloppée, engloutie dans son étreinte et par la passion qu'elle ressentait pour lui.

Haletante, elle s'écarta, saisie d'une crainte.

— Je... Je suis désolée, bredouilla-t-elle. Je ne peux pas.

Elle s'éloigna vivement pour se réfugier dans la pénombre. Au bord de la rivière, elle s'appuya contre un tronc d'arbre pour reprendre son souffle. L'écorce rugueuse lui meurtrit les doigts, lui rappelant qu'elle était une femme de chair et de sang, qu'elle respirait, qu'elle vibrait.

Que faisait-elle là, les joues ruisselant de larmes ? Elle se ressaisit. Ce soir, elle avait tenté de laisser libre cours à ses sensations, de comprendre les messages de son corps. En vain. La peur dirigerait sa vie à jamais.

Autant accepter le fait qu'elle était anéantie. Pleurer ne l'aiderait pas à se sentir mieux.

Elle alla s'asperger le visage d'eau fraîche.

Puis, assise au bord de l'eau à regarder la lune jouer à cache-cache avec les nuages, elle soupira. Ses craintes avaient gâché leur baiser, mais...

Pendant quelques minutes, au moins, elle avait eu un aperçu du bonheur. Quelques instants volés... Elle songea à cette chaleur, à ce plaisir. Bien des femmes passaient leur vie entière sans connaître un tel bonheur. Elle n'en obtiendrait sans doute pas plus, alors autant chérir ce souvenir.

6

Zach voulut suivre la jeune femme, mais, au bout de quelques pas, il se sentit défaillir. Avait-il pris un coup sur la tête ? Il avait failli perdre connaissance lorsque plusieurs hommes s'étaient jetés sur lui. Il aurait de la chance s'il parvenait à monter à cheval, le lendemain ; alors, pourchasser une femme à travers bois, en pleine nuit…

Il préféra lui accorder un peu de solitude. Mais si elle ne rentrait pas bientôt, il la retrouverait. Coûte que coûte.

Il s'en voulait de l'avoir effrayée. Une fois de plus. Cette femme avait le don de lui faire perdre tout contrôle de lui-même. Il en avait pourtant connu des centaines, toutes des femmes superbes. En dépit de sa beauté exceptionnelle, Patricia était une écervelée, avec ses cheveux blonds, ses grands yeux noisette, ses lèvres pulpeuses et son nez droit. C'était étrange, mais son visage ne lui revenait pas naturellement à la mémoire. Il devait même faire un effort pour la revoir en pensée.

C'est pourtant ce visage, et les formes voluptueuses de Patricia qui étaient venus à bout de ses réticences à se marier. De plus, il tenait à avoir un héritier, son père étant mourant. À la suite de sa blessure, Josh ne pouvait plus avoir d'enfants. En épousant Patricia, Zach avait rempli son devoir envers sa famille.

Tout se serait bien passé si Patricia n'avait pas été une telle mégère. Elle avait tenté de le persuader de travailler à Richmond, dans la banque de son père. Zach avait refusé. S'il avait su combien la déception de la jeune femme la rendrait amère, il aurait peut-être réfléchi.

Une fois enceinte, elle avait laissé libre cours à sa nature égoïste. Elle refusait de lever le petit doigt pour aider sa belle-famille dans l'élevage de chevaux ou pour entretenir la maison. Sa grossesse lui donnait le droit d'être servie comme une princesse.

À la mort de son père, il avait pris les rênes. Puis il s'était vu assigner une nouvelle mission et s'était empressé d'obéir. En six ans, il avait passé peu de temps chez lui. Lors de ses rares visites, Luke était son unique rayon de soleil. C'était grâce au reste de la famille que l'enfant s'était épanoui. Patricia faisait tout pour les séparer, au point que Zach osait à peine s'approcher de lui.

Non, les belles femmes étaient une espèce à fuir comme la peste, songea-t-il. Il préférait les aventures d'un soir avec des créatures expérimentées, qui n'attendait rien de plus qu'une nuit de plaisir. Malgré sa beauté naturelle, la peau bronzée de Caroline, ses mains calleuses, ses ongles cassés n'incitaient guère à l'intimité. Sans parler de sa manie de porter des tenues d'Indienne. Cependant, son accoutrement n'était pas totalement repoussant...

Pourquoi ne pouvait-il s'empêcher de la toucher, de l'embrasser ? Au premier baiser, elle s'était enfuie en pleurant. De plus, elle embrassait comme une vierge effarouchée, et non comme une femme mariée.

Il ne pouvait lui en vouloir de se méfier de lui. Il suffisait de voir comment les habitants de la ville la traitaient. Toutefois, il comprenait leur raisonnement. En découvrant le lieu où Patricia était morte, il avait senti l'horreur de son calvaire. Caroline était une victime, elle aussi, du moins quand elle était captive des Kiowas. Zach l'admirait car elle avait survécu à ce cauchemar. Ce qu'il ne comprenait pas, c'était pourquoi elle avait épousé ce chef indien. Y avait-elle été contrainte ? Petit Loup l'avait peut-être achetée à Ours blanc pour en faire son esclave.

Zach secoua la tête. Les gens l'appelaient la femme de Petit Loup ou la squaw, ce qui avait le don de le mettre en rage. À leurs yeux, elle était pire qu'une prostituée, un objet de mépris dont aucune femme respectable n'oserait parler. De plus, son surnom sous-entendait qu'elle était disposée à satisfaire les plus bas instincts d'un homme qui s'abaisserait à la prendre. Quand elle était revenue en ville travailler dans la quincaillerie de son oncle, celui-ci avait perdu une grande partie de ses clients. Il avait fini par la cacher, lui interdire tout contact. Pas étonnant qu'il l'ait laissée vendre ses parts et quitter la ville.

Il crispa les poings. Chacune de ses respirations lui faisait mal aux côtes. Pourquoi se mettait-il dans cet état chaque fois que la jeune femme était bafouée ? Il ne pouvait s'empêcher d'admirer sa détermination et son dévouement au peuple de son mari. Elle n'aurait jamais dû prendre autant de risques pour venir en aide aux Cheyennes. Hélas, elle se trouvait désormais sous sa responsabilité. Et il ne pouvait perdre de vue ses propres objectifs.

Depuis que les Cheyennes étaient en fuite, il s'inquiétait davantage pour Luke. Il redoutait qu'ils ne tuent les prisonniers qui risquaient de les retarder dans leur marche. D'après ce qu'il avait entendu dire sur Petit Loup, c'était un homme d'honneur. Mais combien de temps les Cheyennes supporteraient-ils de voir un enfant qui leur rappellerait tant l'ennemi haï ? Il espérait que son fils était bien traité, en ces périodes troublées. Était-il à pied ou à cheval ? Zach se força à se détendre, mais il n'imaginait que trop bien les épreuves subies par l'enfant. Pour l'heure, il demeurait impuissant.

De plus, il devait cacher sa mission à Caroline. Si elle apprenait qu'il était militaire, Dieu seul savait comment elle réagirait. Elle pouvait le dénoncer aux Cheyennes, qui le tueraient après l'avoir torturé. Et sans lui, Luke n'avait aucun espoir d'être sauvé.

Mieux valait réprimer son attirance pour elle et garder ses distances.

Ce baiser l'avait profondément troublé. L'abandon momentané de la jeune femme avait éveillé en lui un désir puissant. Le simple fait d'y penser faisait renaître ce désir. Quelle mouche l'avait donc piqué ? Cette femme était l'épouse d'un Cheyenne ! Il avait entendu dire qu'ils brûlaient le nez des épouses infidèles, pour que chacun sache ce qu'elles avaient fait.

Et qu'infligeaient-ils à l'amant ? Que lui brûlaient-ils ?

Il fallait être fou pour prendre de tels risques. S'il voulait gagner la confiance de Caroline et la convaincre de l'aider à trouver son fils, il ne lui restait plus qu'à lui présenter ses excuses et à ne plus jamais l'embrasser.

En entendant des pas légers dans l'herbe, il se redressa. La jeune femme s'arrêta face à lui, sans chercher à dissimuler ses yeux gonflés et rougis. Ce spectacle fit à Zach l'effet d'un coup de poignard.

— Je suis désolé, Caroline, dit-il, mourant d'envie de la prendre dans ses bras pour la consoler. Jamais je n'aurais dû vous toucher. Cela ne se reproduira pas. C'est promis.

— Ne vous en faites pas, répondit-elle en se détournant. Je survivrai. Reposez-vous.

Quelques minutes plus tard, il était couché, le chapeau sur le visage, à faire semblant de dormir, lorsqu'elle s'approcha de lui. Elle s'agenouilla près du chariot pour ôter les épingles de ses cheveux, en prenant soin de ne pas en perdre une seule, puis elle glissa les doigts entre ses mèches emmêlées. Il eut soudain envie de caresser sa chevelure soyeuse qui lui tombait dans le dos.

Ce faisant, elle découvrit involontairement son oreille gauche. Zach eut le temps d'apercevoir une cicatrice.

Comment avait-elle pu se blesser à l'oreille ? Était-ce ce qu'elle prenait tant de soin à cacher sous ses cheveux ?

En la voyant ramper sous le chariot en ondulant des hanches, il faillit devenir fou de désir.

Il avait beau essayer, il ne parvenait pas à s'arracher les yeux de la jeune femme. Quelque chose en elle l'attirait de façon irrépressible.

Comment garder ses distances alors qu'il ne souhaitait qu'une chose : se fondre en elle ?

Cette bagarre l'avait décidément troublé...

Petit Loup s'assit près du feu de Plume sur la tête, et huma le fumet de la viande que sa femme était en train de faire griller. Après deux jours de bataille, il avait toléré les feux de camp pour faire cuire la viande rapportée par Petit Ongle et ses guerriers.

Plume sur la tête s'approcha en chantant les louanges de son mari et de ceux qui le suivaient tel un guide. Il lui sourit et planta une pique dans un morceau de viande qu'il brandit vers le ciel, la terre et les quatre points cardinaux.

Il termina son repas en regardant le reste du campement s'installer pour la nuit. Ceux qui n'avaient pas de couverture se couvraient de feuillage pour trouver un peu de chaleur. Beaucoup chantaient pour se réjouir que la bataille de Turkey Springs n'ait fait aucune victime. Les blessés étaient endormis, dont une jeune fille à la cheville fracturée.

Les trois soldats tués allaient inciter les *veho* à affluer en masse. Dès le lendemain, ils devraient hâter le pas.

Cette victoire leur donnait toutefois espoir en l'avenir. Les quelques hommes vaillants de Petit Loup avaient retenu les soldats pendant deux jours. Les plus jeunes, qui n'avaient jamais livré bataille, étaient satisfaits. Petit Loup regarda danser les flammes en écoutant les notes mélodieuses de la flûte de sa femme. Son esprit vagabonda vers la longue route qui les attendait. Au-delà des canyons s'étendaient les pistes et le grand fleuve. Puis une vaste plaine dénuée d'arbres qui auraient pu les cacher.

Les Tsisitas avançaient désormais sur des terres où de nombreux Indiens avaient péri, où le sang avait coulé. Les cœurs se gonflaient de chagrin.

Ses yeux se posèrent sur Hirondelle jaune, le fils de Cheveux jaunes, Custer, et Monahseta, devenue la femme de Custer après le massacre de Washita. Petit Loup avait espéré que l'enfant de l'ennemi attendrirait le cœur des soldats. Hélas, rien n'avait changé et les siens en étaient venus à détester cet ennemi qui, selon eux, vivait en leur sein.

Par chance, le jeune garçon ne leur avait pas porté malchance lors de la bataille, comme certains l'avaient prédit.

Petit Loup le regarda pourchasser un lapin avec d'autres enfants. Souvent, il trouvait Hirondelle jaune tapi dans un coin, le regard triste, parce que les autres disaient du mal de lui. Les ragots iraient bon train à mesure qu'ils monteraient vers le nord. Comment protéger l'enfant ?

Son regard se porta à nouveau vers les flammes. Il vit Caroline, dont les cheveux blonds lui rappelaient ceux d'Hirondelle jaune. Il la vit endormie sous un chariot qui contenait des vivres et des couvertures leur étant destinés... Si seulement ce chariot parvenait jusqu'à eux ! L'homme que Petit Loup avait déjà vu avec elle dormait près du feu.

Non, il ne dormait pas. Il observait Caroline, le corps tendu, fou de désir pour elle. Inquiet, Petit Loup le surveilla, mais, finalement, l'homme ferma les yeux et s'endormit.

Petit Loup chercha alors Hirondelle jaune des yeux. Il se couchait, avec ses camarades.

Il resserra sa couverture autour de ses épaules. Peu à peu, un plan prit forme dans son esprit pour sauver Hirondelle jaune. Mais pour l'heure, il fallait dormir.

Caroline arrêta le chariot sur une corniche surplombant le fleuve Arkansas et actionna le frein avec un soupir las.

Elle en avait plus qu'assez de cette maudite piste. Elle aurait tout donné pour un bon bain chaud et un matelas moelleux. Elle sortit sa lunette et la pointa vers le nord, là où le cheval de Zach était attaché, devant la gare ferroviaire de Cimarron, sur la ligne de Santa Fé. C'était la première des trois voies ferrées que les Cheyennes devraient traverser au cours de leur périple.

La gare de Cimarron n'avait rien d'impressionnant. S'ils n'avaient pas attendu désespérément des nouvelles, Zach et elle ne s'y seraient jamais arrêtés. Zach prétendait qu'il était difficile de ne pas les remarquer, sur cette large piste très peu boisée. Mieux valait aller au-devant des gens.

Au moins, il faisait beau. La pluie qui les ralentissait depuis deux jours avait cessé. Elle commençait à se demander si ses affaires allaient sécher un jour, mais remerciait en pensée son oncle James de lui avoir fourni une bâche imperméable.

À force de conduire le chariot, elle avait mal aux bras et aux épaules, surtout avec cette boue. Elle se demandait combien de temps encore son corps fourbu supporterait ces secousses constantes et ces efforts.

Elle descendit de son perchoir et entreprit de dételer les mules. Le fleuve était en crue. Zach refusait de tenter une traversée sans l'aide d'au moins un autre homme. Ils avaient prévu d'établir leur campement ici pour leur première nuit sur place, puis de chercher un meilleur endroit dès le lendemain, un endroit plus discret parmi les arbres. Désabusée, la jeune femme scruta l'horizon. Si Zach voulait rejoindre les Cheyennes dans un lieu protégé, ils devraient rebrousser chemin vers le sud-ouest. Si les Cheyennes arrivaient jusque-là, bien sûr...

Rumeurs et soupçons faisaient rage dans toutes les villes qu'ils avaient traversées. Des centaines de colons, fermiers, cow-boys et autres vagabonds de tous poils étaient portés disparus. Les citoyens frôlaient l'hystérie. Les Cheyennes devaient passer leurs journées à manger, à en croire la quantité de bœufs et de moutons qu'ils avaient soi-disant volés. Ces exagérations étaient presque amusantes.

Toutefois, il n'y avait rien de drôle dans les récits qui circulaient sur les batailles entre soldats et Cheyennes. Elle n'osait imaginer ce qu'enduraient ses amis. Chaque fois qu'un cavalier venait à leur rencontre, Caroline retenait son souffle. La nuit, elle avait des sueurs froides, de peur d'apprendre la mort d'un être cher. Si seulement le périple des Cheyennes pouvait prendre fin...

En entendant un bruit de sabots, la jeune femme sursauta. Elle courut chercher le fusil de Zach dans le chariot. À peine l'avait-elle épaulé que Zach apparut.

— J'aurais pu vous abattre six fois avant que vous ne preniez cette arme, gronda-t-il en mettant pied à terre. Vous dormiez ?

— Je n'ai pas cette chance.

Trop lasse pour discuter, elle lui céda le fusil et retourna s'occuper des mules.

— Des haricots froids pour le dîner, ça vous dit ?

— Vous êtes fatiguée ? s'enquit-il en arquant les sourcils. Vous êtes bien féminine, aujourd'hui.

— Du nouveau ? demanda-t-elle avec un grommellement de dédain.

— Des bonnes et des mauvaises nouvelles, répondit Zach en évitant son regard. Vous serez heureuse d'apprendre que vos amis cheyennes sont toujours en fuite et qu'ils vont bien.

— C'est vrai ? fit Caroline en s'asseyant, ivre de soulagement. Et tous ces récits de batailles sanglantes ?

— Il y a eu des échauffourées. Ces histoires sont très exagérées.

Il ôta la selle de son cheval et alla la poser près du chariot.

— Faut-il faire du feu ? questionna-t-il en indiquant une zone dégagée.

Elle opina et sourit malgré elle. Depuis une semaine, ils avaient pris leurs habitudes. Par chance, ils avaient la même philosophie de la vie dans la prairie et la même façon d'établir un campement. Ils n'étaient pas amis, mais, après ce baiser torride, ils étaient devenus alliés. Ils s'évitaient avec soin, restant toujours à distance raisonnable l'un de l'autre, sans se toucher. Elle appréciait sa retenue, même si cela la rendait folle.

— Et ces racontars sur la mort de Cheyennes ? demanda-t-elle en se relevant doucement.

Elle se massa les reins. Zach prit la caisse d'ustensiles de cuisine et regarda la jeune femme.

— Un mort. Un homme. Les journaux n'indiquent pas son nom, mais ce n'est pas Petit Loup.

— Mon Dieu...

Elle posa une main sur son cœur, qui retrouva enfin un rythme normal. Assise sur la selle de Zach, elle le regarda travailler.

— Et chez les soldats ?

— Plusieurs morts, dit-il en posant sa caisse à côté d'elle. Vous comprenez ce que cela implique ?

— Des renforts, fit-elle en hochant la tête. Comment les Cheyennes s'en sortiront-ils ? Ils n'ont même pas franchi la première voie ferrée et ils ont déjà livré trois batailles.

— Ce ne sont pas des batailles, corrigea-t-il. De simples échauffourées. Même si celle de Big Sandy, hier soir, impliquait plusieurs centaines de soldats et de civils.

— Des centaines ? répéta la jeune femme, abasourdie. Comment font-ils ?

Cette nouvelle l'enchantait, mais l'alarmait tout autant. Elle ajouta :

— Ils avancent le plus vite possible, à pied pour la plupart, ou sur des chevaux épuisés. Ils portent tous des vivres, ou des enfants. Où puisent-ils leur force ?

Zach secoua la tête.

— Selon les journaux, les soldats sont désavantagés : ils sont en terrain peu familier, ils ont des munitions de mauvaise qualité, alors que les Cheyennes possèdent maintenant des carabines. En vérité, Petit Loup est simplement meilleur stratège. Lors de chaque affrontement, les Cheyennes avaient tous les avantages, le terrain, la position, l'eau potable. Ils ont construit des défenses, creusé des tranchées. Ce type est plus fort.

Zach alla attacher son cheval à un piquet pour lui permettre de paître à loisir, puis revint s'appuyer contre le chariot.

Caroline avait dégagé un petit cercle dans lequel elle disposait des brindilles.

— Nous manquons de bois. Il va falloir ramasser des bouses de buffle. Ce soir, je ne ferai qu'un petit feu, mais il risque d'être repéré à des kilomètres à la ronde.

— Le fumet de votre cuisine les attirera bien avant qu'ils ne remarquent le feu de camp, commenta Zach en riant.

— C'est un compliment ou une critique ?

— Un compliment, qui se transformera vite en critique si je dois partager mon repas.

La jeune femme sourit en frottant sa pierre pour obtenir une étincelle. Flattée par ce compliment, elle décida de préparer un repas copieux.

— Quand comptez-vous m'annoncer la mauvaise nouvelle ?

Le silence prolongé de Zach ne présageait rien de bon. Caroline s'assit à terre et attendit. Elle fut étonnée par les sentiments qui se lisaient sur les traits de Zach. Pourquoi semblait-il tiraillé ?

Depuis quelque temps, elle le soupçonnait d'avoir un passé de militaire – un passé très récent, à en juger par les documents qu'elle avait aperçus dans ses sacoches. Peut-être se servait-il d'elle pour s'infiltrer dans le campement de Petit Loup... Pour quelle raison ? Rien ne l'empêchait de se rendre chez le chef indien, escorté d'un agent officiel. Pourquoi faire appel à elle ? La seule chose qu'elle puisse faire pour lui, était de dire à Petit Loup qu'il pouvait lui faire confiance. Cette confiance lui permettrait de circuler plus librement parmi les Cheyennes – ce qui signifiait qu'il cherchait quelque chose ou quelqu'un chez eux.

Pourquoi éludait-il toutes ses questions ? Chaque fois qu'elle engageait une conversation, l'interrogeait sur sa famille, son travail, sa vie, il changeait de sujet, s'en allait ou l'ignorait totalement. Quant à son comportement de ces derniers temps, il était pour le moins étrange. Il interrogeait tous les inconnus qu'ils croisaient, exigeant de savoir tout ce qu'ils pouvaient lui révéler, et de connaître la source de leurs informations. Plusieurs fois, elle s'était réveillée au beau milieu de la nuit, pour trouver Zach assis près du feu, à monter la garde, disait-il. Elle espérait qu'il finirait par se confier à elle.

— Jusqu'à présent, l'action militaire était menée par une poignée d'imbéciles. Ils ont échoué si lamentablement que le colonel Lewis, le commandant de Fort Dodge, a repris les rênes.

Zach se mit à faire les cent pas, les mains dans les poches.

— Lewis est plus expérimenté, reprit-il. Il a juré de lutter contre les Cheyennes jusqu'à la mort.

— Oh, murmura Caroline en l'observant.

Ce n'était pas une bonne nouvelle, mais elle ne méritait pas tant d'agitation de sa part. À le regarder marcher de long en large, elle se tendit. Son jugement avisé de la situation ne lui avait pas échappé. Elle ne se trompait pas : Zach avait été militaire, et l'était sans doute encore. Sans doute était-il en relation avec l'armée pour être si bien informé. Les soldats n'étaient guère bavards avec les civils, et ces informations semblaient précises. Seul un officier pouvait les détenir.

— Vous croyez Lewis capable de mettre ces menaces à exécution ?

Zach s'arrêta enfin pour la dévisager.

— Oui, et s'il en arrive là, je crains que vos efforts ne soient réduits à néant.

Caroline jeta quelques branches dans les flammes. Puis elle se leva et épousseta sa tenue en peau, le temps de réfléchir. Si Zach disait vrai, envisageait-il de capturer les Cheyennes et de livrer Petit Loup à l'armée ? La rencontre pouvait avoir lieu à tout moment, désormais. Ce qui laissait à la jeune femme peu de temps pour deviner ses projets et les contrecarrer, au besoin, sans attirer ses soupçons.

— Vos informations sont-elles fiables ? demanda-t-elle d'un ton détaché.

Il hocha tristement la tête.

— Oui, mais je ne sais pas si je peux laisser ces événements se produire sans réagir.

Déconcertée, Caroline écarquilla les yeux.

— Je ne comprends pas, avoua-t-elle en le dévisageant.

Avait-il deviné qu'elle le soupçonnait ? Était-ce une ruse destinée à la troubler ?

— Je me doutais que Rendlestock échouerait, et c'est ce qu'il a fait, reprit Zach en prenant la jeune femme par les bras. Lewis, lui, ira jusqu'au bout.

Il la relâcha et se passa une main dans les cheveux.

— Cela me rend fou d'entendre parler de ces batailles, d'enfants et de femmes innocents qui se font tirer dessus...

Il lui tourna le dos, les mains sur les hanches.

— Ne vous en faites pas pour les enfants, dit-elle.

Il la regarda par-dessus son épaule. Pourquoi se souciait-il tant de la sécurité des femmes et des enfants ?

— Les Cheyennes ont le sens de la famille. Croyez-moi, ils feront tout pour protéger les leurs.

Elle posa une main sur l'épaule de Zach, puis caressa son bras et se pencha vers lui.

— Je peux peut-être vous aider, si vous me dites ce qui vous tourmente...

Il pivota vers elle.

— Vous êtes sûre que les enfants seront protégés ?

— Petit Loup préférerait se rendre que de les exposer au danger, assura-t-elle. Ce sont les soldats qui devraient vous inquiéter.

— Je m'en inquiète, répondit-il.

Il n'évoqua plus ce sujet de la soirée. Mais Caroline ne put s'empêcher de l'épier. Sa curiosité était piquée au vif.

Peut-être cherchait-il un enfant. Elle n'avait pourtant pas souvenir d'un enfant blanc ayant été adopté par des Cheyennes durant son séjour chez eux. Le seul qui puisse éventuellement intéresser les Blancs était Hirondelle jaune. La femme blanche de Custer avait-elle changé d'avis et décidé de reconnaître ce fils métis ? Zach était-il venu le récupérer ?

Elle en doutait. Libby Custer était trop fière pour accepter un enfant métis. Elle avait même refusé de voir l'enfant.

Toutefois, les Cheyennes avaient pu adopter un autre enfant. Si elle en avait le temps, elle se promit d'interroger les épouses de Petit Loup. Femme calme et Plume sur la tête savaient tout.

7

Zach se réveilla le soleil dans les yeux. Une délicieuse odeur de café flottait dans l'air. Se dressant sur son séant, il émergea doucement du sommeil. C'était la première fois qu'il dormait aussi bien depuis le début de son périple avec Caroline. Il balaya le campement du regard, mais ne vit aucun signe de la jeune femme. Il dressa l'oreille. Pas le moindre bruissement dans les buissons. Inquiet, il se leva d'un bond pour fouiller les alentours du campement. En vain.

Le jour se levait à peine. Où diable était-elle passée ? Il aperçut alors des traces de pas dans l'herbe humide de rosée. Elles se dirigeaient vers le fleuve. Combien de fois lui avait-il répété de ne pas porter seule les lourdes barriques d'eau ? Secouant la tête, il se lança à ses trousses. Elle se croyait encore parmi les Cheyennes ! Il allait devoir la rappeler à l'ordre, une fois de plus. Son refus de toute aide commençait à l'agacer, lui qui n'était pas homme à regarder sa femme s'échiner sans réagir.

Sa femme ? Mieux valait qu'il ne prononce jamais ces paroles à voix haute !

Troublé par la perspective d'une nouvelle confrontation avec Caroline, il trébucha et dévala une partie de la pente herbeuse menant au fleuve, en contrebas. À quelques mètres de lui, il découvrit Caroline, entièrement nue, dans les eaux peu profondes. Cloué sur place par ce spectacle, il regarda la jeune femme se rincer les cheveux.

Il ressentit de l'effroi, alors qu'il n'aurait dû voir que de la beauté : son dos était strié d'affreuses cicatrices qui la marquaient des épaules jusqu'aux reins.

Une vague de colère submergea Zach, qui imagina la jeune femme sous les coups impitoyables d'un fouet. Il aurait voulu tuer le monstre qui l'avait torturée. Une douleur lui transperça la poitrine. Incapable de réprimer un grognement, il se précipita vers elle.

Surprise, Caroline écarta vivement ses cheveux trempés de son visage, puis perdit l'équilibre sur les pierres glissantes. Il la rattrapa, étonné de sa propre douceur, alors qu'il devait faire des efforts pour contrôler sa rage. De toute évidence, elle avait vu son expression. Or il ne voulait pas qu'elle pense qu'elle le dégoûtait à cause de ses cicatrices.

— Qui vous a fait cela ? demanda-t-il.

Il la fit pivoter pour examiner son dos.

— Il est mort ? insista-t-il.

— Allez-vous-en ! hurla la jeune femme d'une voix stridente, en proie à la panique.

Elle posa un bras sur ses seins et tenta de dissimuler son sexe. Ses yeux passèrent de son corps dénudé au visage de Zach. Elle pencha la tête afin que ses cheveux couvrent son oreille gauche.

— Laissez-moi tranquille !

Zach faillit obéir, mais il se figea. Entièrement nue, vulnérable devant lui, elle prenait tout de même la peine de dissimuler son oreille.

— Que me cachez-vous d'autre, Caroline ? s'enquit-il en se plaçant à sa gauche.

— Non ! cria-t-elle en tentant de se dégager.

Mais il la retenait fermement par les bras. Il plaqua son corps humide contre le sien et tendit la main vers les cheveux qui masquaient son oreille. Son cœur battait à tout rompre.

Il fixa avec horreur le moignon de chair mutilée qu'il restait à la jeune femme, dont l'oreille avait été brûlée, avant de cicatriser sans le moindre soin.

Zach prit une profonde inspiration. Écœuré par la façon dont il venait de violer son intimité, il remit ses cheveux en place. Alors seulement, il prit conscience de ses cris.

Caroline s'était figée contre lui. Bouche bée, les yeux révulsés, elle hurlait encore et encore, touchant Zach au plus profond de son âme. Elle revivait sans doute ce cauchemar, et c'était insupportable pour tous les deux.

Décidé à soulager sa souffrance, qu'il avait provoquée par sa stupidité, il l'enlaça.

— Allons, murmura-t-il à son oreille droite, les yeux fermés. Arrêtez, Caroline. C'est fini, chérie. Plus personne ne vous fera de mal…

Machinalement, il voulut lui caresser le dos, mais ôta vite les doigts de sa chair rugueuse. Il posa alors une main tremblante dans ses cheveux, en murmurant des paroles de réconfort. Il embrassa ses joues, ses tempes, la serrant fort contre lui pour la réchauffer, espérant qu'elle se remettrait de son choc.

Enfin, elle se tut.

— C'est bien, chérie, dit-il avec un dernier baiser sur sa joue.

Si elle avait eu toute sa lucidité, elle l'aurait repoussé. Zach était si soulagé qu'elle ait cessé de hurler qu'il était disposé à courir ce risque.

— C'est fini, répéta-t-il. Vous êtes en sécurité.

Elle prit une profonde inspiration et se laissa aller contre lui. Il la soutint, sans s'imposer. Enfin, elle s'écarta en clignant les yeux, les joues empourprées.

— Lâchez-moi, dit-elle d'une voix tremblante, le regard vague.

— Vous n'allez pas tomber ?

Il ne voulait pas qu'elle se blesse, par-dessus le marché.

Elle fit un pas en arrière, relevant la tête avec cette fierté qui avait le don d'agacer Zach. Cette fois, pourtant, ce sursaut d'orgueil le rassura.

— Vous n'avez pas honte ? gronda-t-elle, une lueur noire dans les yeux. J'aimerais finir de me baigner.

Étonné de la voir passer de l'hystérie à l'indignation, Zach admira la dignité qu'elle parvenait à afficher. Il se promit de faire tomber ce masque d'indifférence, mais pas tout de suite. Pour l'heure, il venait de lui infliger la plus terrible des humiliations et se devait de se retirer pour lui accorder l'intimité qu'elle méritait.

Il regagna le campement, puis il détacha son cheval et le monta sans prendre le temps de le seller. Il partit au galop comme s'il avait une armée à ses trousses, en lutte avec sa conscience.

Quand il se fut suffisamment éloigné, il ralentit l'allure et mit pied à terre. Il céda à une violente nausée puis bascula en arrière, dans l'herbe. S'essuyant la bouche de la manche de sa chemise, il fixa le ciel sans le voir.

Jusqu'à ce jour, il se croyait fort, capable de gérer tous les conflits, de relever tous les défis. En voyant l'oreille mutilée de Caroline, il venait de comprendre qu'elle était plus forte que lui.

Il avait entendu des récits effrayants sur les mutilations qu'infligeaient les Indiens à leurs prisonniers, mais avait toujours pensé que les gens exagéraient. Il venait d'en voir la preuve. Lui-même n'aurait sans doute pas survécu à un tel calvaire.

En songeant aux railleries que subissait Caroline, à Dodge City, il sentit monter sa colère. Comment pouvait-on mépriser quelqu'un qui avait traversé de telles épreuves ? Certes, la jeune femme ne se promenait pas en ville en exposant son oreille, mais tout de même…

Comment réagiraient les gens, s'ils savaient ? Se jetteraient-ils à ses pieds pour implorer son pardon ? La placeraient-ils sur un piédestal en chantant ses louanges ?

Zach ne se faisait guère d'illusions sur ses semblables. Il avait fait la guerre, connu les hôpitaux, la captivité. Les civils qui avaient été épargnés ne pouvaient imaginer ce que c'était. Ils ignoraient tout des bassesses dont l'homme était parfois capable. Face à certaines vérités, ils reculaient, saisis d'effroi, comme lui-même venait de le faire en présence de Caroline. Les gens qui souffraient faisaient peur. On les jugeait même coupables de leurs malheurs.

— C'est le Bon Dieu qui les punit, entendait-on trop souvent.

Pour ceux-là, les femmes violées par les Cheyennes l'avaient bien cherché…

Comment ces donneurs de leçons osaient-ils se regarder dans la glace ?

Zach pensa à sa femme et à la mort atroce qu'elle avait connue à cause de sa négligence. Il frémit. Qui était-il donc pour accuser les autres ? Il devrait plutôt balayer devant sa porte.

Il soupira et se couvrit les yeux. Comment affronter Caroline, en regagnant le campement ? Elle considérerait sans doute toute compassion comme de la pitié. Même s'il lui en coûtait, il devait la traiter comme il l'avait toujours fait. Il ne pouvait exprimer son admiration pour son courage, sa détermination.

Si elle avait survécu, ce n'était pas pour impressionner autrui, c'était parce que sa volonté de vivre était plus forte que tout.

Il se releva, impatient d'affronter ce nouveau défi, de prouver à la jeune femme qu'il était de sa trempe.

Il était également impatient de rencontrer les Cheyennes.

Il trouverait un moyen d'interroger Petit Loup, et celui qui avait infligé tant de souffrances à Caroline mourrait.

La jeune femme s'efforçait de ne pas penser aux événements de la matinée. Inutile de se demander ce que Zach avait pensé d'elle. C'était évident. Il avait réagi exactement comme elle s'y attendait : il s'était enfui. Il ne supporterait plus sa présence près de lui, maintenant qu'il avait vu ses cicatrices.

Sa souffrance était intense. Le voir s'en aller, entendre le bruit des sabots de son cheval qui quittait le campement… Elle qui croyait ses cicatrices disgracieuses avait désormais la certitude qu'elles constituaient un spectacle insoutenable pour un homme.

Caroline les supportait, pourtant. Elle avait survécu, et c'était le plus important. Elle s'était méprise, au sujet de Zach. Il n'était pas différent des autres : à ses yeux, elle n'était que la femme d'un Indien.

Non, se dit-elle, Zach n'est pas comme eux. Il l'avait toujours défendue sans jamais profiter de la situation, alors qu'il en avait eu maintes fois l'occasion durant leur périple. D'autant que personne ne le lui aurait reproché, à part Petit Loup.

En réalité, la jeune femme s'inquiétait davantage de sa propre réaction. Elle ne parvenait toujours pas à évoquer son enlèvement et ce premier viol, dont le souvenir était trop douloureux. Elle pensait l'avoir enfoui tout au fond de sa mémoire, mais l'apparition inattendue de Zach dans ce moment d'intimité l'avait déstabilisée. Sans doute avait-elle baissé sa garde. Sinon, elle ne lui aurait jamais laissé voir ce que les Kiowas lui avaient infligé. Son oreille brûlée n'était qu'une partie des sévices qu'elle avait subis.

Penchée au-dessus du feu, elle se brossa les cheveux. Ces gestes quotidiens la rassuraient.

Un bruit de sabots annonça le retour de Zach. Elle aurait préféré finir de se sécher les cheveux avant son arrivée, pour être capable de mieux supporter son rejet. Elle le dédommagerait pour son déplacement et le remercierait, en espérant trouver quelqu'un qui accepterait de l'aider à livrer les vivres et les couvertures à Petit Loup. Ensuite, elle regagnerait Dodge City.

Cette perspective lui noua les entrailles. Elle avait espéré convaincre Petit Loup de l'accepter parmi les siens, mais il l'avait écartée. Cela n'avait pas apaisé les rumeurs selon lesquelles elle avait été la troisième femme de Petit Loup. Les dénégations du chef indien, de Plume sur la tête et de Femme tranquille n'y avaient rien changé. Les citoyens de la ville avaient condamné Caroline. Les Cheyennes également. Quant aux Blancs, ils ne lui pardonnaient pas d'avoir été la soi-disant épouse de Petit Loup et la prisonnière des Kiowas.

Dans sa jeunesse, elle rêvait d'avoir une belle maison. Désormais, elle ne voulait qu'un homme qui l'aimerait en dépit de tout ce qu'elle avait subi. Hélas, aucun n'était disposé à accepter les restes des Indiens. Elle ne pouvait même pas se tourner vers la prostitution, car elle ne trouverait aucun client.

Il était étonnant que Petit Loup l'entretienne, la protège, sans exiger de bénéficier des droits d'un mari. Or il n'avait jamais eu un geste déplacé. Sans doute comprenait-il qu'elle ne supporte pas le contact d'un homme. Zach, lui, avait réussi à franchir les barrières qu'elle avait dressées pour se protéger. En sa présence, elle comprenait presque ce que ressentait une femme normale lorsqu'elle était attirée par un homme. Le souffle court, elle était saisie d'un trouble indéfinissable. Quand il l'embrassait, son corps plongeait dans une délicieuse torpeur qui lui faisait peur. Comment se défendre, si l'on flottait sur un nuage ?

Femme tranquille et Plume sur la tête avaient pourtant tenté de lui expliquer qu'être avec un homme n'était pas douloureux – sauf la première fois, peut-être. En partageant leur tipi, Caroline les avait vues quitter les fourrures de leur mari le sourire aux lèvres, après bien des soupirs, des plaintes, des cris et même des rires. Elles ne se faisaient jamais prier pour le rejoindre. Toutefois, Petit Loup ne s'imposait jamais à elles.

Caroline se réjouissait qu'Ours blanc n'ait jamais couché avec elle comme Petit Loup couchait avec ses épouses. Si Ours blanc avait tenté de l'embrasser, elle l'aurait sans doute mordu… Soudain, elle eut froid : elle devinait sans peine la réaction d'Ours blanc, dans ce cas. Jamais elle n'aurait survécu à son châtiment.

Souvent, la nuit, elle s'efforçait de ne pas écouter les soupirs de Petit Loup et de ses femmes, tant elle enviait leur bonheur. Elle aurait tout donné pour avoir un confident. Si seulement Zach ne la trouvait pas repoussante, elle aurait pu faire de lui un ami.

Tandis qu'elle glissait une dernière épingle dans ses cheveux, il s'approcha. Nerveuse, elle dissimula son oreille meurtrie et se mit à rouler sa couverture.

— Il y a une assiette pour vous, près du feu, dit-elle d'un ton qui se voulait désinvolte.

Elle se racla la gorge et se frotta les bras pour se donner du courage.

— J'ai trouvé un nouveau campement pour ce soir, annonça-t-il, près du meilleur endroit pour traverser le fleuve à pied. Petit Loup devrait y passer.

Il vida son assiette et l'essuya, puis il sella son cheval et y attacha sa couverture. Ses gestes étaient un peu raides, maladroits, et il évitait son regard, mais il se préparait à une journée de voyage, comme à son habitude.

Il ne part pas ! songea-t-elle.

À la fois soulagée et incrédule, elle se prépara à monter sur le chariot. Elle aurait aimé lui répondre, mais les mots refusaient de sortir. Lorsqu'elle voulut prendre place dans le véhicule, Zach s'avança pour l'aider. Surprise, elle regarda fixement sa main posée sur son bras. Elle pensait pourtant le dégoûter, depuis qu'il avait vu ses cicatrices. Comme s'il lisait ses pensées, il la lâcha.

— Vous restez ? demanda-t-elle en scrutant son visage, toujours incrédule.

— Naturellement, répliqua-t-il, les yeux dissimulés sous le bord de son chapeau. Pour qui me prenez-vous ?

Elle ne décela pas le mensonge sur ses traits, mais il dut deviner ses doutes car il crispa la mâchoire et pinça les lèvres. Il soutint alors son regard, la mine déterminée.

— Vous n'êtes pas encore débarrassée de moi, dit-il en l'aidant à s'installer sur le siège, la tenant fermement par le bras. Ce n'est pas loin. Ensuite, vous pourrez vous reposer.

Elle prit les rênes et les fit claquer sur la croupe des mules.

— Je n'ai pas besoin de repos.

La sollicitude inhabituelle de Zach ressemblait à de la pitié. Elle mena ses mules à un rythme soutenu.

Zach chevauchait plus près du chariot que de coutume, sans quitter la jeune femme des yeux. Que pensait-il, en la regardant ? Songeait-il à ses mutilations ? Elle se raidit, offensée par cette perspective.

Du repos ! songea-t-elle avec dédain. Elle appréciait sa sollicitude presque autant qu'elle appréciait le mépris des dames de Dodge City. Oui, son corps avait été meurtri, mais nul n'avait jamais touché son âme.

Elle espérait qu'ils rencontreraient bientôt les Cheyennes, car elle commençait à se soucier un peu trop de l'opinion de Zach. Et elle en souffrait.

Par chance, il ne découvrirait jamais ses autres secrets.

Zach luttait pour se libérer de son cauchemar : Luke recevait des coups de fouet et il ne pouvait rien faire pour l'éviter. La gorge nouée, il sentit comme un picotement sur son cou. Il parvenait à peine à respirer, alors tirer son fils des griffes de ses tortionnaires...

— Arrêtez ! cria une voix féminine.

Zach ouvrit les yeux et tendit la main vers son fusil. Celui-ci avait disparu. Il voulut se lever, mais le picotement qu'il avait ressenti était en fait un couteau posé sur sa gorge. Le visage qui l'observait était tout droit sorti de son cauchemar, avec ses marques noires et ses dents blanches.

Il demeura immobile, les mains ouvertes. Au cours de sa vie, Zach avait souvent affronté la mort. Il en tirait toujours un enseignement. Cette fois, il découvrit que la mort avait les yeux noirs et indéchiffrables.

Une voix masculine et grave donna des ordres qui n'eurent aucun effet sur l'agresseur. Zach resta allongé, les yeux rivés sur cet homme qui n'avait pas encore décidé s'il allait le tuer ou lui laisser la vie sauve. Un fouet claqua au-dessus de lui, mais l'homme ne broncha pas. Son regard était vide, soudain, et Zach savait qu'il reflétait la noirceur de son âme. Il ne redoutait pas la mort. Cette indifférence faisait de lui le plus dangereux des hommes, un adversaire de taille. Il imprima ces traits dans sa mémoire.

L'agresseur parut étonné par l'expression de Zach, sentiment à peine discernable sous l'épaisse couche de peinture. Il ôta sa lame de sa gorge et s'éloigna sans un mot.

Zach s'accroupit et voulut prendre le couteau qu'il cachait dans sa botte. Il avait disparu. Le goût amer de la peur l'agaçait. Ce n'était que la deuxième fois qu'il se faisait plaquer au sol de la sorte. Cette fois, trois personnes auraient pu mourir : lui-même, Caroline et Luke. Or il ne pouvait mettre ces deux derniers en péril. Il se redressa doucement.

Un homme se tenait devant lui, vêtu de peaux, une couverture trouée autour de la taille et une grosse médaille en argent sur la poitrine. Il était mince et noueux. Sans doute avait-il livré de nombreuses batailles. D'un geste, il chassa les guerriers qui les entouraient.

Caroline apparut à son côté.

— Petit Loup, voici Zach McCallister, dit-elle avec un sourire. Sans son aide, je ne serais jamais arrivée jusqu'ici.

Petit Loup opina, scrutant le visage de Zach.

— Je l'ai vu, murmura-t-il.

Zach en eut la chair de poule. Une brise chargée d'un parfum de sauge les enveloppa. Cet homme devait être plus qu'un chef de guerre. Son visage était strié de scarifications, signes d'honneur et de respect. Il avait les yeux noirs et perçants d'un aigle. Un regard mystérieux auquel rien n'échappait, mais qui demeurait impénétrable. Zach se jura de ne jamais le sous-estimer.

Petit Loup se tourna vers Caroline.

— *Nepevomotahehe ?*

Elle opina et tendit les bras.

— Je suis fatiguée, mais je vais bien.

Zach les observa avec attention. Ils ne se comportaient pas comme un couple marié après une longue séparation. Ils ne s'étaient même pas touchés.

Lorsque Petit Loup observa à son tour Caroline et Zach, ce dernier se crispa. Petit Loup avait-il remarqué son regard attentif ? Savait-il ce qui s'était passé dans la matinée ?

L'Indien soutint son regard. Zach se sentait pris au piège face à ces yeux pénétrants qui cherchaient à percer ses secrets. Petit Loup avait des connaissances, de la sagesse et de l'expérience.

Les deux hommes se toisèrent longuement, jusqu'à ce que Zach se sente mal à l'aise. Il lui était étrange de subir un traitement qu'il avait coutume d'infliger lui-même aux autres.

— C'est bien, dit enfin Petit Loup.

Caroline lança à Zach un regard interrogateur. Il haussa les épaules et se détendit.

— Oui, c'est bien, répondit-il avec assurance.

Petit Loup lui tapa dans le dos, puis prit la jeune femme par le bras.

— Viens, apporte tes remèdes. Nous avons de nombreux malades, et Vieux Pont est fatigué.

Caroline se hâta en direction du chariot. Petit Loup se tourna vers Zach :

— Surveillez les marcheurs. Ils arrivent bientôt, dit-il avant de rejoindre Caroline et de s'éloigner avec elle.

Zach scruta la pénombre.

— Les marcheurs ?

Il dénombra une soixantaine d'hommes et de jeunes garçons, tous armés. Certains avaient le visage peint, mais pas autant que le diable que Petit Loup avait congédié. Ils semblaient également moins féroces. Certes, ils ne tenaient pas un couteau sous sa gorge. Ces gens avaient-ils fait du mal à Caroline ? Le meurtrier de Patricia se trouvait-il parmi eux ? Et le ravisseur de son fils ?

S'il voulait leur soutirer des informations, il devrait d'abord gagner leur confiance, mais comment ?

En les observant avec attention, Zach fut étonné de remarquer plusieurs femmes entre deux âges parmi les hommes, également armées de fusils. La plupart de ces Cheyennes avaient des lambeaux de peaux noués autour de leurs mocassins usés. Les moins chanceux devaient se contenter de mocassins déchirés qui ne couvraient pas grand-chose de leurs pieds meurtris. Leur regard trahissait la méfiance et la détermination.

Certains mâchonnaient de la viande séchée, d'autres buvaient de l'eau à petites gorgées dans des récipients étranges, des vessies d'animaux.

Caroline avait fait cuire des galettes supplémentaires en prévision de cette entrevue. Il ouvrit une boîte et proposa une galette à un homme.

Celui-ci l'étudia un long moment, puis fit un signe de tête avant de prendre la boîte. Il choisit une galette et passa la boîte à son voisin. Dès la première bouchée, il ferma les yeux et poussa un soupir. Puis il regarda Zach avec un sourire.

— *Nia'ish*, dit-il en se frottant le ventre.

Zach lui rendit son soupir et opina. Il voulut ajouter une bûche dans le feu, mais l'homme le retint et la remplaça par une plus petite, par souci d'économie.

Zach sortit ensuite des provisions et fit chauffer des haricots et du café. L'homme avait trouvé le sachet de sucre. Avec une exclamation de joie, il en versa dans sa main et se lécha un doigt qu'il trempa dans la poudre. D'autres s'extasièrent sur sa découverte et voulurent se servir, mais il les repoussa, préférant tout garder pour lui seul.

Zach se mit à rire et se livra à une distribution de sucre, puis il servit des haricots et du café. La joie et la gratitude des Indiens le touchèrent. Leurs conditions de vie dans la réserve devaient être abominables, pour qu'ils soient prêts à risquer ainsi leur vie.

Il aurait voulu détester ces hommes, car l'un d'entre eux avait peut-être tué sa femme et enlevé son fils, mais il n'y arrivait pas. Il les regarda manger. De temps à autre, ils le remerciaient d'un signe de tête. Leurs regards n'étaient plus méfiants. Zach ressentit de la compassion. Ils ne pouvaient tous être coupables, mais il était déterminé à trouver celui qui avait commis ces crimes odieux.

Quelqu'un désigna la pénombre, au-delà du feu de camp. Zach vit des petites silhouettes se profiler. Comme s'il l'avait appelé, un jeune garçon blond apparut et s'assit près du feu, essoufflé et visiblement épuisé.

— Luke ? fit Zach en tendant la main vers lui, le cœur battant.

Étonné, l'enfant leva la tête. Zach se redressa vivement. Ces cheveux blonds et bouclés, ces traits rappelaient étonnamment le seul homme qui puisse être son père : Custer.

La déception lui laissa un goût amer dans la bouche. Ce devait être l'enfant blond dont il avait entendu parler. Pas son propre fils, mais le fils métis de George Custer…

Zach avait l'impression d'avoir reçu un coup de poing dans le ventre. Il ne pouvait toutefois se laisser submerger par ses émotions.

D'autres enfants affluèrent sur le campement, dans un état encore plus pitoyable que les adultes. Parmi les femmes, certaines portaient des nourrissons dans le dos. Aussitôt, les hommes leur tendirent de la nourriture et de l'eau. Zach alla chercher l'autre boîte de galettes, puis il se mit à dénombrer les marcheurs tandis qu'ils mangeaient dans un silence absolu. Plus de cent cinquante femmes et enfants se rassemblèrent autour du feu. Chacun eut au moins une bouchée de galette et quelques gorgées de café sucré. Ensuite, ils se couchèrent pour la nuit.

Zach nota que plusieurs parlaient de l'enfant blond pendant qu'il dormait près du feu. Ils posaient sur lui des regards emplis de soupçon et de dédain. Il devait sans cesse leur rappeler Custer, l'un de leurs ennemis les plus redoutés. Zach mourait d'envie d'emmener l'enfant à l'écart. Il ne connaissait pas bien Custer, mais son fils méritait mieux.

Il avait beau examiner le groupe d'enfants, il n'en vit pas d'autre aux cheveux clairs. Zach se sentit découragé, mais il refusait de baisser les bras. Il devrait enquêter auprès des Sioux, s'il ne découvrait rien chez les Cheyennes.

Pour la millième fois, il se jura de retrouver Luke.

8

Caroline se redressa en gémissant, se tenant les reins. Elle avait fait de son mieux pour soigner malades et blessés, mais elle ne pouvait pas grand-chose pour eux. Ces malheureux n'étaient plus que l'ombre d'eux-mêmes. Elle aurait volontiers dit deux mots à l'agent gouvernemental de Darlington. Les Cheyennes étaient un peuple fier. Ils avaient enduré des conditions d'existence sordides.

Elle prit ses remèdes et partit en quête des épouses de Petit Loup et de Vieux Pont, le guérisseur.

Elle n'eut pas à chercher très loin. Vieux Pont l'écouta avec attention lorsqu'elle lui expliqua comment administrer la quinine. Il accepta les remèdes et les vivres, et la remercia solennellement.

— *Nia'ish*, dit-il.

— Je t'en prie, répondit-elle. J'aimerais en faire davantage pour vous.

— Tu en as déjà fait beaucoup, assura-t-il en souriant à Femme tranquille et Plume sur la tête, qui les rejoignaient.

Les deux femmes entraînèrent Caroline à l'écart.

— *Hena'haane*, déclara Plume sur la tête. C'est assez. Nous devons discuter. Viens t'asseoir et manger.

Elles emmenèrent Caroline et lui offrirent l'une de ses propres galettes.

La jeune femme refusa en riant.

— Je ne peux pas parler la bouche pleine. Comment allez-vous ? Vous êtes fatiguées ?

Elle les examina, puis les étreignit.

— Vous m'avez manqué.

Elles s'assirent par terre et se drapèrent dans des couvertures pour se protéger du froid. Caroline fit la grimace, devinant ce qu'elles avaient en tête à leurs sourires espiègles.

— Il est très séduisant, ton nouveau *hetan*, commenta Femme tranquille en prenant sa main.

— Te garde-t-il longtemps sous ses fourrures ? demanda Plume sur la tête en frémissant. Il semble très fort.

— Ce n'est pas mon homme, assura Caroline.

Elle rechignait à avouer à ses amies que Zach et elle n'étaient pas intimes. Elles allaient la taquiner, lui demander pourquoi elle n'avait pas saisi l'occasion, comme toute bonne Cheyenne l'aurait fait.

— Enfin... nous sommes amis.

Comme prévu, les deux femmes froncèrent les sourcils.

Petite Femme, l'épouse d'Étoile du matin, les rejoignit.

— Il te rend heureuse ? attaqua-t-elle d'emblée. Il te tiendra bien chaud, aux premières neiges.

Dans le silence qui suivit, Petite Femme observa ses compagnes. Elle afficha un air atterré.

— Tu ne partages pas ses fourrures ? s'exclama-t-elle, incrédule.

Les deux autres Cheyennes secouèrent tristement la tête. Petite Femme serra la main de Caroline dans la sienne. Les quatre amies restèrent ainsi un long moment. Chacune comprenait les réticences de Caroline à partager le lit d'un homme. En la voyant avec Zach, elles avaient tiré des conclusions hâtives, pour découvrir qu'elle n'allait pas mieux que lors de leur dernière entrevue, deux ans plus tôt.

Sentant leur déception, Caroline ravala ses larmes, mais elle ne put en empêcher une de couler sur sa joue.

— Vous m'avez tellement manqué, leur dit-elle. Je me suis fait du souci pour vous. Je suis ravie de voir que vous allez bien. C'est tout ce qui compte.

Petite Femme émit un grommellement inhabituel.

— *Napévomota*, je vais bien, nous allons tous bien, et nous ne redoutons pas la longue route qui nous attend.

Elle chercha le regard de Caroline.

— Il faut te départir de tes peurs, ajouta-t-elle. Tu ne peux continuer à mener la moitié d'une vie. J'ai bien observé cet homme. Tes yeux ne le quittent pas, et je lis la faim dans son regard.

— Ce doit être un homme bon, renchérit Plume sur la tête. Sinon, il ne t'aurait pas amenée ici.

— Je le paie, leur expliqua Caroline en déglutissant nerveusement. Je ne sais pas grand-chose de lui, et je ne lui fais guère confiance. Il me cache des secrets. Il était désireux de vous rencontrer, mais il refuse de me dire pourquoi. Des enfants ont-ils été faits prisonniers, ces derniers temps ?

Les autres secouèrent négativement la tête.

— Aucun, répondit Petite Femme. Il n'ose peut-être pas te confier ses secrets.

— Les hommes ne se confient qu'aux femmes qui partagent leurs fourrures, déclara Femme tranquille avec sagesse.

Les deux autres éclatèrent de rire. Femme tranquille rougit.

— C'est vrai, dit-elle en se tournant vers Caroline. Quand tu seras dans ses fourrures, tu devras lui caresser le torse et laisser ta main glisser vers son pénis. Ensuite, tu le prends dans ta main et tu fais ceci.

Elle lui montra le geste à effectuer.

— En même temps, demande-lui ce que tu veux savoir. Il te dira tout et ne s'en souviendra même pas. Pour un meilleur résultat, tu devras peut-être le monter et le prendre en toi.

Plume sur la tête et Petite Femme s'esclaffèrent de plus belle. Caroline secoua la tête, mais leurs rires étaient contagieux.

— Le prendre en moi ? fit-elle à Femme tranquille, qui opina avant de mimer la scène.

— Ne fais pas cette tête ! s'exclama Petite Femme en pleurant de rire.

— Arrête un peu ! s'exclama Plume sur la tête. Je n'entends plus rien.

Elle repoussa sa couverture et s'éloigna vivement.

Petite Femme fut la première à se calmer. Elle croisa le regard d'Étoile du matin, son mari. Caroline comprit la signification de ce regard torride. Les yeux de la jeune femme se mirent à pétiller, au point que Caroline eut l'impression de violer leur intimité.

Petite Femme remarqua sa gêne et sourit.

— Cela te fait peur ? demanda-t-elle. Tu as souffert, par le passé, mais tous les hommes ne sont pas des monstres.

— C'est vrai, renchérit Femme tranquille. Laisse ce *hetan* te faire découvrir le plaisir. Demande-lui de…

— Femme ! fit la voix de Petit Loup. Cela suffit. Nous partons.

Femme tranquille se leva et rejoignit son mari.

— Qu'ai-je fait de mal ? s'enquit-elle. Elle doit apprendre…

Petit Loup la fit taire d'un signe, puis il murmura quelques mots à son oreille qui la firent glousser. Caroline sourit face à cette scène familière. Ce soir-là, pour la première fois, elle enviait ses amies d'avoir des maris aimants.

Elle se rendit soudain compte que Zach l'observait. Elle retint son souffle en lisant son désir pour elle.

Près d'elle, Petite Femme réprima un soupir. Elle fixa longuement Zach, puis elle se tourna à nouveau vers Caroline, qu'elle étreignit.

— N'aie pas peur de te donner à cet homme, mon amie. Chasse ton chagrin et embrasse la vie.

— Pas avec lui. Pas avant d'en savoir davantage sur son compte. Il est peut-être marié, après tout. Si seulement je pouvais t'emmener avec moi... Cela me fait de la peine de te quitter si vite, alors que nous venons de nous retrouver.

Les deux autres femmes lui firent leurs adieux. Femme tranquille voulut ajouter quelque chose, mais Plume sur la tête la fit taire et désigna Petit Loup.

— Prends garde, ou bien je vais appliquer tes recettes avec lui dès ce soir.

Petite Femme se mit à rire.

— Adieu, Caroline. Mes robustes fils arrivent avec un cheval pour me porter.

L'un des jeunes gens l'aida à monter en selle. Caroline flatta l'encolure de l'animal. Faisant volter le cheval, Petite Femme lança :

— Femme tranquille ! Tu as vu cette démonstration de ce que nous conseillions à Caroline ?

Étoile du matin s'arrêta près de Caroline et secoua la tête.

— Qu'est-ce qu'elle raconte ?

Caroline rougit.

— Petite Femme t'expliquera, répondit-elle avec un sourire espiègle. Plus tard.

Étoile du matin remarqua son trouble et sourit.

— Ah, fit-il. Je crois que je vais apprécier...

Caroline opina.

— Tout va bien, conclut-il. Petite Femme est mon soleil.

— À bientôt, murmura Caroline d'une voix brisée.

Étoile du matin monta à cheval.

— *Ma'heo'o,* prenez pitié de nous, murmura-t-il, les yeux levés vers les étoiles, avant de suivre Petite Femme dans la nuit.

Caroline les regarda s'éloigner, regrettant de ne pouvoir les accompagner, priant pour leur salut.

Selon Zach, il s'était écoulé moins d'une heure depuis son réveil, lorsque Petit Loup avait commencé à envoyer les Cheyennes vers le fleuve, par petits groupes. Caroline avait aidé les femmes à empaqueter des provisions qu'elles porteraient sur le dos.

Deux jeunes guerriers croisèrent Zach, menant un cheval noir et blanc qui transportait un ami de Caroline.

— Mes fils, fit une voix bougonne.

Zach se retrouva face à un autre guerrier. Un vieil homme. Étoile du matin, sans doute – l'autre chef, le frère de Petit Loup. Son visage noble était strié de rides et ses yeux exprimaient une profonde inquiétude.

— Ils veilleront sur leur mère quand elle traversera le fleuve.

— Elle t'a donné des fils robustes, déclara Zach, ne sachant comment réagir.

— *Na'ish,* fit le vieil homme en souriant, avant de poser une main noueuse sur l'épaule de Zach. Merci pour l'aide que tu apportes à mon peuple, bien que tu sois un soldat. Pour cette raison, mes propres combattants ne prendront ni tes armes, ni ton cheval. Toutefois, nous nous servirons dans tes munitions. Ne t'inquiète pas, nous t'en laisserons suffisamment pour que tu veilles sur la sécurité de tes proches.

Il désigna Caroline et Hirondelle jaune, qui aidaient d'autres femmes.

Zach se figea. Comment savait-il qu'il était militaire ? Qui d'autre était au courant ?

Le vieil homme crispa les doigts sur son épaule et se pencha vers lui.

— Mon frère et moi voyons de nombreux visages dans le vent et la fumée…

— Je ne vous veux aucun mal, assura Zach, retrouvant l'usage de la parole.

— Nous le savons, assura Étoile du matin en haussant les épaules. C'est pour cela que tu respires encore.

Il resserra sa couverture usée sur ses épaules et tourna les talons.

— Garde un bon souvenir des Cheyennes, quand tu parleras à Sheridan.

— Je n'y manquerai pas, bredouilla Zach.

— Je te souhaite de retrouver rapidement celui que tu cherches, reprit le vieillard avec un dernier sourire.

Il alla rejoindre Caroline et ses amis. Zach eut envie de le retenir, de lui demander ce qu'il savait de ses recherches, mais l'Indien sembla s'évanouir dans la nuit.

Quelques braves conduisirent des chevaux vers le fleuve, bousculant Zach au passage. Ils avaient toutes les caractéristiques des chevaux élevés par les McCallister, en dépit de leur maigreur. Ils étaient plus imposants que les autres, plus racés. Zach les suivit, désireux de les examiner de plus près.

Petit Loup s'interposa.

— Hirondelle jaune ! ordonna-t-il.

Aussitôt, l'enfant blond apparut à son côté, les yeux baissés.

— Tu connais son père ? demanda Petit Loup à Zach. Et tu as été témoin de la méfiance de mon peuple envers lui ?

Zach opina, étonné par sa franchise.

— Tu vas suivre les Tsisitas avec la femme et l'enfant. Retrouve-nous au campement d'hiver, ici, dit-il en s'accroupissant pour tracer une carte sur le sol.

Zach hocha la tête, gravant la carte dans sa mémoire. La petite vallée proche de l'intersection des deux pistes du nord et de l'est serait facile à trouver.

— Je peux me rendre là-bas, mais...

— Très bien, coupa Petit Loup en effaçant les traits qu'il avait tracés de son mocassin. Ne nous suivez pas de trop près. Je ne veux pas qu'Hirondelle et Caroline soient blessés au cours d'une bataille.

Sur ces mots, il tourna les talons.

— Attends ! lança Zach en le saisissant brutalement par le bras. L'homme qui lui a fait du mal... où puis-je le trouver ?

Il sentit les muscles de Petit Loup se crisper tandis qu'il serrait le poing.

— Il est mort, répondit-il en posant le regard sur Caroline. Trop rapidement, à mon goût.

Il regarda Zach droit dans les yeux. Sa soif de vengeance s'y reflétait. Très vite, toutefois, toute férocité s'envola, faisant place à la lassitude.

— Pourquoi ne l'as-tu pas vengée ? cria Zach. C'est ta femme, pour l'amour du Ciel !

Petit Loup le fixa intensément, maîtrisant à grand-peine sa rage. Zach constata avec soulagement qu'il parvenait à se contrôler.

— Caroline n'a jamais partagé mes fourrures, déclara-t-il sèchement, avant de s'éloigner.

— Nom de Dieu, marmonna Zach.

Pourquoi s'était-il montré si brutal ? Il voulait savoir que le monstre qui avait mutilé Caroline avait été châtié pour son crime. Mais ce n'était pas à lui de venger l'honneur de la jeune femme. Il aurait dû se réjouir de la mort de ce salaud, qui ne pouvait plus lui faire de mal, désormais. Il aurait pourtant aimé lui loger une balle dans la tête.

Zach regrettait d'avoir malmené Petit Loup. Par chance, celui-ci avait une meilleure maîtrise de lui-même.

Luke devait rester sa priorité. Surtout, il ne lui fallait pas se laisser distraire par Caroline.

Mais que signifiait ce commentaire étrange sur ses fourrures ? Avait-elle été sa femme sans jamais se donner à lui ? Au vu de ses blessures, elle devait souffrir de graves séquelles psychologiques. S'il voulait la comprendre, il devrait poser des questions directement à la jeune femme.

Tandis que le dernier groupe de marcheurs s'apprêtait à reprendre la route, un petit garçon lâcha la main d'une femme pour courir vers Zach. Le visage ruisselant de larmes, il s'agrippa à sa jambe, mais ne dit rien.

Très vite, la brute qui avait menacé Zach, un peu plus tôt, vint chercher l'enfant. Il le gronda, le gifla et lui assena un coup de pied.

— Arrête ! s'écria Zach, horrifié.

Petit Loup s'interposa entre l'homme et le garçon. Quelques paroles bien senties firent cesser les sévices. Il s'entretint avec l'agresseur alors que la femme entraînait l'enfant vers le fleuve.

Petit Loup se tourna vers Zach :

— Tu ressembles à un homme que ce garçon a connu, un ami de son père sioux, expliqua-t-il. Sa mère était cheyenne, une cousine de la femme de Coyote noir. Mais elle est morte et Coyote a ramené l'enfant pour que sa femme l'élève.

Zach n'appréciait pas la situation, mais il n'était pas en droit de s'ingérer dans leurs affaires. Dès qu'il aurait rattrapé les Cheyennes sur le campement d'hiver, s'ils arrivaient jusque-là, il garderait un œil sur ce Coyote noir et sur l'enfant.

Alors que les derniers Cheyennes disparaissaient, le fils de Custer émit une plainte de détresse et s'approcha de Caroline. Hésitant, Zach tenta de se remémorer ce qu'il savait de Custer, principalement des anecdotes sur ses débuts dans la guerre. Son fils aimerait peut-être les connaître. Que savait-il au juste de son illustre père ? En retour, l'enfant pourrait l'aider dans ses recherches pour trouver Luke. Il savait peut-être qui possédait ces deux superbes chevaux...

— Je m'appelle Zach, dit-il en se penchant vers lui, la main tendue.

Il fut récompensé par un sourire timide et une poignée de main ferme.

— Je suis heureux de te rencontrer.

Seigneur, il est si maigre, songea Zach en fronçant les sourcils.

— Cela te dirait, de manger un peu ? reprit-il.

Face à sa mine perplexe, Caroline mima quelqu'un en train de manger.

L'enfant opina avec enthousiasme. Zach et Caroline lui préparèrent un bol de bouillie d'avoine, et sourirent en le regardant dévorer avec appétit.

Zach installa ensuite le jeune garçon sous une couverture, près du feu, avant de rejoindre la jeune femme à côté du chariot.

— Cela ne vous ennuie pas ? demanda-t-elle à voix basse. Un enfant, c'est une responsabilité. Surtout celui-ci.

— Le fils de Custer, dit Zach en secouant la tête. Quel âge a-t-il ? Six ans ?

— Neuf, corrigea Caroline. D'après Petit Loup, après la bataille de Washita, Custer a rassemblé les jeunes filles cheyennes et choisi la mère d'Hirondelle jaune. Il a fait d'elle sa femme pour l'été. Quand son épouse les a rejoints, il a renvoyé la jeune fille parmi les siens, sachant qu'elle était enceinte. Il n'a jamais vu l'enfant. Elle n'a pas pris d'autre mari avant sa mort.

— Vous avez vu comment certains le regardent ? Petit Loup a bien fait de nous le confier. Mieux valait qu'il ne continue pas le voyage avec eux.

— Ils ont peur qu'il attire sur eux la malchance, et ils n'ont pas besoin de problèmes supplémentaires.

Elle redressa une pile de couvertures et secoua la tête. Le chariot était encore plein.

— Ils n'ont pas pris grand-chose. De la nourriture, surtout, quelques médicaments et des couvertures, dit-elle d'une voix tremblante. Il y a eu tant de morts… Beaucoup souffrent de la malaria. Ce que nous leur avons donné ne leur servira pas à grand-chose. Ils sont affaiblis par la maladie et ne sont pas assez forts pour voyager, mais ils ne voulaient pas rester.

— Caroline, Petit Loup m'a dit quelque chose qui me tracasse…

— Quoi ?

Elle leva les yeux vers lui, curieuse.

— Il a affirmé que vous n'aviez jamais partagé ses fourrures.

Elle écarquilla les yeux et demeura bouche bée.

— Que voulait-il dire par là ? reprit Zach, sachant qu'il n'avait aucun droit de l'interroger.

— Cela signifie que nous n'avons jamais fait l'amour ensemble, dit-elle simplement en haussant les épaules, avant de se détourner.

— Mais vous étiez mariés, non ?

— Non, avoua-t-elle avec un soupir. Il m'a achetée à Ours blanc pour faire cesser une lutte entre lui et un chef comanche. Ours blanc avait tenté de frapper une guérisseuse comanche qui voulait m'aider. Petit Loup m'a emmenée auprès de ses femmes, Plume sur la tête et Femme tranquille, qui m'ont sauvé la vie en me soignant. Ensuite, j'ai vécu avec eux et tout le monde m'a considérée comme la femme de Petit Loup. Mais il ne m'a jamais... Il sentait sans doute que je ne supporterais pas d'être touchée. Il n'a jamais essayé.

— Vous avez vécu avec lui et ses femmes, mais il ne vous a jamais touchée ?

Elle acquiesça.

— Mon corps a guéri, mais la peur que m'inspirait Ours blanc ne m'a jamais quittée, comme vous l'avez découvert hier matin.

Oui, il avait vu ses cicatrices, et il comprenait ses réticences, mais la générosité de Petit Loup le stupéfiait. Peu d'hommes auraient accepté cette responsabilité sans exiger une compensation. Son respect pour le chef n'en fut que renforcé.

Il ressentit par ailleurs un plaisir étrange. Caroline n'était pas mariée, elle ne l'avait jamais été. Submergé par l'émotion, il ne savait comment réagir, que lui dire. Il n'était plus tenu de rester à distance respectable de la jeune femme de peur de contrarier son mari, un homme susceptible de l'aider à retrouver son fils...

Il s'appuya contre le chariot, affichant une indifférence qu'il était loin de ressentir, tant il jubilait.

Caroline s'éloigna pour ranger le chargement. Il la suivit.

— À votre retour à Dodge City, on vous a humiliée, rejetée, parce que vous étiez la femme de Petit Loup. Pourquoi ne pas avoir révélé la vérité ?

Elle se tourna vivement vers lui, les yeux plissés.

— Vous pensez que j'aurais eu la vie plus facile si les gens avaient su que je n'avais pas été la femme d'un chef cheyenne de renom, mais l'esclave d'une brute kiowa ?

— Pas vraiment, admit Zach.

Elle avait été réduite à l'esclavage, ses cicatrices en attestaient. De nombreux prisonniers blancs se suicidaient en retrouvant leur environnement d'origine. La honte, le mépris de leurs proches leur étaient souvent insupportables. La ténacité de Caroline, sa détermination à survivre forçaient l'admiration.

— Mon existence était anéantie, de toute façon, reprit-elle. Alors j'ai préféré me protéger derrière un mensonge.

Elle croisa les bras.

— Puisque j'ai répondu à vos questions, dit-elle, j'aimerais vous en poser quelques-unes, à mon tour. D'abord...

Elle n'attendit pas son approbation et s'avança vers lui, qui recula de quelques pas. Il leva une main pour l'arrêter.

— J'apprécie votre franchise, mais je ne serai peut-être pas en mesure de vous fournir toutes les réponses que vous souhaitez.

— Pourquoi pas ? demanda-t-elle, le regard troublé. Je ne mérite donc pas la même considération que vous ?

— Posez vos questions, concéda-t-il avec un soupir, sachant qu'elle avait raison.

Il devinait où elle venait en venir, mais il ferait de son mieux pour éluder les sujets gênants.

— Très bien, Zach McCallister est-il votre vrai nom ?

Il se mit à rire, abasourdi par cette question anodine alors qu'il s'attendait à un interrogatoire en règle.

— Oui.

— Vous êtes marié ? poursuivit-elle sans le regarder dans les yeux.

Il sourit, ravi qu'elle tienne à le savoir.

— Je suis... veuf, répliqua-t-il, prononçant ce mot pour la première fois, ce qui lui fit un drôle d'effet.

Le regard étonné de la jeune femme le fit émerger de ses pensées.

— Depuis combien de temps votre épouse est-elle morte ?

— Plusieurs mois.

— Mes condoléances, murmura-t-elle en scrutant son visage.

— Nous étions séparés, expliqua-t-il.

En s'étendant sur ce sujet, sans citer Luke, il parviendrait peut-être à éviter les questions embarrassantes, du genre : « Pourquoi teniez-vous tant à rencontrer les Cheyennes ? Qui cherchez-vous ? »

— Patricia était une femme superbe, du moins à l'extérieur. À l'intérieur, c'était une autre histoire. Elle usait de ses charmes pour manipuler les gens, pour parvenir à ses fins quel qu'en soit le prix. Je ne l'ai compris que trop tard, hélas.

— Vous êtes content qu'elle soit morte ? s'enquit Caroline en fronçant les sourcils, guettant sa réaction.

Cette question surprit Zach. Il s'immobilisa un instant et réfléchit à ses propres sentiments. Se réjouissait-il de sa mort ? C'était une femme égoïste, exigeante, qui s'emportait facilement à la moindre contrariété, mais elle était très jeune. S'il était resté chez lui, au lieu d'abandonner sa femme et son enfant, il aurait peut-être réussi à corriger ces défauts.

— Je suis désolé qu'elle soit morte, mais je ne regrette pas de ne plus partager sa vie.

Caroline parut choquée. Zach comprit que sa réponse était par trop abrupte.

— Pardonnez-moi, dit-il en ôtant son chapeau pour se passer une main dans les cheveux. Je ne m'étais pas rendu compte que j'avais encore du mal à en parler... Maintenant, veuillez m'excuser, je vais me coucher.

Zach s'allongea sur le dos, sous sa couverture, et se couvrit le visage de son chapeau. Les questions de

Caroline avaient touché un point sensible. Il ne supportait pas cette introspection.

Il se sentait coupable de la mort de Patricia et de la disparition de Luke. L'unique moyen de se racheter à ses propres yeux était de retrouver l'enfant...

9

Incapable de trouver le sommeil, Caroline regardait Zach et Hirondelle jaune dormir. Tant de tourments se bousculaient dans sa tête qu'elle ne fermerait sans doute pas l'œil de la nuit.

Cette brève rencontre avec les Cheyennes la laissait en proie à un certain malaise. Bien des visages familiers avaient disparu. Elle ne s'attendait pas à être aussi touchée par ces décès. Elle ne pensait pas être aussi attachée aux Cheyennes. Elle comprenait en tout cas pourquoi ils avaient choisi de fuir la réserve. Après cette hécatombe, ils devaient sauvegarder ce qui restait de leur peuple et de leur culture.

Elle s'étonnait de la conversation entre Petit Loup et Zach, qui s'étaient jaugés dès le début. Par la suite, Petit Loup avait traité Zach comme un allié digne de confiance. Il lui avait également confié un enfant cheyenne, ce qui était incroyable. Pourquoi Petit Loup avait-il révélé qu'ils n'avaient jamais fait l'amour ensemble ? Par le passé, il entretenait pourtant cette légende. Pourquoi avouer un détail aussi personnel à un inconnu ? Elle était contrariée de savoir que Zach était au courant de la nature de ses relations avec l'Indien. Sans cette protection, elle se sentait vulnérable, d'autant plus qu'elle voyageait seule en compagnie de cet homme.

De plus, son absence de chagrin, son hostilité manifeste envers sa femme morte étaient surprenantes. Elle s'en voulut de lui avoir posé cette question. Toutefois, par la suite, il avait exprimé des sentiments profonds, même si elle ne les comprenait pas vraiment. Peut-être avait-il des remords, des regrets ?

Sa femme était très belle, disait-il. Considérait-il toutes les belles femmes comme des personnes dont il devait se méfier ? Caroline sourit. Pour une fois, elle se réjouissait de ne pas être belle. Certes, elle avait été une jolie jeune fille et aurait pu devenir une femme superbe, elle aussi, comme sa mère et sa grand-mère. Ses épreuves, ses cicatrices avaient tout anéanti.

Sans la présence d'Hirondelle jaune, elle aurait eu quelque appréhension désormais à voyager seule avec Zach, qui connaissait la vérité sur son compte.

Elle observa l'enfant recroquevillé sous sa couverture. Il avait sans doute mangé davantage en un repas qu'en une semaine entière. De plus, dormir près du feu, bien au chaud, était un privilège interdit aux métis. La tante qui s'occupait de lui n'avait pas de mari. Hirondelle jaune avait dû passer son temps à observer les autres garçons, sans véritable modèle masculin. La présence de Zach et ses conseils ne pouvaient que lui faire du bien. Si cela durait assez longtemps...

Pourquoi pas ? Zach avait accepté de les conduire au campement d'hiver des Cheyennes. Il avait respecté ses engagements, alors que bien d'autres hommes auraient fui sans demander leur reste. Pourquoi redoutait-elle qu'il les abandonne ? Elle se retrouverait liée à lui pendant plusieurs mois. Le temps de découvrir ce qui le guidait. Ce n'était pas pour elle qu'il avait accepté la requête de Petit Loup. Quelle était donc sa véritable motivation ?

Lasse des questions qui se bousculaient dans sa tête, elle ferma les yeux, cherchant le repos.

Quand elle se réveilla, le soleil brillait sur son visage. Un parfum de café flottait dans l'air.

Assis près du chariot, Hirondelle jaune la regardait. Sans doute l'avait-il aidée à émerger du sommeil en la caressant à l'aide d'un brin d'herbe, qu'il jeta avec un sourire coupable.

— C'est le nouveau soleil, dit-il. Ton homme et moi nous sommes déjà baignés.

Ses cheveux soyeux étaient bien coiffés. Il secoua la tête d'un air triste.

— Allez, lève-toi. Si tu es paresseuse, il ne te gardera pas.

Caroline observa l'enfant, se demandant ce que Zach pensait de la coutume cheyenne de se baigner à l'aube. En l'imaginant dans l'eau, entièrement nu, elle se dressa vivement sur son séant et se cogna la tête contre le fond du chariot.

Hirondelle jaune grimaça.

— Il est bon que tu t'inquiètes, commenta-t-il. De nombreuses femmes cheyennes l'ont regardé avec insistance, hier soir. Heureusement, il n'a d'yeux que pour toi. Pourquoi ne partages-tu pas ses fourrures ?

Abasourdie par cette question, Caroline se redressa à nouveau et se cogna encore plus fort, cette fois. Elle quitta à contrecœur la chaleur de ses couvertures et vérifia qu'elle n'était pas blessée.

— Cela ne te regarde en rien, jeune homme. Et ne t'adresse pas à moi dans la langue des Cheyennes. Tu as donc oublié ma langue, après mon départ ?

— Les mots des *veho* ont un goût de terre, protesta-t-il en l'aidant à rouler les couvertures.

— Mieux vaut manger de la terre que de mourir de faim, répondit-elle en désignant Zach, qui faisait cuire des galettes sur le feu. Et tu es déjà très maigre.

— Lui m'a dit l'appeler Zach, bredouilla l'enfant.

— Absolument, confirma l'intéressé en s'affairant près du feu.

— *Il* m'a dit *de* l'appeler Zach, corrigea la jeune femme avec un soupir.

Décidément, il avait des progrès à faire.

— C'est vrai ? À toi aussi ? fit l'enfant avec un large sourire avant de se pencher vers elle. Il te gardera peut-être un certain temps, alors.

— Oh ! s'exclama Caroline en tentant de l'attraper, mais il s'échappa en riant.

Il s'assit sur une pierre, près de Zach, et observa le fleuve. Très vite, il retrouva son sérieux.

Zach lui ébouriffa les cheveux.

— Tu sembles bien morose par une si belle matinée, lui dit-il.

Hirondelle jaune cligna les yeux et désigna le fleuve.

— On les reverra ?

— Bien sûr, répondit Zach en levant vers Caroline un regard dubitatif. Nous devons les retrouver là où Petit Loup établira son campement d'hiver.

— Quand ? s'enquit l'enfant.

— Pas trop longtemps, assura Caroline. En attendant, nous allons devoir te trouver des vêtements. Et un chapeau, peut-être.

Elle interrogea Zach du regard, qui opina. La ressemblance frappante entre l'enfant et son père allait attirer l'attention. Ils devraient l'atténuer.

Zach tendit au jeune garçon une assiette garnie d'œufs brouillés, puis fit signe à Caroline de le rejoindre derrière le chariot.

— Il aurait besoin d'une coupe de cheveux, non ? fit-il.

— Il va sans doute passer l'hiver avec les Cheyennes. Mieux vaut lui éviter de trop ressembler à un Blanc. Il a déjà eu assez de mal à s'intégrer. Il suffit de couper les pointes et de les nouer en queue-de-cheval. Heureusement, il est trop jeune pour avoir de la barbe.

Zach sourit.

— Vous avez raison. Je ne cherche pas à le changer. Je veux simplement lui faciliter la vie.

— Que faire, maintenant ? demanda Caroline.

— Nous devons partir au plus vite, répondit Zach en balayant le campement du regard. Il y a trop de traces ici, des empreintes de sabots, de mocassins. Nous ne pourrions pas les effacer toutes, et elles sont faciles à repérer.

— Et si nous traversions le fleuve ? Le chef de gare connaît un homme, dans les environs, qui serait disposé à conduire le chariot.

Il posa un regard inquiet sur le fleuve. Un vent violent de sud-ouest balayait son visage. Elle remit vivement ses cheveux en place pour masquer son oreille gauche.

Zach remarqua enfin la bosse qu'elle avait sur le front.

— Que vous est-il arrivé ?

— Hirondelle jaune pose des questions très impertinentes, répliqua-t-elle.

— Ah, dit-il avec une moue de commisération. Je comprends.

Il désigna une coupure sur sa joue.

— Oh non… Que vous a-t-il demandé ?

— Voyons… fit Zach en comptant sur ses doigts. Il a voulu savoir depuis combien de temps vous êtes ma femme, pourquoi je n'aime pas dormir avec vous, comment nous aurons des enfants si nous ne dormons pas ensemble, si je suis disposé à me débarrasser de vous bientôt, si j'ai remarqué une jeune Cheyenne, hier soir, que je préférerais à vous, si je préfère l'arc ou la lance, et s'il pouvait se servir de mon fusil.

— Ce n'est pas une hirondelle, c'est une vraie pie, ce garçon, railla Caroline. Je vais lui faire la leçon.

— Ne vous donnez pas cette peine, fit Zach en riant. Il est inoffensif. Du moins le sera-t-il tant que nous dissimulerons ses origines. Nous allons aussi devoir lui trouver un nom de Blanc.

— George est exclu, répondit la jeune femme. Que pensez-vous du prénom de mon frère, Samuel ? Ou Sam ?

— C'est une bonne idée. Avec ses cheveux blonds, il peut vous ressembler, mais qu'en pensera votre frère ?

— Il est mort, dit-elle, étonnée de ne pas trop souffrir du souvenir de la mort violente de son frère sous les coups des Kiowas. Il aurait aimé Hirondelle jaune.

Zach effleura sa joue du bout des doigts, l'obligeant à le regarder, puis il traça le contour de sa lèvre inférieure.

La gorge nouée, elle frémit sous cette caresse. Elle se rappela les conseils de Petite Femme et tenta de se détendre lorsqu'il l'attira vers lui. Les yeux de Zach étaient sombres comme un ciel d'orage, et ils lançaient des éclairs. Elle sentait son souffle tiède sur sa peau et lut dans son regard une question tacite.

Lui accorderait-elle un autre baiser ? Zach avançait à pas de loup, exprimant ses intentions, lui accordant toutefois le temps de refuser. Le cœur de la jeune femme battait à tout rompre, la privant de toute raison. De lui-même, son corps se blottit contre Zach. Elle contempla sa bouche sensuelle, puis ses yeux, et s'humecta les lèvres.

Il retint son souffle.

— Je pars, lança une voix. Chasser lapins. Vous laisse seuls.

Caroline se figea et leva les yeux vers Zach, qui l'attira contre lui en se retournant pour répondre à

Hirondelle jaune. Il était encore temps pour elle d'interrompre cette étreinte, mais son corps semblait décider à sa place – ce qui était préférable, car son esprit ne fonctionnait plus.

— Pourquoi veux-tu chasser le lapin ?

— Les lapins sont rapides, dit-il. Difficiles à capturer. Vous aurez beaucoup de temps.

Sur ces mots, il s'éloigna.

Caroline posa le front sur l'épaule de Zach, espérant masquer son embarras face aux sous-entendus de l'enfant. Elle sentait sous ses doigts les battements effrénés du cœur de Zach, qui resserra son étreinte. Elle maîtrisa un moment de panique, décidée à voir jusqu'où irait ce moment d'intimité. Il plaqua ses hanches contre les siennes.

En sentant l'intensité vibrante de son désir contre son ventre, elle eut un mouvement de recul. Elle pensait qu'il voulait un baiser, mais pas… *ça* !

— Caroline ? fit-il en scrutant son visage.

— Quoi ?

Elle leva les yeux vers le premier bouton de la chemise de Zach. Les sourcils froncés, il déposa un baiser sur son front.

— J'aimerais t'embrasser, murmura-t-il en déposant des baisers sur son nez, ses lèvres, sans oser la serrer plus fort contre lui.

Elle se calma un peu. Ses doigts se détendirent sur les avant-bras de Zach.

— C'est mieux, dit-il en baisant la commissure de ses lèvres.

Il s'attarda sur sa lèvre inférieure et lui sourit. Puis il la serra dans ses bras, sans lui imposer son érection pour ne pas la brusquer. Il enroula les bras de la jeune femme autour de son cou, geste qui l'obligea à se hisser sur la pointe des pieds. Il embrassa ses lèvres avec plus de sensualité, insinuant entre elles le bout de sa langue. Elle aimait ce contact.

Alors il la souleva de terre contre son torse, avant d'approfondir encore son baiser. Il se livra à un va-et-vient sensuel qui rappela à Caroline l'acte sexuel, au point de l'affoler.

Elle s'écarta vivement.

— Non, souffla-t-elle d'un ton ferme.

Elle repoussa son torse jusqu'à ce qu'il la dépose à terre. Les battements du cœur de la jeune femme se calmèrent, mais elle avait soudain très froid.

— À quoi bon s'embrasser ? Est-ce là une façon de se préparer à violer une femme ?

Des souvenirs douloureux venaient de refaire surface, lui coupant le souffle.

— Je sais très bien comment ça se passe, ajouta-t-elle. Ce n'est pas en m'embrassant que tu me feras oublier la suite.

Zach fit une grimace et poussa un profond soupir, les yeux fermés.

— Quand il est donné avec adresse, un baiser peut être un excellent stimulant. J'oublie sans cesse que tu ne connais pas les plaisirs de l'amour. Tu n'en as vécu que la souffrance. Je ne suis pas un violeur.

Il lui caressa les bras et sourit tristement.

— Lorsque je suis près de toi, je me laisse emporter par mon désir. C'est de ma faute si tu n'as pas aimé ce baiser. Tu sais pourtant que je ne te ferais jamais de mal...

Comme elle ne répondait pas, il ouvrit de grands yeux. Elle y décela un orage encore plus violent.

— N'est-ce pas ?

Elle s'en voulait d'avoir à ce point peur de lui. Elle mourait d'envie de jeter aux orties ses appréhensions pour s'abandonner à ses caresses, mais elle en était incapable.

— Je peux te faire découvrir le bonheur, le plaisir, Caroline, mais il faut que tu le veuilles, toi aussi. Jamais je ne m'imposerai à toi.

Il se tut et prit une profonde inspiration.

— Tu veux que tes souvenirs les plus violents soient les seuls à rester gravés dans ta mémoire ? Tu n'as pas envie de découvrir ce qu'un homme et une femme peuvent partager, un homme et une femme qui…

— Qui, quoi ? coupa-t-elle vivement. Qui s'aiment ?

— Non, répondit-il en la fixant. Nous savons tous les deux que tel n'est pas le cas. Je parlais d'un homme et d'une femme qui veulent se donner du plaisir l'un à l'autre.

Elle retint son souffle.

— C'est donc tout ce que je serai jamais, pour toi ? Quelqu'un qui te donne du plaisir ?

— Cela n'a rien de méprisable. Si tu pouvais comprendre combien c'est rare…

Il tendit les mains vers la jeune femme, qui recula.

— Je préfère garder mes souvenirs, dit-elle. Ils sont peut-être brutaux, mais ils sont vrais, au moins.

— Vrais ? railla-t-il.

Sans lui laisser le temps de réagir, il l'enlaça à nouveau et se pencha vers elle pour l'embrasser doucement.

Après toute la violence qu'elle avait subie, cette douceur la submergea. Il avait les lèvres chaudes et fermes. En sentant le bout de sa langue s'aventurer en elle, elle gémit et agrippa ses épaules. Tendrement, il guettait ses réactions. À sa propre stupeur, elle le prit par la nuque et s'offrit à lui en se plaquant contre son corps.

Elle mourait d'envie de lui ôter sa chemise pour caresser à loisir sa peau nue. Hésitante, elle répondit aux mouvements de sa langue. Très vite, elle prit de l'assurance et se lança dans une lutte sensuelle, la main sur sa joue. Ils respiraient le même air et leurs cœurs battaient à l'unisson. Elle se sentait comme possédée.

Se redressant enfin, elle s'écarta légèrement. Ses jambes refusaient de la soutenir.

— Dis-moi que tu ne veux pas que je vienne en toi tout de suite… murmura-t-il.

Des images terribles apparurent à l'esprit de la jeune femme.

— Non ! cria-t-elle.

— Tu mens, dit-il en la lâchant pour s'appuyer contre le chariot.

Tremblant de tous ses membres, elle eut soudain froid, privée de sa chaleur.

— Un jour, je te le prouverai, ajouta-t-il.

— Je ne le supporterais pas. Jamais je ne pourrais te laisser me faire cela.

Il se détourna et passa une main dans ses cheveux dans un geste rageur.

— Je te laisse tranquille.

En le voyant s'éloigner, Caroline se crispa. Elle remit de l'ordre dans sa tenue et s'aspergea le visage d'eau, puis elle finit de charger le chariot. Elle avait fait un effort, comme elle l'avait promis à ses amies. Une fois. Que demander de plus ?

Elle pouvait vivre sans amour, comme bien des femmes, les nonnes, les vieilles filles…

Mais pourquoi la perspective de ces longues années de solitude engendrait-elle un tel sentiment de vide ?

— Courez ! Vite ! cria Petit Loup aux derniers marcheurs qui le dépassaient dans le noir. Il n'y a nulle part où se cacher. Prenez garde aux soldats ! Ils ne vont pas tarder.

Les femmes se précipitèrent en silence. Une courte pause et un bon repas leur avaient redonné des forces. La bataille de la veille, à Sand Creek, avait été victorieuse.

Petit Loup secoua la tête. Toute la journée, il s'était attendu à une charge des soldats, mais la nuit était tombée, ce qui lui permettrait d'éloigner son peuple. Les Cheyennes avaient montré aux soldats qu'ils étaient prêts au combat. Il ne comprenait pas ces Blancs qui tiraient de loin, toute la journée, en vain. Ils ne voulaient donc pas se battre ? À moins qu'ils n'attendent des renforts ? Les soldats n'avaient pas peur des Cheyennes, comme autrefois, alors il avait poussé son peuple vers le fleuve Arkansas.

En voyant Caroline en bonne santé et protégée, il s'était senti soulagé. Dans l'âme de l'homme qui l'accompagnait, il avait vu bien des choses, dont certaines le troublaient. Mais il s'occuperait de ces questions plus tard, après les batailles qu'ils avaient encore à livrer. Cet homme protégerait Caroline et Hirondelle jaune. Cela lui suffisait.

Petit Loup chassa de son esprit toute inquiétude pour Caroline. Il devait penser à son peuple. Les soldats se regroupaient, prenant les Cheyennes dans un étau, fatigués de les pourchasser car son peuple les avait ridiculisés. Ils se moquaient éperdument de ramener les Tsisitas à la réserve, désormais.

Les vastes prairies s'étendaient à perte de vue, sans collines, ni canyons, et bien peu d'arbres pour les dissimuler. Mais il connaissait un endroit, à trois jours de marche, où les deux fleuves se rejoignaient. Ce lieu s'appelait la Fourche de la femme châtiée. Il s'y était déroulé de tristes événements dont personne ne parlait, mais que chacun gardait en mémoire. Le mari d'une femme infidèle avait livré sa femme aux hommes de sa tribu, avant de tourner les talons et de s'éloigner. Dans ce lieu de jugement, les Cheyennes se battraient.

Mais son peuple avait besoin de temps pour atteindre les ravines et la grotte secrète dotée d'un passage vers le nord. De nombreuses fermes et bourgades jalonnaient leur parcours. Les bisons étant partis, les habitations avaient poussé comme des champignons. Ils devraient contourner discrètement ces hameaux.

Il entama un chant à voix basse, se laissant envahir par ses paroles et pénétrer par la mélodie. Aspirant à pleins poumons, il bloqua sa respiration jusqu'à ressentir une douleur intense. Puis il ouvrit la bouche et souffla. Ce vent pousserait son peuple vers l'avant, les envelopperait, les dissimulerait aux yeux des habitants, redonnant de l'espoir à leurs cœurs si faibles.

Petit Loup resserra sa couverture sur ses épaules et talonna son cheval dans le vent. Les fermiers et cowboys resteraient dans leurs maisons de misère. Nul ne verrait passer son peuple, mais tous se rappelleraient le vent qui leur piquait les yeux et les emplissait de chagrin.

Il pria pour que ses loups – les hommes qu'il avait envoyés en éclaireurs – avancent vite, eux aussi, et qu'ils ne se soient pas écartés de leur chemin pour faire du mal à des innocents.

— Encore une journée de perdue, marmonna Zach sous la tente de fortune qu'ils avaient dressée sur le chariot.

Ils avaient franchi le fleuve sans encombre, mais, au bout de quelques kilomètres de piste, le vent s'était levé. Le manque de visibilité les avait contraints à s'arrêter.

— Quel temps étrange, dit-il en observant les tourbillons de poussière. Il n'y a pas un nuage dans le ciel. C'est bizarre, tu ne trouves pas ?

— Tant mieux. Les Cheyennes avaient besoin d'une pause, répondit Caroline en haussant les épaules.

Elle mesurait le dos d'Hirondelle jaune, déterminée à lui façonner une chemise.

— Rhabille-toi, lui dit-elle quand elle eut pris ses mesures.

Les os saillants de l'enfant faisaient peine à voir.

— Mange une autre galette, ajouta-t-elle.

— Je ne veux pas d'une chemise d'homme blanc, protesta-t-il en se servant. Je préfère les peaux.

— Nous en avons déjà parlé, répliqua Caroline en reportant ses mesures sur une pièce de tissu. Pour ta sécurité, il faut que tu aies l'air d'un garçon blanc.

— Toi, tu portes des peaux, protesta-t-il.

— Je n'en porterai plus à compter de ce jour. Nous allons croiser davantage de Blancs à mesure que nous monterons vers le nord, et je ne tiens pas à les contrarier.

Appuyé sur sa selle, les jambes croisées, Zach les observait. Caroline n'était pas dupe de cette fausse décontraction. Durant l'heure qui venait de s'écouler, il avait nettoyé ses armes avec soin et regardé quatre fois dehors pour voir si le temps s'améliorait. De toute évidence, il préférait être au grand air que de rester enfermé sous cette toile avec une femme et un enfant. Elle avait peine à croire qu'il avait été marié. Ce devait être un calvaire, pour lui.

Elle avait craint que la scène de la matinée ne crée une tension entre eux et rende Zach irritable. Or il se comportait comme s'il ne s'était rien passé, ce qui était agaçant. Attendait-il son heure, en se disant qu'elle finirait par se jeter dans ses bras, ivre de désir ? Elle ravala un grommellement de dédain. Il pouvait toujours espérer...

— Tu ne trouves pas ce vent bizarre ? demanda-t-il en s'asseyant, posant sur elle ce regard d'acier qui la troublait tant.

— Qu'est-ce que tu dis ? fit-elle en piquant vivement son aiguille dans le tissu.

— Cela tombe plutôt bien. Ce vent semble presque pousser les Cheyennes...

— Tu ne penses tout de même pas que c'est Petit Loup qui a soulevé ce vent, dit-elle d'un air incrédule. Allons... Petit Loup n'est pas... Il ne peut pas...

Elle regarda Hirondelle jaune.

— N'est-ce pas ?

L'enfant haussa les épaules et se mit à parler la bouche pleine.

— C'est le chef des guérisseurs. Grand guérisseur.

— Je n'y crois pas, insista Caroline en secouant la tête. Nul ne peut maîtriser les éléments. Ce n'est qu'une coïncidence.

Zach souleva la toile de tente et regarda vers le nord, destination des Cheyennes.

— On n'y voit rien à un mètre, alors pour repérer une colonne de marcheurs vêtus de peaux aux tons bruns...

— C'est une coïncidence, répéta Caroline.

Captant le regard de Zach, elle désigna l'enfant d'un signe de tête.

— Parlons d'autre chose, suggéra-t-elle.

— De quoi, par exemple ?

Son regard s'attarda sur ses lèvres. Aussitôt, la jeune femme retint son souffle. Si Hirondelle jaune ne s'était pas trouvé là, elle devinait parfaitement de quoi ils auraient parlé.

— Où as-tu grandi ? demanda-t-elle, décidée à lui tirer les vers du nez.

— Ce n'est pas très intéressant, rétorqua-t-il avec un sourire. Parle-nous plutôt de ta famille. Je parie qu'il existe une maison de famille, entourée d'un jardin.

— La famille de mon père blanc est très riche, intervint Hirondelle jaune à voix basse. Mais ils ne veulent pas de moi, à Munroe, dans le Michigan.

— Oh, Hirondelle... fit Caroline en le prenant par les épaules. Je suis désolée.

— Je m'en moque, déclara l'enfant en levant vers elle un regard brûlant. Ma tante dit que mon père blanc était un imbécile. Quand les Sioux l'ont tué lors d'une grande bataille, les femmes ont percé des trous dans ses oreilles avec des aiguilles.

Il hocha la tête, comme si les deux adultes comprenaient et approuvaient ces actes.

— Il entendra mieux dans sa prochaine vie.

Caroline fixa l'enfant. Elle ne voulait pas contrarier l'influence de sa tante. De toute façon, il ne l'aurait pas crue. Il y avait tant de choses qu'il ne pouvait comprendre.

— C'est seulement l'opinion de ta tante, dit Zach en s'adossant contre sa selle.

Il enfonça son chapeau sur sa tête, comme s'il allait faire une sieste, les bras croisés sur sa poitrine.

— Ton père était un héros de la guerre des Blancs. Il a commencé comme simple soldat, dit-il en relevant le bord de son chapeau. Il aurait été un brave non aguerri, chez les Cheyennes.

— Tu veux dire comme un brave avant la danse du soleil ? demanda Hirondelle jaune.

Caroline remarqua le tremblement de ses doigts. Elle devinait où Zach voulait en venir, mais ne dit rien.

— Exactement, confirma-t-il en bâillant. C'était un bon soldat, très courageux. Il s'est battu vaillamment et est vite devenu capitaine. À la fin de la guerre, c'était un grand chef, avec de nombreux hommes sous ses ordres.

— Un chef soldat, murmura Hirondelle jaune. Il a tué de nombreux Tsisitas. C'est Étoile du matin qui l'a dit, et il ne ment jamais.

Zach releva son chapeau et fixa l'enfant.

— Ton père a obéi aux ordres du président, le grand père de l'Est. Il est mort en faisant son devoir. C'est ce qu'un homme doit faire. Tu peux être fier de lui.

Hirondelle jaune opina d'un air pensif. Puis il se tourna vers Caroline, qui cousait.

— J'aurai des bottes, aussi ? demanda-t-il timidement.

Elle hocha la tête.

— Et si tu te reposais un peu ? suggéra-t-elle en regardant Zach pour que l'enfant suive son exemple.

À sa grande surprise, elle vit Zach tendre les bras vers le jeune garçon, qui alla se blottir contre lui, la tête sur son épaule.

Caroline eut toutes les peines du monde à manier l'aiguille. Zach aimait donc les enfants. Était-ce simplement de la compassion pour Hirondelle jaune, qui ne connaîtrait jamais son père ? Ou bien cette façade cachait-elle autre chose – un cœur tendre, peut-être ?

Après tout, il avait assez bien réagi en découvrant ses cicatrices. Il voulait obtenir quelque chose des Cheyennes, quelque chose qui comptait énormément à ses yeux. Maintenant qu'il avait rencontré Petit Loup, ses objectifs avaient-ils changé ? Que recherchait-il donc ? Elle observa de plus près l'homme et l'enfant. Était-ce ce garçon qu'il recherchait depuis le départ ?

Tandis qu'elle réfléchissait, Zach remua, serrant l'enfant plus fort contre lui.

C'était étrange. Si c'était lui que Zach cherchait, il n'aurait pas accepté de retrouver Petit Loup sur le campement d'hiver des Cheyennes. Il aurait emmené l'enfant. Non, il cherchait autre chose. Et cet objectif avait un lien avec Hirondelle jaune…

Elle se promit de surveiller Zach et l'enfant. Ce dernier avait déjà trop souffert tout au long de sa courte vie.

Elle ferait en sorte qu'il ne souffre plus.

10

Un gros oiseau noir volait en cercle, au loin, bientôt rejoint par un autre, puis un autre.

— Enfer et damnation ! jura Zach en talonnant son cheval.

Un cadavre avait attiré les charognards par dizaines. Il sentit son estomac se nouer.

En remarquant de nombreuses traces, il ralentit et les examina de près. Marques de sabots, empreintes de mocassins, de roues de chariots... Il observa les rapaces, qui formaient une nuée sombre, et talonna son cheval, de plus en plus inquiet.

En voyant la piste se rétrécir, il ralentit. De part et d'autre, de hautes falaises surplombaient un canyon profond. Plusieurs canyons plus petits striaient le paysage, jusqu'à une corniche où une bataille avait visiblement eu lieu récemment. Il flottait encore dans l'air l'odeur reconnaissable de la poudre, ainsi que la puanteur métallique du sang.

Zach en eut la chair de poule. Il passa devant des tranchées jonchées de douilles et inondées du sang des malheureuses victimes. Contre la paroi des falaises, des tombes de fortune étaient couvertes de pierres pour éviter que les animaux ne déterrent les dépouilles.

Il ne décela aucun signe des Cheyennes. Il remarqua quelques objets appartenant à des soldats, des gants, des boutons d'uniforme, mais pas un seul costume de peau, pas une flèche. L'odeur de chair décomposée s'intensifia à mesure qu'il s'approchait d'un petit canyon au-dessus duquel les rapaces volaient en cercle. Son cheval rua lorsqu'il voulut le mener dans cette direction.

— Allez, Démon, dit-il en flattant son encolure. Qu'est-ce qui te prend ? Tu as gravi des pentes plus escarpées.

Le cheval avait les oreilles en arrière et les yeux révulsés, mais il finit par obéir. Il parvint au sommet de la pente à bout de souffle, très agité. Zach tenait fermement les rênes. C'est avec effroi qu'il découvrit la scène qui s'offrait à lui : une montagne fumante de cadavres de chevaux.

Il devait y avoir une centaine de chevaux, estima-t-il en plaçant un foulard sur son nez. Il n'était pas seulement écœuré par la puanteur, mais par sa propre peur. Les deux chevaux de l'élevage McCallister qu'il avait cru repérer chez les Cheyennes faisaient-ils partie de ce massacre ? S'ils avaient brûlé, comment allait-il découvrir s'il s'agissait des chevaux de Patricia ? Comment retrouverait-il Luke ?

Les cadavres étaient si mutilés qu'il était impossible de les identifier. Affligé, Zach chercha des traces de restes humains, en vain.

Il redescendit la pente. Une fois dans le canyon principal, il écarta enfin son mouchoir pour respirer à pleins poumons. L'air pourtant fétide était plus respirable que celui du charnier.

Impatient d'en finir pour repartir au plus vite, Zach regagna l'extrémité du canyon, surmontée de tranchées. Il mit pied à terre et examina les lieux. La stratégie de Petit Loup était brillante et bien appliquée. Les traces de bottes couvraient celles des mocassins, mais il ne voyait pas de traces de bottes dans les tranchées, ce qui signifiait que les soldats n'étaient pas arrivés sur les positions finales de Petit Loup. Le piège avait dû se refermer sur ses proies. Si lui-même avait été responsable de l'opération, il aurait fait fusiller le responsable de cet échec. De plus, il n'aurait jamais mené des soldats dans ce canyon sans envoyer d'éclaireurs.

Les sourcils froncés, il quitta les lieux. Son cheval secoua la tête, heureux de retrouver la plaine. Zach prit le temps de respirer l'air frais. Une fois de plus, Petit Loup avait échappé aux soldats, mais à quel prix. Sans leurs chevaux, les Cheyennes étaient tous à pied, désormais. Les soldats allaient se lancer à leurs trousses.

Avec sa longue-vue, Zach scruta la corniche surplombant le canyon et vit ses craintes se confirmer : des traces de soldats à cheval, qui ne dataient que d'un jour ou deux de plus que les traces de mocassins.

S'ils rattrapaient les Cheyennes, il y aurait un nouveau massacre. Comment retrouver son fils, ensuite ?

Chaque fibre de son corps lui intimait de se lancer à la poursuite des Cheyennes, de leur soutirer des informations puis de trouver Luke avant qu'il ne soit trop tard. Or c'était impossible. Il avait la responsabilité de deux personnes. Caroline et Hirondelle jaune dépendaient de lui. Il ne pouvait les abandonner dans la prairie tandis que des bandes de malfrats rôdaient, assoiffés de sang.

En proie à un profond désespoir, il revit le dos lacéré de la jeune femme, son oreille mutilée. Si ces brutes étaient capables de tels sévices sur une femme, que feraient-ils à un enfant blond ? Où donc se trouvait Luke ? Avait-il été torturé ? Il se refusait à envisager le pire.

Levant les yeux vers le ciel, il récita une prière pour le salut de son fils.

À l'aide d'un petit miroir, il adressa un signal à Caroline, qui menait le chariot au loin, lui demandant de changer de direction. Ainsi, elle n'aurait pas à assister à ce spectacle insoutenable. Elle avait remarqué la présence des charognards. De plus, le vent devait transporter la puanteur des cadavres en décomposition. Il talonna son cheval pour partir à sa rencontre, réprimant son angoisse. Ses deux protégés n'étaient pas des entraves à son action, mais deux innocents dans la tourmente, tout comme Luke et lui-même.

Pourvu qu'ils s'en sortent tous vivants...

— Regarde ! s'écria Hirondelle jaune en désignant le signal de Zach. C'est par là.

Ils virent sans tarder Zach s'approcher au trot. Caroline en fut soulagée. Ce changement de direction n'indiquait donc pas un danger immédiat.

Elle fit quitter la piste à ses mules, grommelant contre les bêtes entêtées qui s'agitaient. Cette journée de voyage la laissait fourbue. Depuis le départ, elle s'était félicitée de cette aventure. Après tout, elle avait travaillé dur dans la boutique de son oncle James. Elle avait même tanné des peaux pour fabriquer mocassins et ceintures. Mais à présent, au bout de presque trois semaines, elle aurait tout donné pour un bain chaud et une semaine de repos. Soulever des caisses, balayer le sol ou emballer des marchandises pour son oncle était un jeu d'enfant, comparé à ce périple. Elle aurait même été prête à sourire des piques incessantes de sa tante Abigail.

Elle imagina l'air effaré de sa tante si elle la voyait en cet instant, avec ses cheveux en bataille, sa peau bronzée et ses vêtements sales.

La jeune femme sourit en observant Hirondelle jaune. Tante Abigail serait choquée par sa façon de manger. Puis, en songeant à sa mère, Caroline sentit les larmes lui monter aux yeux. Comme elle aurait aimé partager avec elle ces pensées...

Ses parents lui manquaient terriblement, surtout sa mère. Ils avaient nourri tant de beaux projets pour elle ! Des ambitions irréalistes, elle s'en rendait compte. Elle chassa son chagrin pour se concentrer sur l'enfant. Il méritait bien un peu d'attention.

— Alors, fit-elle, qu'est-ce que tu veux manger ce soir ? Des haricots ou des haricots ?

Il rit de bon cœur.

— C'est bon, les haricots, dit-il en se léchant les babines. Surtout avec des galettes.

— Tu as raison. Avec des galettes.

— Tu en feras beaucoup ? reprit l'enfant. Zach mange des galettes, aussi.

Hirondelle jaune avait fière allure, avec ses vêtements de Blanc, une chemise et une salopette. Son chapeau de paille évitait aux curieux de remarquer sa ressemblance frappante avec son célèbre père. Toutefois, il suffisait de s'approcher pour lever toute ambiguïté sur son origine et son métissage. La réaction des gens allait de l'étonnement poli au ridicule. Ils se gardaient cependant de toute critique en présence de Zach. Dans cette région, les gens considéraient Custer comme un héros depuis la bataille de Little Big Horn, tout en lui reprochant son arrogance. Cet enfant naturel prouvait que Custer était également humain.

Les autres personnes que croisait le trio ne voyaient qu'une femme blonde et un enfant, et ne se posaient pas de questions. Ce qui convenait parfaitement à Caroline. Elle n'avait aucun mal à faire passer le garçon pour son fils, qu'elle prenait soin d'appeler Sam. Elle avait même acheté une ardoise et une craie pour lui apprendre à lire et à écrire.

— Après le dîner, nous travaillerons sur l'alphabet, lui dit-elle, ignorant ses protestations. Un jour, tu sauras lire des livres et le journal tout seul. Ce sera formidable non ?

— Quel journal et quels livres ? demanda-t-il. On n'y apprend pas à attraper un lapin pour le repas ou à trouver des dindons. Ça ne sert à rien.

Il se détourna pour donner un coup de pied dans le chariot, mais fut contrarié par les marques que ce geste laissa sur ses bottes neuves. Il tenta de les effacer à l'aide de sa manche, en vain.

— C'est pas bien, d'être blanc. On fait toujours des bêtises, dit-il en désignant ses bottes abîmées.

— Zach enlèvera ces marques, assura Caroline. Tu t'en sors très bien, Sam. Tu n'as certainement pas capturé un dindon dès ta première partie de chasse, si ?

— Non, admit-il en croisant les bras d'un air de défi. La chasse, c'est pas comme la lecture. La chasse permet de manger. La lecture sert à rien.

Comment le convaincre des bienfaits de la lecture ? Que pourrait-il lire d'utile dans la vie qu'il menait ? Elle sourit en trouvant la réponse adéquate.

— Eh bien, tu pourrais lire les aventures de ton père, déclara-t-elle en faisant claquer les rênes sur la croupe des mules.

À gauche s'amorçait un canyon. Pourquoi Zach ne lui avait-il pas dit de s'y engager ? C'était déjà le milieu de l'après-midi et il fallait trouver un lieu de campement pour la nuit.

— Mon père est dans les livres ? s'enquit l'enfant, étonné et ravi.

— Oh, oui, répondit Caroline en faisant signe à Zach. Un tas de gens ont écrit ses aventures, et il y aura encore beaucoup de livres qui lui seront consacrés.

Hirondelle poussa un hurlement d'enthousiasme pour accueillir Zach. Caroline sursauta à ce cri. L'enfant lui sourit, visiblement content de son effet.

— Je veux bien lire, mais pas écrire. Je suis un Tsisita, pas un Blanc.

— Tu es un chenapan, dit-elle en écartant une boucle bonde de son visage.

Elle l'étreignit en riant. Il fit mine de la repousser et remit de l'ordre dans sa tenue. Ce geste familier l'émut au plus profond d'elle-même. Son père et son frère en faisaient autant quand elle les embrassait.

Les hommes demeuraient toujours des enfants, songea-t-elle, attendrie. Chaque jour qui passait renforçait son attachement pour Hirondelle jaune. Elle redoutait le jour où elle devrait le rendre à sa tante, ce qui ne manquerait pas de se produire si les Cheyennes étaient contraints de regagner la réserve.

En arrivant à la hauteur du chariot, Zach ôta son chapeau et le fit claquer sur sa cuisse, projetant un nuage de poussière vers la jeune femme.

Elle se mit à tousser, ce qui amura beaucoup Hirondelle jaune.

— Quel plaisir de te revoir, railla-t-elle entre deux éternuements. Tu veux bien faire le ménage un peu plus loin ?

— Désolé, fit Zach en dissimulant sa contrariété.

— Je ne suis pas dupe, lança Caroline d'un ton léger.

Il ne semblait guère pressé de lui expliquer ce qui n'allait pas. Ce devait être grave.

— Je ne ferai qu'une fournée de galettes, ce soir, et elles seront toutes pour toi et moi, dit-elle au garçon.

— Attends une minute ! protesta Zach avec un regard entendu. Seriez-vous en train de comploter contre moi, tous les deux ?

— Crois ce que tu veux, rétorqua-t-elle en adressant un clin d'œil à l'enfant.

Hirondelle jaune rit de plus belle et enfonça son chapeau sur sa tête, imitant le geste de Zach.

— Les mules n'apprécient pas plus que moi ta poussière, constata Caroline.

Au même moment, une roue du véhicule heurta une pierre. Tout l'attelage s'agita. Elle tira fortement sur les rênes.

— Je crois qu'une pause nous fera du bien, annonça-t-elle. Arrêtons-nous au sommet de cette pente.

— Ce n'est pas une bonne idée, répondit Zach. Je viens d'inspecter ce canyon et il ne me dit rien qui vaille.

— C'est là que tu as pris cette odeur ? fit Caroline en reniflant. Qu'as-tu donc découvert ? Une famille entière de putois ? Ou pire encore ?

— Qu'est-ce qui sent plus fort qu'un putois ? demanda Hirondelle jaune en plissant le nez.

— Tu peux tenir encore quelques kilomètres ? s'enquit Zach en regardant la jeune femme droit dans les yeux.

— Bien sûr.

Elle percevait son malaise.

— Tu veux peut-être que je fasse avancer les mules un peu plus vite...

— Non, répondit-il en s'approchant du chariot. Tiens bien ta droite, c'est tout.

Caroline obéit. Elle remarqua avec une curiosité grandissante qu'il s'efforçait de les empêcher de voir dans le canyon, sur leur gauche. Il ne cessait de regarder en direction du ravin, de plus en plus nerveux. Sa découverte l'avait visiblement marqué.

Plus tard, dès que l'enfant fut couché, il entraîna la jeune femme loin du feu.

— Qu'est-ce que tu as trouvé ? questionna-t-elle aussitôt.

— Ce n'est pas ce que tu crois, répondit-il en s'épongeant le visage à l'aide d'un mouchoir humide.

— Comment sais-tu ce que je crois ? rétorqua-t-elle. Depuis que tu nous as rejoints, je suis un vrai paquet de nerfs. Alors dis-moi ce qui se passe. Pourquoi t'éponges-tu le visage ?

— Pour chasser l'odeur ! Elle est imprimée dans ma tête.

Il soupira et glissa son mouchoir dans sa poche, puis entraîna la jeune femme un peu plus loin.

— On dirait que Petit Loup a pris au piège tout un bataillon de soldats dans ce canyon.

Le cœur de la jeune femme s'emballa.

— Voilà qui explique cette puanteur. Il y a des cadavres non enterrés ? Combien de Cheyennes ?

— Non, non. Tous les morts sont enterrés.

Elle posa une main sur son cœur.

— Et Petit Loup ?

— Laisse-moi donc parler !

Zach releva le bord de son chapeau et la regarda droit dans les yeux, les mains sur les hanches.

— Et toi, cesse de tourner autour du pot ! contra-t-elle.

— Des chevaux ! lança-t-il en se tournant vers Hirondelle jaune avant de baisser à nouveau le ton. Les soldats se sont retrouvés entre les Cheyennes et leurs chevaux. Ils les ont abattus. Tous. Ensuite, ils ont fait brûler les cadavres.

Il recula et ôta rageusement son chapeau.

— C'est arrivé il y a combien de temps ? demanda la jeune femme, qui comprenait la perte subie par les Cheyennes.

— Trois ou quatre jours, marmonna Zach, qui prit Caroline par les épaules. Ils vont devoir remplacer ces chevaux, et le seul endroit où ils en trouveront…

— Ils vont devoir les voler, déclara-t-elle en blêmissant. La région n'est colonisée que depuis peu. Ce ne sont que des familles pauvres, des fermiers qui n'ont que des chevaux de trait et de vieilles juments. Ils n'ont pas les moyens de s'offrir de bonnes montures. Et les affaires des femmes ? Elles se trouvaient sur les chevaux ?

— Il n'en restait pas grand-chose. Je ne saurais le dire, mais je parierais que oui. Nous voilà contraints d'avancer plus vite et de rester à distance des implantations de colons.

Zach relâcha la jeune femme.

— En gardant nos distances, reprit-il, nous éviterons les ennuis et nous remettrons ces vivres au plus vite à Petit Loup.

Caroline secoua la tête. Soudain, elle eut très froid.

— Il était inévitable que l'armée les rattrape. Mieux vaut qu'ils aient abattu des chevaux, et non des êtres humains.

— C'est une question de point de vue. Les colons vont payer le prix fort de cette victoire de l'armée. Les fermes isolées ne seront pas mises en garde à temps. Les soldats ont été retardés, sans doute à enterrer leurs morts et soigner leurs blessés, alors ils ne viendront pas à la rescousse. Nous devons rejoindre les Cheyennes rapidement avec le chariot. Peut-être est-il déjà trop tard...

Caroline opina. Ses paroles lui avaient donné la chair de poule. Elle ne savait que trop bien quels dangers guettaient les colons. Comment oublier ce que les Indiens avaient infligé à sa propre famille ? Jusqu'à présent, selon Petit Loup, ils n'avaient tiré que pour se défendre. En les privant de leurs chevaux, les soldats avaient pris un avantage stratégique, car les guerriers ne pourraient protéger leurs femmes et leurs enfants.

Zach avait raison. Petit Loup ordonnerait des pillages pour trouver des chevaux.

L'armée n'aurait pu choisir pire endroit ou pire moment pour agir. Les Cheyennes avaient atteint leur territoire familier – Sand Creek, le Washita – où le sang de leurs morts avait coulé sans qu'ils aient été vengés.

En la voyant frémir, Zach posa un bras sur ses épaules et l'emmena vers le feu de camp. Réconfortée par son contact, elle se lova contre lui.

— Nous partirons demain avant l'aube. J'espère que nous pourrons nous rendre utiles, dit-il.

Il attendit qu'elle soit couchée sous le chariot, puis s'allongea à son tour à côté de l'enfant. Celui-ci se retourna et se blottit dans ses bras. L'air était doux en cette fin septembre. Bientôt, ils auraient besoin de se serrer les uns contre les autres pour ne pas avoir froid.

Caroline était de plus en plus inquiète pour l'avenir. Le gouvernement ignorait-il que les Cheyennes mouraient peu à peu dans des conditions inhumaines ? Les soldats devraient leur venir en aide, au lieu de les pourchasser. D'ailleurs, pourquoi ne pas les avoir autorisés à rester chez eux ? Il n'y avait pas d'or dans la vallée du Powder, rien que quelques cerfs et bisons. Rien que puissent convoiter les Blancs.

Elle ne savait que faire pour les aider. Devait-elle intimer à Petit Loup de se rendre ? Il croyait dur comme fer que son peuple retrouverait son territoire, un jour. C'était la guérisseuse comanche qui le lui avait prédit, celle qui avait sauvé la vie de Caroline.

La jeune femme fronça les sourcils. Elle se souvenait très bien de sa confrontation avec Ours blanc. Ce souvenir la fit frémir d'effroi. La guérisseuse l'avait bousculée et elle était tombée à terre. La laisse par laquelle Ours blanc la maintenait prisonnière avait été arrachée de sa main, ce qui l'avait rendu fou de colère. Il l'avait aussitôt châtiée. Agenouillée, chancelante et ensanglantée, Caroline avait vu la guérisseuse intervenir. Ours blanc s'en était alors pris à elle et lui avait assené un coup qui lui aurait brisé le crâne si le chef de guerre des Cheyennes n'avait pas retenu son fouet.

Petit Loup avait ensuite proposé à Ours blanc de lui vendre Caroline, ce qui permettait à ce dernier de sauver la face et d'éviter un affrontement. Cet acte consolidait l'alliance entre Cheyennes, Kiowas et Comanches. En constatant les sévices subis par la jeune femme, Petit Loup avait toutefois eu envie de corriger Ours blanc.

Caroline lui devait la vie. Jamais elle n'aurait survécu à une nouvelle correction, tant elle était affaiblie. Le chef de guerre avait expliqué à Petit Loup que la guérisseuse était une messagère du Grand Esprit, venue aider les Comanches à vaincre leurs ennemis. Petit Loup avait alors voulu connaître le destin des Cheyennes. Selon elle, ils allaient beaucoup souffrir, mais, finalement, ils auraient le droit de vivre où ils voulaient.

La jeune femme fronça les sourcils. Ces faits remontaient à plus de trois ans et les Cheyennes avaient eu en effet leur lot de souffrances. Comment cette femme pouvait-elle prédire l'avenir ? Si Petit Loup n'avait pas perdu tant d'hommes dans cette maudite réserve de l'Oklahoma, s'accrocherait-il encore à l'espoir que lui inspiraient ces prédictions ?

Avec un soupir, Caroline resserra ses couvertures autour d'elle. Elle aurait donné sa vie pour épargner aux Cheyennes ce périple dangereux.

11

Petit Loup déambulait parmi les siens, la main droite posée sur ses précieux remèdes sacrés. Il avait besoin de toute l'énergie dont il était capable pour mener les siens sur la piste, ce jour-là. Ils étaient épuisés, affamés, malades et apeurés. Si seulement il pouvait leur procurer de la viande de bison, leur rendre confiance en l'avenir... Hélas, il n'avait rien à leur offrir, à part de longues journées d'une marche harassante, des restrictions continuelles et du désespoir.

Cuisse de bois arriva au campement, menant six chevaux malingres et fatigués.

— Ils ne sont bons qu'à passer à la marmite, père, dit-il en tendant la corde à Petit Loup. Ils nous permettront de tenir un jour ou deux. Le seul cheval valable est bien trop jeune.

Il désigna le dernier de la file, un cheval marron maculé de boue.

— Je vais prendre un peu de repos, puis j'essaierai de le dresser.

— Très bien, mon fils, fit Petit Loup en pressant l'épaule du jeune homme. Tu as bien travaillé. Tu as croisé les autres ? Ont-ils trouvé des montures ?

Son fils détourna les yeux.

— Ne me pose pas la question, père. Il se passe bien des choses. Des choses qui ne te plairaient sans doute pas...

Il ôta la main de son père de son épaule et s'éloigna vers Plume sur la tête et Femme tranquille. Petit Loup le suivit des yeux. Quel dommage que son fils soit devenu un homme en des temps si troublés. Connaîtrait-il à nouveau le plaisir d'une partie de chasse avec lui ? Aurait-il un jour la fierté de voir en lui un père de famille ?

Son fils se retourna et esquissa un sourire, mais son visage se figea aussitôt.

— *Veho !* cria-t-il en désignant plusieurs hommes blancs sur la corniche, derrière Petit Loup. Tout le monde à terre !

Les balles sifflèrent autour d'eux. Certains ripostèrent aux coups de feu des Blancs, tandis que d'autres allaient chercher les chevaux. Certaines femmes se mirent à crier. Grue noire intervint et leur ordonna de se mettre à l'abri.

Cuisse de bois sauta à cheval et prit son fusil, exhortant ses camarades à chasser ces Blancs. Sinon, ils feraient en sorte de les entraîner loin des femmes et des enfants. Cependant, les *veho* firent volte-face et s'enfuirent. Les guerriers les pourchassèrent. Ils n'allèrent pas très loin. Bientôt, Petit Loup entendit de nombreux coups de feu.

Cuisse de bois réapparut, affichant un large sourire. Il portait un foie sanguinolent qu'il présenta à Petit Loup, qui lui-même le tendit à Plume sur la tête.

— Des éleveurs, père, dit-il en mordant dans le foie avant que Plume ne l'emporte. Avec un grand troupeau. Nous mangerons bien, ce soir.

Ses yeux noirs pétillaient de fierté. Les Cheyennes se précipitèrent pour dépecer quelques bêtes.

— N'ayez pas peur de gaspiller de la viande ! lança Femme tranquille en les suivant. Nous pourrons la fumer tout en marchant. Il nous suffit de...

Petit Loup l'interrompit d'un signe de la main.

— Tu veux aider les *veho* à nous repérer ? Nos traces de pas ne suffisent donc pas, selon toi ? Tu veux laisser de la fumée dans notre sillage, en plus ?

Femme tranquille secoua la tête.

— Tu verras, mon mari, et tu ravaleras tes paroles, car je ne te laisserai pas manger de ma viande fumée. Tu verras...

Avec un grommellement de dédain, elle hâta le pas pour rejoindre Plume sur la tête et Cuisse de bois.

Petit Loup observa sa démarche ondulante. Elle avait la langue un peu trop bien pendue, depuis quelque temps. Il décida de la prendre sous ses fourrures le soir même, après un bon repas. Cela faisait longtemps qu'il n'avait pas ressenti un tel désir. Quand il en aurait terminé, Femme tranquille serait trop fatiguée pour bavarder.

Il aperçut Étoile du matin, avec ses deux grands fils et ses épouses, Petite Femme et Femme en gage, qui découpaient déjà les carcasses. Étoile du matin brandit un poing sanglant. Ses camarades l'acclamèrent.

Après avoir aidé ses épouses à étriper une vache, Petit Loup rejoignit son frère.

— Bonne nuit, dit-il à Étoile du matin, qui dévorait une côte de bœuf saignante. Les nôtres vont bien dormir, le ventre plein, et nous repartirons du bon pied demain, dès l'aube.

Étoile du matin ne dit rien, se contentant de sucer les os. Puis il se leva et fit signe à Petit Loup de le suivre.

— Nous devons rester ici, le temps que les femmes fument cette viande, et pendant que les hommes iront chercher d'autres chevaux.

Petit Loup secoua la tête.

— Tu es donc aveugle, mon frère ? Tu ne vois donc pas le danger qui nous guette ?

— Tu les pousses trop loin, reprit Étoile du matin en le foudroyant du regard.

Petit Loup ne recula pas. Étoile du matin le dépassait de deux têtes et savait que son frère ne supportait pas de devoir lever les yeux vers lui. Quand ils étaient plus jeunes, il ne cessait de le provoquer de la sorte, mais Petit Loup n'avait jamais cédé. Un jour, il avait même fait tomber Étoile du matin. Dès lors, ce dernier avait attendu que Petit Loup devienne le grand chef, porteur des remèdes sacrés, pour le taquiner à nouveau. Son rang lui interdisait en effet de céder à la colère.

— Tu vas un peu loin, toi aussi, Étoile du matin, dit Petit Loup, lui rappelant ainsi ses responsabilités de chef des guerriers.

Son frère le fusilla des yeux, mais ne dit rien.

Petit Loup soutint son regard avec calme, même s'il avait les poings crispés.

— Pourquoi me regardes-tu avec tant de colère ? Pourquoi montres-tu cette colère à mon peuple ?

Étoile du matin sourit et s'éloigna, obligeant Petit Loup à le suivre.

— Nous sommes arrivés très loin, dit-il d'une voix douce qui ne trompa pas Petit Loup.

Son frère était rusé comme un renard quand il s'agissait de manipuler les hommes.

Petit Loup s'arrêta. Il n'appréciait pas cette lueur dans les yeux de son frère.

— Dis ce que tu as à dire.

— Maintenant que nous sommes loin de la réserve et sur notre propre territoire, nous devrions nous rendre.

Petit Loup ne broncha pas, laissant son frère terminer.

— Nous irons à l'agence gouvernementale de Pine Ridge pour nous rendre. Nuage rouge et nos cousins seront là pour nous accueillir.

— Ce n'est pas ce que nous avions prévu. Nous étions convenus d'essayer de retourner au fleuve Powder, nos terres d'origine. Certains des nôtres s'y trouvent encore et nous attendent. Tu le sais très bien. Pourquoi veux-tu modifier nos projets maintenant ?

Étoile du matin serra les dents.

— Les nôtres sont épuisés. Ils se meurent. Nous devons nous rendre avant de tous mourir.

Petit Loup luttait contre la colère qui montait en lui.

— Nous n'avons perdu qu'un seul homme. Certes, nous avons de nombreux malades et nous subirons des pertes avant la fin du voyage, mais tu le savais dès le départ. Tout le monde était d'accord. Vous étiez tous prêts à mourir, mais pas dans la réserve.

— C'est trop dur, protesta Étoile du matin. Nous n'avons plus de montures. Nous ne pouvons même plus transporter décemment nos malades. La reddition est la seule solution.

Petit Loup chassa cette idée d'un geste de la main.

— Cette viande va nous donner de la force jusqu'à ce que nos hommes trouvent des chevaux.

— Ils ont besoin de repos, insista Étoile du matin, avec moins de conviction cette fois. Restons ici quelques jours, le temps de fabriquer des brancards.

— Non ! Nous sommes traqués par de nombreux soldats. Tu veux que nous soyons massacrés comme les hommes de Bouilloire noire à Sand Creek ?

Étoile du matin chancela, mais son frère le soutint.

— À ta guise, mon frère, dit-il avec un long soupir et un ultime regard noir. Toutefois, je ne renoncerai pas.

Il laissa Petit Loup l'aider à rejoindre ses fils qui accouraient. Puis il s'adressa aux autres :

— Mangez bien et dormez ! Mon frère veut que nous fuyions, alors nous fuirons.

Des grommellements se firent entendre dans l'assemblée. Petit Loup observa les siens, mais ne vit pas qui était mécontent. Il le saurait assez vite.

Après avoir attaché son cheval, Zach revint près du feu de camp et s'assit sur une pierre, à côté de Caroline.

— Tout semble normal ? s'enquit-elle sans lever les yeux de la chemise qu'elle cousait pour Hirondelle jaune.

— Tout est calme, dit-il en secouant son chapeau pour en ôter la poussière.

— Qu'est-ce qui te rend si nerveux ?

— Je ne suis pas nerveux ! rétorqua-t-il, indigné.

Elle observa son chapeau.

— Si tu secoues ton chapeau, c'est que tu es nerveux.

Il n'aimait pas révéler ses faiblesses. Cette femme était trop perspicace.

— Tu viens faire un tour avec moi ? proposa-t-il en lui tendant la main.

Elle jeta un coup d'œil vers l'enfant, qui dormait déjà.

— Nous n'irons pas loin, promit Zach. Mais je ne veux pas le réveiller.

Au-delà du cercle de lumière du feu de camp, la nuit résonnait du chant des criquets. Une chouette hulula à la lueur argentée de la lune. Une douce brise les enveloppa. Caroline resserra son châle sur ses épaules. La prairie s'étendait à perte de vue.

— Je viens de l'Est, confia-t-elle. Jamais je n'aurais imaginé voir un jour de si beaux paysages. J'ai mis longtemps à les apprécier, à ne pas avoir peur de ces vastes étendues. Elles me donnent l'impression d'être...

— Insignifiante ? suggéra Zach. Une goutte d'eau dans la mer ?

— Je vois que tu me comprends, fit-elle avec un sourire.

Il leva la main.

— Je peux te serrer dans mes bras ?

Elle agrippa son châle et posa sur Zach un regard méfiant.

— Je n'ai pas de châle, moi, reprit-il. Et le vent est frais.

— Ton grand manteau ne te tient donc pas assez chaud ?

Il fit quelques pas vers elle.

— Non, il vole au vent. Regarde.

Le vent souleva les pans de son vêtement. Ils se mirent à rire. Zach releva le bord de son chapeau. Les yeux de la jeune femme ressemblaient à deux saphirs au clair de lune. Ses cheveux soyeux encadraient son visage dont la pénombre accentuait la douceur.

— Qu'est-ce qu'il y a, Zach ? demanda-t-elle en se frottant les bras. Je sais bien que tu ne m'as pas amenée ici pour écouter le chant des criquets.

— J'ai découvert six petites tombes, au bord de la piste des Cheyennes. Elles étaient bien cachées, mais quelqu'un, peut-être une mère, avait déposé quelque chose sur l'une de ces tombes qui a attiré mon attention. Un sac.

Il l'attira vers lui et la prit par les épaules.

— Des enfants ? s'étonna-t-elle.

Il opina et détourna la tête. Il ne voulait pas lui montrer combien cette découverte l'avait troublé.

— J'ai trouvé cela très bizarre.

— J'ai entendu parler d'une vieille coutume cheyenne appelée « empaquetage », mais elle ne se pratique plus depuis des années.

— De quoi s'agit-il ? demanda-t-il en fronçant les sourcils. N'était-ce pas une sorte de rituel d'accouplement ?

— La personne est allongée et cousue dans un sac. Seule la tête dépasse. Cela garantissait la chasteté des couples.

— Les hommes se laissent coudre dans des sacs ? s'enquit-il en frémissant.

— À l'époque, les hommes devaient parcourir de longues distances pour courtiser les femmes. Parfois, ils passaient la nuit au bord de la route. Ces sacs les empêchaient de... Enfin, tu vois.

Malgré la pénombre, il la vit rougir.

— Cela n'explique pas la mort de ces six enfants.

— Le principe est le même, dit-elle en se raidissant face à son ton brusque. Les enfants sont cousus dans des sacs. Deux sacs sont reliés par une corde passée sur le dos d'un cheval, en général pas tout à fait dressé. Ainsi, les mères ne sont pas obligées de porter leurs nourrissons et les chevaux non dressés servent à quelque chose.

— Ils ne peuvent pas les transporter dans une charrette, par exemple ? insista Zach, horrifié en imaginant ces malheureux ballottés de toute part. Et si le cheval se met à ruer ou, pire, part au galop ?

— Les petits risquent de tomber d'une charrette et de se blesser. Un brave mène toujours le cheval pour surveiller les enfants, expliqua-t-elle. Cela dit, il y a des accidents. C'est ce qui a dû arriver.

— C'est logique. Ils essayent d'avancer plus vite, dit-il en regardant au loin, dans la prairie. Il n'y a pas un seul arbre, nulle part où se cacher des soldats. Petit Loup ne veut pas rester à découvert.

Zach comprenait les méthodes du chef, mais il ne pouvait les approuver.

— Tu dis que les Cheyennes aiment leurs enfants, mais six d'entre eux sont morts. J'ai l'impression que le temps qu'ils ont gagné, ils l'ont ensuite perdu à enterrer ces petits. Ces malheureux sont morts pour rien.

Caroline frémit. Il lui caressa les bras, s'en voulant de l'avoir bouleversée.

— Excuse-moi, dit-il, regrettant de ne pouvoir lui confier son inquiétude pour son fils. Ces petites tombes m'ont choqué.

Il la maintint contre lui pendant quelques minutes, cherchant le réconfort. La sentant trembler, il la serra plus fort. Aussitôt, son désir monta d'un cran. Naturellement, la jeune femme se raidit.

— Caroline, je… bredouilla-t-il.

— Tu m'avais promis de me laisser tranquille, Zach, coupa-t-elle en s'écartant de lui, furieuse. Je ne peux te donner ce que tu veux, une galipette furtive sous tes couvertures. Dans tes bras, je ne trouverai qu'un chagrin d'amour. Quand tu te lasseras de moi, ou quand tu auras trouvé ce que tu cherches, tu t'en iras, tu trouveras une autre femme. Pour moi, hélas, il n'y a aucun espoir de rencontrer un autre homme. Il me serait plus cruel de connaître le plaisir pour le perdre ensuite. Autant ne jamais le découvrir.

— Tu te trompes, murmura-t-il, la tenant par la taille.

Il ne supportait pas l'idée de la laisser s'éloigner. Il l'embrassa sur le front, les paupières, le bout du nez.

— Zach, je t'en prie, arrête, dit-elle sans conviction, sans émotion, sans peur.

Lorsqu'il prit sa lèvre inférieure entre les siennes, elle soupira. L'esprit de la jeune femme refusait peut-être ce baiser, mais son corps le désirait. Il traça de ses lèvres la ligne de sa mâchoire jusqu'au lobe de son oreille qu'il titilla.

Étouffant une plainte, elle rejeta la tête en arrière.

— Tu triches...

— Chérie... gémit-il, ravi de la sentir trembler entre ses bras. Je suis un saint !

Il déposa un chapelet de baisers dans son cou, goûtant la saveur un peu salée de sa peau. Elle se laissa aller contre lui, caressant son torse et ses épaules. Zach s'empara à nouveau de ses lèvres jusqu'à ce qu'elle s'abandonne totalement.

Enfin, ce fut elle qui prit sa bouche, geste audacieux qui provoqua en Zach un frisson de plaisir. Très vite, il gémit et souleva la jeune femme contre lui. Au bout de quelques instants, il reprit le contrôle de la situation, sans toutefois lui faire sentir son membre gonflé, déterminé à ne pas la brusquer, cette fois.

— C'est assez, chérie, souffla-t-il en posant son front sur le sien. Tu ne souhaites pas aller plus loin, et je n'en peux plus.

Il ne voulait pas attirer son attention sur son désir ardent, mais sa tension était grande. Il chercha une position plus confortable, en vain. En entendant la jeune femme retenir son souffle, il leva les yeux. Face à son air affolé, il fit la grimace.

— Ne t'inquiète pas, dit-il. Je ne m'approcherai pas de toi.

À sa grande surprise, elle se hissa sur la pointe des pieds et l'embrassa sur la joue. Puis, avec un dernier regard pour le renflement de son pantalon, elle s'éloigna.

Zach ne regagna pas tout de suite le campement. Il préféra aller soigner Démon, songeant à cet instant où Caroline avait pris l'initiative de l'embrasser. Il pensa également à leur conversation. Croyait-elle vraiment qu'il ne cherchait qu'une culbute furtive ?

Non. Il voulait bien plus que cela. Il se languissait de ses baisers. Il mourait d'envie de l'allonger sur son lit, d'explorer ses courbes, de s'insinuer en elle. Il voulait lui faire oublier les épreuves qu'elle avait subies, il voulait être celui qui la guérirait, qui lui redonnerait goût à la vie, il voulait lire son regard la première fois qu'elle connaîtrait le plaisir.

Et il voulait être le seul homme qu'elle aimerait.

Le soleil était encore couché derrière les collines de l'Est quand Petit Loup et ses hommes aidèrent les femmes à attacher les enfants dans des sacs façonnés dans les peaux de bêtes. Ils les harnachèrent ensuite sur le dos des chevaux non encore dressés. Un guerrier maintenait la tête de l'animal jusqu'à ce qu'il se calme et accepte son chargement. De nombreuses mères étaient en larmes, se demandant si leur progéniture survivrait à ce périple.

Cuisse de bois amena un cheval marron après l'avoir monté jusqu'à l'épuisement. Petit Loup examina la monture et secoua la tête.

— Ne t'inquiète pas, père. Il est trop fatigué pour ruer.

Petit Loup regarda le cheval dans les yeux et le prit par la mâchoire. Puis il fit signe aux guerriers qui apportaient deux autres sacs.

Avant qu'ils n'installent les enfants sur le dos de la monture, Étoile du matin et ses fils poussèrent Petite Femme en avant.

— Ma femme prendra ce cheval, qui semble fort et calme.

— Il n'est calme que parce que… commença Cuisse de bois, mais Étoile du matin le fit taire d'un geste.

Le jeune homme se tourna vers Petit Loup, qui haussa les épaules.

— S'il est assez calme pour porter les enfants, il peut aussi porter Petite Femme.

Cuisse de bois prit les rênes tandis que les fils d'Étoile du matin installaient Petite Femme sur le dos du cheval. Saisissant la crinière, elle déclara :

— Tout ira bien, mon époux. Tu te tourmentes trop pour une vieille femme comme moi.

Petit Loup sourit et lui tapota le bras.

— Ta beauté éclipse le soleil. Sans ta présence pour apaiser tous les différends et soigner les blessures, nous serions perdus.

Cuisse de bois rit, sans lâcher la corde.

— Il ne faut pas qu'il t'arrive malheur, *nha'i*. Qui m'aiderait à choisir la plus belle épouse, et qui empêcherait Étoile du matin et mon père de se chamailler ?

— Ne crois pas que tes belles paroles te procureront une meilleure ration de nourriture, rétorqua Petite Femme. Tu devras te débrouiller sans moi.

À la satisfaction générale, le cheval ne résista pas. Mais quand Cuisse de bois remit les rênes au cavalier qui devait le mener, l'animal rua. Petite Femme s'accrocha à la crinière. Sa couverture tomba de ses épaules, sur les flancs du cheval. Lorsque Cuisse de bois voulut le retenir par l'encolure, il projeta ses pattes antérieures, avant de s'agiter furieusement.

Petite Femme tomba sur le côté, sans toutefois lâcher la crinière. Elle reçut de violents coups de sabot, jusqu'à ce que Cuisse de bois inflige au cheval un coup de gourdin entre les yeux. Enfin, l'un des fils de Petite Femme parvint à la dégager. Les autres poussèrent des cris d'effroi en observant son corps ensanglanté et meurtri.

Vieux Pont s'accroupit près d'elle, mais il secoua la tête.

— Elle est brisée de l'intérieur. Je ne peux rien faire.

Petit Loup vit Étoile du matin et ses fils sangloter. L'esprit de Petite Femme repartit vers ses origines. Le brancard qu'ils avaient façonné servit de cercueil pour sa dépouille et ses quelques effets. Nul n'osa l'enterrer, car elle détestait l'obscurité.

Étoile du matin interdit à ses compagnons de se scarifier pour exprimer leur chagrin. Ils étaient trop faibles et auraient besoin de toutes leurs forces. Beaucoup se coupèrent les cheveux et se maculèrent le visage de boue, chantant les chants de mort pour chasser leur peine.

Le cœur de Petit Loup saignait. Il pria pour que les soldats qui allaient arriver ne profanent pas la sépulture de fortune. Puis il tourna les talons et suivit son frère, désireux de le soutenir. Ils marchèrent d'un pas lent, tête baissée.

— Venez, mes amis ! cria-t-il. Petite Femme ne voudrait pas que sa mort provoque notre capture par les soldats ! Courez ! Faites-le en mémoire de Petite Femme ! Courez vers la vie, vers l'espoir !

Ils relevèrent la tête et hâtèrent le pas comme jamais. Ils coururent comme si c'était le seul moyen pour eux de vivre ce deuil.

Petit Loup était avec eux, le cœur empli d'amour pour son peuple et de chagrin pour celle qu'ils laissaient derrière eux.

Caroline observa la sépulture, au loin, en proie à une sourde angoisse. De qui pouvait-il s'agir ? Ils n'avaient entendu parler d'aucune bataille, pas même une échauffourée. Ce devait être la dépouille d'un ancien emporté par la malaria. Cela n'expliquait pas son pressentiment étrange. Quelque chose n'allait pas.

— Je dois aller voir qui c'est, dit-elle à Zach.

— On ne s'arrête pas ! lança Hirondelle jaune, agrippé à son siège.

— Ne bouge pas, mon garçon, lui ordonna Zach d'un ton sévère. Je n'ai aucune intention de te chercher dans la prairie.

Il se tourna vers Caroline.

— Nous saurons bien assez tôt qui est le défunt. S'il a succombé à une maladie, il ne faut pas toucher aux couvertures.

— Je t'en prie, supplia la jeune femme. J'ai touché tous les malades chez les Cheyennes, et je suis toujours en bonne santé. J'ai un mauvais pressentiment. Il te suffit d'approcher le chariot pour que je puisse soulever…

— Non, décréta Zach.

Puis il soupira. Caroline comprit. Il avait l'intention de grimper lui-même pour voir qui était mort.

— Mais tu ne reconnaîtras peut-être pas cette personne !

— Je connais tous ceux qui comptent à tes yeux, répondit-il.

— Ce n'est pas Petit Loup, reprit-elle. J'ignore comment j'en ai la certitude, mais je sais que c'est quelqu'un d'autre…

À mesure qu'ils approchaient de la sépulture, elle sentit son estomac se nouer. Malgré elle, elle se tordit les mains. Elle ne s'en rendit compte que lorsque Zach posa une main sur les siennes.

— Tu ne peux rien faire, maintenant, dit-il. Est-ce toujours ainsi que les Cheyennes traitent leurs morts ? Je n'ai pas vu beaucoup de ces tombes en hauteur, dans ce canyon, mais il y avait du sang dans les tranchées.

Caroline pâlit, sur le point de défaillir.

— Reste ici, chérie, ajouta-t-il en la prenant par les épaules.

Tenant les rênes d'une seule main, il serra la jeune femme contre son flanc.

— Je suis désolé de t'avoir fait peur. Je suis sûr que personne n'a été tué. Il n'y a sans doute eu que des blessés...

— Merci, railla-t-elle en le repoussant. C'est très réconfortant.

Elle observa la sépulture.

— Dépêche-toi !

— Tiens, dit-il en lui tendant les rênes. Je vais y aller à cheval. Le temps que tu arrives avec le chariot, j'aurai grimpé dessus.

— Non, s'interposa Hirondelle jaune en agrippant le bras de la jeune femme. Il ne doit pas réveiller le mort !

Les yeux écarquillés, l'enfant était terrorisé.

— Ne t'inquiète pas, répliqua-t-elle gentiment. Nous n'allons pas le réveiller. Nous allons regarder de qui il s'agit.

— Fais attention, balbutia l'enfant, qui tremblait de tous ses membres.

Zach ne prit pas la peine de seller son cheval. Il le monta à cru et le talonna.

Caroline fouetta les mules et, quelques minutes plus tard, immobilisa la charrette à côté de la sépulture, supportée par quatre poteaux. Zach avait grimpé à l'un d'eux. Il examina la dépouille et réapparut bientôt, la mine grave. Il attacha son cheval au chariot, reprit place à l'avant et fit claquer les rênes. Au bout de quelques mètres, il les confia à Hirondelle jaune.

— Qui est-ce ? demanda Caroline, s'étonnant de ce silence prolongé.

— Descends, dit-il en tendant une main pour l'aider.

Elle refusa son aide.

— Parle ! fit-elle à voix basse. Je te l'ai déjà dit : je ne suis pas une petite chose fragile. Sois franc.

— C'est Petite Femme, avoua-t-il en l'observant avec attention. Je suis désolé.

— En es-tu sûr ?

— J'ai reconnu sa couverture. Elle n'est pas comme les autres.

— Tu as raison, admit Caroline dans un murmure. C'était un cadeau de Femme en gage, l'autre épouse d'Étoile du matin. Elle l'avait offerte à Petite Femme à l'occasion de son mariage.

Elle posa les yeux sur Zach, désireuse de lui faire comprendre et apprécier son amie.

— La première femme d'Étoile du matin détestait Femme en gage et semait la tristesse un peu partout. Petite Femme leur a apporté de la joie. Elle a restauré la paix dans leur tipi. Tout le monde l'adorait.

Caroline ravala ses larmes.

— Excuse-moi, j'ai besoin d'un moment...

Zach opina et la regarda s'éloigner. La jeune femme s'agenouilla près d'un massif de fleurs sauvages pour en cueillir un bouquet.

Il porta son attention sur l'enfant, qui pleurait à chaudes larmes.

— Donne-moi les rênes.

Il s'en saisit et actionna le frein, puis alla s'asseoir à côté du garçon. Il le prit par les épaules.

— Je suis désolé, Hirondelle.

— Qu'est-ce qui s'est passé ? demanda-t-il, abasourdi. Elle allait bien, la dernière fois. Elle n'était pas malade...

— Je ne crois pas qu'elle soit morte d'une maladie, fiston.

Il espérait trouver les mots dont le jeune garçon avait besoin.

— Je crois qu'elle s'est blessée très gravement. Elle avait un bras et une jambe de travers.

— Comment elle s'est blessée ?

La lèvre inférieure d'Hirondelle tremblait tandis qu'il s'efforçait de ne pas fondre en larmes.

Zach soupira et le serra plus fort contre lui. Il regrettait de ne pas en savoir davantage, même si cela n'aurait rien changé.

— Peu importe la façon dont elle s'est blessée. Maintenant, elle n'a plus mal, et c'est ce qui compte, non ?

Hirondelle hocha la tête. Au bout de quelques secondes, il tendit sa flûte à Zach.

— Je veux lui donner ça pour qu'elle se souvienne de moi. Tu veux bien la poser près d'elle ?

Zach acquiesça, trop ému pour parler.

Hirondelle se pencha afin de prendre un couteau dans sa botte.

— Où as-tu trouvé cela ? s'enquit Zach, étonné.

L'enfant lui adressa un regard éloquent. Il lança l'arme en l'air et la rattrapa par la lame. Puis il remit l'objet à Zach.

— Je te le donne pour que tu coupes mes cheveux, pour qu'elle sache que la flûte vient de moi. Mais ensuite tu me le rends, hein ?

— Si tu me promets de ne pas t'en servir pour te scarifier.

Il avait vu ce qu'un Indien pouvait s'infliger, en signe de deuil.

— Promis.

Zach prit le couteau, tailla une longue boucle puis remit l'arme à l'enfant. Un peu inquiet, il le regarda ranger son bien dans sa botte avec trop d'assurance pour un garçon de son âge. Cependant, il se garda d'émettre un commentaire. De toute évidence, Hirondelle jaune savait s'en servir. Il se jura de mettre à l'épreuve l'adresse de l'enfant, mais pas tout de suite.

— Tiens ça, ordonna le garçon.

Zach tint l'extrémité de la mèche pour qu'il puisse la tresser et l'attacher à la flûte avec un petit bout de ficelle.

Il alla ensuite déposer l'offrande sur la tombe, sous la main de la défunte.

— Merci, dit Hirondelle, satisfait. C'est bien.

Zach retourna auprès du chariot et se mit à dégager une zone pour y faire un feu. Tous deux préparèrent un repas chaud jusqu'au retour de Caroline, portant un bouquet de fleurs. La jeune femme l'entoura d'un lambeau de sa robe bleue et le remit à Zach, qui escalada une nouvelle fois la sépulture pour y déposer l'offrande.

— Tu as faim ? demanda-t-il tandis qu'ils regagnaient leur campement où les attendait l'enfant.

— Non, répondit-elle. J'ai autre chose à faire, d'abord, si cela ne t'ennuie pas.

— Très bien. Je surveille Hirondelle.

— Tu es concerné, reprit-elle en le regardant pour la première fois depuis son retour, les yeux rougis, les joues striées de larmes, mais l'air décidé. Tu veux bien me prendre dans tes bras ? J'ai besoin de réconfort.

— Avec plaisir, murmura-t-il, soudain mal à l'aise.

Immobile, il attendit qu'elle vienne vers lui. Elle s'approcha sans la moindre hésitation. Posant la tête sur son épaule, elle l'enlaça.

Pour la première fois depuis leur rencontre, cette étreinte ne déclencha pas une vague de passion. Zach ressentait cette fois une profonde compassion pour la jeune femme. Il se réjouissait d'être présent pour la rassurer. Il appuya le menton sur le sommet de son crâne et la garda serrée contre lui.

Le vent souleva les quelques mèches qui masquaient l'oreille mutilée de Caroline. Elle ne fit rien pour l'en empêcher. Un doux parfum de soleil, de fleurs sauvages envahit les narines de Zach.

Au loin, il entendit les notes aiguës d'une flûte.

12

— Hue ! lança Caroline à ses mules pour les faire accélérer.

Depuis la découverte de la tombe de Petite Femme, elle se sentait tendue, nerveuse, irritable. Elle s'était même emportée contre Hirondelle jaune, dans la matinée, car il ne roulait pas ses couvertures assez vite. Zach partait de plus en plus longtemps en reconnaissance. Elle ne lui avait pas adressé un mot gentil depuis trois jours. Elle ferait bien de se ressaisir. Sinon, elle risquait de se retrouver toute seule au beau milieu de la prairie.

À des kilomètres aux alentours, elle ne voyait que de hautes herbes qui ondulaient sous un soleil accablant et un vent impitoyable. Sur ces terres plates, le vent avait un autre son. Il faisait bruisser les blés blonds et gémissait de ne rien avoir de solide à envelopper. Des massifs de fleurs sauvages poussaient çà et là, tels des bateaux minuscules sur un océan doré.

Face à tant de beauté, Caroline se languissait tout de même du confort d'une vraie maison, de tapis moelleux, de bouquets de roses dans des vases en cristal et de pain chaud cuit au four. Elle se serait volontiers installée dans un fauteuil pour façonner un objet en peau, en humant le fumet du gibier rôti. La cheminée du tipi cracherait de la fumée. Elle entendrait le rire insouciant de ses amies.

Dans ces grands espaces, elle se sentait perdue. Elle risquait de mourir à tout moment, comme Petite Femme.

Zach lui avait dit ce qu'il pensait des raisons de la mort de l'Indienne. Il lui avait décrit les blessures qu'il avait distinguées, sous la couverture. Pour la première fois, elle prenait vraiment conscience du danger auquel elle était exposée. Depuis trois jours, elle réfléchissait à la fragilité de la vie.

C'en était assez. Elle décida de surmonter ses craintes et de profiter de l'existence.

Elle leva les yeux vers le ciel d'un bleu limpide, observant les rares nuages portés par le vent.

— Regarde, Hirondelle, un cheval ! dit-elle.

L'enfant regarda le ciel et émit un grognement de dédain.

— C'est pas un cheval, c'est un putois. Il a les pattes trop courtes. Tu vois ? Deux putois et un ours.

— Ah bon ? Tu es sûr que ce n'est pas un oiseau ?

— Tu veux dire une poule ?

Caroline posa sur lui un regard intrigué. Les Cheyennes n'élevaient pas de poules. Comment pouvait-il les connaître ? À moins que les guerriers ne se soient livrés à des pillages…

— Elles ont un goût de lapin, dit-il. Eh ! Regarde ! C'est toi !

Elle se laissa distraire un moment, se promettant de remettre le sujet sur le tapis pour connaître le fin mot de l'histoire.

— Je n'ai pas le visage aussi rond, répondit-elle en lui donnant un coup de coude.

Elle était ravie de constater que l'enfant était moins maigre. Il avait pris du poids et débordait d'énergie, mais il lui était difficile de rester sage toute la journée, à l'avant du chariot. Il ne cessait d'importuner Zach pour qu'il le laisse chevaucher sur de courtes distances. C'était un excellent cavalier. Zach lui avait appris aussi à lancer le couteau.

Il semblait sincèrement attaché à l'enfant, qui le vénérait. Elle redoutait le jour où ils devraient se séparer. Ce jour viendrait vite. Elle avait remarqué la tension de Zach, sa façon de fixer l'horizon. Il paraissait plus impatient que jamais de rejoindre les Cheyennes, mais il préférait leur faire contourner les colonies du Kansas, sauf quand ils avaient besoin de céréales pour les mules. Il limitait même ces visites en achetant des sacs à des fermiers de passage.

Ces efforts pour éviter les habitations ne faisaient qu'allonger leur périple. Pourquoi, au vu de l'anxiété manifeste de Zach ? Cherchait-il à la protéger, ainsi que l'enfant ? Mais contre quoi ? Elle fit claquer ses rênes de plus belle en scrutant les alentours d'un œil soupçonneux. Zach lui cachait quelque chose, et il était temps qu'elle sache de quoi il s'agissait.

Quelques heures plus tard, au sommet d'une colline, elle immobilisa le véhicule.

— Joli ! s'exclama Hirondelle jaune face au paysage qui s'étendait sous leurs yeux.

— C'est superbe, en effet, admit Caroline en découvrant les fermes alignées, flanquées de vastes granges, avec leurs jardins bien entretenus.

De la fumée s'élevait des cheminées et les moutons paissaient dans les prés. Toutefois, quelque chose clochait. Elle ne voyait personne travailler dans les champs. Des paniers de linge étaient posés près des cordes, mais il n'y avait pas une femme en vue, pas un enfant en train de jouer.

— Où sont les gens ? demanda Hirondelle jaune avant de désigner la dernière maison de la rangée. Zach est là-bas !

— Hue ! cria Caroline.

Elle négocia prudemment la descente vers cette oasis de verdure. À mesure qu'elle s'approchait des habitations, certains détails intensifièrent son appréhension : des portes béantes, une baratte renversée, des vêtements éparpillés dans l'herbe... Une odeur âcre de feu s'élevait d'une maison.

Dans un champ séparant deux fermes étaient empilées des bûches. Elle reconnut des poteaux dépouillés de leur écorce par les femmes cheyennes et destinés à la construction de tipis. Ceux-ci avaient sans doute été récupérés dans un village cheyenne abandonné au bord du Washita, après une attaque de soldats.

En arrivant à la hauteur de la dernière habitation, Caroline sentit son estomac se nouer. Zach l'attendait près d'une porte défoncée.

— Que s'est-il passé ? demanda-t-elle en crispant les doigts sur les rênes.

Les mules percevaient sa nervosité et commençaient à s'agiter.

— Doucement, fit Zach en flattant l'encolure d'une mule avant de prendre les rênes.

Il actionna le frein et aida la jeune femme à descendre.

— Hirondelle, reprit-il en posant l'enfant à terre. Je veux que tu parles aux mules, que tu leur donnes du maïs et de l'eau. Calme-les. Tu peux le faire ?

Le garçon opina et alla vite chercher un seau d'eau et des sacs de céréales.

— Très bien, reprit Caroline dans un murmure. Maintenant, je suis vraiment inquiète. Que se passe-t-il ?

— Je crois que tu peux aider ces gens, dit-il en la prenant par les épaules. Mais si tu ne penses pas y arriver, tant pis.

— Comment cela, les aider ? s'enquit-elle d'une voix nouée par l'appréhension.

— Viens.

Il l'accompagna vers une maison.

Les yeux de la jeune femme mirent un certain temps à s'accoutumer à la pénombre. Elle agrippa le bras de Zach, frappée par la misère des lieux. Le sol était en terre battue, et seules quelques fentes laissaient entrer l'air et la lumière. Il y régnait une odeur de moisi. Dans un coin était installé un vieux poêle, dont le conduit tordu transperçait le toit en chaume. Près du poêle, trempaient quelques assiettes et tasses dans de l'eau savonneuse. Les rares meubles étaient une étagère bancale, une table et quelques souches en guise de chaises, sans oublier un lit de paille. L'édredon constituait la seule note colorée du décor de cette pièce triste.

Caroline se tourna vers Zach, qui désigna le coin opposé au poêle. La jeune femme regarda de plus près, mais le peu de lumière n'éclairait pas cet endroit précis. Ce n'est qu'en s'approchant qu'elle vit les femmes blotties dans le coin : une femme entre deux âges et une adolescente.

Pourquoi restaient-elles tapies ainsi ? En croisant leur regard, Caroline crut défaillir. Elle comprit pourquoi Zach lui demandait de les aider. Elle rassembla ses forces, réfléchissant à la marche à suivre.

— Je vais rester un certain temps ici, annonça-t-elle à Zach. Je vais avoir besoin d'un seau d'eau fraîche, de savon et de serviettes.

— Je poserai le tout dehors. Si tu as besoin de moi, je ne serai pas loin.

Elle le regarda s'éloigner et remettre la porte en place, pour procurer aux femmes un peu d'intimité. Caroline prit une profonde inspiration et s'avança.

— Je m'appelle Caroline Whitley, dit-elle aux femmes, qui s'étaient un peu détendues avec le départ de Zach. J'ai été capturée par les Kiowas et…

Elle voulut terminer sa phrase, mais fut incapable de prononcer les mots.

— Je peux vous aider ?

Quelques heures plus tard, Caroline sortit de la maison en soupirant. Zach l'attendait. Il avait garé le chariot dans un champ, en face de la maison, où il avait établi un campement. Un groupe de fermiers épuisés, des hommes, des femmes et des enfants, étaient réunis autour du feu, penchés sur leurs assiettes. Ils avaient à peine la force de lever leurs fourchettes. Hirondelle jaune était installé près des mules et s'occupait de son propre feu.

— De l'eau, demanda-t-elle, la voix brisée.

— Tu as passé tout ce temps à leur parler ? s'enquit Zach en lui tendant un quart plein. Tu as la voix enrouée.

— J'ai fait tout ce que je pouvais. Le reste prendra du temps. Il y a combien de morts ?

Elle passa une main sur sa bouche et s'appuya au chariot. L'eau fraîche lui fit du bien.

— Cinq, six, peut-être plus, répliqua-t-il en secouant la tête. C'est difficile à dire avec certitude. Certains ne sont pas rentrés des champs et un homme était en ville.

— Quand est-ce arrivé ? Ils étaient combien ?

Elle s'exprimait à voix basse pour ne pas déranger les survivants.

— C'étaient des Cheyennes. Ils étaient partis depuis quelques heures à peine quand je suis arrivé.

Il ôta son chapeau et le fit claquer sur sa cuisse.

— Où sont donc ces maudits soldats ? grommela-t-il en remettant son chapeau sur sa tête. Ils ont tué les chevaux des Cheyennes, brûlé leurs provisions, et maintenant ils prennent leur temps pour les traquer.

Ils auraient pu les prendre en étau, mais ils sont trop occupés à escorter le cadavre de Lewis à Fort Dodge. Et qui en fait les frais ? Des civils innocents.

— Lewis est mort ? questionna Caroline, abasourdie. Quand ? Ce sont les Cheyennes qui l'ont tué ?

— Lors de la dernière bataille, répondit Zach en masquant son désarroi.

Il désapprouvait certaines idées de Lewis, mais celui-ci lui avait évité d'être battu à mort par une foule déchaînée. De plus, il avait partagé avec lui un excellent whisky.

— Je suis au courant depuis plusieurs jours. Il a pris une balle dans la jambe et a succombé à une hémorragie.

— C'est une catastrophe, commenta Caroline. Cette mort ne fera que renforcer la détermination de l'armée à capturer les Cheyennes. Et ce qui s'est passé ici ne va pas plaider en leur faveur.

Elle scruta les alentours.

— J'espère que l'armée se souviendra que ces terrains étaient le territoire de chasse des Cheyennes, reprit-elle. Tu as vu cette pile de poteaux ? Ils proviennent de tipis abandonnés lors de la bataille du Washita.

Zach la fusilla du regard.

— Serais-tu en train d'affirmer que ces gens n'ont eu que ce qu'ils méritaient ?

— Pour l'amour du Ciel, murmura la jeune femme en observant les hommes groupés autour du feu. Ne parle pas si fort !

Il la prit par le bras et l'entraîna à l'écart, loin des oreilles indiscrètes.

— Je ne faisais que rappeler qu'il faut considérer les deux points de vue, dans cette affaire.

Elle se dégagea vivement de son emprise et se frotta le bras.

— Comme tu l'as dit, ce sont les soldats qui ont tout déclenché en détruisant les provisions des Cheyennes, ne leur laissant d'autre possibilité que le pillage.

Il releva le bord de son chapeau et la dévisagea.

— Comment peux-tu prendre leur défense ? Tu as connu l'horreur. Aujourd'hui, tu as soigné leurs victimes...

— Tu ne comprends pas, fit-elle avec un soupir.

— Nous sommes au moins d'accord sur ce point, railla-t-il. Un groupe de Cheyennes s'est attaqué à ces hommes, dans un champ. L'un d'eux lui a tendu la main en signe d'amitié, et quand l'homme a voulu la prendre, l'Indien lui a tiré une balle dans la tête. Son compagnon s'est caché dans un fossé et a réussi à s'enfuir par miracle.

Caroline plaqua les mains sur ses hanches.

— Tu crois donc que je n'ai rien écouté de ce qui s'est dit ? Ce qui est arrivé ici me révulse. Je dis simplement que ces pillards ont sans doute remarqué les poteaux de tipis. Ils se sont montrés plus impitoyables qu'ils ne le sont en général.

— Tu te trompes, insista Zach. Pourquoi crois-tu que je te fais contourner les hameaux ? Tes amis ne sont pas seulement venus ici, figure-toi. Ils ont laissé dans leur sillage des femmes violées, des meurtres, ils ont tout détruit depuis la frontière du Kansas. Ces gens sont en train de s'armer et ils vont les pourchasser dès qu'ils auront enterré leurs morts.

Caroline le fixa, bouche bée.

— Ce n'est pas possible, murmura-t-elle. Petit Loup n'aurait jamais toléré un tel comportement. Il se battra s'il le faut, mais uniquement pour se défendre. Ces exactions ne lui ressemblent pas.

— Peut-être, mais d'autres n'ont pas ces scrupules. Les victimes ont décrit Coyote noir comme étant le chef des pilleurs. Et ceux qui violent les femmes sont de jeunes braves en rut, du genre à…

Il s'interrompit et détourna les yeux, la mâchoire crispée.

— À quoi ? demanda-t-elle en le scrutant. Zach ? Qui ont-ils agressé, ces jeunes braves en rut ? Ta sœur ? Ta nièce ? Ton frère ? Ta mère, peut-être ? Qui donc cherches-tu avec un tel acharnement ?

— Mon fils ! lui cria-t-il au visage. Ces bâtards ont violé et assassiné ma femme, et ils ont enlevé mon fils.

Il la prit par les bras et l'attira vers lui. Son regard exprimait une douleur indicible.

— Ils détiennent mon fils.

Puis il la repoussa vivement et se précipita vers son cheval, qu'il ne prit pas la peine de seller.

Zach n'allait pas très loin. Il ne pouvait laisser Caroline et l'enfant seuls avec ces gens. S'ils apprenaient qui elle était, pour les Cheyennes, Dieu seul savait comment ils réagiraient. Il arrêta son cheval et glissa à terre, désireux de reprendre le dessus sur ses émotions.

La semaine qui venait de s'écouler avait été un enfer. Les scènes de désolation qu'il croisait sur son chemin lui rappelaient sans cesse le calvaire de Patricia, et ce à quoi Luke était peut-être encore exposé. Parfois, il avait même du mal à respirer tant l'angoisse l'étreignait. S'il n'avait pas eu la responsabilité de Caroline et Hirondelle, il aurait pourchassé ces monstres.

Et voilà qu'il avait confié la vérité à la seule personne qui n'aurait jamais dû la connaître. Du moins, pas avant qu'il n'ait atteint son objectif ou appris ce qu'il était advenu de son fils. Il venait de mettre la vie de Luke en péril.

Une vague de peur et de culpabilité le submergea. Il donna un coup de poing rageur dans un tronc d'arbre. Ignorant la douleur, il frappa encore, s'écorchant les jointures des doigts. Au troisième coup, il ne put réprimer un cri rauque qui lui rappela celui d'une bête ivre de colère. Or il n'était pas une bête ! Il était un homme capable de contrôler son destin et de surmonter tous les défis qui se dressaient sur son chemin.

En tout cas le croyait-il. Il s'en voulait terriblement de ne pas réussir à trouver Luke. Il détestait les monstres qui avaient tué Patricia, car elle était innocente. Elle n'avait pas participé à ces batailles où des femmes et des enfants cheyennes avaient été abattus, où des nourrissons avaient été immolés. Pourtant, elle en avait payé le prix fort. Il fallait que cessent ces massacres.

Mais comment ? Que faire, maintenant ? Comment protéger Caroline et Hirondelle jaune, convaincre les Cheyennes de se rendre et sauver Luke ?

Il examina sa main meurtrie qui saignait. Il l'enveloppa dans son bandana et se remit à cheval pour regagner le campement.

Il ne parviendrait sans doute pas à tout régler en une soirée, mais il y arriverait, se jura-t-il.

Quel imbécile ! songea Caroline en nettoyant la blessure de Zach avant de la bander.

— Comment as-tu pu te faire du mal ? demanda-t-elle, malgré son souhait de ne pas commenter son geste. Tu vas avoir la main enflée pendant plusieurs jours, peut-être plus, sans parler des risques d'infection.

En le voyant regarder au loin, sans un mot, elle perçut l'intensité de sa colère.

— Qu'est-ce qui a déclenché cette rage ? Tu étais contrarié d'avoir révélé un secret à l'ennemi ? Ou bien m'en voulais-tu de prendre la défense de ces bâtards, comme tu dis ?

Lorsqu'il la regarda enfin dans les yeux, elle comprit la passion qui l'animait.

— Chaque jour, chaque victime que je croise, chaque cadavre que j'enterre, me fait songer à mon fils. J'ignore si je dois prier pour qu'il soit vivant ou mort pour échapper à cette barbarie. Tu me rappelles constamment les horreurs qu'il endure peut-être. De plus, ma patience est à bout, car je suis enchaîné à ce maudit chariot et à ces mules qui avancent au ralenti.

La jeune femme eut un mouvement de recul.

— Je suis désolée, souffla-t-elle en nouant le pansement avant de remballer sa trousse à pharmacie. Je comprends combien il est important pour toi de retrouver ton fils, mais je n'apprécie pas d'être utilisée dans ce but.

Elle se leva.

— Quel âge a-t-il ?

— Il aurait cinq ans, aujourd'hui. Il est bien plus petit qu'Hirondelle jaune.

— Et il est blond ? reprit-elle en observant les cheveux de Zach à la lueur des flammes. De quelle couleur étaient les cheveux de ta femme ?

— Ils étaient très blonds tous les deux, acquiesça Zach en observant Hirondelle jaune, dont la tête dépassait de sous sa couverture. Pas de ce blond jaune, un blond plus cendré.

— Quand l'as-tu vu pour la dernière fois ? Et quand a-t-il été enlevé ?

— Pourquoi ? fit-il en plissant les yeux.

— Simple curiosité.

Cependant, elle fouillait sa mémoire en quête des personnes qu'elle avait croisées, lors de son séjour parmi les Cheyennes.

— De nombreux enfants sont blonds quand ils sont petits, mais leurs cheveux foncent à mesure qu'ils grandissent. C'était ton cas ?

— Non, répliqua sèchement Zach. Tu crois que je n'ai pas pensé tout seul au fait que les cheveux de Luke aient pu foncer ? Je ne suis pas un imbécile !

Caroline arqua les sourcils d'un air interrogateur.

— Mon frère et moi avons la même couleur de cheveux, dit-il avec un soupir. Aucun de nous n'était blond.

— Et ta mère ?

Zach leva les yeux au ciel.

— Mes parents étaient bruns. Enfin, ma mère était plutôt auburn, et mon père comme moi.

Il la suivit vers le chariot, frappant sa cuisse de son chapeau à chaque pas.

— Patricia, elle, était très blonde.

— Ton fils – Luke, c'est ça ? – était peut-être différent. Il a peut-être beaucoup foncé. Peut-être même est-il devenu aussi brun que toi. Avais-tu entendu dire qu'il y avait un enfant blond avec Petit Loup ?

Il opina.

— Plusieurs témoins m'en ont parlé, mais personne ne s'était jamais approché de lui.

13

— Petit Loup ! Petit Loup !

La voix stridente de Grue noire résonna sur la colline, dans l'air matinal, interrompant le chef dans ses ablutions. Seule une mauvaise nouvelle pouvait inciter Grue noire à hurler à travers bois, au mépris de toute consigne de sécurité. Petit Loup s'habilla à la hâte. Les hommes avaient-ils repéré des soldats ? Auraient-ils le temps de se réfugier dans les collines, ou bien faudrait-il creuser des tranchées et se préparer à la bataille ?

Il imita un chant d'oiseau pour l'exhorter au silence. Grue noire le rejoignit au moment où il enfilait ses mocassins.

— Viens vite ! fit-il, haletant, les yeux écarquillés.

— Combien sont-ils ? demanda Petit Loup en rassemblant ses effets.

— Qui ? s'enquit Grue noire, perplexe.

— Les soldats. D'où arrivent-ils ?

— Il ne s'agit pas de soldats. C'est bien pire que cela. Ton frère est devenu fou !

Étoile du matin était capable de tout. Petit Loup en avait assez de leurs disputes continuelles. Son frère ne parlait que de reddition dès qu'ils auraient atteint Laughing Waters. Or ils étaient arrivés. Petit Loup imaginait sans peine les propos de son frère, en son absence.

— *Ahatoneste !* entendit-il Étoile du matin crier en s'approchant. Écoutez-moi tous ! Prenez vos affaires. Nous devons nous rendre au plus vite avant l'arrivée des soldats ! Nous irons à l'agence de Pine Ridge où nous serons en sécurité. Nos amis et parents nous donneront à manger. Nous serons heureux, à nouveau ! Dépêchez-vous ! ajouta-t-il en remarquant la présence de Petit Loup.

Foudroyant Grue noire du regard, il s'apprêta à affronter son frère.

— *Hena'hanehe,* dit Petit Loup à voix basse. Cela suffit. Ne reproche pas à Grue noire de m'avoir alerté. Il ne pense qu'à la sécurité de notre peuple, au contraire de toi.

Petit Loup fit signe à Grue noire de calmer les autres.

— Ne vous inquiétez pas, mes amis ! lança-t-il. Ici, dans les collines, nous ne risquons rien. Il n'y a aucune raison de se cacher. Étoile du matin se méprend. Asseyez-vous et restez calmes, le temps que je lui parle.

Il fit signe à Étoile du matin de marcher devant lui, loin des oreilles indiscrètes.

— Pourquoi cherches-tu à effrayer notre peuple ? lui demanda-t-il. Il n'y a aucune menace contre nous.

— J'en ai assez que tu décides toujours du destin des Tsisitas ! Il est temps que je prenne mes responsabilités, et j'ai décidé de me rendre à l'agence. Tu crois que les chefs soldats t'écouteront, après les exactions de tes hommes contre des colons innocents ?

— *Mes* hommes ?

Petit Loup ne pouvait céder à la colère que lui inspiraient les paroles de son frère, même s'il savait que c'était là le but recherché.

— Ce sont tes guerriers qui se sont livrés à ces pillages pour venger leurs morts, ajouta-t-il. Ils baissent la tête quand ils me voient. S'ils me racontaient ce qu'ils ont fait, je les chasserais du campement à coups de fouet. Tu crois que le chef de l'agence t'accueillera à bras ouverts, te nourrira, te donnera des vêtements, te fabriquera des tipis ?

— Oui ! s'exclama Étoile du matin, les yeux brillants de colère. J'en ai assez de courir. J'ai perdu une épouse et je ne veux pas en perdre une autre. Combien de nourrissons sont morts dans des sacs ? Le sais-tu ? Tu t'en moques ! Notre peuple se meurt !

— Il est vrai que nous avons perdu beaucoup des nôtres, admit Petit Loup, accablé. Mon cœur saigne. Mais nous sommes en sécurité. Ici, les soldats ne nous trouveront pas. Et il y a du gibier en quantité, des cerfs et même quelques bisons.

Il posa une main sur l'épaule de son frère.

— Nous passerons l'hiver ici, sous le nez des soldats. Quand nos chevaux pourront se nourrir à nouveau d'herbe verte, nous partirons pour Fort Keogh. Là-bas, nos amis Deux Lunes et le chef soldat parleront en notre faveur, le moment venu.

— Tes paroles sont empoisonnées, fit Étoile du matin, et il repoussa la main de Petit Loup.

Il s'éloigna vers le campement. Petit Loup soupira. Il pourrait lui parler toute la nuit durant, son frère ne changerait pas d'avis. Il lui emboîta le pas, le cœur serré.

— Mon peuple ! cria Étoile du matin en rejoignant les Cheyennes rassemblés pour attendre la décision de leurs chefs. Quand le soleil sera au zénith, je partirai pour l'agence.

Il désigna le ciel.

— Ceux qui ont besoin de soins, venez avec moi. Ceux qui en ont assez de courir, qui refusent de se battre contre les soldats, venez avec moi !

Étoile du matin parcourut tout le campement.

Malgré son vœu de ne jamais céder à la colère, Petit Loup ne pouvait laisser son frère emmener des êtres chers sans tenter de les convaincre. Étoile du matin se trompait. Il lui emboîta donc le pas pour mettre les choses au point :

— Mon frère vous demande de quitter cet endroit où vous êtes en sécurité, où nous pouvons vivre de la chasse, où les soldats ne nous attaqueront pas, et de l'accompagner à l'agence. Vous connaissez déjà la vie que vous offre l'agence. Là-bas, vous ne mangerez que si l'on vous donne à manger. Sinon, vous serez affamés, et la chasse sera interdite. C'est une vie d'homme blanc, pas de Tsisita. Restez ici, mes amis. Au printemps, nous retournerons au fleuve Powder, nos terres d'origine.

Coyote noir se leva. Petit Loup s'en méfia aussitôt. Coyote scruta l'assemblée, puis s'exprima d'un ton plein de dédain :

— Nous sommes des guerriers, pas des vieillards à qui l'on dit ce qu'ils doivent faire. Nous faisons ce que nous voulons, et nous crachons sur l'agence !

Il joignit le geste à la parole, imité par de nombreux braves, à part les deux fils d'Étoile du matin et certains de leurs camarades, dont Petit Ongle.

Cuisse de bois, fils de Petit Loup, posa une main sur l'épaule de son père. Ensemble, ils regardèrent les jeunes hommes se réunir, la mine courroucée, pleins de détermination.

Petit Loup secoua la tête.

— Sans Étoile du matin, ce sera plus difficile de les contrôler. Cet hiver sera long et froid.

— Pas si on les occupe, répondit Cuisse de bois. Comme tu l'as dit, il y aura de nombreuses parties de chasse. Notre peuple doit manger de la viande. Et les femmes ont besoin de remplacer les objets brûlés par les soldats.

Il désigna les trous de ses mocassins.

— En effet, admit Petit Loup en riant. Et quelques guerriers en train de galoper çà et là, loin d'ici, détourneront l'attention des soldats.

Il ne s'adressa pas plus longtemps à son peuple, mais demanda à Grue noire de l'informer du nombre d'hommes qui suivraient Étoile du matin. Ensuite, Petit Loup chercha un endroit où s'isoler, prier pour l'avenir des siens et la sécurité de son frère.

— N'oubliez pas, prévint Zach à l'intention de Caroline et Hirondelle jaune, en chevauchant près du chariot.

Ils entraient dans Oberlin, au Kansas, la dernière ville avant la frontière du Nebraska.

— Gardez la tête baissée, reprit-il. Ne parlez à personne, sauf en cas d'urgence. Surtout toi, Hirondelle.

Il scruta les alentours, foudroyant du regard les habitants de la ville qui les épiaient. Bon sang, se dit-il. Mais qui pouvait craindre un homme qui voyageait en compagnie d'une femme et d'un enfant ? Quoi qu'il en soit, cette curiosité ne fit qu'intensifier son envie d'acheter leurs provisions au plus vite, faire ferrer son cheval, avant de partir sans se retourner.

Si Caroline gardait sa couverture sur la tête, elle n'attirerait pas l'attention. Mais une bourrasque fit soudain glisser la couverture, révélant les cheveux blonds de la jeune femme, tel le soleil surgissant de derrière un nuage. Plus question de profil bas ! Zach secoua la tête. Au moins, elle ne souriait pas aux hommes. Toutefois, mieux valait se dépêcher, pour ne pas tenter le diable.

— Attendez-moi là.

Il lui fit signe de s'arrêter devant le magasin, près de la forge, où il n'y avait pas de trottoir.

Caroline le regarda mener sa monture dans l'obscurité de la forge. Malgré le vent frais, c'était une belle journée. Le soleil brillait dans un ciel limpide. Elle avait trop chaud sous cette épaisse couverture en laine que Zach l'obligeait à porter sur la tête. Un filet de sueur coula sur sa nuque et dans son dos. Elle observa discrètement la rue. Nul ne les regardait. D'ailleurs, que verraient les gens ? La personne la plus proche se trouvait à vingt mètres.

Hirondelle jaune se mit à rire.

— On dirait une squaw qui se cache de son mari !

— Merci, grommela-t-elle en repoussant la couverture, qui refusait de rester en place.

— Qu'est-ce qui est marqué, là-bas ? demanda l'enfant en désignant la vitrine de la boutique, les sourcils froncés, cherchant à déchiffrer un mot. Ré... glisse.

— Réglisse, confirma Caroline.

Hirondelle répéta en s'appliquant.

— C'est quoi ?

Caroline observa cet enfant si vif. Pourquoi avait-il choisi ce mot précis ? Elle en avait l'eau à la bouche. Les bâtons de réglisse étaient son péché mignon. Comment expliquer à Hirondelle jaune ce qu'était la réglisse ? Elle secoua la tête en souriant, se rappelant la première fois qu'elle y avait goûté.

Elle laissa la couverture glisser dans son dos, puis elle descendit du chariot.

— Viens avec moi, murmura-t-elle à l'enfant d'un air de conspiratrice. Si nous faisons vite, Zach n'en saura rien. Garde bien ton chapeau sur la tête.

Dès que l'enfant eut mis pied à terre, elle lui prit la main. Puis elle lança un regard furtif en direction de la forge.

— Ne dis plus un mot...

En l'absence de réponse, elle le prit par le menton et plongea dans son regard.

— Je ne plaisante pas, Hirondelle. Plus un mot !

— D'accord.

Devant le regard espiègle de l'enfant, elle hésita, mais la tentation de la réglisse était trop forte. Le tenant par la main, Caroline entra dans l'épicerie. Aussitôt, des parfums familiers envahirent ses narines. Des souvenirs d'enfance l'assaillirent, surgis du temps où elle était une enfant chérie, acceptée par les membres de sa communauté, promise à un brillant avenir, un beau mariage...

Hirondelle la fit redescendre sur terre en lui pressant la main. Elle adressa un sourire radieux à l'épicier. Sur le comptoir étaient alignés plusieurs bocaux de friandises.

— Vous désirez, par cette belle matinée ? demanda-t-il avec un sourire confiant. Que dirais-tu d'un sucre d'orge à la menthe, jeune homme, pendant que ta maman fait son choix ?

Face au regard perçant de l'épicier, Hirondelle serra plus fortement sa main et se cacha derrière elle.

— Il est timide, dit-elle avec un sourire.

L'homme prit un sucre d'orge qu'il tendit à l'enfant avec emphase.

— Et comment s'appelle-t-il, ce beau jeune homme ?

— Hir...

— Sam ! intervint Caroline.

Elle se pencha vers l'épicier et murmura :

— Il ne bégaie que quand il est intimidé.

Elle posa sur Hirondelle un regard qui se voulait maternel.

— Sois gentil, lui dit-elle. Mange ton sucre d'orge pendant que je fais quelques achats.

Sur ces mots, elle masqua de son mieux le petit garçon puis s'adressa de nouveau à l'épicier.

— Donnez-moi des bâtons de réglisse. Ils sont tendres, j'espère.

L'homme opina, désireux de vanter la qualité de sa marchandise.

— Ils sont arrivés hier. Heureusement que vous n'êtes pas venue il y a quelques jours. Vous auriez trouvé un bon à rien de Cheyenne en train de les déguster. Ces sauvages sont passés par ici.

Caroline ouvrit de grands yeux, priant pour que l'enfant se taise.

— Vous avez eu des problèmes ? demanda-t-elle en balayant la boutique du regard.

— Oh non, madame ! assura vivement le commerçant. On a les moyens de s'en occuper, de ces vermines. Vous voyez ça ? dit-il en désignant une poutre au-dessus de sa tête. Le shérif et sa bande ont attrapé ce vieux vautour qui chantait au bord de la rivière, et ils ont pendu ça pour rassurer les citoyens.

Il rit, fier d'exposer son trophée.

Caroline eut la gorge sèche en observant le scalp à peine sec d'un vieux Cheyenne qui pendait au-dessus du comptoir. Elle reconnut la plume de corbeau encore attachée aux mèches grises. C'était le scalp de Grand Corbeau, un compagnon d'Étoile du matin. La dernière fois qu'elle l'avait vu, lors de la traversée du fleuve Arkansas, il était si affaibli par la malaria et la dysenterie qu'elle lui avait administré de quoi soulager sa douleur. Elle avait averti Vieux Pont que Grand Corbeau ne survivrait sans doute pas au voyage. C'était un homme discret, un conteur, aimé de tous les enfants. Il allait leur manquer.

— Vous pouvez le toucher, si vous voulez. En général, je fais payer dix *cents*, mais vous semblez si intéressée que je vous laisse toucher gratuitement.

Il saisit une perche munie d'un crochet.

— Oh, non ! s'exclama la jeune femme, cherchant à masquer sa colère. Ce ne sera pas nécessaire. Allez, viens, Hir... euh, Sam.

Elle poussa l'enfant vers la sortie en lui intimant de se taire, car il commençait à bredouiller en langue cheyenne. Ils regagnèrent le chariot en même temps que Zach. Caroline fit monter l'enfant sur le siège et le rejoignit. L'enfant cracha le reste de son sucre d'orge.

— Qu'est-ce que vous fabriquiez, tous les deux ? demanda Zach, furieux. Je vous avais dit de rester là !

L'enfant désigna la vitrine.

— Ré... glisse, balbutia-t-il, tandis qu'une larme roulait sur sa joue.

— Nous n'avons rien trouvé de bien, dit-elle à Zach, espérant échapper à un interrogatoire en règle.

— Et de la réglisse ? fit-il en se penchant vers Hirondelle jaune. Vous n'en avez pas acheté ?

L'enfant se contenta de secouer la tête. Caroline vit les yeux de Zach se plisser.

— Ce n'est pas ce que tu crois, assura-t-elle. Partons. Inutile que tu entres dans cette boutique.

Zach tourna les talons et se dirigea vers l'épicerie d'un pas décidé.

— Nous t'attendons ici. N'est-ce pas, Hirondelle ?

Il opina, l'air maussade, et agrippa le bras de la jeune femme. Elle prit sa main dans la sienne.

— Tout va bien. Zach revient tout de suite. Il suffit de l'attendre et...

Zach réapparut et claqua la porte derrière lui. Son visage ne trahissait aucune émotion. Il tapa du pied pour ôter la poussière de ses bottes, puis monta vivement en selle. Dès qu'il leva les yeux vers la jeune femme, elle comprit qu'il maîtrisait à grand-peine sa rage. Les lèvres pincées, il avait toutefois une lueur de compassion dans les yeux.

— Tu avais raison, murmura-t-il. Ils n'ont rien d'intéressant, là-dedans. Ce n'est pas une bonne adresse... Ce ciel ne me dit rien qui vaille. D'après le forgeron, il va neiger dru.

Caroline parcourut la rue des yeux, en quête d'un hôtel ou d'une pension. Aucun établissement ne semblait très accueillant. Si cette ville se réjouissait d'exposer un trophée aussi sordide qu'un scalp, que penseraient ses habitants d'Hirondelle jaune ?

— Je préférerais que nous tentions notre chance dans la prairie, dit-elle. Il y a bien des collines ou des bosquets où nous pourrions nous abriter...

— Tu es sûre ? demanda Zach. Il y a un risque de blizzard. Le forgeron m'a dit que les hivers précoces sont fréquents, par ici.

Elle observa le ciel, pensive. Elle ne voyait aucun nuage menaçant, mais le temps était maussade et le vent s'était levé. Elle frémit et posa la couverture sur ses épaules. Les tempêtes se déchaînaient très vite dans les plaines, mais celle-ci ne les frapperait sans doute pas avant le lendemain après-midi. Auraient-ils le temps de trouver un lieu sûr ?

Elle se tourna vers Zach et s'exprima à voix basse :

— Si nous n'étions que tous les deux, je quitterais la ville sur-le-champ.

Elle observa les fenêtres, sentant des regards curieux qui les épiaient.

— Mais avons-nous le droit de mettre la vie du petit en danger parce que nous sommes mal à l'aise ? reprit-elle.

— C'est pire que cela, répliqua-t-il. Le forgeron m'a posé un tas de questions et je ne lui ai pas répondu. Il doit se méfier.

— D'après les propos de l'épicier...

Elle remarqua que ce dernier les observait discrètement, derrière sa vitrine.

— J'ai l'impression que Grand Corbeau était parti seul, pour mourir, et qu'il chantait le chant des morts, quand les habitants de la ville l'ont trouvé. L'attaque des Cheyennes a soulevé trop de haine. Je crois que ni Hirondelle ni moi ne sommes en sécurité.

— Tu as raison, dit Zach. J'ai repéré un coin tranquille, à quelques kilomètres au nord. Nous pourrons installer la bâche et utiliser des branchages... Tout ira bien. Nous partons.

— Où est le reste de Grand Corbeau ? demanda Hirondelle tandis que Caroline fouettait les mules pour suivre Zach hors de la ville.

Il s'accrochait à son siège comme s'il avait peur de tomber et d'être oublié. Il était pâle et luttait pour ne pas pleurer.

— Son corps est enterré au bord de la rivière, sans doute, répondit-elle sans conviction.

La fin cruelle du vieil homme lui donnait envie de pleurer, à elle aussi, mais elle devait se montrer forte.

— Tu sais, tu n'as pas à craindre qu'il ait souffert lorsqu'ils ont... enfin, lorsqu'on lui a coupé les cheveux, dit-elle en serrant l'enfant contre elle. Il était déjà mort, certainement. Souviens-toi. Il était très malade. Il a mené une vie longue et heureuse. Il a rejoint ceux qui lui étaient chers. Il ne souffre plus.

— Il est heureux, mort et sans cheveux ? marmonna l'enfant, l'air dubitatif.

— Quand on meurt, on ne ressent plus de douleur, expliqua-t-elle. Ton corps reste sur terre ou sous terre, mais ton âme monte au paradis, rejoindre le Grand Sage des cieux.

Hirondelle opina.

— Il a pris la douleur de Grand Corbeau avant que l'homme blanc ne le scalpe ?

— Oui, répliqua Caroline, espérant avoir un peu soulagé le chagrin de l'enfant.

— Qui me prendra ma douleur, à moi ? reprit Hirondelle jaune. J'aimais Grand Corbeau. J'ai mal dans mon cœur.

— Je suis désolée, Hirondelle. Tu verras, ta douleur partira, avec le temps. Bientôt, tu pourras penser à Grand Corbeau, te rappeler les bons moments, sans avoir mal.

— Comment le sais-tu ? Tu as eu mal, toi aussi ?

— Oui. J'ai eu très mal à la mort de mes parents et de mon frère Sam.

Elle observa le visage interrogateur de l'enfant, chassant les images qui surgissaient à sa mémoire.

— Tu m'as donné le nom de ton frère qui est mort ? s'étonna Hirondelle. Pourquoi ? Il a accompli des exploits ?

— Je l'aimais beaucoup, expliqua Caroline. En te donnant son nom, je peux penser à lui. En te regardant, je me souviens de lui à ton âge, des bons moments que nous avons partagés.

— Hum, fit Hirondelle en croisant les bras. Je réfléchis.

Il regarda au loin, en silence.

Caroline lui tapota le dos, puis se concentra sur son attelage. Elle se réjouissait que l'enfant ne lui ait pas demandé pourquoi les hommes blancs avaient scalpé un vieillard inoffensif.

Comment expliquer les préjugés, la haine gratuite ? Était-il capable de comprendre que son peuple luttait pour survivre ? La situation était si complexe... D'autant plus pour un enfant qui avait un pied dans chaque camp.

Zach frémit en s'aspergeant le visage et le torse d'eau froide pour se débarrasser de la poussière de la piste. Il avait dû briser la glace qui s'était formée sur le fleuve. Caroline avait fait chauffer une marmite d'eau, mais il préférait se revigorer un peu.

Il avait une autre raison de garder ses distances : maintenant qu'ils étaient dans le Nebraska, loin de toute ville, la jeune femme arborait à nouveau sa tenue de peau, qui avait le don de jouer sur les nerfs de Zach.

D'un jour à l'autre, il allait rencontrer Petit Loup. Comment le chef transporterait-il la marchandise vers son campement secret sans se faire remarquer des soldats et des milices ? S'ils n'atteignaient pas bientôt ce campement, Zach ne serait plus en mesure de tenir la promesse faite à Caroline de ne plus la toucher. Sans doute devinait-elle son calvaire quotidien, parce qu'elle posait sur lui des regards lourds de sens. Cette femme le rendait fou.

Pour se défouler, Zach donna un coup de pied dans une pierre. Quelle journée ! D'abord, il avait reçu un messager de Camp Sheridan, porteur d'une lettre datant d'une semaine. Une bande de Cheyennes avait été capturée. Il s'agissait d'Étoile du matin, le frère de Petit Loup. Il avait choisi de se rendre à l'agence de Nuage rouge. Hélas, il ignorait que cette agence ainsi que Nuage rouge et tous ses Sioux avaient été déplacés vers le nord-est. Les soldats avaient capturé le groupe lors d'une patrouille. Ils étaient désormais détenus à Camp Robinson en attendant une décision du gouvernement.

D'après Étoile du matin, Petit Loup et les siens se cachaient dans les collines. Après l'hiver, Petit Loup envisageait de gagner Fort Keogh, près du fleuve Powder, et de s'en remettre à la bienveillance des officiers présents sur place. L'un d'eux, Clark, était surnommé Chapeau blanc par les Cheyennes. Zach l'avait rencontré pendant la guerre. D'après ce qu'il avait entendu dire, Clark était un allié des Cheyennes dans leurs négociations avec le gouvernement.

Clark n'avait sans doute pas grande influence sur Sheridan, le commandant du département du Missouri, dont les Cheyennes avaient pénétré la juridiction en entrant au Nebraska. Sheridan voudrait avoir l'opinion de Zach lorsque viendrait le moment de décider du sort des Cheyennes. Comment convaincre Petit Loup de se rendre, s'il ne pouvait même pas lui parler ? De plus, il ne pourrait retrouver les chevaux issus de l'élevage McCallister tant qu'il serait entravé par cette femme et cet enfant qu'il devait protéger. Sa frustration montait de jour en jour, au point qu'il avait l'impression d'être suspendu au-dessus d'un précipice.

En entendant une brindille craquer derrière lui, il fit volte-face, brandissant ses pistolets.

— Hirondelle ! s'écria-t-il en rengainant ses armes. Il ne faut pas s'approcher ainsi par-derrière.

— Ce n'est pas ça ! répliqua l'enfant, furieux. J'ai marché sur une brindille. La prochaine fois, je dirai à Caroline d'aller chercher de l'eau elle-même. C'est le travail des femmes. Le dîner est prêt. Elle veut que tu viennes manger.

— Autoritaire, agaçante… marmonna Zach.

— Ça veut dire quoi ?

— Peu importe, marmonna Zach en enfilant une chemise propre.

Il ne tenait pas à ce que l'enfant ajoute ces deux termes à son vocabulaire.

— Qu'est-ce qu'on mange, ce soir ? s'enquit-il en lui prenant la barrique d'eau des mains. Tu es allé à la chasse, aujourd'hui ?

Hirondelle était très doué pour poser des pièges.

— Du faisan, annonça-t-il en bombant le torse. Deux gros faisans. Je t'en ai laissé, si tu veux chasser, toi aussi.

— Je te remercie ! railla Zach en lui ébouriffant les cheveux. Et ce cerf, que j'ai abattu la semaine dernière ?

— Il était très gros. Facile à atteindre. Les faisans, ça se cache. C'est très difficile à chasser.

Zach ne pouvait affirmer le contraire, étant lui-même un chasseur émérite. L'enfant n'avait pas volé ses félicitations.

— Ce sera délicieux. Bien joué, Hirondelle !

— En effet, Hirondelle, renchérit une voix. Bien joué !

Poussant un cri de joie, l'enfant se précipita vers l'homme qui venait de surgir des fourrés.

— Petit Loup, dit Zach en s'efforçant de ne pas fixer le visage fatigué du chef, qui avait vieilli depuis leur dernière rencontre. Vous allez tous bien ?

— Nous allons bien, répondit le chef en serrant la main de Zach. Et toi ?

— Ça va.

Quand le garçon revint vers lui, il posa un bras sur ses épaules.

— Nous sommes ravis de te revoir. Hirondelle en a assez de voyager sur un chariot. N'est-ce pas, fiston ?

Le regard du chef passa de l'adulte à l'enfant. Zach garda le bras autour d'Hirondelle. Il n'avait pas honte de montrer son affection pour lui, et entendait avoir son mot à dire sur son avenir.

— Viens, reprit Zach en désignant le campement. Je sens les galettes de Caroline.

— Cuisse de bois !

Hirondelle se précipita vers le jeune homme qui bavardait avec Caroline. Il avait le regard perspicace de Petit Loup et son corps trapu.

— Mon fils, expliqua Petit Loup.

Cuisse de bois fit un signe de tête à Zach, avant de se tourner à nouveau vers la jeune femme.

— Il aime les galettes... fit le chef avec un sourire.

Au cours du repas, Petit Loup expliqua que ses hommes transféreraient la marchandise du chariot sur les mules pour l'emporter jusqu'à leur campement. Une fois vide, le chariot serait débité en bois de chauffage, ce qui ne laisserait aucune trace visible par les soldats. Ils emprunteraient un itinéraire compliqué pour tromper l'ennemi.

Zach leur proposa son aide, mais Petit Loup insista pour qu'il ait les yeux bandés. Ce manque de confiance le piqua au vif, même s'il n'en laissa rien paraître. S'il lui avait confié Caroline et l'enfant, pourquoi lui cacher l'emplacement de son campement ?

Petit Loup bourra un calumet et offrit sa fumée aux cieux, à la terre et aux quatre points cardinaux, puis il tendit l'objet à Zach.

— On ne peut révéler ce qu'on ignore, mon ami, dit-il.

— C'est vrai, marmonna Zach. Certains de vos chevaux ont-ils survécu au carnage ?

— Oui, quelques-uns. Pourquoi ?

— J'ai remarqué deux juments pur-sang, une grise et une tachetée, au bord du fleuve Arkansas. Elles m'ont semblé familières. En fait, j'ai la certitude qu'elles ont été volées à ma femme au moment de son assassinat.

Petit Loup opina.

— Je connais ces juments. Elles m'appartiennent, désormais.

— Depuis combien de temps ? s'enquit Zach.

— Pas longtemps, assura Petit Loup avec un sourire. Quand tu les as reconnues, au bord de l'Arkansas, je t'ai vu les observer. Je constate qu'elles ressemblent à ton cheval, au contraire de nos montures, qui sont moins hautes sur pattes.

Il leva les yeux au ciel, puis les baissa à nouveau. Cuisse de bois se mit à rire.

— De quoi tomber de haut !

Petit Loup opina et partagea l'amusement de son fils.

— Les femmes n'aiment pas monter des chevaux si hauts, et les guerriers montent des étalons, pas des juments.

Cuisse de bois murmura en signe d'approbation.

— Belle Marcheuse, ma fille, aime jouer. Mon fils a dit au brave qui détenait ces juments que Belle Marcheuse les admirait. Maintenant, elles sont à moi, conclut-il en haussant les épaules.

— Tu veux dire que le brave a laissé ta fille gagner en espérant qu'elle se prendrait d'affection pour lui ? fit Zach, que cette subtilité surprenait. Et elle te les a offertes ?

— Non. Nous avons joué et j'ai triché. Tu dois comprendre que j'ignore comment ces juments sont arrivées chez nous. Notre peuple a coutume d'offrir des chevaux en cadeau. Il te sera difficile de déterminer leur parcours, mais nous allons nous renseigner. En attendant, je serai ravi de te les rendre, en remerciement de l'aide apportée à Caroline et Hirondelle jaune. Qui pourchasses-tu donc ? Et pourquoi cherches-tu cette personne parmi les Cheyennes ?

Le cœur de Zach battait à tout rompre, mais en plongeant dans le regard de Petit Loup, il comprit qu'il ne pouvait plus mentir.

— Ma femme a été assassinée et mon fils enlevé, ainsi que leurs montures, il y a plusieurs mois. Je cherche mon fils.

— Et tu as entendu parler de la présence d'Hirondelle jaune. Mon peuple se trouvait dans l'Oklahoma, à l'époque, dit Petit Loup, sans exprimer la moindre surprise. Oui, je savais que tu cherchais un être cher. Et je ne l'ai pas vu dans la fumée. Mon fils et moi allons nous renseigner.

— Merci, répondit Zach, la mine grave. J'apprécie beaucoup ton aide.

Ils bavardèrent longuement autour du feu. Zach se sentait rasséréné. Jamais il n'avait été aussi proche de retrouver Luke.

14

— Enfin, tu es revenue !

Femme tranquille étreignit Caroline avec enthousiasme, puis ce fut le tour de Plume sur la tête.

— Tu as appris ? demanda cette dernière.

Ses yeux cernés exprimaient la tristesse.

— J'ai vu sa tombe, acquiesça Caroline.

Par respect, nul n'osa prononcer le nom de Petite Femme. Caroline prit ses amies dans ses bras. Elles restèrent un long moment unies. Quand elles se séparèrent, Caroline n'était pas la seule à pleurer.

— Comment est-ce arrivé ?

Plume sur la tête était incapable de prononcer un mot. Le récit de Femme tranquille fut assez bref, ce qui n'était pas dans les habitudes de cette bavarde.

— Notre mari est très triste, conclut Plume sur la tête. Il s'en veut, mais c'est Étoile du matin qui est responsable de cette mort. Enfin, mieux vaut perdre une femme que quatre bébés.

Caroline en demeura bouche bée.

— C'est la première fois que je t'entends dire du mal d'un Tsisita.

— C'est la vérité, reprit-elle avec une lueur étrange dans les yeux.

Les épreuves l'avaient endurcie. Si elle décidait de passer à l'action, Plume sur la tête pouvait être un atout pour les siens. Pourvu qu'elle ait le courage de suivre l'exemple de Petite Femme.

— Le vieil imbécile ! s'emporta-t-elle en secouant la tête. Je leur souhaite bien du courage !

— Il est parti ? fit Caroline en scrutant les alentours, comme si elle s'attendait à voir Étoile du matin.

— Oui, répondit Femme tranquille. Tu l'aurais vu traverser fièrement le campement ! Il a eu des mots avec notre mari, puis il a dit à tous ceux qui souhaitaient le suivre de rassembler leurs affaires. Sa famille n'a même pas eu le temps de se bander les pieds avant de repartir vers l'ouest.

Femme tranquille marqua une pause, le temps de reprendre son souffle. Plume sur la tête prit le relais :

— Il paraît qu'ils ont été capturés par les soldats dès le premier jour. Mais pire encore…

— L'agence a été déplacée ! enchaîna Femme tranquille, les mains sur les hanches. Elle se trouve désormais au nord-est d'ici. Cet imbécile a entraîné sa famille dans la gueule du loup.

— Non ! s'exclama Caroline, horrifiée. Petit Loup doit être anéanti.

— Oh oui, confirma Plume sur la tête. Nous faisons de notre mieux pour le réconforter, mais il préfère s'isoler. Pare-balles, celui qui parle la langue des *veho*, est revenu aujourd'hui. L'agence s'appelle désormais Camp Robinson. Étoile du matin et les siens ont été transportés là-bas en chariot.

Elle soupira.

— Au moins, ils n'auront pas à marcher dans le froid. Les soldats leur ont donné de la nourriture et des couvertures.

— Les soldats parlent de les ramener dans les mauvaises terres. Les nôtres affirment qu'ils se tueront plutôt que d'y retourner.

Femme tranquille offrit un bol de ragoût à Caroline.

La jeune femme accepta, bien qu'elle ait déjà mangé, puis elle s'assit près du feu. Elle ne voulait pas offenser ses amies en refusant de partager leur repas. Elle sortit son couteau et se mit à découper la viande, qu'elle examina. Puis elle se tourna vers Femme tranquille, l'air perplexe.

— C'est du cerf, expliqua celle-ci avec un large sourire. Tu m'as manqué, avec ta méfiance légendaire. C'est bon de pouvoir déguster à nouveau du cerf. Nous avons passé tant de jours l'estomac vide.

— Je suis ravie de partager ce festin avec vous, mes amies.

Elle avait des questions à leur poser sur les jeunes dont les femmes du Kansas lui avaient parlé. Elle espérait que la plupart d'entre eux étaient partis avec Étoile du matin et qu'il n'en restait pas au campement. Elle opta pour une approche indirecte.

— Vous aimez ce campement ? Il y a apparemment beaucoup d'eau et de gibier, dans la région. De quoi chasser à loisir.

— Oui, répondit Femme tranquille. Les hommes vont à la chasse chaque jour.

Elle avala une bouchée de viande.

— Beaucoup de braves ont-ils suivi Étoile du matin ? insista Caroline d'un ton détaché.

Femme tranquille ayant la bouche pleine, Plume prit la parole :

— Les jeunes sont restés ici, à part les fils d'Étoile du matin et Petit Ongle, et quelques autres. Tant mieux. Étoile du matin n'arrivait plus à les maîtriser. Mon mari réussit, lui. Ils étaient sauvages, indisciplinés, dans ce pays où tant de sang cheyenne a coulé. Ils sont redevenus de simples chasseurs de chevaux. Tu as entendu parler des morts du Kansas ?

— Oui, fit Caroline en refusant du ragoût.

Elle avait la gorge nouée en pensant à ces femmes qu'elle avait aidées. Ainsi, les jeunes qui avaient violé et pillé dans tout le Kansas n'étaient pas des compagnons de Petit Loup. Elle prit une profonde inspiration.

— Tu te sens bien ? demanda Plume en l'observant avec attention. Tu es pâle et en nage. Tu devrais t'allonger.

— Bonne idée, admit Caroline en se levant. Où vais-je dormir ?

— Viens ! fit Femme tranquille en la prenant par le bras. Nous allons te montrer.

— Doucement, prévint Plume. Regarde-la, la pauvre !

Caroline suivit ses amies à travers le campement, ignorant les regards curieux et les commentaires à voix basse. En remarquant qu'il n'y avait que peu de jeunes hommes, elle se détendit. Elle relâcha la main de Plume, à laquelle elle s'était accrochée désespérément sans s'en rendre compte. À travers sa jupe en peau, elle posa les doigts sur le manche de son couteau. Elle se sentait vulnérable parmi ces gens. Jamais elle n'avait ressenti un tel malaise en leur présence.

— Tu as vu ce qu'ils ont fait ? s'enquit Plume en dévisageant la jeune femme. C'est grave ?

— Très grave, acquiesça Caroline. Beaucoup de femmes violées, même des fillettes, et de nombreux morts parmi les hommes. Ces victimes n'étaient ni des soldats, ni des cow-boys. Ils n'avaient rien à voir avec les épreuves infligées aux Cheyennes.

Elle ne tenait pas à inquiéter ses amies, mais souhaitait les informer des conséquences de ces attaques.

— Maintenant, les soldats seront encore plus nombreux, et les officiers ne seront plus disposés à écouter Petit Loup lorsqu'il demandera à rester sur ses terres. Ces jeunes hommes vous font grand tort.

— Nous comprenons, assura Plume. Petit Loup le comprend aussi, mais il a fait vœu de ne plus céder à la colère, ce qui l'empêche de prendre des mesures. Heureusement, il est porteur des remèdes sacrés. Hélas, la rage bouillonne en lui de plus en plus fort. Un jour, elle va exploser et nous n'arriverons plus à l'empêcher d'agir. Ce sera une triste journée pour nous tous.

— Je prie pour que ce jour ne vienne jamais, dit Caroline en prenant les mains de ses amies. Mais dans le cas contraire, je vous promets de rester votre amie et de vous aider.

— Merci, firent en chœur les deux femmes.

Femme tranquille poussa Caroline en avant.

— Ce n'est pas pour aujourd'hui. À présent, viens voir où tu vas dormir avec ton homme.

Caroline s'immobilisa.

— Ce n'est pas mon homme, et je ne partagerai pas ses fourrures. Je vous en prie, n'essayez pas de nous unir.

Plume se mit à glousser et tapota Caroline dans le dos, l'incitant à suivre Femme tranquille.

— Vous unir, railla-t-elle. Comme deux mocassins.

— Ou deux bottes ! ajouta Femme tranquille.

Elle leva une jambe, puis l'autre :

— Caroline et homme veho ! Quel est son nom ?

— Zachary McCallister, répondit Caroline en essayant de garder son sérieux. Zach, si vous préférez.

Femme tranquille releva la jambe :

— Zach si vous préférez ! s'exclama-t-elle.

— Non, fit Caroline. Juste Zach !

— Juste Zach !

Caroline rit de bon cœur. Elle se demandait toujours si Femme tranquille plaisantait ou non. Elle échangea un sourire complice avec Plume.

Celle-ci les mena dans un sentier sinueux. Des abris avaient été creusés à flanc de colline, fermés par d'épaisses parois de branchages. De petits feux de camp procuraient lumière et chaleur. La fumée s'élevait contre la paroi de la colline avant de s'évanouir dans la nuit.

Astucieux, songea Caroline. Les femmes avaient veillé à aménager des foyers accueillants. Elles avaient tissé des nattes et des tapis pour le sol. Un peu partout séchaient des peaux de cerfs, qui abondaient dans la région, ainsi que des morceaux de viande sur des fils tendus entre les arbres.

Plume s'arrêta à côté de deux abris situés un peu à l'écart des autres, niches creusées dans la surface arrondie de la colline, ornées de tapis et de nattes, avec un petit feu devant chaque entrée. Une marmite de soupe au fumet appétissant attendait les visiteurs, avec une portion de viande fumée.

Caroline se détendit et sourit à ses amies. Elle n'avait su à quelle forme d'hébergement s'attendre, au vu des circonstances. Partager un logement avec Zach, Petit Loup et ses amies aurait été terriblement gênant. Comme toujours, celles-ci avaient fait preuve de tact et de générosité.

— C'est pour Zach ? demanda-t-elle en désignant le second abri.

— Toi, tu dormiras là, dit Femme tranquille.

Elle lui montra comment déplacer la paroi de branchages pour bloquer l'entrée de l'abri.

— Le vent souffle dans la direction de ton homme. Les hommes sont forts, ils ont la peau dure. Tu lui feras à manger ? Juste Zach sera bien ?

— Absolument. Merci, dit Caroline. Nous serons très bien, ici.

Leurs abris étaient isolés et intimes. Elle détourna vite les yeux de sa natte, largement assez grande pour deux. Ses amies étaient pleines de bonnes intentions et ne souhaitaient que son bonheur. Dans leur culture, une femme sans homme était incomplète, la solitude était synonyme de froid et de faim.

Cependant, en tentant de la rapprocher de Zach, elles n'incitaient pas les jeunes braves à la courtiser – perspective inenvisageable, car certains s'étaient peut-être livrés à des exactions. Pour chasser ces mauvaises pensées, elle aida ses amies à installer ses effets dans sa nouvelle maison.

Une fois seule, Caroline s'écroula sur sa natte. Jamais elle n'avait ressenti une telle fatigue.

— Cet endroit a-t-il un nom ? demanda Zach en guise de bonjour, le lendemain matin.

Pour toute réponse, Caroline émit un ronflement.

Zach fit la grimace. De toute évidence, la jeune femme s'était écroulée tout habillée et s'était endormie. Le bas de sa robe était remonté sur ses jambes, révélant ses genoux.

Elle n'était pas du matin. Sa seule chance d'admirer le soleil levant était de passer une nuit blanche.

Mais Zach avait faim.

— Allez, debout, fit-il en la secouant par l'épaule.

— Va-t'en ! marmonna-t-elle. Il fait encore nuit...

— Quoi ? intervint une voix. Il n'y a pas de galettes ?

— Va manger chez quelqu'un d'autre...

— Ce n'est pas très gentil, ça, dit Zach en entraînant Hirondelle jaune hors de l'abri. Tu peux t'occuper du feu ?

L'enfant opina et s'accroupit près des braises.

— Tu fais du café ? dit Hirondelle. Ça va la réveiller !

Zach tenta d'écarter la couverture qui couvrait la tête et les épaules de la jeune femme, qui le repoussa de la main. Il recula et secoua la tête en entendant un ronflement sonore. Comment lui reprocher sa fatigue ? Cette nuit de repos était bien méritée. Il jeta une autre couverture sur ses jambes.

— Hirondelle, si tu me faisais visiter le campement, ce matin ?

L'enfant semblait connaître les lieux, où les Cheyennes avaient sans doute déjà séjourné.

— Qu'est-ce que tu veux voir ? demanda-t-il en regardant Zach préparer des galettes.

— J'aimerais rendre visite à mon cheval, voir s'il a eu assez à manger.

Il s'efforça de parler d'un ton neutre, pour ne pas montrer combien cette visite aux chevaux comptait, à ses yeux.

Ils dévorèrent leur petit-déjeuner en laissant une part généreuse pour Caroline. Avant de partir en compagnie d'Hirondelle, Zach veilla à ce qu'elle soit bien couverte. Il résista à l'envie de s'accroupir pour lui caresser les cheveux, sentir le velouté de sa peau. S'il avait essayé d'ignorer leur attirance réciproque, il avait de plus en plus de mal à contrôler ses pulsions. Et voilà qu'ils dormiraient côte à côte. Ils allaient vivre quasiment ensemble.

L'abri de Caroline était si exigu qu'il n'y tenait pas debout. Son lit semblait assez grand pour deux. Cette simple pensée suffit à faire naître son désir.

Il se cogna la tête au plafond de l'abri et fit tomber son chapeau.

Seigneur ! L'hiver s'annonçait bien long.

— Hirondelle ! Allons voir les chevaux.

Très enthousiaste, l'enfant conduisit Zach dans un pré, au bord d'un lac, où les chevaux étaient occupés à mâcher l'herbe tendre. Zach déambula en flattant croupes et encolures, jusqu'à ce qu'il trouve les deux juments. En caressant celle qu'il avait aidée à venir au monde, il sentit une foule de souvenirs heureux remonter à sa mémoire. Quant à l'autre, c'était sans doute la meilleure poulinière de l'élevage.

Il crispa la mâchoire, sans cesser de caresser l'animal. Ces juments avaient été témoins de l'enlèvement de son fils. Le monstre qui avait détruit sa famille n'était pas loin. Peut-être même l'observait-il, en cet instant…

Plus que jamais, Zach était déterminé à se venger.

Caroline marcha d'un pas vif vers le lac, munie de sa précieuse savonnette, d'une serviette et de ses dessous. Le soleil indiquait midi, mais une nappe de brouillard enveloppait les fourrés et la surface de l'eau. La jeune femme frissonna. Ne voyant personne aux alentours, elle poursuivit son chemin. Le brouillard allait bientôt se dissiper et faire place à un paysage superbe. Cette vallée verdoyante était un paradis pour les Cheyennes.

La sérénité des lieux ne dissipa guère le malaise de la jeune femme. Elle avait beau être en sécurité, l'hiver s'annonçait rigoureux, et elle sentait autour d'elle comme une menace. Les violeurs et pillards empruntaient sans doute ces sentiers, buvaient de cette eau. Heureusement, les Cheyennes respectaient un code d'honneur très strict. Si son peuple avait nourri une haine trop farouche envers les *veho*, Petit Loup ne l'aurait pas hébergée.

Elle vit Zach surgir au milieu des hautes herbes, l'air déterminé.

— Tu as trouvé tes juments ? lui demanda-t-elle.

— Oui.

Il la regarda comme s'il ne la voyait pas. Lorsqu'il sembla enfin la remarquer, sa rage s'envola.

— Ils proviennent bien de l'élevage McCallister, déclara-t-il amèrement. L'homme qui a tué ma femme et enlevé mon fils est ici.

Il prit Caroline par les épaules.

— Je vais le retrouver, jura-t-il. Et quand je l'aurai…

— Tu es sûr ? Celui qui les a amenés ici les a peut-être achetés, voire volés.

— Je ne le pense pas, dit Zach en scrutant les alentours. Depuis notre arrivée, je sens qu'on nous observe.

Caroline se garda de lui avouer qu'elle ressentait un malaise, elle aussi. Toutefois, la présence des juments et de vagues intuitions ne constituaient pas des preuves suffisantes.

— Je t'aiderai de mon mieux, Zach, mais promets-moi de garder l'esprit ouvert. Ne tire pas de conclusions hâtives.

Petit Loup tira longuement sur son calumet avant de le tendre à Zach.

— Comment puis-je t'aider à retrouver ton fils ? s'enquit-il lorsque son compagnon aspira une bouffée de fumée.

Pour poser une question, il attendait souvent que son interlocuteur ne soit pas en position de répondre, ce qui lui permettait de réfléchir. Zach l'avait compris. Il marqua une pause avant de cracher la fumée.

— J'ai vu les juments, dit-il. Elles appartenaient bien à ma famille.

Petit Loup appréciait ces mots choisis. Comment dire à un chef qu'un de ses hommes avait sans doute tué une femme innocente ? Il était encore plus difficile de lui demander l'autorisation de châtier le coupable. Or Petit Loup appréciait Zach pour les services qu'il lui avait rendus.

Il posa son calumet sur ses genoux et fit un signe de tête à Grue noire, assis en face d'eux. Ce dernier se leva sans un mot et les laissa seuls.

— Tu cherches l'assassin de ta femme, reprit-il en levant une main pour faire taire Zach. Tu crois que l'homme qui a enlevé ton fils et tué ta femme est aussi celui qui a amené ces juments chez les Cheyennes.

Zach opina, les yeux rivés sur Petit Loup.

— Je retrouverai mon fils, quel qu'en soit le prix. J'aimerais que tu m'autorises à aller et venir librement sur le campement, à chasser, participer aux conseils, aux danses. Je veux que ton peuple apprenne à me connaître. Ainsi, j'obtiendrai des réponses à mes questions plus facilement.

Impressionné, Petit Loup se contenta d'un grommellement, avant de déclarer :

— Cela prendra plus de temps que si je les interroge moi-même. Et ton fils ? Tu ne crains pas pour sa sécurité ?

— Bien sûr ! répliqua Zach avec une fougue qui toucha Petit Loup. Ces juments constituent ma seule piste. Je n'ai pas droit à l'erreur. Tu es leur chef. Ils préféreront peut-être te cacher la vérité, par crainte d'être châtiés. Pour retrouver mon fils, je dois gagner leur confiance.

Petit Loup prit son calumet et aspira une bouffée de fumée, avant de le tendre à Zach.

— Je dirai à mes hommes que tu peux aller et venir à ta guise et que nul n'a le droit de te faire du mal ou de t'insulter.

Zach prit le calumet, mais ne fuma pas.

— J'ai une autre question à te poser.

Ah, songea Petit Loup, il va me parler de Caroline. Enfin. Mes épouses avaient raison...

— Oui ?

Zach déglutit.

— Que deviendront Caroline et Hirondelle jaune lorsque vous serez arrivés au fleuve Powder ?

— J'ai acheté Caroline à Ours blanc pour lui éviter d'être battue à mort. Je l'ai confiée à mes épouses, qui l'ont soignée. Il a fallu de nombreuses lunes pour réparer son corps. Mais qu'en est-il de son cœur ?

Il secoua la tête et haussa les épaules.

— Son cœur ne guérira peut-être jamais, conclut-il.

— Elle m'a dit qu'elle n'avait jamais partagé tes fourrures.

— Nous n'avions pas cette envie. Je lui ai offert la sécurité de mon tipi, rien de plus.

Il parlait si bas que Zach devait se pencher pour l'entendre.

— Seules mes épouses savent que Caroline n'a jamais été mienne. Tu as vu ses cicatrices.

Petit Loup l'avait lu dans la fumée. Zach se redressa vivement, furieux.

— Comment sais-tu qu'elle a des cicatrices ?

— Mes épouses l'ont soignée dans mon tipi. Au début, elles ne pouvaient couvrir son dos, car les plaies étaient trop profondes. Sa peau meurtrie a mis de nombreuses lunes à se refermer.

— Tu as aussi vu son oreille ? demanda Zach d'un ton de défi.

— C'est affreux, mais cette blessure est moins profonde que celle de son cœur, pour laquelle il n'existe aucun remède.

Sur ces mots, Petit Loup se leva, marquant la fin de leur entretien. Il savait qu'il n'avait plus à s'inquiéter pour Caroline.

Quand Zach passa devant lui, il le saisit par le bras.

— Mon ami, je te souhaite de retrouver ton fils très bientôt. Je t'aiderai dans tes recherches.

— Merci, dit Zach. J'aurai sans doute besoin de ton aide.

— Je serai là. Concernant Caroline, je ne peux rien faire pour toi, hélas. Seule la confiance guérira son cœur.

Petit Loup retourna auprès du feu et fuma un long moment. Inquiet pour son frère, il décida d'envoyer Pare-balles à Camp Robinson. Un ami sioux vivait non loin du fort. S'il se rendait au camp, nul ne le remarquerait. Quand Petit Loup saurait Étoile du matin et sa famille en sécurité, il serait tranquillisé.

15

— Venez ! lança Femme tranquille, devant les abris de Caroline et Zach.

Celui-ci finissait de soigner les chevaux. Il vit Caroline surgir de son abri. Ses cheveux détachés cascadaient dans son dos, soulevés par le vent frais.

— Que se passe-t-il ? demanda-t-elle en resserrant son châle sur ses épaules.

— Rien de grave ! fit Femme tranquille en riant. La danse des rennes commence.

— Je n'entends pas de tambours, répondit Caroline en fronçant les sourcils.

— Petit Loup a dit : pas de tambours, uniquement des chants, expliqua Femme tranquille, manifestement pressée de retourner parmi les autres pour prendre part à la danse. Viens !

Elle esquissa quelques pas avec des gestes amples des bras. Zach sourit. Femme tranquille n'allait pas laisser Caroline se défiler. Mais son sourire s'effaça lorsqu'elle se tourna vers lui :

— Toi aussi !

— Nous serons ravis de nous joindre à vous, répondit Zach, ce qui lui valut une moue de la part de Caroline. Vas-y. Nous vous rejoindrons.

— D'accord ! lança Femme tranquille avant de s'éloigner avec entrain.

— Qui sont ces rennes ? demanda Zach à Caroline, visiblement contrariée.

— Une société de guerriers.

Elle se retourna vivement. Zach ne put s'empêcher d'admirer les longues mèches qui ondulaient dans son dos. Il eut toutes les peines du monde à ne pas les caresser.

— Petit Loup était chef des rennes avant même de devenir grand chef. Les chefs des guerriers doivent renoncer à leur titre en devenant l'un des quatre grands chefs. Petit Loup est le seul à occuper ces deux postes en même temps. C'est un grand honneur. La plupart des hommes de ce campement sont des rennes.

— Je sais que les chiens forment l'arrière-garde, quand le peuple se déplace, mais que font les rennes ? Ils dansent ?

Caroline rit de bon cœur. Zach la contempla, fasciné par sa beauté, par ce sourire radieux. Une vague de chaleur le submergea, au point qu'il dut fermer son manteau pour dissimuler son désir trop flagrant. Elle se montrait habituellement nerveuse en sa présence. Zach n'était pas homme à s'imposer à une femme, mais cette abstinence commençait à jouer sur ses nerfs.

Ce dont il avait besoin, c'était d'une ou deux nuits en ville, dans les draps d'une femme consentante. Hélas, il n'en aurait pas l'occasion de sitôt. S'il quittait le campement, Petit Loup le soupçonnerait de prévenir l'armée.

Les femmes cheyennes ne voulaient pas d'un *veho*. Elles le méprisaient, même si certaines des plus jeunes semblaient moins farouches. Elles s'approchaient chaque fois qu'il bavardait avec une personne de confiance, comme Cuisse de bois, mais le fuyaient dès qu'il se retrouvait seul. La seule à le saluer avec chaleur était Belle Marcheuse, la fille de Petit Loup, qui avait une réputation de rebelle. C'était une fille superbe, mais il ne souhaitait pas semer le trouble sous le nez de Petit Loup.

— Tu viens ? dit-il en offrant son bras à Caroline.

— Je devrais me coiffer, répliqua-t-elle en plaçant quelques mèches sur son oreille meurtrie.

— Tu es magnifique, assura-t-il en lui souriant, décidé à profiter de cette soirée. Il fait nuit. Nul ne remarquera ton oreille.

Elle respira profondément et prit le bras de Zach.

— Merci, cher monsieur.

Autour d'un feu de camp, plusieurs jeunes femmes dansaient en chantant doucement. De temps à autre, l'une d'elles s'écartait pour choisir un brave qui se joignait à elle. Quatre femmes circulaient parmi les spectateurs assis en demi-cercle et leur offraient de la viande de renne rôtie.

Zach accompagna Caroline vers Plume sur la tête et se tint derrière elles pour admirer le spectacle. Les pas semblaient simples. Mais, au moment où il allait inviter Caroline à danser, les autres s'arrêtèrent.

Soudain, Belle Marcheuse se plaça face à lui et le prit par la main pour l'entraîner vers le feu de camp. Zach jeta un coup d'œil vers Caroline, qui bavardait avec ses amies. Le chant reprit. Belle Marcheuse montra à Zach les pas de danse. Il se concentra, mais les regards curieux posés sur lui le troublaient. La jeune fille glissa les mains de Zach sur ses hanches et le prit par les épaules. Se hissant sur la pointe des pieds, elle se pencha et lui chantonna à l'oreille, l'entraînant de son corps et de sa voix.

Zach lança un regard de biais à Caroline. Les yeux écarquillés, elle le fixait d'un air étrange. Soudain, elle se leva d'un mouvement souple et s'approcha. Belle

Marcheuse esquissa un sourire. Elle baissa les bras et recula, cédant sa place à Caroline sans un mot.

— Je vais te montrer, dit-elle en adoptant une position bien plus audacieuse que celle de Belle Marcheuse.

Elle se mit à chanter au rythme de ses pas, guidant son cavalier de son corps. Quand elle voulut s'écarter légèrement, il la maintint contre lui.

— Reste là, murmura-t-il.

Elle fut parcourue d'un frisson. Dès qu'elle leva les yeux vers lui, les lèvres entrouvertes, il s'embrasa de désir.

— Attention, chérie, ajouta-t-il, la joue contre son front, si tu continues à me regarder comme ça, nous ferons plus que danser, ce soir.

Elle se contenta de pencher la tête et de l'étudier avec un sourire au coin des lèvres.

— Aurais-tu changé d'avis ? s'enquit-il. Tu m'accepterais dans ton lit ?

Elle s'écarta vivement. Les chants se turent et les danseurs se dispersèrent. Caroline retourna auprès de ses amies. Zach s'assit en face d'elle pour l'observer. Petit Loup bavardait avec elle, sans jamais la toucher ni même la regarder dans les yeux.

Au cours des festivités, Zach surprit à maintes reprises le regard de la jeune femme posé sur lui. Il perdit tant de fois le fil de la conversation que Cuisse de bois dut le rappeler à l'ordre, ce qui fit rire ses compagnons.

— Tiens, dit-il à Zach en posant une couverture sur ses genoux.

— Pourquoi ? s'étonna-t-il.

Il regarda Caroline pour voir si elle avait remarqué le geste de Cuisse de bois. La jeune femme bavardait avec animation tandis que Femme tranquille et Plume le désignaient du doigt. Cuisse de bois s'esclaffa comme s'il venait de lui faire une bonne blague.

— Prends cette couverture, insista-t-il en désignant un couple qui s'éloignait avec une couverture.

Dans l'ombre, ils s'arrêtèrent et s'enveloppèrent dans la couverture de la tête aux pieds.

Caroline vint se poster face à lui. Les joues rouges, les poings crispés, elle le foudroya du regard. Il fut si étonné qu'il resta assis.

— Viens avec moi, dit-elle sans le regarder, tête baissée. Et prends la couverture.

Il se leva d'un bond.

— Tu n'es pas obligée de... Enfin, ne le fais pas si tu n'en as pas envie.

— Si, répondit-elle. Je dois leur montrer que je n'ai pas peur, que...

— Caroline, coupa-t-il en lui caressant le bras pour la rassurer. Tu n'as rien à prouver à qui que ce soit, mais je serai ravi de... bavarder avec toi un moment. Un peu plus loin.

Elle se pencha vers lui.

— Tu ne comprends pas. Si nous faisons cela, cela signifiera que nous sommes... que je suis ta femme. Que nous sommes amants.

— Mais nous...

— Ne dis rien ! murmura-t-elle, les yeux écarquillés. Si ces hommes croient que je suis disponible...

La peur qu'il lut dans son regard lui serra le cœur. Soudain, il eut très froid.

— Si je comprends bien, tu veux que je fasse cela pour maintenir les autres hommes à l'écart.

— Oui ! Ce sont eux qui... ceux qui... Je suis certaine que certains d'entre eux se trouvaient dans cette maison du Kansas.

Au bord de la panique, elle observa ces hommes, les doigts crispés sur le bras de Zach. Elle avait peur d'eux et ne voulait pas qu'ils pensent pouvoir la courtiser ou tenter d'attirer son attention, comme le faisaient les Cheyennes.

Zach refusait que ces types s'approchent de la jeune femme. Aussi décida-t-il d'affirmer son prétendu statut d'amant.

Il la prit par le bras et l'entraîna dans l'ombre, un peu à l'écart du feu de camp. Il marqua un temps d'arrêt pour être certain que les autres les voient. Il attira Caroline dans ses bras et drapa la couverture autour d'eux. Elle tremblait de tous ses membres.

— Enroule les bras autour de mon cou, dit-il en la sentant défaillir.

Doucement, il la souleva dans ses bras en veillant à ne pas écarter la couverture. Cuisse de bois et ses amis poussèrent un cri de joie. Caroline se détendit un peu dans les bras de Zach, qui la déposa à terre.

Son corps demeura plaqué contre celui de Zach, épousant chacun de ses mouvements. Il sentait ses seins contre son torse, ses mamelons dressés. Étouffant un gémissement, il l'embrassa dans le cou. Loin de résister, elle se pencha pour mieux accueillir ses lèvres frémissantes.

Les chants avaient cessé, de même que les danses. Un rire fusa.

Zach laissa la couverture glisser sur les épaules de la jeune femme, mais ils demeurèrent unis quelques secondes après sa chute. Caroline recula. Petit Loup les observait, les yeux plissés. Zach soutint son regard, puis ramassa la couverture qu'il lança à Cuisse de bois. Celui-ci ne riait plus.

— Je te raccompagne, dit Zach en prenant Caroline par le bras.

— Non, répondit-elle en se dégageant. Je dois parler avec Plume sur la tête et Femme tranquille.

Les deux femmes patientaient en discutant avec animation, tout en regardant Caroline.

— Je n'en ai pas pour longtemps, reprit-elle avec un sourire.

— Je t'attends.

— Non, rentre, lui dit-elle. Je te suis.

Zach hocha la tête, non sans avoir posé un regard lourd de sens sur les deux amies de Caroline. Petit Loup pouvait affirmer n'avoir aucun droit sur la jeune femme, ses yeux affirmaient le contraire. Il lui avait sauvé la vie et l'avait protégée pendant des mois. Zach devrait endurer l'œil critique du chef indien jusqu'à ce qu'il fasse ses preuves.

Le lendemain matin, Zach se leva aux aurores, sans savoir pourquoi. En ce deuxième jour de vie chez les Cheyennes, il découvrit qu'Hirondelle s'était installé chez lui sans lui demander son avis. D'abord, il en fut amusé, puis il s'en félicita : Hirondelle avait compris qu'il était le bienvenu.

L'enfant avait toujours du mal à se réveiller. Il n'ouvrait vraiment les yeux qu'une fois les pieds dans l'eau froide du lac. Cette coutume du bain matinal étonnait Zach. Ensuite, les hommes cheyennes étaient d'attaque pour partir à la chasse. Avant cela, toutefois, ils regagnaient la chaleur de leur foyer pour manger un repas chaud. Ils menaient une vie agréable, en fait.

Grue noire, le porte-parole du groupe, fit le tour du campement en criant les nouvelles du matin. Le temps était couvert. Petit Loup leur recommandait de faire de petits feux de camp. Les femmes étaient convoquées auprès de Plume sur la tête et Femme tranquille, qui aidaient Vieux Pont à emmagasiner les remèdes dont ils auraient besoin durant l'hiver.

Grue noire n'en avait pas terminé. Il déclara que les jeunes braves allaient quitter le campement un par un pour chasser le cerf le plus discrètement possible. Ils devraient se contenter de couteaux, d'arcs et de flèches, et renoncer aux armes à feu.

Cette discrétion leur imposait beaucoup de travail supplémentaire. Les anciens étaient mis à contribution pour leur expérience des méthodes traditionnelles.

Zach devait admettre que Petit Loup avait fait preuve de génie en choisissant ce site, qui se trouvait non loin du croisement de deux pistes très fréquentées. Quiconque apercevrait un nuage de fumée ou décèlerait une odeur de cuisson se dirait qu'il s'agissait de quelque voyageur. Les soldats ne songeraient jamais à chercher aussi près des pistes. Petit Loup était décidément brillant. Cuisse de bois avait révélé à Zach que des groupes de guerriers feraient diversion dans les collines pour entraîner les soldats loin du campement.

— Enfin, déclara Grue noire, les deux *veho* installés à l'extrémité du campement passeront l'hiver avec nous tant qu'il y aura de la neige. Petit Loup vous demande de leur réserver un bon accueil. Nous leur devons toute notre gratitude. Quiconque dira du mal d'eux devra en répondre à Petit Loup.

Zach fit la grimace.

— Je parie que des dizaines de paires d'yeux nous observent. Comme des chiens de prairie.

Caroline opina, mais Hirondelle jaune se mit à rire.

— *Oskeso*.

— Hirondelle ! gronda Caroline. Ne t'avise pas de raconter à tes amis que Zach les a traités de chiens de prairie !

L'enfant fronça les sourcils, l'air belliqueux. De toute évidence, il avait la ferme intention de désobéir. Zach le prit par l'épaule et désigna la sortie.

— Dehors ! J'ai à te parler.

En sortant, Zach trébucha et retrouva l'équilibre en prenant Caroline par la taille. Se penchant vers elle, il murmura :

— Je reviens très vite. J'ai à te parler, à toi aussi.

Il la sentit se raidir à son contact. Il voulait la convaincre de poursuivre son plan. Pour cela, elle devait s'accoutumer à une certaine intimité. Mais il ne pouvait prendre le temps de la rassurer car il devait s'entretenir avec Hirondelle avant qu'il ne disparaisse, ce qu'il avait tendance à faire très souvent.

L'enfant l'attendait près des chevaux.

— Tu sais, Caroline et moi sommes heureux de t'avoir avec nous.

Étonné, Hirondelle ouvrit de grands yeux.

— C'est vrai ?

— Bien sûr.

— Je veux rester avec vous, assura le jeune garçon. Qu'est-ce que je peux faire pour vous ? Je peux nettoyer tes armes, donner à manger à tes chevaux, chasser pour Caroline, porter de l'eau… Je ferai tout ce que tu veux si tu me laisses rester.

— Eh bien, fiston ! s'exclama Zach, abasourdi par la façon dont il envisageait sa place dans leur vie. Tu n'as pas à effectuer ces tâches tout seul, mais tu peux aider l'un de nous, si tu veux.

— Je ne dois pas travailler pour toi ? fit Hirondelle en fronçant les sourcils, les mains sur les hanches. Travailler dur ? Tu m'as bien nourri. Je suis fort, maintenant. Je peux porter de l'eau et du bois.

Il ouvrit les bras pour lui montrer combien il pouvait transporter de bûches.

— Hirondelle, tu es le bienvenu chez nous parce que nous t'aimons beaucoup, et non pour ce que tu peux faire pour nous.

Zach posa un bras sur ses épaules et l'éloigna de l'abri.

— J'ai besoin de savoir que je peux te faire confiance, Hirondelle. J'ai peur que quelqu'un m'en veuille, ou s'en prenne à Caroline. Si tu entends dire du mal de nous, préviens-moi tout de suite.

Il s'accroupit pour plonger dans son regard.

— Tu peux faire cela pour moi ? Pour moi et Caroline ?

Hirondelle acquiesça.

— Je te le dirai, promit-il, les poings crispés.

Zach lui tapota le dos.

— Il y a autre chose. Si tu ne veux pas, je le comprendrai très bien, tu sais…

L'enfant semblait presque adulte, tant il affichait une expression sérieuse.

— Il faut que je sache comment ces deux juments sont arrivées parmi les Cheyennes, reprit Zach. Je veux savoir qui les a amenées ici. Les autres ne se souviennent pas à qui elles étaient, au départ.

Voilà, c'était fait. Il s'en voulait d'utiliser l'enfant pour ses recherches, mais le temps pressait.

Cuisse de bois avait déjà baissé les bras. Les Cheyennes avaient tant de fois offert des chevaux qu'il n'y avait pas moyen de retracer leur parcours. Et Zach savait que, s'il commençait à poser des questions, le coupable s'enfuirait, le laissant dans les collines pendant tout l'hiver à se tourmenter pour son fils.

Finalement, Cuisse de bois n'était pas le meilleur informateur, à cause de son lien avec Petit Loup. Non, mieux valait qu'Hirondelle se charge d'interroger les autres. La curiosité d'un enfant n'éveillerait pas les soupçons du coupable. Surtout si Zach parvenait à détourner son attention pendant que l'enfant agirait dans l'ombre.

Tandis qu'Hirondelle et lui s'occuperaient des hommes, Caroline bavarderait avec les femmes pour glaner des informations.

— Je trouverai, assura Hirondelle avec un sourire rusé. Laisse-moi m'occuper de ces juments et je m'en vanterai auprès de mes amis. Si je demande d'où elles viennent, les gens croiront que je veux me donner de l'importance. Tu comprends ?

— C'est parfait, commenta Zach en lui ébouriffant les cheveux. Tu veilleras bien sur elles, tu leur donneras à manger matin et soir, tu leur parleras ? Les chevaux aiment qu'on leur parle.

— Oh, oui ! promit Hirondelle, les bras croisés. Ne t'inquiète pas.

— Très bien, conclut Zach en retournant auprès des chevaux. Chaque soir, nous les attacherons ici. Lors du repas, Caroline, toi et moi partagerons nos découvertes.

Hirondelle acquiesça et le bombarda de questions sur les chevaux. Zach répondit distraitement, car il pensait déjà aux soirées qu'il allait passer avec Caroline quand l'enfant serait couché.

16

Caroline resserra la couverture autour d'elle en contemplant le coucher du soleil. Si elle avait été un peu mieux installée, elle se serait sentie bien, dans cette vallée superbe. Elle avait ses amies, et ses journées étaient bien remplies, car elle s'occupait à la fois de Zach et d'Hirondelle.

En les regardant venir vers elle, elle ressentit des émotions contradictoires. Zach tenait l'enfant par les épaules, ce qui l'obligeait à ralentir le pas pour permettre à Hirondelle de rester à sa hauteur. À les regarder, on aurait pu les croire père et fils, tant ils semblaient unis. Toutefois, elle ne pouvait s'empêcher de se demander si Zach ne cherchait pas avant tout à compenser l'absence de Luke. Pire encore, laissait-il Hirondelle prendre la place de son fils dans son cœur ? La séparation n'en serait que plus difficile.

Lorsque l'enfant trébucha, Zach le rattrapa. Il lui dit quelques mots qui le firent rire. Ils allèrent voir les chevaux qu'ils caressèrent longuement. Ensuite, Hirondelle s'éloigna en riant.

Le cœur battant, Caroline regagna son abri.

Elle s'assit près du feu et prit son panier à couture. Toute la journée, elle avait été nerveuse, surtout après le moment qu'elle avait passé avec Plume et Femme tranquille. Ses deux amies n'avaient qu'une idée en tête : l'inciter à partager le lit de Zach. Elles ne cessaient de lui rappeler qu'elle n'était plus si jeune, et que plusieurs filles célibataires avaient exprimé de l'intérêt pour Zach, surtout Belle Marcheuse. Imaginer Zach et Belle Marcheuse ensemble lui faisait l'effet d'un coup de poignard en plein cœur.

Elle se piqua le pouce de son aiguille.

— Bon sang ! s'exclama-t-elle en portant le doigt à sa bouche.

Zach rit en franchissant le seuil de l'abri.

— C'est à ce mocassin que tu en veux, ou bien cherches-tu à m'impressionner ?

— Tu n'y connais rien à la couture des mocassins, grommela-t-elle, les sourcils froncés. Ce n'est pas facile, tu sais.

— Attends, je vais t'aider. Ton pouce saigne.

Il prit son bandana et l'enroula autour du doigt blessé. Puis il s'assit à côté de la jeune femme en appuyant sur la blessure. Il était si proche qu'elle voyait sous le bord de son chapeau. Elle décelait même la teinte plus claire du contour de ses iris, la bosse qui marquait l'arête de son nez et sa barbe de deux jours.

— Le spectacle te plaît ? s'enquit-il d'une voix douce.

Étonnée, elle le regarda droit dans les yeux, puis se détourna vivement. Elle brûlait d'envie d'effleurer sa joue creusée d'une fossette.

— Pourquoi fais-tu toujours ça ? demanda-t-il en se penchant vers elle.

Il saisit sa main et la posa sur son torse.

— Quoi ? s'enquit-elle en faisant mine de ne pas remarquer les battements frénétiques de son cœur, sous ses doigts.

— Tu t'éloignes à chaque fois que je m'approche de toi.

Il la prit par le menton et l'obligea à le regarder dans les yeux.

— Tu sais pourquoi, répondit-elle si bas qu'il l'entendit à peine.

Elle sentit son souffle chaud sur sa joue. Si elle en avait le courage, elle n'aurait qu'un geste à faire pour l'embrasser. Ses amies avaient peut-être raison. Elle était en train de passer à côté de sa seule chance de changer de vie. Pourrait-elle oublier la peur qui la paralysait pour lui faire confiance ? Lui permettrait-elle de lui enseigner ce qu'elle méritait de connaître ?

Elle pouvait très bien vivre sans savoir ce que l'on ressentait à faire l'amour avec un homme, mais le souhaitait-elle vraiment ? Rien ne pourrait effacer le souvenir d'Ours blanc. Cependant, de bons souvenirs auraient le don de l'éloigner, voire de le remplacer. Mais elle souffrirait lorsque viendrait le moment de se séparer. Car elle savait que Zach partirait dès qu'il saurait d'où provenaient les juments. Il s'en irait chercher son fils, et rien ne l'arrêterait. Cette certitude lui donnait un sentiment de vide. Si elle l'aimait, leur séparation serait cruelle.

— Petit Loup te surveille, dit Zach d'un ton détaché, comme s'il n'avait pas remarqué sa retenue et ce long silence.

Il ôta le bandana de la blessure pour l'examiner, mais ne lâcha pas sa main en constatant qu'elle ne saignait plus.

— Pourtant, il affirme que tu es libre de prendre un homme.

Caroline le dévisagea.

— Il se fait simplement du souci pour moi, dit-elle. Tu sais qu'il n'a jamais été mon mari. Il n'y a rien entre nous.

— Nous vivons sur ce campement. Tu n'as jamais été sa femme, mais tu as habité son tipi, avec lui et ses épouses. Tu es une intime, tu fais partie de la famille et il est en droit de se montrer possessif. Je ne veux pas le contrarier, au cas où il penserait que nous sommes… proches.

— Comme nous le sommes maintenant ?

Elle avait l'impression que le corps de Zach l'enveloppait. Elle ressentait chacune de ses respirations, devinait chacune de ses pensées.

— Nous ne le sommes pas assez à mon goût, chérie, murmura-t-il.

Son souffle caressa le cou de la jeune femme. D'instinct, elle se tourna vers lui, l'invitant à se rapprocher. Elle savait ce qu'il voulait : il le lui avait dit en toute franchise, quelques semaines plus tôt.

Pourrait-elle chasser ses mauvais souvenirs ? Le laisser la toucher, lui apprendre les subtilités des rapports entre homme et femme ? Quand elle était plus jeune, elle pensait qu'il fallait être amoureuse pour accepter les caresses d'un garçon. Or elle n'était pas amoureuse de Zach. À moins que… Pouvait-elle faire l'amour avec lui sans l'aimer ? Elle soupira.

Ne sois pas si lâche ! songea-t-elle. Si tu ne tentes pas ta chance, tu ne le sauras jamais. Fais-lui confiance !

— J'ai réfléchi, articula-t-elle.

— Il est bon de réfléchir.

— Mes amies disent que j'ai besoin d'un homme, et elles ont peut-être raison.

En voyant Zach retenir son souffle, elle s'empressa de poursuivre :

— Je ne sais pas si je… si j'arriverai à être avec un homme, mais je veux essayer, et tu es l'homme idéal. Tu m'apprendras ce que je dois savoir, parce que tu t'en vas bientôt.

Il fronça les sourcils, visiblement agacé, mais elle ne se demanda pas pourquoi.

— T'apprendre ? fit-il, perplexe.

— Je n'apprendrai pas tout en une seule nuit, je sais, alors tu devras te montrer patient. Combien de leçons me faudra-t-il ?

— Euh... trois ou quatre ? proposa Zach en faisant mine de compter sur ses doigts.

Il ouvrit de grands yeux et sourit.

— Quatre devraient suffire.

— Et tu m'apprendras tout ? s'enquit-elle, bien décidée à mettre les choses au point dès le départ. Sans compter ce que nous avons déjà fait.

— Oui, dit-il en réprimant son amusement.

Il la dévisagea, comme s'il cherchait à imprimer ses traits dans sa mémoire. Pourquoi avait-il l'air si triste, soudain ? Elle lui donnait ce qu'il voulait, non ?

Mais il ne l'avait pas encore touchée. Pourquoi ne la touchait-il pas ? Caroline voulait sentir ses mains sur son corps, et tout de suite. Elle lui ôta son chapeau. Quand elle voulut lui caresser les cheveux, il la retint.

— Non, protesta-t-elle. Laisse-moi faire.

Elle s'agenouilla et enfouit les doigts dans les boucles brunes pour l'attirer vers elle.

— On peut commencer tout de suite ? exigea-t-elle d'une voix rauque.

— Oui, ronronna-t-il en la plaquant contre son torse.

Il embrassa sa joue, son cou, son épaule...

— Attends ! fit-elle en le repoussant.

— Non, je n'attends plus, grommela-t-il, refusant de la lâcher.

Elle posa les deux mains sur son torse et chercha son regard.

— Et Hirondelle ?

— Il dort chez un camarade.

— Je vois, fit Caroline, désolée d'avoir rompu le charme de cet instant pour rien. Tu as tout prévu, on dirait...

Elle ne voulait pas passer pour une fille facile. Et la voilà qui s'offrait à lui sans la moindre résistance.

— Non, mon ange, répondit-il. J'ai beaucoup espéré cet instant.

— Hmm, gémit-elle lorsqu'il se remit à l'embrasser dans le cou. Je ne voudrais pas le gâcher…

Elle s'abandonna à ses baisers, savourant une étrange ivresse qui mettait ses sens en émoi. Elle sentait sous ses mains les muscles saillants de son torse.

Zach enfouit les doigts dans ses cheveux et en ôta les épingles une à une. Les boucles soyeuses cascadèrent dans le dos de la jeune femme. Soudain affolée à l'idée de dévoiler son oreille meurtrie, Caroline voulut la dissimuler, mais il lui prit la main et l'embrassa.

— Tu es belle, murmura-t-il en s'agenouillant devant elle.

Les joues empourprées, elle détourna la tête.

— Non. Mes cicatrices…

Il la prit par le menton pour l'obliger à la regarder.

— Tu es belle.

Puis il l'embrassa. Doucement, d'abord. Elle aimait cette tendresse, mais elle en voulait davantage. Elle voulait sa chaleur. Elle voulait le toucher et être touchée par lui. Elle se laissa aller contre lui, plaquant ses seins contre son torse.

Dans un gémissement, il approfondit son baiser, insinuant la langue entre ses lèvres. Elle se raidit. Elle n'était pas prête à se laisser pénétrer. Sa langue lui rappelait l'acte qu'elle redoutait. Très vite, toutefois, elle oublia tout, tandis qu'il déposait des baisers fiévreux dans son cou.

— Ouvre la bouche, Caroline, chuchota-t-il. Je veux goûter ta saveur.

— Je n'ai donc pas mon mot à dire ? Si je n'aime pas quelque chose, puis-je t'en faire part ?

— Bien sûr, répliqua-t-il, les sourcils arqués. Tu n'aimes pas ma langue, quand je t'embrasse ?

— Parfois, admit-elle, mal à l'aise, mais déterminée à exprimer son sentiment. Quand tu la glisses dans ma bouche, cela me rappelle... des choses que je ne suis pas prête à affronter, pour l'instant.

— Je comprends, dit-il en la faisant asseoir sur ses genoux.

Il déposa un baiser sur ses lèvres. Puis, lorsque la langue de Zach s'enhardit, elle ne résista pas et l'accepta en elle. Elle s'écarta de lui en riant.

— Je crois avoir déjà fait cela avec un garçon, quand j'étais adolescente.

— Qui ? demanda-t-il en déposant une pluie de petits baisers sur ses joues, son front, le bout de son nez.

— Ne t'inquiète pas, dit-elle en s'esclaffant de plus belle. Il était bien trop jeune pour moi.

— Tu crois pouvoir me provoquer ? Je crois qu'il est temps de terminer cette première leçon.

— Le faut-il vraiment ? J'aime que tu m'embrasses.

— Tant mieux, dit-il en se levant pour la soulever dans ses bras. Car il y a plusieurs sortes de baisers.

— Vraiment ?

Il l'allongea sur sa natte. Son regard de braise la faisait frissonner. L'ombre de sa carrure imposante se profilait sur la paroi de l'abri. Dans la pénombre, la jeune femme sentit ses mauvais souvenirs revenir au galop. À tout instant, cet homme allait la coucher sur le ventre, la mettre à genoux et relever sa robe.

Haletante, Caroline saisit le couteau qu'elle avait caché sous la natte.

— Arrête, murmura Zach. Je ne te ferai aucun mal, chérie.

Il lui prit la main, puis s'allongea à son côté.

— Ne bouge pas et regarde-moi.

Elle lut dans ses prunelles grises une grande tendresse.

— Si tu savais combien de fois j'ai rêvé de te voir couchée près de moi, les cheveux défaits...

Il l'embrassa sur la joue et caressa son bras. Peu à peu, la jeune femme se détendit. Zach posa la main sur son épaule et se pencha vers elle.

— Aie confiance, Caroline, je ne ferai jamais rien qui te fasse souffrir, et il te suffit d'un mot pour que j'arrête tout.

Caroline l'attira vers elle. Son corps était brûlant. Elle voulait le sentir plus proche encore. Elle ne savait pas précisément ce dont elle avait envie, mais cette étreinte ne lui suffisait pas.

— Montre-moi, Zach...

Il posa les avant-bras de part et d'autre de la tête de la jeune femme et lui caressa les cheveux. Elle referma les bras sur son dos pour l'attirer plus près. Soudain, elle sentit son corps prendre vie. Elle fut submergée par une onde de chaleur. Elle s'offrit à lui sans retenue, accueillant sa langue dans sa bouche. Dans un gémissement, elle l'embrassa avec une passion jusqu'alors inconnue. Elle découvrit sa saveur, qu'elle désirait depuis si longtemps sans en avoir conscience. Une saveur qu'elle n'oublierait jamais.

Il gémit et se coucha sur elle. Aussitôt, elle perçut contre son ventre l'intensité vibrante de son désir. Elle rouvrit vivement les yeux et tenta d'interrompre leur baiser. Elle tourna la tête, désireuse de ne pas voir le bas de son corps. Ce qu'elle risquait de voir lui rappellerait le pire de ses cauchemars. La peur s'insinua en elle, chassant la douce chaleur de cette étreinte.

Elle se dégagea et se recroquevilla sur elle-même, lui tournant le dos.

— Je suis désolé, Caroline, dit-il en s'écartant pour s'allonger à son côté, sans la toucher.

— Pourquoi t'excuses-tu ? lança-t-elle en s'éloignant encore. C'est moi qui suis folle !

Elle se leva, dans l'intention de partir. Elle avait besoin de respirer un peu d'air frais.

— Je ne peux même pas laisser un homme m'embrasser sans… sans…

Il agrippa son bras et l'attira sur la natte.

— Ne me fuis pas.

— Je ne te fuis pas, dit-elle, toujours incapable de le regarder.

Ne comprenait-il donc pas que c'était elle-même qu'elle fuyait ? Et son incapacité à être une femme ?

— Je regrette de t'avoir demandé cela.

Appuyé sur un avant-bras, il lui prit le menton et croisa enfin son regard.

— Je ne regrette rien, moi, et je ne te permettrai pas de changer d'avis.

— Je me disais que tu serais le professeur idéal, soupira-t-elle en haussant les épaules. Tu ne vas pas rester longtemps ici. Tu vas poursuivre ton chemin, vers la Virginie ou le Dakota, pour chercher ton fils. Et moi, je resterai avec mes beaux souvenirs.

Elle rit amèrement.

— Comme je suis naïve et stupide, parfois.

— Pas du tout, dit-il en se redressant pour l'enlacer.

Elle posa la tête sur son cœur, rassurée par son battement régulier. Elle glissa les bras autour de sa taille et grimaça.

— Je risque d'y prendre goût…

— Je l'espère bien, rétorqua-t-il en riant.

— Inutile de plaisanter, Zach, fit-elle en levant la tête. Nous savons tous les deux que nous n'avons pas d'avenir ensemble. Oublions ce que j'ai dit à propos de ces leçons.

— Un accord est un accord, décréta-t-il. Et en vertu de cet accord, je peux faire ceci chaque fois que j'en aurai envie.

Sur ces mots, il l'embrassa tendrement, sans la brusquer, une main sur sa taille.

Caroline se blottit dans ses bras.

— Quatre leçons, murmura-t-il d'une voix rauque. J'ai bien l'intention de m'y tenir.

— Est-ce que celle-ci compte ?

— Et comment ! fit-il en plongeant dans son regard. Tu n'as donc rien appris ?

— J'ai appris que j'étais un spécimen assez pitoyable, grommela-t-elle. J'ignore pourquoi tu prends la peine de me donner des leçons.

— Quatre leçons.

Il la fit se lever et l'entraîna vers l'entrée de l'abri.

— Ensuite, tu sauras tout ce que je sais.

— C'est-à-dire ?

À quoi faisait-il allusion, au juste ? Pourquoi devrait-elle attendre la dernière leçon pour le découvrir ?

Il secoua la tête et l'embrassa sur le bout du nez, avant de s'en aller.

— Quand me donneras-tu la prochaine leçon ? lança-t-elle.

Il poursuivit son chemin. Quelle tête de mule, songea la jeune femme en tapant du pied. Il ne pouvait s'empêcher d'entretenir le mystère !

Zach aimait réveiller Caroline d'un baiser. C'était le meilleur moment de la journée. De toute évidence, elle n'y voyait pas d'inconvénient.

— Mmm... Je rêvais de café et de galettes, murmura-t-elle. Et ce n'est que toi.

— *Que* moi ? s'offusqua-t-il.

Il la saisit par les mains et la força à se lever pour la serrer contre lui.

— Le temps passe, chérie. Je t'ai apporté de l'eau fraîche. Hirondelle et moi allons au bord de la rivière.

Dès qu'il fut sorti, elle se mit à sa toilette.

— Nous serons de retour pour le petit-déjeuner !

Il ébouriffa les cheveux d'Hirondelle et, ensemble, ils rejoignirent les hommes au bord de l'eau. Quelques grues volaient en poussant leur cri particulier. Une brise venant de l'ouest répandait le parfum des genévriers.

Zach prit une profonde inspiration et scruta le ciel limpide. Encore une belle journée en perspective. Il s'étonnait de prendre autant de plaisir à la vie quotidienne du campement.

Sa bonne humeur venait-elle de cette vie simple, ou bien de la deuxième leçon qu'il entendait donner à Caroline, le soir venu ? Il sourit et respira encore à pleins poumons. Il remarqua qu'Hirondelle en faisait autant.

— Cela fait du bien, n'est-ce pas ? demanda-t-il à l'enfant.

— Ouais, répliqua-t-il avant de souffler enfin. J'ai tenu plus longtemps que toi !

Sur ces mots, il partit en courant.

— Canaille ! cria Zach en se lançant à sa poursuite.

Il le rattrapa sur la rive et le souleva dans ses bras. Il le porta jusqu'à la rivière et lui trempa la tête dans l'eau, avant de le déposer à terre.

— Ça t'apprendra à me battre !

Hirondelle ne répondit pas. Les cheveux dégoulinants, il s'éloigna.

— Tu aimes ce garçon.

Zach se retourna. Petit Loup observait Hirondelle.

— Beaucoup, admit Zach. Il est intelligent, drôle, et très mûr pour son âge.

— Il pose beaucoup de questions sur tes juments, reprit Petit Loup en se penchant pour s'asperger d'eau. Selon certains, il parle en ton nom.

Zach se figea. Il ignorait que les questions de l'enfant risquaient de lui attirer des ennuis. Pourtant, il avait guetté les moindres regards furtifs, les messes basses éventuelles, sur son passage.

— Je lui ai demandé de ne parler qu'à ses amis. Que fabrique-t-il ?

Petit Loup jeta un coup d'œil en direction de l'enfant.

— En le regardant, mon peuple voit son père. Les ragots vont bon train. Les gens disent que c'est toi qui l'as amené ici et qu'il attirera des soldats, ensuite. Quant à ses questions...

Petit Loup haussa les épaules.

— ... elles ne font qu'attiser les rumeurs.

— Je suis désolé, répondit Zach, qui s'en voulait terriblement. Je vais lui parler.

— Je lui ai demandé de venir chez mes épouses et moi, mais il a refusé. Il dit qu'il doit s'occuper de tes chevaux, qu'il vit avec Caroline et toi.

— Nous nous sommes beaucoup attachés à lui, admit Zach.

Il savait d'expérience que si le vieux chef ne mâchait pas ses mots, il mettait parfois un certain temps à en venir au fait.

— Il manquerait à Caroline s'il vivait chez toi, ajouta-t-il. Et à moi aussi.

— Ce serait mieux pour Hirondelle, contra Petit Loup. As-tu du nouveau sur tes chevaux ?

Zach opina.

— Hier, Cuisse de bois m'a présenté Petit Faucon.

— C'est un homme bien. Un grand guerrier.

— Il s'est souvenu que Petit Ongle lui avait donné les juments pour l'anniversaire de sa fille. Il était désolé de remettre d'aussi bons chevaux à Marche derrière, l'enfant né le premier soir après votre départ de l'Oklahoma, mais la mère de cet enfant en avait plus besoin que lui.

— C'est vrai, confirma Petit Loup. Marche derrière est né sur la piste, ce soir-là. Sa mère l'a attaché dans son dos, puis a couru pour nous rattraper.

De toute évidence, le chef était fier du courage de cette femme.

— Je lui ai dit de rester dans l'Oklahoma, mais elle voulait que son fils vive libre, qu'il respire le bon air de son pays, alors elle nous a suivis. Elle a échangé les chevaux contre de la nourriture, des couvertures.

— Je suis ravi que les juments lui aient été utiles, dit Zach, sidéré par la résistance de cette frêle jeune femme.

Après son accouchement, Patricia avait passé des semaines alitée. L'humeur de Zach s'assombrit. Sa femme était trop délicate, trop gâtée pour la vie rude des plaines.

Submergé par un sentiment de culpabilité, il s'en voulut de ne pas avoir été plus présent pour sa famille. S'il avait fait l'effort de rentrer entre deux missions, Patricia ne serait peut-être pas partie avec un bon à rien. Il se jura de racheter ses erreurs passées, et de ne plus mettre Hirondelle en péril.

Ce dernier accourut vers lui. Il lui ébouriffa les cheveux. Naturellement, Petit Loup les observait. Zach s'accroupit pour regarder l'enfant dans les yeux.

— Hirondelle, Petit Loup et moi avons discuté. Ses épouses veulent que tu vives chez elles pendant un moment, et nous trouvons que c'est une bonne idée.

Hirondelle le dévisagea. Peu à peu, son expression ravie s'assombrit.

— Tu n'as plus besoin que je m'occupe de tes chevaux ?

— Je prends le relais, répondit-il. Je ne sais pas si je m'y prendrai aussi bien que toi, mais je ferai de mon mieux.

— Ce ne sont que des chevaux, marmonna l'enfant en se détournant.

— Ils comptent beaucoup à mes yeux, insista Zach en l'obligeant à lui faire face. Et toi aussi. Tu comprends ?

Hirondelle opina en se mordant les lèvres, au bord des larmes.

— On y va maintenant, dit-il en regardant Petit Loup.

— Attends, intervint Zach, touché. J'ai découvert ce que je voulais savoir, sur mes chevaux, alors tu n'as plus besoin de poser des questions. Tu m'as beaucoup aidé.

Deux grosses larmes coulèrent sur les joues de l'enfant.

Zach le prit dans ses bras, le cœur déchiré.

— Je ne veux pas y aller, grommela Hirondelle contre son torse.

— Petit Loup pense que c'est mieux, dans l'immédiat. Dès que possible, je viendrai te chercher.

Hirondelle recula et essuya ses larmes.

— C'est vrai ?

Zach hocha la tête, la gorge nouée.

— Tu passeras nous dire bonjour de temps en temps...

Il se tourna vers Petit Loup, qui approuva d'un signe de tête.

— D'accord, répondit Hirondelle, la mine grave. Tu expliqueras à Caroline pourquoi je ne l'ai pas avertie ?

— Promis, dit Zach en l'étreignant une dernière fois, avant de pivoter vers Petit Loup. Tu veilleras sur lui, n'est-ce pas ?

— Va voir Plume sur la tête, ordonna le chef à l'enfant.

Il s'éloigna, tête baissée, d'un pas traînant.

— Tout se passera bien, assura Petit Loup.

— Je sais, dit Zach un peu trop brusquement. Nous sommes attachés à lui…

— Ce garçon ne remplacera pas ton fils, déclara Petit Loup avec douceur. Et il sera toujours un Cheyenne. Sa place est parmi nous.

— Comment peux-tu dire une chose pareille ? s'exclama Zach, choqué. Ce peuple le déteste ! Il voit en lui un signe de mauvais augure. Il se méfie de lui. Comment pourra-t-il un jour se faire une place s'il est maltraité en permanence ?

— Il a du sang cheyenne. Il doit apprendre nos coutumes.

— Il a du sang blanc, aussi ! Son père était un héros. Il faut qu'il sache qui était ce père que ton peuple méprise. Si tu te soucies de sa sécurité, je devrais peut-être l'emmener ailleurs, avec Caroline, pour l'hiver.

Petit Loup haussa les épaules.

— À toi de voir. Tu es prêt à t'occuper d'eux ?

Zach blêmit. Cet homme avait raison. Il n'était pas en position de prendre une femme et un enfant à sa charge. Il devait retrouver son fils.

Et que ferait-il, une fois qu'il l'aurait retrouvé ? Que deviendraient-ils tous ? Il ne pouvait entraîner une femme et deux garçons lors de ses missions pour le gouvernement. Il ne pouvait non plus les confier à Abby et Josh, même si Abby adorait les enfants.

Petit Loup opina. Sans doute devinait-il ses pensées.

— L'enfant restera avec moi. Et toi aussi, dit-il en levant les yeux vers le ciel. La neige arrive. Ce n'est pas le moment de partir.

Zach observa à son tour le ciel limpide et secoua la tête. Cet homme devait être voyant. Il n'y avait pas un nuage en vue !

Maintenant, il allait devoir annoncer à Caroline que, par sa faute, Petit Loup leur avait retiré l'enfant.

Quand viendrait la tempête de neige ? Mieux valait peut-être attendre un peu avant d'annoncer la nouvelle à la jeune femme, lorsqu'ils seraient confinés dans leur abri.

Il ne se sentait pas la force de supporter sa colère.

17

— Où allons-nous ? s'étonna Zach en suivant Hirondelle hors du campement.

— Silence, souffla le garçon, un index sur les lèvres. C'est la chasse au dindon.

— Tu as demandé à Petit Loup ? murmura Zach en s'accroupissant derrière un buisson.

— C'est lui qui en a eu l'idée, assura Hirondelle en dressant l'oreille. Il dit que tu aimes la chasse.

Zach perçut un gloussement familier. Aussitôt, il fut parcouru d'un frisson d'excitation. Comment un homme de son âge pouvait-il prendre autant de plaisir à chasser le dindon en compagnie de gamins ?

Il vit soudain un enfant crotté ramper à terre, entre deux buissons, tenant un couteau à lame recourbée. C'était le fils adoptif de Coyote noir, celui qui l'avait pris pour un autre, lors de sa première rencontre avec les Cheyennes. Il observa l'impressionnante lame. Que faisait ce garçonnet avec une arme de cette taille ?

En remarquant le regard insistant de Zach, il s'éloigna. Le lacet d'une de ses jambières se prit dans un chardon et se défit, révélant une ecchymose sur la cuisse. Son père l'avait encore frappé.

Zach jura et se lança à sa poursuite. Il parvint à l'attraper par la cheville.

L'enfant se débattit avec acharnement, sans un bruit. Il planta son couteau dans le sol et prit appui dessus. Mais Zach ne lâchait pas prise.

— Qu'est-ce que tu fais ? cria Hirondelle.

Il y eut de l'agitation dans les fourrés. Les dindons qu'ils traquaient prirent la fuite. Plusieurs garçons se lancèrent à leurs trousses, mais Zach les remarqua à peine. Toute son attention était concentrée sur la jambe de l'enfant, couverte de bleus violacés – récents, pour certains, mais aussi de plus anciens. Quelques plaies apparaissaient aussi sous sa tunique.

L'enfant lui assena un coup sur la gorge qui l'obligea à le relâcher. Il se releva et s'enfuit vers les fourrés.

— Rattrapez-le ! hurla Hirondelle avant de lancer quelques paroles en langue cheyenne à l'adresse de ses compagnons de chasse.

— Non ! protesta Zach. Arrête-les, Hirondelle.

La gorge nouée, il entra dans le lac, sans se soucier d'abîmer ses bottes. Il avait grand besoin de boire.

— Nous… le retrouverons plus tard.

Hirondelle rappela ses amis, qui revinrent en courant. Ils regardèrent Zach s'asperger le cou d'eau fraîche pour soulager la douleur que lui avait infligée le fils de Coyote noir.

— Quelle petite teigne… maugréa-t-il. Mes bottes ne vont jamais sécher. Viens, dit-il à Hirondelle en le prenant par les épaules. Allons voir Petit Loup.

Ce dernier les croisa sur le chemin du retour.

— Que s'est-il passé ? demanda-t-il en observant tour à tour Zach et Hirondelle. Qui a effrayé les dindons ?

— C'est de ma faute, avoua Zach. Ce garçon…

— C'est le garçon qui vit chez Coyote noir, expliqua Hirondelle, tandis que les autres approuvaient d'un signe de tête. Sa jambe et son dos sont couverts de bleus. Il a également été fouetté. Zach a vu ses marques et a essayé de l'attraper, mais le garçon lui a donné un coup de pied et s'est enfui. Zach voulait l'aider...

Hirondelle poussa un soupir et se tourna vers Zach, qui opina. Petit Loup leva les yeux vers le ciel et fronça les sourcils.

— C'était il y a combien de temps ?

— Un quart d'heure, répondit Zach. Pas plus.

— Hirondelle, va dire à Grue noire que j'ai besoin d'hommes pour faire une battue. Et vite !

Zach scruta à son tour le ciel, qui ne présageait rien de bon. De gros nuages noirs s'amoncelaient à une vitesse vertigineuse.

— Je vais me changer, annonça-t-il.

— Apporte des couvertures, prévint Petit Loup.

Zach regagna son abri en courant. Il ôta vivement ses vêtements trempés, saisit une torche et des couvertures, et rédigea un message à l'intention de Caroline. Puis il rejoignit Petit Loup. Le vent s'était levé. Si la température continuait à baisser, l'enfant serait en mauvaise posture. Il ne portait qu'une tenue en peau, avec une jambière en moins. Il fallait le retrouver au plus vite.

Une douzaine d'hommes et de femmes étaient réunis là où l'enfant avait été aperçu pour la dernière fois. Petit Loup donna ses ordres d'un ton posé. Coyote noir voulut suivre les autres, mais Petit Loup le retint. Zach ne comprit pas les paroles du chef, mais Coyote noir se contenta de l'écouter, avant de repartir en direction du campement. En passant devant Zach, il fronça les sourcils, une main sur le manche de son couteau. Zach soutint son regard. Petit Loup ordonna à Coyote noir de s'en aller, ce qu'il fit.

— Je vous suis, dit Hirondelle jaune en s'enfonçant dans les fourrés.

— Non, protesta Zach en cherchant des yeux le soutien de Petit Loup. Il va bientôt neiger. Il ne faudrait pas que nous te perdions, toi aussi.

— Je n'irai pas loin, assura Hirondelle d'un air buté que Zach ne connaissait que trop bien. Je suis petit. Je connais de bonnes cachettes.

— Il peut se rendre utile, admit Petit Loup.

Zach n'était pas d'accord, mais le moment était mal choisi pour se quereller avec le chef.

En parcourant les alentours, il ne quitta pas Hirondelle des yeux. Ils se retrouvèrent bientôt au pied de la colline, à l'ouest, qui était bien plus élevée qu'il n'y paraissait depuis le campement. Les autres hommes commençaient à rebrousser chemin. De gros flocons de neige se mirent à tomber.

Tandis que Zach, Hirondelle et Petit Loup marquaient une pause pour reprendre leur souffle, la tempête de neige se déchaîna.

Zach posa une couverture sur les épaules d'Hirondelle, qui cherchait à ne pas montrer combien il avait froid.

— Ramène Hirondelle au campement, ordonna Petit Loup.

Il désigna le versant de la colline.

— L'enfant doit se cacher là-haut. Je vais le chercher, puis je vous rejoindrai.

— Il est trop dangereux de se séparer, dit Zach en serrant les dents pour les empêcher de claquer. Mieux vaut rester groupés.

Petit Loup hocha la tête. Ils se mirent en route. Hirondelle emboîta le pas aux deux hommes. De temps à autre, ils l'aidaient à monter la pente. Ils glissaient fréquemment dans la neige.

Arrivés dans un bosquet de genévriers, ils n'avaient plus que quelques mètres de visibilité. Le vent gémissait dans les arbres, leur soufflant de la neige dans le visage.

Petit Loup s'arrêta et secoua la tête.

— Faisons demi-tour. Le garçon n'a pas pu s'aventurer aussi loin.

Il resserra la couverture sur ses épaules et scruta les alentours.

— Il a dû se faufiler vers le bas à notre insu.

Zach se plaça derrière Hirondelle pour l'abriter du vent.

— Tu penses qu'il a réussi à rentrer tout seul ?

Petit Loup observa Hirondelle, puis Zach. Son expression grave en disait long. Ils n'avaient aucune chance de retrouver le garçon en pleine tempête de neige, et devaient s'en aller au plus vite.

— Tu as raison, fit Zach d'un ton qui se voulait léger. Il est probablement en train de s'endormir, à l'heure qu'il est.

— Ah ! triompha Hirondelle en levant la tête. Ce n'est pas un brave, comme moi !

— Il ne t'arrive pas à la cheville, renchérit Zach. Partez en avant, tous les deux, ajouta-t-il en le confiant à Petit Loup. Je vais rester à l'arrière pour vérifier que personne d'autre ne s'est perdu.

Il les regarda dévaler la pente en dérapant, puis inspecta les sous-bois en quête d'une petite silhouette. Il tenait à poursuivre ses recherches, mais, dans cette vaste étendue blanche, il risquait de se perdre pour de bon. Il se sentait coupable à l'idée d'abandonner un malheureux enfant dans cet enfer. Et s'il s'agissait de son propre fils ? Ne voudrait-il pas tout essayer pour le retrouver ?

Une violente bourrasque le fit tomber à la renverse, l'obligeant à admettre que Petit Loup avait raison. Il se releva. Il distinguait à peine le chef, au pied de la colline, et n'entendait pas un mot de ce qu'il lui criait.

Il descendit un peu, puis se figea. Pourquoi Petit Loup criait-il ? Il plissa les yeux. Il ne se contentait pas de crier, il montrait quelque chose du doigt.

Zach fit volte-face et scruta les alentours, en vain. Puis il entendit un faible gémissement et avisa une petite bosse blanche. En s'approchant, il découvrit l'enfant épuisé, presque entièrement couvert de neige. Il tomba à genoux et ôta vivement son manteau, dont il couvrit le petit corps pour le protéger du vent glacial. Ensuite, il enveloppa l'enfant dans une couverture, tout en lui disant qu'il était sauvé, qu'il allait s'en sortir. Il était vivant, mais trop faible pour ouvrir les yeux. Il respirait à peine et ses lèvres étaient bleuies. Zach le souleva dans ses bras et fit signe à Petit Loup.

Serrant l'enfant contre lui, Zach sentit combien il avait froid. Son cœur semblait battre trop lentement.

Il arracha un gros morceau d'écorce qu'il posa sur la neige pour s'en servir de luge. Pour tourner, il porta le poids de son corps d'un côté ou de l'autre. Il freina en enfonçant les talons dans la neige.

Hirondelle poussa un cri d'enthousiasme, mais l'enfant demeurait inerte dans les bras de Zach. Sans un mot, Petit Loup s'approcha et souleva légèrement la couverture pour examiner les jambes de l'enfant. En voyant les blessures, Zach sentit sa colère monter d'un cran. Petit Loup se garda de tout commentaire, mais prit un fouet attaché à sa ceinture. Il marcha vers le campement à côté de Zach, soutenant Hirondelle, épuisé. De temps à autre, il agitait son fouet, comme pour chasser la colère qui bouillonnait en lui.

En arrivant au campement, Coyote noir vint accueillir son fils adoptif, mais Zach refusa de le lâcher. Petit Loup s'exprima enfin, à voix basse. Coyote noir blêmit, non sans adresser à Zach un regard plein de haine. Il emboîta le pas à Petit Loup, l'air courroucé, sous le regard des autres habitants du campement.

Vieux Pont, le guérisseur, voulut prendre l'enfant des bras de Zach, mais il se mit à crier. Avec l'aide de la femme de Coyote noir, Vieux Pont parvint à le prendre.

Zach hésitait à affronter Coyote noir. Cette brute aimait frapper. S'attaquerait-il à une cible capable de riposter ?

Cuisse de bois lui tapa dans le dos.

— Bien joué. Le petit va guérir. Vas-y !

Il désigna Caroline, qui l'attendait dans la foule.

Zach vit Plume sur la tête accompagner Hirondelle vers la tente de Petit Loup. Il frémit dans le vent glacial.

Vieux Pont entra dans son abri et en chassa la femme de Coyote noir.

Zach regarda la femme regagner son abri la tête haute, d'un air de défi. En remarquant qu'il l'observait, elle hâta le pas et s'enferma chez elle. Lorsque Zach voulut suivre Petit Loup et Coyote noir, il sentit une main se poser sur son épaule.

— Laisse-le s'occuper de Coyote noir, lui dit Caroline. Il se passe des choses, ici, que nous ne pouvons pas comprendre.

— J'espère que Petit Loup comprend, répondit-il, exprimant son inquiétude pour l'enfant. J'aurais dû vérifier comment il allait. C'est un enfant adopté, n'est-ce pas ? On aurait dû le confier à une autre famille, à des gens qui le traiteraient bien.

— Tu as fait de ton mieux. Laisse Petit Loup gérer ce problème. C'est lui, le chef.

— Tu as raison, admit-il en regardant une dernière fois en direction de l'abri de Vieux Pont.

Le vent fouettait son visage. Il attira Caroline vers lui et, ensemble, tête baissée, ils regagnèrent leurs abris.

Caroline prit une brassée de bûches pendant que Zach s'occupait des chevaux. Il leur avait creusé une tranchée à flanc de colline pour les protéger du vent.

Elle ajouta un peu d'eau à son ragoût, qui mijotait depuis des heures, puis se frotta les bras pour se réchauffer. La température avait chuté à mesure que la tempête faisait rage. Elle remercia le Ciel d'avoir permis aux trois hommes qui comptaient le plus dans sa vie, de revenir sains et saufs. Depuis quand Zach et Hirondelle avaient-ils une telle importance à ses yeux ? Et s'ils avaient péri dans la tempête ? Si elle s'était inquiétée à ce point, c'était parce qu'elle les aimait, tout simplement.

Elle les aimait ? Elle se mit à marcher de long en large. Bien sûr qu'elle aimait Hirondelle. C'était un garçon touchant, intelligent, espiègle. Parfois, elle avait envie de le serrer dans ses bras et de l'embrasser, mais elle n'osait pas, de peur de le gêner.

Et Zach ? Aimait-elle vraiment Zach ? Un homme irritable, séduisant, têtu, autoritaire, gentil… Gentil ? Elle chercha un exemple de cette gentillesse. Aussitôt, elle pensa à ce jour où il l'avait surprise en train de se baigner, lorsqu'il avait vu ses cicatrices. Il était resté à son côté, sans lui poser de questions indiscrètes, sans faire de remarques désagréables.

Oui, il était gentil.

De plus, il était séduisant, c'était indiscutable. Trop beau pour être honnête, même. Et il le savait. Il affichait un rictus taquin chaque fois qu'il savait qu'il l'avait agacée, et sa fossette, ses beaux yeux gris si expressifs… Elle aimait ses yeux, et ses cheveux ondulés, sa manie de les repousser sans cesse en arrière. Il était fort et habile.

Quant à son corps… Elle brûlait d'envie de voir les muscles qu'elle avait sentis sous ses mains.

Elle savait qu'il la désirait tout autant, même s'il ne l'aimait pas. C'était un solitaire, un amoureux de la liberté et des grands espaces. Il avait eu une épouse magnifique qui n'avait pas su le garder à la maison. Comment une femme meurtrie et brisée par une expérience atroce pourrait-elle réussir, là où sa première épouse avait échoué ?

Elle décida d'accepter le précieux cadeau qu'il lui proposait : la possibilité de remplacer ses souvenirs violents par d'autres, plus doux. Elle devait écouter les conseils de Plume et Femme tranquille en profitant de ces instants avec lui.

Si elle avait de la chance, il en garderait lui aussi de beaux souvenirs.

Zach perçut un changement en Caroline dès qu'il entra dans l'abri. La chaleur du feu, l'odeur du ragoût et des galettes qu'elle lui tendait avec un sourire de bienvenue, tout le surprit. Une lueur sensuelle pétillait même dans ses yeux.

Dès qu'elle se blottit dans ses bras, après le repas, pour lui offrir ses lèvres, Zach oublia tout. Seuls comptaient la saveur de ce baiser, le contact de son corps contre le sien, les battements effrénés de son cœur. Il l'embrassa à perdre haleine. Elle s'enhardit et se mit à explorer sa bouche à son tour. Il gémit de plaisir et la serra plus fort, étonné par sa réaction.

Lorsque la hanche de la jeune femme effleura son membre gonflé de désir, il retint son souffle, de peur de la choquer, mais elle l'enlaça et lui caressa le dos, palpant ses muscles saillants.

— Hmm, murmura-t-elle, tu es si fort… mes bras ne sont pas assez longs.

— Ce n'est rien, dit-il entre deux baisers dans le cou. Essaie encore…

Elle tenta de l'étreindre plus fort. Il l'aida de son mieux, un sourire aux lèvres.

Elle rit, mais reprit vite son sérieux.

— Je peux voir ton torse ?

Piquant un fard, elle détourna vivement la tête.

— Je suis désolée. C'était une question trop audacieuse...

Il l'obligea à la regarder.

— Tu n'as pas à me le demander. Si tu as envie de voir mon torse, ou une autre partie de mon corps, tu n'as qu'à te servir. Je suis à toi.

— Tout entier ?

— Oh, oui ! murmura-t-il. Tout entier. Tu vas adorer mes petits orteils. Aïe !

Elle venait de lui pincer le flanc.

— Tu m'as fait mal !

— Tu te moques de moi, dit-elle avec une moue.

Il se pencha et prit sa lèvre inférieure entre les siennes. Elle ferma les yeux, puis les rouvrit vivement lorsqu'il s'écarta.

— Il faut que je te prévienne, chérie. Chaque fois que tu regarderas une partie de mon corps, je regarderai la même partie du tien.

— Comment ça ? s'enquit-elle en lui caressant toujours le dos.

— Tu voulais voir mon torse. Ne te gêne pas. Mais j'aurai le droit de regarder ta poitrine, à mon tour.

— Mais tu l'as déjà vue...

— Ah bon ? Quand ?

— Le jour où je me baignais dans la rivière.

Elle cessa brusquement de le caresser.

Il soupira et l'embrassa dans le cou, mais le charme était rompu.

— Quand tu...

Toute la scène lui revint en mémoire. Oui, il avait vu ses seins, mais, sur le moment, il était concentré sur son dos. Choqué par cette découverte, il ne gardait de ses seins qu'une image floue.

Il la prit dans ses bras et l'embrassa sur le sommet de la tête.

— Je ne me rappelle pas grand-chose de ce matin-là.

Il ferma les yeux en la sentant se détendre.

— Je peux les revoir, ici, ce soir ? Ils seront parfaits, réchauffés par le feu, tout rosis par mes baisers...

Elle retint son souffle et resserra son étreinte, mais ne répondit pas tout de suite.

— Je suppose que oui.

— Alors allons-y.

Il saisit le bas de sa chemise, mais elle recula. Elle leva les mains vers les attaches de sa tunique de peau, qu'elle dénoua. En voyant le vêtement glisser le long de son corps, Zach se raidit. La tunique s'arrêta sur ses seins.

Zach embrassa les épaules nacrées de la jeune femme, puis la dénuda. Il n'avait rien d'un adolescent inexpérimenté, mais il sentit son cœur s'emballer dès qu'il prit ses seins dans ses paumes. Ils étaient fermes et généreux. Ses mamelons ressemblaient à deux framboises bien mûres. Il se pencha pour en prendre un entre ses lèvres. D'abord, il le titilla doucement, avant de le saisir dans sa bouche. Il guettait le moindre signe de peur ou de malaise.

Quand Caroline émit un petit cri et se hissa sur la pointe des pieds, il ressentit un grand soulagement. Il souleva la jeune femme, qui enfouit les doigts dans ses cheveux et l'attira vers lui, l'invitant à poursuivre ses caresses. Lorsqu'il fut enfin rassasié, elle protesta et lui offrit l'autre sein.

Il aurait pu continuer ainsi pendant des heures, mais Caroline s'agitait. Jamais il n'oublierait sa façon de rougir quand elle déboucla son ceinturon avant de déboutonner sa chemise. Le temps s'arrêta.

Il voulut parler, lui demander où était passée la femme nerveuse et craintive qu'il avait connue. Sa gorge nouée l'empêchait de prononcer un mot. Il se laissa dévêtir, bouton après bouton. Arrivée au troisième, elle ouvrit en grand la chemise et s'humecta les lèvres, puis elle les posa sur son torse. Zach rejeta la tête en arrière et se mordit les lèvres pour réprimer un gémissement.

— Tu es en train de me tuer, souffla-t-il, les bras le long du corps pour ne pas la brusquer, alors qu'il mourait d'envie de la toucher.

— Non, chuchota-t-elle contre sa peau. Je suis en train de t'aimer.

Le cœur de Zach manqua un battement. Cette fois, il ne put s'empêcher de gémir. Il enfouit les doigts dans les cheveux de la jeune femme et en ôta les épingles. Caroline secoua la tête pour libérer ses boucles dorées. Avec un sourire espiègle, elle fit glisser sa chemise sur ses épaules. Enfin, elle recula d'un pas pour mieux l'admirer.

— Pour une deuxième leçon, tu vas un peu vite, lui dit-il.

Il aimait la voir s'humecter les lèvres du bout de la langue. Si seulement elle la passait sur son torse…

Comme si elle lisait dans ses pensées, elle se hissa sur la pointe des pieds pour lécher le creux de son cou. Zach posa les mains sur ses épaules et leva les yeux au ciel. Il crut entendre un gémissement, mais était trop submergé par ses sensations pour savoir si celui-ci provenait de lui ou d'elle.

— C'est bon ? demanda-t-elle en tendant les mains pour les plaquer sur ses pectoraux.

Il se réjouit qu'elle ne puisse voir son membre se gonfler de désir. Elle risquait de prendre peur et de s'enfuir. Elle se pencha pour taquiner un mamelon. Il retint son souffle.

C'était une première. Qui était le maître, qui était l'élève ? Si elle le touchait, la deuxième leçon allait vite prendre fin.

— J'ai décidé, dit-elle en prenant l'autre mamelon entre ses lèvres.

— Quoi ? souffla-t-il d'une voix rauque.

Il devait à tout prix garder les idées claires, au cas où la jeune femme hésiterait. Elle glissa une main fraîche sur son ventre, lui donnant la chair de poule.

— Mmm, ronronna-t-elle avant de lui sourire. C'est toi qui es beau.

— Tu as décidé que j'étais beau ? fit-il en riant, étonné par ce compliment.

Il la souleva dans ses bras et la porta vers la natte, où il l'allongea doucement. Il étala ses longs cheveux autour de sa tête et lui caressa le bras, la hanche, la jambe...

— Tu penses en avoir appris suffisamment pour ce soir, ou bien en veux-tu encore ?

Dès qu'il posa la main sur sa cuisse, elle se raidit, mais se détendit vite.

— Embrasse-moi encore, chuchota-t-elle, les yeux rivés sur ses lèvres.

Il obéit. Comment réussissait-elle à maîtriser sa peur ? Elle semblait lui faire confiance. Puis il cessa de se poser des questions et approfondit son baiser avec fougue.

Roulant sur le dos, il la prit sur lui et attira son sein vers sa bouche avide. Jamais il n'avait rien goûté de plus savoureux. Rassasié, il la fit coucher à nouveau sur le dos, ivre de désir, brûlant de l'envie de soulever enfin sa robe pour la faire sienne.

Il remonta lentement le long de sa cuisse, vers ses replis humides, mais, au dernier moment, elle saisit sa main.

— Fais-moi confiance, souffla-t-il en l'embrassant.

Elle ne se détendit pas pour autant. Au contraire, il la sentit se crisper davantage.

— Je ne te ferai pas mal, Caroline...

Il l'observa et devina sa décision juste avant qu'elle ne lâche sa main. Malgré son désir, Zach se coucha à son côté. Sa patience serait bientôt récompensée, car il ne souhaitait pas seulement offrir à la jeune femme de beaux souvenirs pour remplacer ses cauchemars. Son projet était bien plus ambitieux. C'était son cœur qu'il voulait conquérir.

En gagnant sa confiance, il espérait gagner son amour.

Il maîtrisa donc ses pulsions pour revenir au point de départ. Il l'embrassa, la cajola, la titilla de sa langue, la provoqua, jusqu'à ce qu'elle s'abandonne enfin. Tandis qu'il tourmentait ses mamelons, elle se cambra pour mieux s'offrir. Il caressa ses cuisses, effleurant les replis humides qu'il convoitait, jusqu'à ce qu'elle semble accepter la présence de ses doigts. Dès qu'il parvint à lui écarter légèrement les cuisses, il s'embrasa et s'empara de ses lèvres.

Avec mille précautions, il posa un doigt sur le point sensible de son intimité. Aussitôt, la jeune femme rouvrit les yeux.

— Qu'est-ce que tu fais ? souffla-t-elle.

— Je te fais l'amour, répliqua-t-il en l'embrassant.

Peu à peu, il la fit monter vers le plaisir. Caroline entama un mouvement des reins jusqu'à ce qu'un premier spasme d'extase la saisisse.

— Non... ne t'arrête pas... Zach !

Submergée par des sensations inconnues, elle ne put réprimer un cri. Il embrassa ses paupières, ses joues, ses mains, puis s'écroula à son côté.

Enfin, elle se tourna vers lui.

— Que m'est-il arrivé ? demanda-t-elle, subjuguée.

— Tu as connu le plaisir, répondit-il en s'efforçant de ne pas trahir sa fierté.

Sur ces mots, il se leva, toujours en proie à un désir puissant, et remonta une couverture sur la jeune femme. Puis il remit sa chemise et s'éloigna.

Une fois dehors, il prit appui sur un tronc d'arbre et se libéra enfin de la pression de son désir en réprimant un cri guttural. Ensuite, il rejoignit Caroline. Il ajouta quelques bûches dans le feu et se coucha près d'elle.

18

— Nous avons entendu du bruit chez vous, cette nuit, déclara Femme tranquille en adressant un regard entendu à Caroline. Tu te sens bien ?

Caroline tripota le mocassin qu'elle était en train de coudre pendant que son amie faisait rôtir une pièce de viande. Elle s'en voulut de rougir. Femme tranquille se mit à glousser tandis que Plume s'esclaffait.

— D'accord ! fit-elle en portant les mains à ses joues. Tout le campement est au courant ?

— Oh, non, assura Plume. Seulement…

Elle s'interrompit et grimaça face à l'air incrédule de la jeune femme.

— Oui, tout le monde sait.

Caroline était mortifiée. Ils étaient tous persuadés qu'elle avait fait l'amour avec Zach. Or c'était faux. Mais elle se garderait bien de remettre les pendules à l'heure. Cela ne regardait que Zach et elle.

— Tout le monde est ravi pour toi, déclara Plume en lui prenant la main.

— Alors, fit Femme tranquille en adoptant une attitude nonchalante. C'était bien ?

— Je n'en crois pas mes oreilles ! s'insurgea Caroline en se levant. Je ne vous dirai rien. Vous êtes d'horribles commères !

Plume l'imita.

— Dis-nous au moins si c'était à la hauteur de tes espérances...

Caroline foudroya ses amies du regard. Femme tranquille attendait sa réponse avec une impatience non dissimulée.

— Mieux encore, avoua Caroline en fermant les yeux, provoquant les cris de joie des épouses de Petit Loup.

— Nous nous en doutions ! triompha Plume. Est-il vraiment beau ?

Caroline s'agenouilla et se remémora la soirée de la veille.

— Superbe.

Ses amies l'étreignirent.

— Tu vois ? jubila Femme tranquille. Nous te l'avions bien dit ! Tu es radieuse. On dirait que tu revis.

Plume hocha la tête.

— Nous sommes si heureuses que tu aies trouvé un homme à aimer.

Le sourire de Caroline s'évanouit. Comment leur expliquer que cette nuit n'était qu'un premier pas vers la souffrance de la séparation ?

Ses amies attendaient qu'elle s'explique.

— Oui, je l'aime, dit-elle simplement, mais cet amour n'est pas réciproque. Sans doute ne m'aimera-t-il jamais.

Elle se mit à marcher de long en large dans le petit espace, les bras croisés.

— Il n'est pas homme à se poser. Il ne rêve que d'aventure, de nouveaux défis. Il refuse de tomber amoureux, et il a raison.

Les deux femmes échangèrent un regard.

— Nous regrettons que tu aies du chagrin. Il te quittera peut-être, mais nous serons toujours là.

Caroline eut un rire amer.

— L'hiver sera long, reprit Femme tranquille avec son enthousiasme légendaire. Tant de choses peuvent arriver !

— Ne vous inquiétez pas, dit Caroline en esquissant un sourire forcé. Je ne veux pas penser au printemps, lorsqu'il devra partir à la recherche de son fils. En attendant, je vais profiter de ces moments partagés, sans songer au lendemain.

— À la bonne heure, approuva Plume, tandis que Femme tranquille l'embrassait sur la joue.

Des cris interrompirent les trois femmes, qui se précipitèrent dehors.

Caroline laissa échapper une exclamation d'effroi.

Zach était agenouillé devant l'abri de Vieux Pont. Coyote noir le dominait de sa hauteur, brandissant un couteau. Au moment où il allait frapper, Zach pivota sur lui-même et donna un coup de pied à son agresseur, qui perdit l'équilibre. Les deux hommes roulèrent vers le bas de la colline.

— Silence, ordonna Plume à Caroline. Ne le distrais pas !

Portant une main à sa bouche, Caroline vit Coyote noir se relever. C'était l'un des meilleurs guerriers cheyennes, le plus cruel et le plus redoutable, aussi. Comment Zach pourrait-il avoir le dessus ?

Zach jura et esquiva un assaut. Coyote noir tomba, mais se releva aussitôt et projeta de la neige et du sable au visage de son adversaire. Zach secoua la tête, du sable dans les yeux. Il fit un pas de côté, cherchant à anticiper la prochaine attaque de Coyote noir. Le couteau se planta dans son ventre et lui lacéra l'abdomen. Une douleur fulgurante le transperça.

Il tomba à terre, se tenant le ventre, attendant l'estocade.

Des visages apparurent à son esprit : Caroline, Luke, Hirondelle, Petit Loup, Cuisse de bois, Josh et Abby... Non, ce n'était pas possible ! Il ne pouvait mourir maintenant. Il avait encore tant de choses à accomplir !

Il sentit la présence de Coyote noir, prêt à frapper à nouveau, mais il y eut soudain un craquement. Le couteau tomba dans la neige. Coyote noir hurla de douleur. Quelqu'un s'empara du couteau.

Zach fut envahi d'un immense soulagement. Il n'allait pas mourir, finalement. Il se redressa en chancelant et cligna les yeux. Cuisse de bois le soutint, tenant le couteau.

Petit Loup fit claquer son fouet qui lacéra le bras de Coyote noir. Jamais Zach n'avait vu quelqu'un manier le fouet avec une telle maîtrise. Dans un recoin de son esprit, il se rendit compte qu'il n'avait pas les idées claires et se sentait faible.

Lorsqu'il chuta face contre terre, le noir se fit, tandis qu'un cri s'élevait au loin.

Caroline. Enfer et damnation ! Il ne lui avait pas dit au revoir...

Dans son rêve, Coyote noir l'avait cloué au sol, membres écartés, alors qu'il chauffait un tisonnier dans un feu de camp. De temps à autre, il sortait ce tisonnier des flammes et l'appliquait sur son ventre, toujours au même endroit, où il lui brûlait la peau.

Voilà qu'il recommençait ! Le tisonnier toucha son ventre...

Zach se réveilla en sursaut et saisit le bras de son agresseur. Or cet agresseur n'avait pas des tresses noires et un rictus cruel. Il avait les cheveux blonds et des yeux bleus déterminés.

Cuisse de bois et Petit Faucon s'efforçaient de le maintenir en position allongée. Quant à Caroline, elle tenait une bouteille de whisky.

— Il est robuste, commenta Cuisse de bois.

Petit Faucon acquiesça en immobilisant Zach avec peine.

— Il est réveillé, dit Caroline. Faites-lui boire un peu de ce whisky. Je dois finir d'ôter le sable de la plaie.

Zach ouvrit la bouche pour leur dire qu'il avait bu assez de whisky, que la tête lui tournait. S'il avalait encore de l'alcool, il serait pris d'une violente nausée. Hélas, ils le forcèrent à avaler le puissant breuvage, dont il cracha une partie.

Cuisse de bois et Petit Faucon prononcèrent quelques paroles en langue cheyenne, mais ne lâchèrent pas prise. Si Caroline n'avait pas été présente, il les aurait copieusement insultés.

— Lâchez-moi ! gronda-t-il d'un ton qui se voulait autoritaire et qui, d'ordinaire, faisait son effet.

Nul ne broncha.

— Je promets de ne pas bouger, implora-t-il.

Cuisse de bois le dévisagea. Il avait un œil au beurre noir.

— Tu m'as déjà défiguré, grommela-t-il. Tu vas rester ici.

Il fit un signe de tête à Caroline. Dès qu'elle versa du whisky sur la plaie, Zach sursauta.

— Nom de Dieu ! maugréa-t-il en serrant les dents. Tu veux me tuer ? Aïe !

Au diable Coyote noir ! Zach reprit son souffle. Dès qu'il serait libre, il irait lui régler son compte. Mais que diable lui arrivait-il ? Cet homme ne lui attirait que des ennuis. À cause de Coyote, Zach venait de rompre une loi essentielle : garder la tête froide, ne pas se laisser dépasser par ses émotions. Il était allé voir Coyote noir et lui avait assené un coup de poing, sans se soucier de la réaction de ce vaurien. Il méritait ce calvaire. Hélas, la femme qui était en train de le torturer était aussi celle qu'il aimait.

Celle qu'il *aimait* ? Zach secoua la tête, s'attendant à un étourdissement. Rien. Il était parfaitement lucide... et follement amoureux de Caroline. Que faire, maintenant ?

Elle choisit cet instant pour arroser sa plaie d'alcool. Il se cambra et ne put s'empêcher de hurler de douleur. Lorsqu'elle tamponna la blessure, il retint son souffle.

— Tu as de la chance, lui dit-elle en s'affairant. La plaie n'est pas très profonde, mais je vais devoir la recoudre.

Elle sourit.

— Et si tu te rendormais ? Cela nous arrangerait, tu sais.

Les yeux de Zach se révulsèrent et il se laissa engloutir par les ténèbres.

Caroline soupira de soulagement en voyant la tête de Zach rouler sur le côté. Si seulement il n'avait pas perdu connaissance et n'était pas tombé sur sa plaie, elle n'aurait pas passé des heures à en ôter les grains de sable, tâche délicate et pénible.

Elle versa du whisky dans un récipient et y trempa une aiguille et du fil.

— J'en ai pour un bon moment, dit-elle à Cuisse de bois et Petit Faucon. Accordons-nous une pause.

Les deux hommes opinèrent, et tous trois quittèrent l'abri pour se diriger vers la rivière. Caroline ne fut guère étonnée de constater que Vieux Pont l'attendait.

— Tu as ôté tout le sable ? s'enquit-il en posant sur elle un regard perçant.

— Oui, répondit la jeune femme en se massant les reins. J'avais besoin de respirer un peu avant de recoudre la plaie.

— Je pense qu'il survivra, déclara Vieux Pont. Il faut refermer la blessure, puis il devra se reposer. Je vais préparer un remède pour chasser le poison de son corps.

Elle voulut le remercier mais le vieil homme, encore très leste, s'éloigna. Si elle n'approuvait pas toujours ses méthodes, dont une partie était fondée sur de simples superstitions, il accomplissait parfois des miracles.

— Zach va bien ? s'enquit Hirondelle en la tirant par la manche.

Elle le serra dans ses bras.

— Il est sérieusement touché, mais il va s'en sortir.

— Si tu as besoin de quelque chose, de l'eau, de la viande, du bois pour le feu, appelle-moi. Je ne serai pas loin.

Caroline sourit, touchée par la générosité de l'enfant.

— Je te remercie, mais tu es un jeune homme, désormais. Tu ne peux plus porter du bois et de l'eau. Les gens se moqueraient de toi, et Zach ne serait pas content. Plume et Femme tranquille m'aideront. En revanche, tu pourrais t'occuper des chevaux. De plus, j'ai besoin de viande pour le ragoût.

Hirondelle bomba le torse.

— Je n'ai pas peur des moqueries, mais je veillerai sur les chevaux et j'irai à la chasse. Tu veux du dindon ? Du lapin ?

— Les deux, si possible. Je croyais que tous les dindons avaient fui ?

— Ce sont des animaux stupides. Ils reviendront. J'ai vu de nouvelles traces dans la neige. Tu ne referas pas de galettes de sitôt, hein ?

Elle rit et lui ébouriffa les cheveux.

— Pas tout de suite, mais dès que j'aurai le temps, j'en préparerai rien que pour toi.

— Je vais te trouver un dindon bien gras.

— Ne pars pas tout seul, prévint la jeune femme.

Il réapparut quelques instants plus tard, muni d'un arc immense et de flèches.

— Emmène quelques amis, insista Caroline.

Il opina et courut en direction du campement. De toute évidence, il était très attaché à Zach, lui aussi. Elle soupira. Au moins, ils pourraient se soutenir mutuellement quand Zach les aurait quittés, au printemps.

Cuisse de bois et Petit Faucon revenaient : le moment était venu de se remettre au travail.

Car si elle ne recousait pas cette plaie, Zach n'irait nulle part.

Caroline émergea de son abri et respira à pleins poumons. Le soleil se couchait, projetant des ombres pourpres sur les collines, triste reflet de l'humeur de la jeune femme. Depuis quatre jours, Zach brûlait d'une fièvre qui ne semblait pas vouloir retomber. Son délire était effrayant. D'abord, elle l'avait cru en proie à des hallucinations, mais elle avait reconnu certains noms, tels que Lincoln et Booth, ce qui confirmait ses soupçons : Zach était militaire. Mais il ne ressemblait à aucun des soldats qu'elle avait croisés. Apparemment, sa mission était de traquer des conspirateurs comme Booth, le meurtrier de Lincoln, et d'infiltrer leurs organisations pour les détruire. Il appartenait à un groupe créé par le gouvernement qui visait à espionner certains citoyens pour protéger les hauts dirigeants. Il se trouvait même au théâtre de Ford au moment où Lincoln avait été abattu.

Dès qu'elle avait saisi le sens de ses propos, elle s'était efforcée de ne plus les écouter, mais elle était à la fois intriguée et affligée par ce qu'il avait fait pour remplir ses missions, y compris la torture et le meurtre. Ses expériences l'avaient marqué. Il pensait avoir fait preuve d'honneur, mais ces morts le rongeaient et sa souffrance touchait la jeune femme.

Elle pensait sans cesse aux documents officiels enveloppés de cuir qu'il transportait dans une sacoche. Elle savait qu'il s'agissait de papiers confidentiels. Elle risquait la pendaison pour haute trahison si elle les lisait, surtout s'ils recelaient des ordres concernant les Cheyennes et si elle était contrainte de tout révéler à Petit Loup. Toutefois, elle était de plus en plus inquiète pour Zach, dont la fièvre ne tombait pas.

Tout en réfléchissant, elle déblaya la neige qui s'était accumulée devant l'entrée de son abri. S'il ne survivait pas, quelqu'un voudrait savoir ce qu'il lui était arrivé. Qui contacter ?

Son frère Josh, sans doute. Elle savait qu'il élevait des chevaux en Virginie, et que sa femme se nommait Abby. Et les contacts militaires de Zach ? Qui était son officier responsable ? Les documents le précisaient-ils ? Et s'il cherchait simplement son fils, comme il le prétendait ?

Elle décida de patienter une journée de plus. Si l'état de Zach ne s'améliorait pas, elle aviserait.

— Tirez ! Tirez, nom de Dieu ! cria Zach.

Il y eut un bruit de chute. En retournant vivement à l'intérieur, elle découvrit qu'il avait arraché ses couvertures et renversé un récipient d'eau. Avec un soupir, elle remit tout en place.

Le lendemain, dans l'après-midi, elle ne mentit pas en affirmant qu'elle était épuisée. Elle avait vraiment besoin de repos. Plume se chargea de faire avaler au blessé du bouillon.

Une fois chez Zach, Caroline attisa les braises du feu de camp. Vieux Pont, Plume et Femme tranquille venaient parfois s'y reposer, ainsi qu'Hirondelle. Elle porta les sacoches de Zach sur le lit et se glissa sous les couvertures. Elle voulait les fouiller, mais s'endormit avant d'avoir commencé. À son réveil, il faisait nuit.

Plume n'allait pas tarder à venir la chercher. Elle alluma une chandelle et sortit les papiers de la sacoche. Elle fronça les sourcils en lisant. C'était pire que ce qu'elle avait imaginé. Zach avait l'ordre d'infiltrer le campement cheyenne pour convaincre les chefs de se rendre. S'ils s'obstinaient, il devait employer tous les moyens nécessaires pour faciliter leur retour immédiat.

Seigneur ! Cet homme avait des ordres très clairs. Ses supérieurs se moquaient de la méthode employée. Seul le résultat comptait : les Cheyennes devaient regagner la réserve. Zach attendait sans doute d'avoir retrouvé son fils pour passer à l'action. Que ferait-il, alors ? En tout cas, il agirait dans l'ombre. Son travail ne devait laisser aucune trace.

Il avait gagné sa confiance pour qu'elle le mène ici. Comme elle s'était laissé duper facilement !

Elle étudia les documents en quête du nom d'un responsable. Sa hiérarchie était simple : le général Philip H. Sheridan, le président Rutherford B. Hayes. Les mains tremblantes, elle remit les documents en place et alla relever Plume.

Après le départ de celle-ci, Caroline reprit sa place au chevet du blessé.

— Bats-toi, Zach, ordonna-t-elle en lui épongeant le visage. Il faut que tu vives pour que je puisse te régler ton compte.

Mais elle devrait lui avouer qu'elle avait lu ses papiers. Seigneur ! Dans quel pétrin s'était-elle fourrée ?

Vieux Pont connaissait son affaire, songea la jeune femme, deux jours plus tard. Au cours de la nuit, la fièvre de Zach était tombée et il s'était endormi sans délires et sans cauchemars.

Il allait survivre. Il serait encore faible pendant plusieurs semaines, mais il s'en sortirait. Hélas, il ne s'était pas encore réveillé de son profond sommeil. Elle espérait aussi qu'il ne souffrirait d'aucune séquelle.

Si seulement il était resté à l'écart de Coyote noir... Elle comprenait toutefois son inquiétude pour l'enfant. Dans son délire, il l'avait parfois confondu avec son propre fils. L'enfant était encore sous la protection de Vieux Pont, qui refusait de le rendre à Coyote noir, même s'il autorisait son épouse à lui rendre visite chaque jour. Tant qu'il ne décèlerait aucune trace de coup, il lui permettrait de venir le voir. Il savait pourtant que cette femme menaçait le jeune garçon. Après son départ, celui-ci se montrait toujours maussade et agité. Il refusait même de la regarder, et il ne prononçait pas un mot.

Caroline croisa les bras, cherchant à se calmer. Si Zach se réveillait bientôt, comme le guérisseur l'affirmait, il voudrait avoir des nouvelles de l'enfant. Quel dommage qu'elle ne puisse le rassurer...

Elle regrettait aussi d'en avoir découvert autant sur ses affaires. Comment se comporter comme si de rien n'était ? S'en rendrait-il compte ? Certainement, car rien ne lui échappait.

Petit Loup était passé par deux fois au cours des derniers jours. Il tortillait nerveusement son fouet dans sa main, geste qui trahissait son angoisse. Elle lui avait promis qu'Hirondelle l'avertirait du réveil de Zach. Qu'est-ce qui pouvait le tourmenter à ce point ? La santé de Zach ? Dès que les Cheyennes auraient atteint les rives du fleuve Powder, Petit Loup irait trouver les autorités locales pour solliciter la création d'une nouvelle réserve. La tâche ne serait pas aisée, à cause des exactions des Cheyennes dans le Kansas. La présence d'un homme blanc blessé parmi eux serait un handicap supplémentaire, d'autant plus que sa blessure était la conséquence d'une bagarre avec un guerrier.

L'angoisse de Petit Loup provenait peut-être des rumeurs qui circulaient dans le campement, selon lesquelles Étoile du matin avait des problèmes avec le commandant de Camp Robinson.

Le blessé était inondé de sueur. Elle lui essuya le visage, s'attardant sur son front, ses lèvres. Soudain, il agita les paupières. La jeune femme retint son souffle et lui prit la main.

— Allez, Zach, dit-elle. Réveille-toi !

Il cligna les yeux et s'humecta les lèvres.

— Soif...

Elle fit couler quelques gouttes d'eau sur ses lèvres, mais il saisit le bol et but avidement, levant la tête avec difficulté. Dès qu'il eut fini, il laissa le bol tomber à terre et referma les yeux.

Caroline soupira. Elle remonta les couvertures et voulut se lever, mais il serra sa main dans la sienne.

— Tu pars déjà ? demanda-t-il.

— Je te croyais endormi, dit-elle en serrant sa main.

— Quand ai-je été piétiné ?

— Piétiné ? répéta-t-elle en fronçant les sourcils. Tu n'as pas été piétiné.

— Oh si. Par un troupeau entier de bisons. Et deux fois.

— Mais non, répondit-elle. Tu ne te souviens pas de ce qui s'est passé ?

Il respira profondément.

— Une bagarre au couteau. Il a triché. J'ai perdu. Comment va le petit ?

Elle constata avec soulagement qu'il avait toute sa tête.

— On l'appelle Coyote agile, principalement parce qu'il t'a échappé.

Zach plissa les yeux.

— Je ne veux pas qu'il porte le nom de Coyote.

— On ne peut continuer à l'appeler « le garçon ».

— Pourquoi pas Renard agile ? suggéra Zach.

— Peut-être. J'en parlerai à Petit Loup. Tu te sens en état de le voir ? Il est passé demander de tes nouvelles à plusieurs reprises. Je pense qu'il a une idée en tête.

— Bien sûr, dit Zach en tentant de se dresser sur un avant-bras.

Il retomba en arrière en grimaçant.

— Fais-le venir, si cela ne l'ennuie pas de s'adresser à un invalide.

Au moment où elle s'éloignait, il la retint par le bras.

— Attends un peu. Qu'est-ce que tu m'as fait avaler, ces derniers temps ? J'ai l'estomac dans les talons.

— Du bouillon, de la soupe...

— Je comprends mieux. Tu n'as pas un peu de ragoût, avec de gros morceaux de viande ?

— Tu crois que tu es en état de manger ? J'imagine que tu voudras aussi des galettes et du café.

— Je ne voudrais pas t'imposer trop de travail, dit-il, attendri.

— Mon ragoût mijote depuis ce matin. Je me doutais que tu serais affamé.

Elle était si heureuse qu'ils puissent bavarder comme si de rien n'était, comme si elle ignorait qui il était vraiment. Le moment de lui avouer ce qu'elle savait de lui viendrait bien assez vite.

— Je vais envoyer Hirondelle prévenir Petit Loup que tu es réveillé. Ensuite, je te donnerai à manger. Ce petit était fou d'inquiétude, tu sais. Nous étions tous inquiets. Je suis contente que tu ailles mieux.

Il se redressa maladroitement.

— C'est à toi que je le dois, non ?

Le sourire de la jeune femme s'élargit.

— En effet.

— Comment te remercier ? demanda-t-il avec un regard intense qui la troubla au plus profond de son être.

— Je trouverai un moyen, murmura-t-elle d'un ton qui se voulait détaché.

— Je suis impatient, murmura Zach en se recouchant, le souffle court.

Quand elle eut confié sa mission à Hirondelle, elle aida Zach à manger, à s'habiller et à s'installer près du feu. Il se détendit sur des peaux de bêtes.

— Depuis quand as-tu ces peaux ? s'enquit-il.

— Elles sont à toi, de la part de Petit Faucon et sa femme.

— Pourquoi ? Je n'ai fait que donner un coup de poing à Coyote noir et prendre un coup de couteau dans le ventre.

— Ils étaient inquiets.

— Ce n'est pas un ordre de Petit Loup, n'est-ce pas ?

— Non, intervint celui-ci en entrant. Mon peuple sait que tu cherches à l'aider. Ils n'ont pas apprécié l'attitude de Coyote noir.

— Bonjour, le salua Zach. Caroline, reste-t-il un peu de ragoût et de café, ou des galettes ?

— Du café, dit Petit Loup.

Caroline le servit, puis laissa les deux hommes. Elle espérait que Zach ne ferait rien pour que sa cicatrice se rouvre. Elle espérait surtout qu'il ne serait pas obligé d'obéir aux ordres qu'il avait reçus de sa hiérarchie.

19

Petit Loup avala son café d'une seule traite. Il hocha la tête. Caroline le lui avait servi très sucré et pas trop chaud, comme il l'aimait. Puis il observa Zach. Il avait mauvaise mine. Ses mains tremblaient et il avait maigri. Vieux Pont et Caroline allaient lui rendre ses forces, mais se remettrait-il assez vite ?

Il le fallait. De nombreuses vies en dépendaient. Il se promit d'envoyer Cuisse de bois à la chasse pour procurer de la viande à ce *veho*, le seul homme qui puisse aider les Cheyennes, désormais.

— Tu connais Wessels, à Camp Robinson ? demanda-t-il.

— Wessels ?

Petit Loup fronça les sourcils. Pourquoi le *veho* fixait-il le fond de sa tasse ? Il n'y trouverait pas le visage de Wessels. Enfin, Zach leva les yeux vers lui, mais il affichait une mine impénétrable.

— L'enfant que tu as sauvé va bien. Ses blessures se remettent.

Petit Loup sourit en voyant le masque d'indifférence de Zach faire place à de la colère.

— Il est toujours chez Vieux Pont ?

— Oui. J'ai envoyé un messager chez les Sioux pour savoir s'il avait de la famille. Coyote noir n'est pas un bon père.

— Tant mieux, fit Zach en se redressant. Quand pourrai-je voir le petit ?

Petit Loup secoua la tête.

— Il n'est pas bon que tu le voies. Cela ne te créerait que des ennuis.

— Que veux-tu dire ? Je veux lui parler, apprendre à le connaître.

Petit Loup étudia Zach, qui révélait enfin son vrai visage : cet homme éprouvait une affection sincère pour le jeune garçon. C'était troublant. Petit Loup décida de poursuivre l'enquête sur les deux juments des McCallister. En tant que chef, il devait découvrir ce que cachait ce mystère. Mais avant tout, il devait songer à son peuple.

— Tu dois te rétablir au plus vite, déclara-t-il. Étoile du matin a des ennuis.

— Étoile du matin ? Ton frère ? C'est pour cela que tu me demandes si je connais Wessels ?

Petit Loup opina. Zach était peut-être affaibli, son esprit demeurait en alerte.

— Tu as appris qu'ils avaient été capturés et emmenés à Camp Robinson ? Mon frère pensait mener les siens à l'agence de Nuage rouge, mais celle-ci a été déplacée. Il s'est jeté dans la gueule du loup.

Il secoua la tête, toujours furieux contre Étoile du matin.

— Et maintenant, les soldats exigent qu'ils retournent à la réserve. Tu veux du café ?

— Je le bois noir et bien fort, répondit Zach en lui tendant sa tasse.

— Tu as besoin de sucre, répliqua Petit Loup. Ton sang sera plus épais et tu guériras plus vite.

— Pourquoi veux-tu que je guérisse plus vite ?

— Je veux que tu ailles parler à Wessels. Tu lui diras de laisser Étoile du matin partir chez Nuage rouge.

Petit Loup se garda de préciser que Cuisse de bois était rentré, deux jours plus tôt. S'il avait échappé aux soldats, le Cheyenne qui l'avait hébergé, non loin du fort, avait été capturé. Sa femme et ses enfants étaient également prisonniers. Petit Loup s'en voulait de demander à ce *veho* de l'aider à infléchir les soldats, mais ses visions lui indiquaient qu'Étoile du matin était en grand danger. Dans la fumée de son feu, il voyait des femmes et des enfants hurler, et des traînées de sang dans la neige.

— Tu ne crains donc pas que je lui révèle où tu te caches ? s'enquit Zach.

— Tu ne diras rien. Caroline, Hirondelle, et l'autre garçon resteront. Tu sais bien que les soldats tirent sur n'importe qui.

Petit Loup guetta la réaction de Zach. Il constata avec satisfaction qu'il affichait une expression froide et dure.

— Tu les garderais en otages ?

— Tu es un soldat, dit-il en haussant les épaules. Je n'ai pas confiance dans les soldats.

Il finit son café et se leva.

— Remets-toi vite. Étoile du matin a de gros ennuis. Le petit père Wessels les a tous enfermés, sans nourriture, sans feu, sans eau. Les enfants souffrent, les femmes aussi.

Il serra la main de Zach, ravi d'être parvenu aussi rapidement à un accord. Ce *veho* était décidément très intelligent à certains égards, et moins dans d'autres domaines.

Car c'était lui, l'unique otage.

Zach et Hirondelle observaient la pente abrupte.

— Tu es fou ? demanda Zach.

Il chercha des yeux un meilleur itinéraire menant vers les arbres qui se dressaient au sommet de la colline.

— Oui, je suis fou, admit Hirondelle. Et j'ai froid, aussi. Dépêchons-nous. Je ne comprends pas pourquoi elle veut qu'on coupe un sapin. C'est elle, la folle.

— C'est une tradition que respectent les Blancs chaque année.

— Tous les Blancs le font ? Ils tuent beaucoup d'arbres, alors !

— Près des villes, il existe des plantations où l'on cultive des sapins spécialement pour l'occasion. Caroline te racontera l'histoire, ce soir.

— Elle fera des galettes ? s'enquit Hirondelle, plein d'espoir.

— Elle a prévu quelque chose d'encore meilleur, répondit Zach. Et l'autre garçon sera présent, lui aussi.

— Coyote agile ? Il sera là ?

— Ne l'appelle pas ainsi, grommela Zach en gravissant la pente à petits pas pour permettre à l'enfant de le suivre. Je déteste ce nom. Pourquoi ne pas l'appeler Renard agile, comme je l'ai suggéré ?

— C'est moins bien, fit Hirondelle en fronçant les sourcils. Tu ne vois rien de mieux ? On ne peut pas l'appeler Gros Ventre, comme tous les petits garçons.

— Alors appelons-le Hirondelle noire. Et toi, tu deviendras Pie jaune. Qu'en dis-tu ?

L'enfant grimaça.

— Hirondelle, c'est moi. C'est un beau nom. Coyote agile suffira pour l'autre garçon. Il court vite et sait se cacher. On a failli ne pas le trouver.

— Je préfère Renard agile, insista Zach. Ce nom lui plaira, j'en suis sûr.

Alors qu'il se remettait peu à peu de sa blessure, Petit Loup et Grue noire l'avaient envoyé chasser avec les jeunes garçons. Il avait même façonné des flèches, un art qui l'intéressait. Il prenait ses repas du soir avec Caroline, si fatigué qu'il s'endormait dès qu'il s'allongeait sur sa natte. La jeune femme attendait avec impatience sa prochaine leçon, mais il tenait à être en pleine possession de ses moyens...

Cuisse de bois et Petit Faucon ne cessaient d'apporter de la viande à la jeune femme. Ils restaient souvent au cours des repas pour s'assurer que Zach mangeait copieusement. Si seulement ils avaient été aussi efficaces dans leur traque de l'homme qui avait apporté les juments parmi eux... Hélas, il n'y avait rien de nouveau.

Et voilà que Petit Loup lui demandait de se rendre à Camp Robinson pour intervenir en faveur d'Étoile du matin. À quoi s'attendait-il donc ? Un guerrier sioux, envoyé par Nuage rouge, avait dit à Petit Loup que le capitaine Wessels gardait les Cheyennes prisonniers en les privant de tout, jusqu'à ce qu'ils acceptent de retourner dans la réserve de l'Oklahoma.

Si Petit Loup semblait penser qu'il pourrait infléchir Wessels, Zach n'en était pas certain. En tout cas, cette mission allait lui coûter un temps précieux. Quand pourrait-il partir à la recherche de son fils ? Il avait espéré se mettre en route vers le campement des Sioux en janvier. Hélas, il ne parvenait pas à se défaire de ces maudits Cheyennes...

À mi-chemin, Zach s'arrêta pour reprendre son souffle et attira Hirondelle à son côté.

— Caroline... n'est pas folle, dit l'enfant, haletant. C'est nous qui sommes fous.

— Tu aimes bien ses galettes, n'est-ce pas ?

Hirondelle opina.

— Eh bien, tu vas adorer le gâteau qu'elle est en train de nous préparer.

— Tu l'aimes, toi, ce gâteau ?

— Oh oui. Chez nous, une cuisinière venait en faire un tous les ans, à Noël.

— D'accord. Si le gâteau est bon, on en donnera à Petit Loup.

— Pourquoi ? s'étonna Zach en poursuivant son ascension.

— Il m'a laissé venir avec toi, dit Hirondelle avec un sourire. Je lui parle de toi et de Caroline tous les jours, tu sais.

— C'est très rusé. Tu crois qu'il ne comprend pas pourquoi tu lui parles de nous ?

— Oh si, il comprend très bien. C'est pourquoi tu viens à la chasse avec nous.

Zach sourit.

— Rappelle-moi de ne jamais chercher à te manipuler. Tu es trop futé pour moi.

Au sommet de la colline, ils abattirent un sapin sous le soleil couchant.

— Dépêchons-nous, dit Zach en nouant une corde autour du tronc.

En regardant autour de lui, il ne vit aucune trace d'Hirondelle.

— Hirondelle ! Reviens !

Pas de réponse.

— Hirondelle !

— Par ici ! cria l'enfant dans la clairière, en traînant derrière lui un gros morceau d'écorce. On y va !

— Qu'est-ce que tu comptes faire de ça ?

— On descendra plus vite la pente, expliqua-t-il. Comme quand tu as retrouvé Coy... enfin, Renard agile. On va glisser jusqu'en bas.

— Ah, fit Zach en grimaçant au souvenir de la peur qu'il avait ressentie, ce jour-là.

En voyant le ciel se teinter de pourpre, il haussa les épaules. En glissant vers le pied de la colline, ils ne seraient pas obligés de marcher dans le noir.

— D'accord. Mais je doute que nous soyons assez lourds pour entraîner l'arbre abattu. Nous devrons peut-être remonter le chercher. Tu veux toujours essayer ?

— Oui !

En regardant vers le bas, Hirondelle écarquilla les yeux et recula de quelques pas.

— Tu me tiendras, hein ? Pour que je ne tombe pas.

— Bien sûr, promit Zach en s'asseyant sur la luge de fortune. Assieds-toi devant et accroche-toi à mes jambes.

Il glissa un bras autour de la taille de l'enfant et tint sa corde de l'autre main. La luge resta en équilibre au bord du vide, retenue par le poids du sapin.

— Je vais le faire passer par-dessus...

Zach tira sur la corde. Le sapin glissa et, aussitôt, la luge s'envola. Ils dévalèrent la pente à une vitesse vertigineuse.

Hirondelle poussa un cri de joie.

— Nom de...

Le vent étouffa le juron de Zach qui s'efforça de ne pas lâcher prise. Ils amorcèrent un virage, mais Zach redressa la barre en se penchant. À mesure qu'ils approchaient du pied de la colline, il freinait des pieds et des mains, mais le poids du sapin les entraînait.

Il agrippa les bords de l'écorce et se pencha vers la gauche. Enfin, le sapin s'immobilisa. Ils heurtèrent un tas de neige qui s'écroula sur eux. Zach se dégagea rapidement.

— Hirondelle ! Hirondelle ! Où es-tu ?

Le cœur battant, il ôta la neige qui les recouvrait, espérant retrouver l'enfant sain et sauf. Jamais il ne se le pardonnerait si...

— Coucou ! cria l'enfant en surgissant près de lui. On y retourne ?

Le cœur battant à tout rompre, Zach finit de dégager l'enfant.

— J'ai eu suffisamment d'émotions fortes pour aujourd'hui.

Quand Hirondelle émergea enfin de la neige, ses jambes tremblaient.

— Ne bouge pas ! ordonna Zach.

— Je ne suis pas blessé ! On reviendra demain ?

Zach le prit par les épaules et le regarda droit dans les yeux.

— Non. Pas demain. Jamais. Nous avons eu un accident, tu comprends ? Tu aurais pu être blessé !

— Il n'y a pas de danger, assura l'enfant. Je me suis accroché, comme tu l'as dit. Tu ne me laisserais pas me faire mal.

— Allons récupérer le sapin et rentrons.

Zach s'attendait à le trouver abîmé, mais, à part quelques branches cassées, il était intact.

— Hirondelle, il ne faudra pas parler de cette histoire à Caroline, d'accord ?

Le garçon haussa les épaules.

— Oh, non ! Il n'y a pas de place pour elle sur la luge.

— Tu t'es surpassée, dit Zach.

La jeune femme jeta un œil sur le sapin et sourit à Zach. Il était exposé à la vue de tous les Cheyennes et brillait de mille feux. Il ne manquait plus qu'un petit ange pour orner son sommet, et la présence de Renard agile. Petit Loup avait refusé qu'il soit de la fête. Zach avait protesté, en vain.

— Il est superbe, non ? fit-elle en se blottissant contre Zach, qui serrait Hirondelle contre lui. Il est si grand. Pas étonnant qu'il vous ait fallu tant de temps pour le rapporter.

— Oh, on n'a pas mis longtemps, dit Hirondelle, avant de lever les yeux vers Zach. Euh… superbe ! bredouilla-t-il.

Caroline sourit à l'enfant, qui semblait agité. Ces deux-là partageaient manifestement un secret. Comme s'il percevait ses doutes, Zach resserra son étreinte. Elle décida de ne plus s'en soucier… dans l'immédiat.

— On peut manger du gâteau, maintenant ? demanda Hirondelle, qui ne tenait plus en place.

Caroline fit mine de se fâcher.

— Qui t'a parlé de gâteau ? rétorqua-t-elle, les mains sur les hanches.

— Euh… je crois y avoir fait allusion, avoua Zach. Histoire de l'encourager à gravir la pente…

— Le gâteau, ce sera pour après les cadeaux, annonça-t-elle.

Zach et elle avaient prévu une petite cérémonie pour expliquer Noël à l'enfant.

Elle entraîna Zach à l'écart alors qu'ils rentraient dans l'abri.

— Tu crois que nous faisons bien ?

Il fronça les sourcils.

— Comment cela ?

Il observa l'enfant, fasciné par les cadeaux, comme tous les garçons de son âge.

— Peut-être pas, admit-il. Mais j'espère que tout s'arrangera pour lui et qu'il connaîtra de nombreux Noëls.

— On ne célèbre pas Noël dans les réserves.

— Pas encore, mais cela arrivera.

Caroline serra les dents.

— C'est bien ce que je reproche aux âmes bien-pensantes : cette volonté de convertir les Indiens qu'ils considèrent comme des sauvages. Ils détruisent des cultures vieilles de plusieurs siècles en les méprisant. Qui sont les vrais sauvages, dis-moi ?

— Caroline, dit Zach en désignant Hirondelle. Le moment est mal choisi pour ce genre de discussion.

Elle le fusilla du regard. Depuis qu'elle connaissait le vrai visage de Zach, elle était toujours sur le qui-vive. Elle sourit, espérant masquer sa méfiance.

— Le problème, c'est qu'il n'y a pas de bon moment pour parler de cela.

— Passons une bonne soirée pour le petit, dit Zach. C'est Noël.

— D'accord, concéda-t-elle avec un sourire.

Elle ouvrit les cadeaux, apprit des chants à Hirondelle, dégusta du gâteau, mais le cœur n'y était pas. Les regards furtifs de Zach, son rire trop puissant indiquaient qu'il en était de même pour lui.

— Qui c'est, Noël ? questionna enfin l'enfant.

Il avait l'air d'un ange, avec ses yeux pétillants, ses boucles blondes, entouré de ses cadeaux : une tunique neuve, des mocassins assortis, un arc et des flèches.

— J'aime bien ce Noël, dit-il en se frottant le ventre.

— En fait, c'est une fête qui célèbre une naissance, expliqua Zach. La naissance d'un homme qui a débuté un peu comme toi, dans la vie.

— Son père était blanc ?

— En quelque sorte. Ses parents étaient en voyage. Ils n'ont pas trouvé de maison, alors ils ont dû se réfugier dans une étable.

— Moi, je suis né dans un tipi, comme tous les Tsisitas ! protesta le garçon.

— Justement. Il n'avait pas de grande maison, ni d'argent, ni de chevaux. Il est né pauvre et l'est resté toute sa vie. Pourtant, les gens célèbrent sa naissance parce qu'il leur a apporté de l'espoir.

— C'est quoi, l'espoir ? demanda Hirondelle, assis par terre, sans quitter Zach du regard.

— C'est une question difficile. L'espoir, c'est croire que les choses vont s'arranger, que le soleil se lèvera demain, qu'il ne neigera pas, que les Cheyennes atteindront le fleuve Powder et y vivront en paix. L'espoir nous incite à faire des efforts.

— Comme tu as l'espoir de trouver ton fils, dit Hirondelle avant de se tourner vers Caroline. Et toi, un homme qui t'aime.

Zach observa la jeune femme. Sidérée par la clairvoyance de l'enfant, elle dut se détourner pour dissimuler sa peine.

— Et moi, reprit le jeune garçon, j'ai l'espoir d'une famille. Je comprends. L'espoir est un bon remède.

Caroline avait peine à retenir ses larmes. Elle ne voulait pas que l'enfant ait l'impression de l'avoir blessée. Les yeux de Zach pétillaient. Il prit une profonde inspiration et ferma les paupières.

— Oui, c'est un remède très puissant. Et nous avons de la chance de garder l'espoir. Voilà pourquoi nous célébrons Noël chaque année.

— C'est pour ça que vous coupez des sapins, dit Hirondelle en s'écartant de Zach pour mieux le voir. C'est ce que je préfère, le sapin.

— Tu as raison, admit Zach avant de murmurer quelques mots à l'enfant en regardant Caroline.

L'enfant opina et lui répondit, puis il sourit.

— Caroline, tu n'as plus besoin d'espoir, déclara-t-il avant de l'enlacer. Moi, je t'aime.

Elle le serra contre elle et laissa libre cours à ses larmes.

— Pourquoi tu pleures ?

— Parce que tu me rends heureuse... Tu veux encore un peu de gâteau ?

— Je n'ai plus de place, soupira-t-il.

Soudain, une bourrasque renversa dans les flammes le paravent qui bloquait l'entrée. Zach se précipita pour le redresser. Hirondelle l'aida à étouffer les flammes. En le remettant en place, Zach maugréa.

— Quoi ? fit Caroline.

— Regarde.

Le sapin de Noël avait pris feu. Caroline se précipita, mais elle savait que cela ne servirait à rien. Zach se pencha et trempa un doigt dans un pot calciné qui gisait à terre.

— De l'essence, commenta-t-il en se tournant vers la jeune femme. Nous devrions vérifier nos provisions. Ceci n'est pas un accident.

En silence, ils regardèrent le sapin se consumer. L'odeur d'essence était désagréable.

Hirondelle était en larmes. Comment pouvait-on être aussi lâche, aussi mesquin ?

— Quelqu'un veut nous enlever l'espoir, commenta-t-il.

Une fois encore, la sagacité de l'enfant impressionna Caroline. Cet attentat était le fruit de la haine.

Zach prit sa main dans la sienne. La jeune femme en fit autant pour Hirondelle.

— Cette personne peut brûler notre sapin, dit Zach, il ne nous enlèvera jamais l'espoir. Il est profondément enfoui en chacun de nous. Personne ne pourra nous le prendre.

20

Zach donna à Démon une ration supplémentaire d'avoine. C'était un prétexte pour repousser une confrontation avec Caroline, mais Démon avait aussi besoin de forces avant d'entamer un long voyage dans le froid mordant. Cuisse de bois lui avait dessiné une carte en assurant que Camp Robinson se trouvait à une demi-journée de cheval. Toutefois, il fallait tenir compte de la neige. Il ne connaissait pas ce dénommé Wessels. Et son ordre de mission remontait à presque huit mois. Wessels accepterait-il de le recevoir ? Zach aurait aimé partager l'optimisme de Petit Loup.

Il attacha Démon et lui flatta l'encolure. Il avait grand espoir de voir son étalon s'accoupler avec les deux juments.

Ayant terminé ses préparatifs, il pourrait se mettre en route au matin. Auparavant, il devait parler à Caroline.

Il entra dans l'abri, dont il appréciait tant l'atmosphère, la présence de cette femme qui parvenait à créer un environnement chaleureux en dépit des conditions rudimentaires. Cette femme qu'il aimait. Il le savait depuis que Coyote noir lui avait lacéré le ventre, mais il ne lui en avait rien dit. Cet amour était manifestement réciproque, même si Caroline se montrait un peu distante, depuis sa guérison. Hélas, il ne pouvait lui confier ses sentiments, car il n'avait rien à lui offrir, à part une place sur son cheval, une vie sur les pistes, à la merci des éléments, des semaines de solitude et d'angoisse pendant ses missions.

Caroline méritait un homme qui soit présent à ses côtés, qui la chérisse, qui la rassure sur sa beauté, qui lui exprime son amour. Elle méritait un vrai foyer.

Il avait pourtant rencontré la femme dont il rêvait, son âme sœur. Hélas, sa vie était tiraillée entre ses responsabilités envers son fils, son frère, le gouvernement, Caroline, Petit Loup... Il fallait remettre de l'ordre dans ce chaos. Ensuite, peut-être...

Le plus étrange, c'était que ces obstacles lui semblaient moins insurmontables que ceux qu'il avait entrevus en demandant Patricia en mariage. Il voulait passer le reste de sa vie auprès de Caroline. Il n'imaginait même pas l'avenir sans elle.

À présent, il voulait lui montrer combien elle comptait pour lui, en espérant qu'elle comprendrait et lui pardonnerait en apprenant la vérité à son propos.

Dès qu'il l'eut rejointe, Zach l'attira dans ses bras pour un long baiser sensuel, leur premier depuis des semaines.

— Où étais-tu passée ? demanda-t-il en l'embrassant dans le cou.

— J'étais là, répondit-elle, frémissante. Très occupée. Comme toi.

Il parvenait à lui couper le souffle d'un seul baiser. S'il poursuivait sur sa lancée, ils allaient se retrouver dans son lit. Mais cela faisait longtemps qu'il ne lui avait rien appris sur le plaisir.

— Tu m'as manqué, chuchota-t-il contre son oreille meurtrie.

— Tu as une idée derrière la tête, n'est-ce pas ? s'enquit-elle en le dévisageant.

— Qu'est-ce qui te fait croire cela ?

— Ceci.

Elle traça du doigt une ride soucieuse, entre ses sourcils.

— Et ceci, ajouta-t-elle en effleurant ses lèvres pincées. Je ne vois pas très souvent ta fossette, ces derniers temps. Qu'est-ce qui te préoccupe ? Tu souffres encore ? Depuis cette fièvre, tu n'es plus vraiment le même.

— Ce n'est pas cela, répliqua-t-il en allant s'asseoir près du feu.

Il prit un tisonnier et remua les braises. Lui qui pensait réussir à dissimuler ses émotions... Quel imbécile ! Il aurait dû se confier à la jeune femme le jour où Petit Loup lui avait parlé, après sa fièvre.

— Viens ici, dit-il en l'invitant à s'asseoir près de lui.

— Cesse de tourner autour du pot.

— Je pars pour Camp Robinson demain matin afin de régler les problèmes d'Étoile du matin avec le commandant du camp, un certain capitaine Wessels. C'est Petit Loup qui m'a demandé de le faire quand je me suis réveillé de ma fièvre. Depuis, il ne cesse de me harceler pour que je parte.

— Pourquoi ? s'enquit la jeune femme en se redressant vivement. Pense-t-il que Wessels t'écoutera parce que tu es blanc ?

Zach hésitait à tout lui révéler. Il n'était pas encore prêt à affronter cette épreuve.

— En quelque sorte. Il faut que j'essaie. Jamais je ne me le pardonnerais si quelqu'un mourait par ma faute.

Caroline le dévisagea sans un mot durant de longues secondes, puis elle demanda :

— Pourquoi ne me le dis-tu pas, Zach ? Il y a autre chose. Petit Loup ne t'enverrait pas là-bas uniquement parce que tu es blanc. Il doit te juger capable d'accomplir quelque mission. Il est désespéré.

— Justement ! répliqua Zach en saisissant cette perche qu'elle lui tendait. Il est tellement désespéré que c'est moi qu'il envoie négocier avec Wessels.

Elle détourna la tête.

— Que vas-tu dire à Wessels à propos de Petit Loup et du campement ? Il va te demander où il se cache.

— Rien, promit Zach, étonné par la nervosité de la jeune femme. Il n'évoquera sans doute pas le sujet. Il n'a aucune raison de me soupçonner.

— Et s'il te fait prisonnier ? S'il cherche à te faire parler coûte que coûte ?

— Cela ne se produira pas.

Il se leva à son tour et vint à sa rencontre.

— Tu exagères un peu, lui dit-il.

Il voulut la prendre dans ses bras, mais elle se dégagea.

— Non. Je pense que c'est toi qui cherches à minimiser la situation.

La prenant par les épaules, il se pencha pour mieux lire dans son regard.

— Il ne m'arrivera rien. Je ne serai absent qu'une semaine ou deux, tout au plus.

Elle s'écarta de lui.

— Il peut se passer beaucoup de choses en deux semaines. Je ne suis pas sûre que nous soyons en sécurité, ici. Depuis que le sapin a été incendié, l'atmosphère est tendue. Coyote noir et sa bande sont de plus en plus audacieux.

— Que font-ils ?

Si cette ordure avait touché ne serait-ce qu'un cheveu de Caroline, Zach lui couperait la main.

— Ce n'est pas tant ce qu'ils font, c'est leur façon de me regarder. Et ils maltraitent Hirondelle. Vieux Pont interdit à Coyote noir d'approcher Renard agile, mais ils ne se gêneront pas pour le reprendre dès que tu auras le dos tourné.

Zach sentit ses entrailles se nouer. Il n'avait pas eu le droit de revoir l'enfant depuis sa guérison. Petit Loup lui assurait qu'il se portait bien, qu'il reprenait des forces, mais il tenait à le constater par lui-même. Le savoir à nouveau en danger le perturbait.

— Tu crois vraiment qu'ils vont tenter de le reprendre ?

— Bien sûr !

Puis elle haussa les épaules et secoua la tête.

— Enfin... je n'en sais rien. Ils ont un comportement bizarre. Même Plume et Femme tranquille sont inquiètes.

Zach fronça les sourcils.

— Je parlerai à Petit Loup demain, avant mon départ. S'il ne peut me garantir que l'enfant sera protégé, je ne partirai pas. Il devra trouver une autre solution.

Caroline le fusilla du regard. De toute évidence, ses réponses lui semblaient insuffisantes.

— Je n'aime pas cela, dit-elle. Qu'est-ce que tu me caches ?

— Je serai prudent, promit-il, sachant qu'il ne la rassurait en rien.

— Tu vois ? fit-elle d'un air de défi. Tu n'arrives même pas à le dire ! Tu n'arrives pas à me dire que tu ne me mens pas !

— Je ne te mens pas.

Sa conscience le tourmentait, mais il ne pouvait lui avouer la vérité, de peur de la perdre. De plus, il ne serait plus là pour réparer le mal qu'il lui aurait fait.

— Je pars pour Camp Robinson. Je serai absent deux semaines tout au plus, répéta-t-il. Et tu vas me manquer à chaque seconde.

Il tendit les bras, mais elle s'éloigna de lui.

— Oh non ! Tu ne vas pas m'enjôler avec de belles paroles ! Tu n'espères tout de même pas que je vais te dire au revoir avec un grand sourire. Cela ne me plaît pas.

— Très bien, dit-il en repoussant ses cheveux en arrière pour mettre son chapeau. Je pensais te donner une autre leçon d'amour, ce soir, mais je constate que tu n'es pas d'humeur.

— Pas d'humeur ?

Il aurait dû s'enfuir en percevant la colère de la jeune femme.

— Pas d'humeur ?

Elle saisit un pot et le projeta violemment contre la paroi de l'abri.

— Mais qu'est-ce que tu fais ?

Il se protégea le visage d'un bras tandis qu'elle lui lançait une brosse à cheveux. Il la ramassa et la posa sur la natte.

— Tu aurais pu me blesser !

Caroline saisit la brosse et la lança à nouveau. Il l'attrapa par la taille et la coucha sur le lit, avant de la maintenir immobile de son corps. Elle se débattit, tenta de lui donner des coups de pied, mais finit par se calmer.

La jeune femme s'arrêta si brutalement qu'il la dévisagea, craignant que ses cauchemars n'aient ressurgi, mais il ne lut que de la colère dans ses yeux.

Il l'admirait. Il aimait la voir furieuse, les cheveux en désordre, les yeux pétillants de rage…

— Ne… fais… plus… jamais… ça, murmura-t-il en ponctuant sa phrase de baisers de plus en plus appuyés.

Elle gémit en entrouvrant les lèvres pour l'accueillir. Il approfondit son baiser pour se livrer à une exploration sensuelle. Il voulait graver ce souvenir dans sa mémoire.

— Il faut que je parte, reprit-il en plongeant dans son regard d'azur. Tu veilleras sur Hirondelle et le petit ?

— Seulement si tu me relâches tout de suite.

Il se leva et lui sourit, tendant une main pour l'aider à en faire autant.

— Je suis très bien ici, merci.

Il secoua la tête, amusé par ses efforts pour rester en colère, sans y parvenir.

— Allez, insista-t-il.

Elle prit sa main et se laissa attirer dans ses bras. Il la hissa sur la pointe des pieds et la plaqua contre lui.

— Reviens-moi, murmura-t-elle en enfouissant les doigts dans les cheveux de sa nuque. J'ai encore des choses à apprendre.

Elle l'embrassa, hésitante d'abord, puis avec une passion grandissante. Très vite, Zach sentit son membre se gonfler de désir. Si seulement il pouvait lui faire sentir cette passion, lui montrer l'effet qu'elle produisait sur lui, mais il préféra s'écarter, de peur de l'effrayer. S'il faisait l'amour avec elle ce soir, il serait incapable de partir le lendemain.

— Je reviendrai, chérie, lui promit-il dans un dernier baiser, avant de quitter l'abri.

Cette femme ensorcelante lui enflammait les sens.

— Allez, dit Zach à Démon en lui flattant l'encolure.

Le cheval était épuisé. Ils avaient mis une journée et une nuit à gagner Camp Robinson. La neige les avait ralentis, sans oublier le vent du nord-ouest qui ne leur avait pas laissé de répit. Zach redoutait les engelures. En hiver, les grandes plaines devenaient hostiles. Aussi fut-il heureux de voir les lumières au loin.

Au bout de ce qui lui parut une éternité, il s'écroula sur une simple couchette, car il n'y avait plus de place dans les quartiers des officiers. Peu lui importait. Il ne voulait qu'une chose : dormir.

Hélas, la sonnerie du clairon le tira de son sommeil aux aurores.

Lui qui, à une époque, pensait que l'armée l'avait aidé à se construire, se rendait compte que cela lui avait en fait évité de prendre ses propres décisions. Pas de responsabilités, pas de choix à faire, il suffisait d'obéir aux ordres. Il avait eu besoin d'ordre dans sa vie, et s'était caché derrière cette rigueur pour fuir ses responsabilités.

Abasourdi, il demeura allongé sur sa couchette. Comment avait-il pu être aveugle à ce point ? Son amour pour Caroline lui avait-il enfin ouvert les yeux ?

Il se leva d'un bond, désireux d'en finir au plus vite. Son engagement envers l'armée ne lui avait valu que des épreuves et l'avait privé de toute vie personnelle. Il enfila son uniforme et entreprit de mener à bien sa tâche.

Le capitaine Henry Wessels prenait son petit déjeuner et n'avait pas le temps de le recevoir. Ignorant l'arrogance de cet officier sans envergure, Zach décida de visiter le camp et d'évaluer la situation des Cheyennes. Ce qu'il découvrit ne l'enchanta guère.

Les Cheyennes étaient confinés dans un baraquement, sous la garde de soldats armés. Un guerrier passa par la fenêtre un bâton clouté et tenta de frapper un garde, qui esquiva au dernier moment. Des rires fusèrent à l'intérieur.

— Ils sont dingues, ces maudits Indiens, grommela le soldat en continuant sa patrouille.

— Ils ont eu à manger ? demanda Zach à un autre militaire.

— Pas de nourriture, d'eau et de chauffage tant qu'ils n'auront pas remis toutes leurs armes et accepté de retourner dans l'Oklahoma.

— Les femmes et les enfants aussi ? insista Zach, abasourdi.

Les Cheyennes étaient un peuple pacifique et peu enclin à la colère – à part quelques exceptions, bien sûr. Ils devaient être désespérés par ces privations.

Au diable le petit-déjeuner de Wessels ! Zach voulait des explications. Il entra chez l'officier sans même frapper.

— Qu'est-ce qui se passe, ici ? Pourquoi ces gens sont-ils affamés de la sorte ?

— De quel droit entrez-vous ici sans y être autorisé ? demanda Wessels, étonné par son audace.

L'officier était plus petit que Zach, et moins gradé. Il lui fit penser à une fouine, avec sa moustache sur des lèvres très fines. Il ne cessait de cligner les yeux et de regarder en tous sens, comme s'il s'attendait à être agressé à tout moment.

Cet homme était incapable de comprendre la dignité d'Étoile du matin, encore moins de le persuader de renoncer à son peuple et à son espoir. Wessels incarnait tous les défauts du gouvernement américain dans sa façon de traiter les Cheyennes. Si seulement il pouvait libérer ces malheureux et s'éloigner au plus vite de ce visage de fouine. Hélas, seule une reddition complète des Cheyennes pourrait éviter un bain de sang.

Zach ôta son manteau et son chapeau, qu'il tendit à un aide de camp.

— Du café, ordonna-t-il. Noir. Et vite !

Il s'assit et observa le fauteuil de Wessels, qui avait tout d'un trône. Les pieds de sa propre chaise avaient été sciés.

Wessels se leva, s'installa derrière son bureau massif et sourit.

— Voilà qui est mieux, non ? Nous allons pouvoir discuter de façon civilisée. Entre officiers, nous n'allons pas nous disputer, tout de même ?

— Ordonnance ! lança Zach. Apportez-moi une autre chaise !

Le jeune homme s'éclaircit la gorge et adressa un regard nerveux à Wessels, qui afficha un rictus satisfait.

— Elles sont toutes pareilles, déclara-t-il.

— Très bien, fit Zach en se levant. Je resterai debout.

Il ignora l'air furibond de Wessels pour entrer dans le vif du sujet.

— Quelles sont vos intentions, à propos des Cheyennes ?

Zach écouta Wessels se plaindre de l'entêtement des Cheyennes, de leur refus d'obéir, du fait qu'ils cachaient sans doute des armes sur leurs femmes et leurs enfants. Il affirma sa détermination à forcer Étoile du matin à regagner la réserve de l'Oklahoma.

Zach posa les mains sur le bureau et se pencha en avant pour murmurer :

— Vous pensez qu'ils vont obéir alors que vous les privez de nourriture et d'eau depuis deux semaines ? Ils n'ont pas de chauffage. Ils ne peuvent même pas sortir faire leurs besoins ! Enfer et damnation ! Même les chiens sont mieux traités !

Face au visage agité de tics de l'officier, Zach avait des envies de meurtre. Il avait tué des hommes pour moins que cela. Hélas, il n'avait pas le pouvoir de destituer Wessels de son poste pour régler lui-même le sort des Cheyennes. Camp Robinson n'était pas encore équipé du télégraphe. Sheridan se trouvait à une semaine de trajet. Enfin, songea-t-il, il pouvait au moins apaiser les esprits.

— Laissez-moi parler à Étoile du matin en particulier, demanda-t-il avec un soupir.

— Non, répondit Wessels. Pas en dehors de ma présence.

— Il ne parlera pas, si vous êtes là, déclara Zach, qui avait de plus en plus de mal à maîtriser sa colère.

Toutefois, il comprenait qu'il valait mieux y mettre les formes.

— Il n'y aura pas d'entretien sans moi, décréta Wessels.

— Très bien, grommela Zach. Faites-le venir.

Quelques minutes plus tard, trois soldats rubiconds firent entrer Étoile du matin dans le bureau. Il était entravé, menotté, et avait une ecchymose sur la tempe. En voyant Zach, il sourit et se dirigea vers lui, les mains tendues.

Un soldat s'interposa et frappa l'Indien d'un coup de crosse de fusil. Zach repoussa le soldat avant de redresser Étoile du matin. Il coupa la corde qui l'entravait et le soutint.

— Mon frère ? murmura l'Indien.

— Il va bien, répondit Zach en foudroyant le soldat du regard. Si vous osez vous approcher de lui, vous aurez affaire à moi.

Le soldat opina, et lui et ses collègues quittèrent le bureau.

Zach mena Étoile du matin derrière le bureau de Wessels et l'installa dans le fauteuil du capitaine, ignorant les protestations de ce dernier. De toute évidence, le Cheyenne était en piteux état.

Il demanda à l'ordonnance de lui apporter à boire, mais Étoile du matin refusa.

— Je ne boirai rien tant que les miens auront soif.

Il fusilla Wessels du regard, les poings crispés.

— Pourquoi m'avez-vous amené ici ? Je n'ai pas changé d'avis. Mes jeunes ne le permettraient pas. Ils se battront et ils mourront, mais pas dans l'Oklahoma. Nous avons choisi de mourir ici, sur nos terres. Vous aurez notre sang sur les mains.

Wessels se tourna vers Zach :

— Vous voyez ? Nous perdons notre temps. Dégagez-moi ça ! dit-il à son ordonnance.

— Attendez ! intervint Zach en se tournant vers Étoile du matin. S'ils libèrent les trois hommes détenus pour les crimes perpétrés dans le Kansas, vous accepterez de discuter ?

— Ils ne les libéreront pas, fit Étoile du matin d'un ton las. Je les ai déjà suppliés, comme je les implore d'épargner mon peuple. Ils n'écoutent plus les Cheyennes. Merci d'avoir plaidé notre cause, conclut-il en posant une main sur l'épaule de Zach.

Il quitta le bureau, Zach sur les talons. Son regard noir incita les soldats à ne pas lui assener de coups de crosse. Il se retourna vers Wessels :

— Donnez-leur à manger !

— Pas tant qu'ils n'auront pas rendu les armes, rétorqua le capitaine en essuyant son fauteuil à l'aide d'un mouchoir.

— S'ils avaient des armes, vous ne croyez pas qu'ils s'en seraient servis ? Nom de Dieu, Étoile du matin arrive à peine à parler. Que redoutez-vous d'eux, même s'ils sont armés ?

— Ils peuvent encore respirer, non ? fit Wessels en s'installant sur son trône. S'ils peuvent respirer, ils peuvent tirer.

— Et pourquoi avez-vous besoin de leur accord pour les renvoyer dans l'Oklahoma ? Ce sont vos prisonniers. Comment vous empêcheraient-ils de faire ce que vous voulez d'eux ?

— S'ils sont armés, ils peuvent tuer leurs gardiens et s'échapper à nouveau. L'armée a perdu assez de temps à les pourchasser.

Wessels nettoyait son bureau, l'air pincé.

— Ils retourneront dans l'Oklahoma dès que le temps sera meilleur, ajouta-t-il. Une division de cavalerie est arrivée il y a deux jours pour les escorter.

— C'est ridicule ! s'exclama Zach. Ils sont affaiblis. Jamais ils n'atteindront la frontière du Kansas, encore moins celle de l'Oklahoma.

Wessels haussa les épaules.

— Ce n'est pas votre problème.

— Comment ? s'exclama Zach en revenant sur ses pas, brûlant d'envie de l'étrangler.

— Comment se fait-il que ce chef cheyenne vous intéresse autant ? fit Wessels en le fixant de ses petits yeux de fouine. Vous ne m'avez pas dit d'où vous arriviez. Votre ordre de mission ne date pas d'hier. Où étiez-vous, pendant tout ce temps ?

— Je dois des comptes à Sheridan, pas à vous, répondit Zach avec mépris.

Le moment était venu de se retirer. Il ne pouvait rien faire de plus pour Étoile du matin. Même Petit Loup et tous ses guerriers ne pourraient le tirer de ce guêpier.

— Moi aussi, répliqua Wessels.

Zach le dévisagea. Il connaissait Sheridan. Il servait sous ses ordres depuis des années. Sheridan avait peut-être donné des ordres, mais il n'approuverait pas ces méthodes.

— Vous avez trouvé Petit Loup et sa bande, n'est-ce pas ?

Les petits yeux du capitaine lançaient des éclairs. Il se redressa dans son imposant fauteuil et scruta Zach.

— Vous savez où ils se cachent, devina-t-il.

Zach soutint son regard.

— Je passe l'hiver à Ogallala, mais je continuerai à chercher Petit Loup dès les premiers beaux jours. Ne vous inquiétez pas. Je ne serai pas longtemps votre invité.

Wessels pouvait vérifier cette version grâce à un messager, mais il lui faudrait plusieurs jours. Zach devait gagner du temps pour échapper au piège qui était en train de se refermer sur lui et trouver un moyen d'aider les Cheyennes. S'il gagnait l'agence de Pine Ridge, Nuage rouge interviendrait peut-être en envoyant de la nourriture et de l'eau à ces malheureux.

Pour l'heure, il ne voyait pas d'autre solution.

— Il te manque ? demanda Plume.

— Pas du tout ! répliqua la jeune femme. Qu'est-ce qui te fait penser une chose pareille ?

— Tu ne cesses de soupirer, intervint Femme tranquille.

Elle se tourna vers le fond de l'abri et imita Caroline. Plume éclata de rire.

Caroline rougit.

— Tu exagères, protesta-t-elle. Il ne me manque pas.

— Alors pourquoi soupires-tu ? insista son amie.

— Bon, d'accord ! Il me manque. Il devrait être rentré et je commence à me faire du souci, c'est tout !

— Il s'en sortira, assura Plume en lui tapotant le dos. Petit Loup dit qu'il va arranger la situation. Il rentrera bientôt.

— Petit Loup attend trop de lui, marmonna Caroline en vissant le bouchon d'une gourde. Et depuis son départ, la tension monte. Cela me rend nerveuse. Vous n'avez rien remarqué ?

Ses deux amies se regardèrent et secouèrent la tête.

— Non. Tout est calme, dit Femme tranquille. Sauf que Petit Loup m'a prise sous ses fourrures, cette nuit, et…

— Ce n'est pas ma question ! coupa Caroline en levant une main.

Femme tranquille plaisantait pour détendre son amie, mais Caroline n'avait aucune envie d'entendre parler d'ébats amoureux. Elle se souciait de la sécurité de Zach. Ils avaient partagé des moments délicieux, mais elle en voulait davantage. Elle voulait être totalement à lui, ne serait-ce qu'une fois. Ensuite, elle garderait de beaux souvenirs…

En entendant quelqu'un prononcer son nom, au-dehors, elle s'immobilisa et dressa l'oreille.

— C'est Hirondelle, annonça Plume.

— Encore des bêtises en perspective, renchérit Femme tranquille.

Elles se précipitèrent à l'extérieur, drapées dans des couvertures.

— Viens ! lança Hirondelle en prenant Caroline par la main. Vous aussi, ajouta-t-il à l'intention de Plume et Femme tranquille. Il a essayé d'enlever le garçon !

Caroline se mit à courir. Sa couverture glissa sur ses épaules, mais elle ne s'en soucia pas et releva le bas de sa robe pour suivre Hirondelle chez Vieux Pont. Elle s'attendait à ce que Coyote noir tente d'enlever l'enfant et avait mis Petit Loup en garde, mais ce dernier ne le croyait pas capable d'un geste aussi stupide. Petit Loup étant parti à la chasse avec les jeunes, Coyote noir avait profité de l'occasion.

Elle palpa le manche de son couteau et courut le plus vite possible. Avec un peu de chance, les trois femmes pourraient retenir le ravisseur, le temps qu'Hirondelle aille chercher un homme.

Apercevant l'abri du guérisseur, elle s'arrêta. Coyote était là, entraînant l'enfant derrière lui. Le jeune garçon résistait, mais Coyote le gifla violemment et le souleva sur ses épaules. Pas moyen de l'arrêter sans faire du mal au petit. De toute façon, aucun Cheyenne n'oserait s'attaquer à Coyote. Certains affirmaient même que Petit Loup devait lui rendre Renard agile et se mêler de ses affaires.

Grue noire s'interposa sur le chemin de Coyote.

— Tu ne peux pas prendre cet enfant.

— Et toi, tu ne pourras pas m'en empêcher, rétorqua l'autre en crispant les doigts sur la jambe de l'enfant. Il est à moi.

— Donne-le-moi, ordonna Grue noire d'un ton froid. Petit Loup ne veut pas que tu le reprennes. Donne-le-moi avant de lui faire du mal.

— Recule, vieil homme ! cria Coyote. Il est à moi ! Il vivra chez moi et il mourra chez moi !

Grue noire observa la foule qui s'était amassée autour d'eux.

— Entrons, dit-il en posant une main dans le dos de Coyote pour le mener vers l'abri de Vieux Pont. Nous allons discuter.

Coyote recula brusquement et sortit son couteau.

— Si tu me touches encore une fois, je te coupe la main !

— Pourquoi menaces-tu un ami ? clama une voix.

Petit Loup venait d'arriver. Il surgit de la foule, tenant son fouet. Coyote parut nerveux. Il lâcha l'enfant et fit face à Petit Loup et Grue noire.

Vieux Pont s'empara de l'enfant et le raccompagna vers l'abri, avec l'aide de Plume.

— Si vous ne me rendez pas cet enfant, je vous tue tous les deux ! gronda Coyote noir, dont les yeux lançaient des éclairs.

Il fit passer son couteau d'une main à l'autre. Grue noire fit un pas en avant, les mains tendues.

— Viens. Nous allons parler de l'enfant.

Coyote noir observait Petit Loup. Percevant le mouvement de Grue noire, il pivota et lui enfonça son couteau dans la poitrine.

La foule retint son souffle en voyant le vieil homme tomber à genoux, se tenant la poitrine. Coyote noir semblait abasourdi. Petit Loup aida Grue noire à se coucher à terre, puis posa une main sur sa bouche. Il ne respirait plus. Il fit signe à Caroline de s'approcher.

Elle tenta de vérifier le pouls de Grue noire.

— Je regrette, mais il est mort, dit-elle.

Coyote noir essuya son couteau dans la neige.

Petit Loup se releva et brandit son fouet.

— Va-t'en, ordonna-t-il, avec ta femme et tous ceux qui veulent te suivre. Tu n'es plus un Cheyenne.

Coyote noir ne dit rien. Il ne regarda même pas son chef, mais se tourna vers l'abri de Vieux Pont.

Caroline se doutait que Petit Loup le bannirait. Il n'avait pas le choix, d'après les coutumes de son peuple. Redoutant qu'il ne cherche à emmener l'enfant, la jeune femme se plaça entre Coyote et l'abri.

— Tu as entendu le chef, dit-elle en brandissant son couteau. Va-t'en !

— Pas sans le garçon.

Coyote noir s'avança vers elle, couteau en main. Le fouet de Petit Loup claqua au moment précis où une flèche se plantait dans la cuisse de Coyote noir. Caché derrière un rocher, Hirondelle banda à nouveau son arc. Coyote noir le fusilla du regard, puis rengaina son couteau.

— Va-t'en ! répéta Petit Loup. Le garçon reste avec moi. Je le rendrai à son peuple.

Coyote arracha la flèche plantée dans sa cuisse. Sa femme arriva à cheval, menant une mule déjà chargée de leurs effets.

Caroline regarda Coyote monter en selle avec un immense soulagement. De toute évidence, ils avaient prévu de partir en enlevant l'enfant. Dieu merci, Petit Loup les en avait empêchés.

Lançant son cri de guerre, Coyote s'éloigna au galop, renversant presque une vieille femme au passage. Quatre hommes le suivirent.

Petit Loup fit un signe à un guerrier, qui leur emboîta le pas. Petit Faucon et plusieurs autres portèrent la dépouille de Grue noire chez lui, sous le regard de la famille en deuil.

— Ne refais jamais une telle bêtise ! lança Petit Loup à Caroline. Si Hirondelle n'avait pas tiré cette flèche, je n'aurais pas pu l'empêcher de te tuer.

La colère manifeste du chef l'impressionna.

— Tu croyais donc qu'il ne te tuerait pas parce que tu es une femme ? ajouta-t-il. Tu es une *veho* ! Une ennemie jurée ! S'il t'avait tuée, je n'aurais pas pu le punir. Tu serais morte pour rien. Si ta vie ne compte pas à tes yeux, n'oublie pas qu'elle est précieuse pour certains.

Caroline tremblait.

— Je voulais sauver l'enfant, expliqua-t-elle. Je savais que je ne pouvais arrêter Coyote noir, mais je voulais le retarder, te donner l'occasion d'intervenir.

Hirondelle sauta de son rocher et le rejoignit.

— J'ai bien agi ? demanda-t-il à Petit Loup, l'air grave.

Le chef opina.

— Joli tir. Où as-tu trouvé cet arc ?

Hirondelle le lui tendit.

— C'est Zach qui me l'a fabriqué pour Noël.

— Tu m'as sauvé la vie, dit Caroline en l'étreignant.

— C'est normal, puisque je t'aime.

— Moi aussi, je t'aime, Hirondelle. Allons voir le petit.

21

Zach en eut des sueurs froides. Un coup de feu ! Il avait entendu un coup de feu ! Sortant son arme, il entendit une femme crier et un homme réclamer un médecin. Il se précipita dans la loge de théâtre, mais l'assassin avait filé et se trouvait désormais sur scène, en train de s'adresser au public. Booth. Zach visa, mais Booth le reconnut et s'enfuit.

Une nouvelle détonation éclata, suivie d'une fusillade. Zach fronça les sourcils. Quelque chose clochait. Il n'y avait pas eu d'autres coups de feu. Seulement des cris, suivis d'autres cris...

Quelqu'un le réveilla. Il fixa le soldat penché vers lui. Où donc se trouvait-il ?

— Réveillez-vous ! Ils cherchent à s'enfuir ! Vite, il faut descendre ces Indiens !

Zach secoua la tête pour remettre de l'ordre dans ses idées. Il avait fait un cauchemar. En reconnaissant le baraquement, il se souvint qu'il se trouvait encore à Camp Robinson. À en juger par la confusion qui régnait dehors, les Cheyennes cherchaient à fuir.

Il assomma le soldat, se disant que ce serait un adversaire de moins pour les Indiens. Car il avait l'intention de les aider dans leur fuite. Il avait beau être militaire, il réprouvait le traitement réservé aux captifs. Il s'habilla rapidement, espérant pouvoir tirer sur Wessels, histoire de lui épargner la cour martiale.

La fusillade était impitoyable. Au milieu des cris, il entendit les chants des Cheyennes et les pleurs des femmes et des enfants. Il se promit d'être discret en entravant l'action des soldats. Wessels avait dû ordonner à ses hommes de le surveiller. Mais il comptait profiter de la confusion générale.

La lune luisait sur la neige, projetant des ombres étranges sur les murs. Les Cheyennes auraient sans doute préféré agir par une nuit sans lune, mais ils ne pouvaient plus attendre. Zach contourna le baraquement. Les fuyards se dirigeaient sans doute vers la rivière. Il trouva un soldat mort, et quatre cadavres de Cheyennes, devant la guérite. Des traces de sang menaient vers un autre baraquement. Les fenêtres fermées par des planches avaient été défoncées, de même que des pans de murs. L'évasion avait été planifiée avec soin. Ils avaient frappé au moment où les sentinelles étaient les moins nombreuses.

Entendant des voix, il retourna à l'arrière du bâtiment. Après les écuries, le terrain était découvert. Il dut se pencher en avant et courir le plus vite possible. Les Cheyennes avaient décidément bien peu de chances d'atteindre les falaises.

Comme prévu, ils avaient gagné le bord de l'eau, laissant des traces de sang dans la neige. Zach dénombra vingt morts avant même d'avoir atteint la rivière. La mâchoire crispée, il vérifia son arme et ses munitions. Il devait trouver une position favorable. Hélas, les Cheyennes s'étaient éparpillés. Les coups de feu fusaient de tous les côtés.

Il s'arrêta près d'un soldat mort pour récupérer son arme. Quelle direction prendre ? Un autre soldat apparut, qui se détendit en voyant qu'il était blanc.

— Vous êtes l'un de ces fermiers ?

— Oui, répondit Zach. Ils vont où, ces sauvages ?

— Ils se cachent sur l'autre rive. Ils veulent monter sur les falaises, expliqua l'homme en observant les eaux gelées.

Zach l'assomma d'un coup de crosse.

Sur la rive opposée, plusieurs Cheyennes surgirent de l'ombre et se mirent à escalader la paroi de la falaise. Étoile du matin adressa un signe de la main à Zach, qui le regarda disparaître dans la nuit.

— Bonne chance, murmura-t-il.

Au cœur de la fusillade, il repéra un groupe de civils qui tiraient sur des ombres indistinctes. Il leur était impossible de savoir s'ils tiraient sur des hommes, des femmes ou des enfants.

Zach en eut des sueurs froides. Caché derrière un arbre, il fit feu sur ces civils. Trois ou quatre tombèrent, les autres filèrent. En s'approchant, il distingua la rive opposée, jonchée de Cheyennes morts ou blessés. Assoiffés, femmes et enfants s'étaient arrêtés pour boire à la rivière. D'autres étaient tombés dans l'eau glacée et n'étaient plus en état de courir. Les guerriers qui tentaient d'aider les retardataires constituaient des proies faciles.

Pendant deux heures, Zach resta en lisière du groupe de tireurs civils et militaires. Wessels leur hurlait de les abattre tous.

Quand les détonations se calmèrent, la chasse commença vraiment. Les soldats passèrent le terrain au peigne fin. Impuissant, Zach vit un soldat exiger la reddition d'un guerrier armé. Celui-ci refusa et le paya de sa vie. Les soldats rattrapèrent des femmes et des enfants, qu'ils ramenèrent au campement. Les civils semblaient déterminés à rapporter des trophées : calumets, couteaux, scalps...

Espérant passer inaperçu, Zach se glissa derrière un chariot qui transportait deux hommes. Un civil passa, se dirigeant vers la rivière.

— Eh, Laughlin ! lança le conducteur. Tu viens t'amuser avec nous ?

— Je suis arrivé en retard pour la bagarre, dit l'autre avec entrain. Mais j'ai tué une squaw.

Il brandit un trophée ensanglanté et poursuivit son chemin vers la rivière pour se joindre à la battue. Un soldat s'arrêta derrière le chariot et ordonna à ses hommes de regagner le fort. En passant, il tendit un bras et prit une couverture sur une pile.

— Où vous avez trouvé ça ? demanda-t-il.

— Là, dans la neige, répondit le conducteur.

— Ouais, renchérit le passager du chariot. On sait pas à qui c'est.

Le soldat les dévisagea, puis remit la couverture en place.

— Dégagez. Et ne revenez plus ce soir.

— Bien, m'sieur, fit le conducteur en faisant claquer les rênes. Maudites tuniques bleues. Faut toujours qu'ils nous gâchent notre plaisir...

Zach garda les yeux rivés sur la pile de couvertures tandis qu'il suivait le chariot sur le pont. Il resta suffisamment en arrière pour ne pas éveiller les soupçons du conducteur. Après les exactions de la soirée, le spectacle de ces couvertures lui faisait horreur. Il savait parfaitement où ces hommes les avaient prises. Elles étaient sur les épaules des Cheyennes en fuite.

Non loin d'une ferme, Zach grimpa sur le côté du véhicule.

— Les gars, vous voulez voir mon souvenir ? demanda-t-il en tapotant la poche de son manteau d'un air mystérieux.

— Qu'est-ce que t'as ? s'enquit le conducteur.

Zach scruta les alentours.

— Pas ici, dit-il en désignant la pénombre des écuries. Suivez-moi.

— D'accord ! fit le passager. Je suis impatient de voir ça ! Qu'est-ce que ça peut être ? Un bout de squaw…

— Chut ! lança le conducteur. Tu sais bien qu'on n'a pas le droit.

— Arrête-toi là, dit Zach.

Dès qu'il mit pied à terre, le conducteur reçut son poing en plein visage et s'écroula comme une masse. Zach s'occupa de l'autre, et laissa les deux hommes allongés dans la neige.

Il conduisit le chariot vers le fort et le gara à l'extérieur, espérant que les couvertures se retrouveraient entre les mains des Cheyennes.

Puis, ayant récupéré sa selle et ses affaires dans le baraquement désert, il se dirigea vers les écuries. Par chance, elles étaient vides. Démon s'agita dans son box et accueillit son maître avec un plaisir évident.

— Tu as entendu la fusillade, hein, mon vieux ? fit-il en le sellant. C'est terminé, mais on a du chemin à parcourir, ce soir.

Zach mit le cap vers le nord-est, vers le ranch d'un ami de Petit Loup, qui avait autrefois été emprisonné pour avoir aidé les Cheyennes. Zach avait besoin de se cacher quelque temps, mais il voulait aussi avoir la possibilité de partir en reconnaissance, le soir venu. Il espérait que certains Cheyennes avaient pu s'échapper. Il pourrait les aider à retourner auprès de Petit Loup.

Wessels ne manquerait pas de le faire rechercher. Toutefois, il avait du pain sur la planche avec les Cheyennes en fuite. Zach devait prévenir Petit Loup de l'évasion d'Étoile du matin.

Petit Loup faisait les cent pas autour du feu de camp. Zach était parti depuis trop longtemps. Les épouses du chef tenaient compagnie à Caroline. Les trois femmes ne masquaient pas leur angoisse. Elles regardaient constamment vers l'est, guettant l'arrivée d'un cavalier.

Petit Loup ne pouvait leur confier ce qu'il avait vu dans la fumée, et qu'il lisait encore dans la neige. Il avait peur pour son frère et les siens. Dans ses rêves, les esprits lui murmuraient des chants de mort et de chagrin. Avait-il amené son peuple sur ces terres pour qu'il se fasse massacrer ? Étaient-ils parvenus aussi loin pour périr dans la neige ?

Que faire, maintenant ?

En entendant un coassement, Petit Loup se tourna vers l'est. Un homme approchait, un homme connu de la sentinelle. Deux hommes, même. Cuisse de bois le rejoignit, suivi de Vieux Pont, pour les regarder arriver. Le premier s'arrêta loin, tête basse et couverte.

Mauvaise nouvelle. Pourquoi cet imbécile se souciait-il des traditions, quand ils étaient traqués par des soldats ? Petit Loup fit un signe de tête à Plume, mais elle refusa de s'en aller, de même que Femme tranquille.

— Dis-lui de venir vite, ordonna Petit Loup en envoyant un guerrier à sa rencontre.

Certaines femmes s'étaient réunies et commençaient à se lamenter. Petit Loup leur imposa le silence en faisant claquer son fouet.

— Taisez-vous ! Nous ferons notre deuil plus tard !

Le messager vint à la rencontre de Petit Loup. Dès qu'il ôta la couverture qu'il avait sur la tête, les femmes se mirent à crier. Il avait la moitié du visage déchiquetée par une blessure par balle. Vieux Pont alla chercher ses remèdes, tandis que Cuisse de bois et Petit Loup aidaient le blessé à s'installer près du feu. Plume lui offrit de l'eau, mais l'homme refusait qu'elle touche son visage.

— Je veux parler... d'abord, énonça-t-il difficilement.

Caroline poussa un cri et se leva d'un bond. Zach McCallister approchait. C'était lui, le second homme. Il mit pied à terre et faillit tomber à la renverse, mais la jeune femme le retint. Cuisse de bois l'incita à s'asseoir près du feu.

— Mon cheval... fit Zach en essayant de se lever.

Cuisse de bois l'en empêcha alors que Petit Loup chargeait un guerrier de s'occuper de l'étalon.

— Raconte, dit-il en s'asseyant près des deux hommes.

L'homme blessé relata la capture d'Étoile du matin et des siens, et leur refus de regagner la réserve de l'Oklahoma. Les privations qu'ils avaient subies suscitèrent des réactions indignées. Il conclut par l'évasion sanglante dans la neige.

Voyant son compagnon à bout de forces, Zach prit la parole.

— Il y a eu plus de trente morts, dit-il, les yeux dans le vague. Et bien plus de blessés. Pendant deux semaines, les soldats ont traqué les survivants dans les collines. Petit Ongle leur a montré le chemin. Ils ont livré une dernière bataille. Beaucoup ont péri.

— Et Étoile du matin ?

Petit Loup redoutait le pire, mais Zach lui sourit.

— Je crois l'avoir sauvé. J'ai assommé un soldat qui tirait sur un groupe de Cheyennes, et Étoile du matin est apparu au pied de la falaise. Personne ne l'a revu depuis. Il s'est peut-être caché.

— C'est vrai, reprit le blessé avec fierté. Notre chef s'est échappé, mais il y a eu tant de victimes...

Il énonça la liste des morts, prononçant des noms familiers. Si les Tsisitas survivaient et atteignaient le fleuve Powder, les noms de ces braves seraient attribués aux enfants à naître.

Petit Loup s'éloigna du campement pour gravir la colline, vers un lieu où il venait souvent méditer.

Il devait prendre une décision rapidement. Son peuple devait se préparer à repartir. Il était plus déterminé que jamais à atteindre son objectif.

Pour l'heure, il ne pouvait que pleurer les victimes, et prier les puissances du ciel et de la terre d'épargner les survivants.

Assise dans le noir, Caroline regardait Zach dormir. Elle lui avait fait boire une tisane contre la douleur avant de l'installer chez elle. Cela faisait presque trois semaines qu'il était parti, et il avait rarement dormi sous abri.

Il ôta vivement ses couvertures et s'agita, en proie à un nouveau cauchemar. Caroline savait presque tout de ce qui lui était arrivé. Il avait désobéi aux ordres qu'il avait reçus pour aider les Cheyennes et avait risqué sa vie pour eux. Sans doute encourait-il la cour martiale pour cet acte de désobéissance.

Elle ne savait plus que penser, mais elle l'admirait au-delà des mots. De plus, elle ne cherchait plus à nier qu'elle était amoureuse de lui.

Elle n'avait pas dit un mot de tout cela à Petit Loup, mais il était sans doute au courant. Petit Loup avait un instinct très sûr. Avait-il compris que Zach serait un atout majeur dans ses négociations pour obtenir la clémence des autorités ? Espérait-il que Zach convaincrait Sheridan de laisser les Cheyennes vivre sur leurs terres ?

Elle soupira. Quelle responsabilité, pour un seul homme ! Ce fardeau était presque aussi lourd à porter que celui de Petit Loup. Et les projets de Zach pour retrouver son fils ? S'il apprenait que l'enfant se trouvait parmi les Sioux, partirait-il sans se retourner ?

Petit Loup ne pouvait avoir la certitude que Zach resterait jusqu'au bout...

Pendant une semaine entière, Caroline retourna ces questions dans sa tête. Elle hésitait à affronter Petit Loup. Grâce aux soins de la jeune femme, Zach se remit rapidement, mais il demeurait marqué par ces épreuves. Il était plus réservé, plus sombre. Il passait beaucoup de temps en compagnie de Petit Loup, à fumer, à parler.

Leur complicité d'autrefois lui manquait. Il détournait les yeux chaque fois qu'elle lui souriait. Après la première nuit, il avait regagné son propre abri, en affirmant qu'il ne voulait pas l'empêcher de dormir. Il avait emporté avec lui ses secrets.

Leur amour était-il mort ?

— Caroline ! lança Zach en accourant.

— Que se passe-t-il ? demanda-t-elle, sur le seuil de son abri.

Hirondelle le suivait de près, portant un sac sur ses épaules, ainsi que son arc et des flèches. Il tirait deux mules. Dans le campement, c'était l'affolement. Chacun rassemblait ses effets.

— Nous partons ? demanda-t-elle.

— Oui, mais nous ne suivons pas les Cheyennes, dit-il. Les guerriers ont repéré des soldats qui arrivent par ici. Ils ignorent peut-être notre présence, mais Petit Loup préfère s'enfoncer dans les collines pour repartir vers le nord. Il n'emmène ni Hirondelle ni Renard agile. Il y a trop de rumeurs, depuis le massacre de Camp Robinson. J'ai accepté de m'occuper d'eux et de le rejoindre à Fort Keogh pour l'aider à négocier avec les officiers.

Elle hocha la tête et rassembla ses rares effets.

— Dis à Petit Loup qu'il peut prendre trois des mules, lança-t-elle à Zach.

— Je lui en ai donné quatre.

— Quatre ? répéta-t-elle, les mains sur les hanches. Ce sont mes mules...

— Chérie, dit-il avec un baiser sur sa joue, ce n'est pas le moment de discuter. Il en a davantage besoin que nous. En quoi puis-je t'aider ?

L'heure qui suivit se déroula comme dans le brouillard. Zach et Hirondelle chargèrent les deux mules restantes. La jeune femme prit rapidement congé de Plume sur la tête et Femme tranquille.

Petit Loup leur amena Renard agile. Il prit Zach par l'épaule et le regarda droit dans les yeux.

— Pendant que tu étais à Camp Robinson, j'ai appris que c'était Coyote noir qui avait amené tes juments au campement, en rentrant d'une visite chez les Sioux, cet été. Aucun de mes hommes ne voulait me le dire, mais, quand je l'ai banni à la mort de Grue noire, les langues se sont déliées.

Il se dirigea vers Hirondelle.

— Sois fort, lui dit-il. Veille sur Renard agile. Il est jeune.

L'enfant hocha la tête, les yeux embués de larmes. Il saisit la main de Caroline.

Pour la première fois depuis leur rencontre, Petit Loup caressa la joue de la jeune femme. Elle comprit qu'il lui disait adieu.

— Fais attention à toi, murmura-t-elle, pleine de tendresse et de gratitude pour cet homme qui était comme un père pour elle. Nous te chercherons dans la vallée du fleuve Powder.

Elle déposa un baiser sur sa joue.

— Sois patient, dit le chef à Renard agile, en se penchant vers lui.

À la grande surprise de Caroline, l'enfant opina et étreignit Petit Loup.

Puis, sans un mot de plus, le chef s'éloigna. Caroline sentit son cœur s'emballer. Reverrait-elle un jour ses amis si chers ? Leur avenir s'annonçait incertain.

Zach ne leur permit pas d'assister au départ des Cheyennes. Il installa la jeune femme sur l'une des juments et Hirondelle sur l'autre, avec Renard agile. Ce dernier montait comme s'il l'avait fait depuis sa plus tendre enfance. Après tout, c'était un Sioux. Zach fut attendri par son aisance en selle.

— C'est bien ! lança-t-il au jeune garçon, comme si c'était lui qui lui avait appris à monter.

Il prit les rênes d'une mule et attacha l'autre à la monture de Caroline. Enfin, ils quittèrent la vallée de Lost Chokeberry pour partir vers le nord-ouest de la piste empruntée par les Cheyennes.

Caroline avait les larmes aux yeux. Malgré la rigueur de l'hiver, elle avait eu l'impression de vivre au paradis.

— Reposez-vous, les garçons, dit Zach.

Il leur avait installé une tente de fortune qu'il avait dressée parmi les arbres, en espérant que leur feu de camp passerait inaperçu.

Coyote noir et ses amis étaient toujours en fuite, même si les hommes de Petit Loup les avaient repérés en direction du nord. Zach redoutait qu'il ne revienne sur ses pas pour tenter d'enlever Renard agile, surtout en apprenant que Petit Loup n'avait pas emmené l'enfant.

Mais Coyote noir n'était pas la seule menace. Zach s'était fait des ennemis, à Camp Robinson. Toutefois, le général Sheridan n'agirait pas à la légère. Les hommes qu'il avait blessés ne pouvaient sans doute pas l'identifier. Cependant, sa disparition soudaine risquait d'éveiller les soupçons.

— Renard agile a l'air d'un petit sauvage, dit Caroline en secouant la tête lorsqu'il la rejoignit. Nous devons lui couper les cheveux, l'habiller autrement. Sinon, personne ne le prendra pour un Blanc. Comment assurer sa sécurité ?

— Eh bien, un bon bain serait peut-être la première étape, répondit Zach avec un large sourire.

Il la reconnaissait bien là ! Elle se souciait de la sécurité de l'enfant avant tout.

— On voit bien que ce sont des hommes qui se sont occupés de lui, reprit-elle. Il a la peau si foncée que j'ignore quand il s'est lavé pour la dernière fois. Si seulement je pouvais lui faire prendre un vrai bain, avec du savon ! Si je brûlais ses hardes, tu crois qu'elles lui manqueraient ?

Zach se mit à rire et la prit dans ses bras. Elle posa la tête sur son torse et ferma les yeux. Aussitôt, les inquiétudes de la jeune femme s'envolèrent.

— Nous allons nous en sortir, assura-t-il. Nous avons toujours réussi à tirer notre épingle du jeu, non ?

— D'une façon ou d'une autre, admit-elle.

Elle leva la tête pour lui sourire.

— Tu n'en as pas assez, parfois, de lutter sans cesse ? Tu n'as donc pas envie d'une existence normale ?

Il haussa les épaules.

— Qu'est-ce qu'une existence normale ? Tout est question de point de vue. Ce qui est normal pour toi est sans doute le pire cauchemar d'une autre femme.

— Tu as raison, approuva-t-elle en posant les yeux sur ses lèvres. Mais nous avons perdu tellement de temps à gérer nos difficultés. Nous n'avons pas pu profiter de l'instant, apprendre...

Elle l'embrassa furtivement sur les lèvres, mais ce simple geste embrasa Zach.

— Ce n'est pas l'envie qui m'en manquait, dit-il. Et maintenant, nous ne sommes plus jamais seuls...

Il regarda en direction de la tente des deux garçons.

— Nous y arriverons, promit-elle en l'embrassant avec passion.

Ce fut un baiser avide, au point que Zach en oublia toute prudence. Il s'empara de sa bouche sans douceur. La jeune femme réagit avec la même ardeur. Il la sentit s'abandonner, l'accepter.

Cela faisait si longtemps qu'il attendait de la faire sienne. Comment allait-il se retenir ?

— Caroline, si tu ne veux pas, dis-moi d'arrêter, souffla-t-il dans son cou.

— Zach, je...

Un cri strident rompit le silence. Ils se figèrent. C'était Renard agile.

Zach se précipita vers la tente. Il s'agenouilla près de l'enfant, toujours endormi, et tenta de lui parler. En vain.

— Frotte-lui les bras, suggéra Caroline. Il n'entend pas le son de ta voix.

— Mais il ne supporte pas qu'on le touche ! Il n'entendra rien de ce que je lui dis et je ne veux pas le réveiller. Il aurait trop peur.

— Fais comme ça, répliqua Caroline en joignant le geste à la parole. Allons, calme-toi, tout va bien...

Elle s'adressait à l'enfant d'un ton à la fois ferme et apaisant. Elle lui prit la main, caressa son bras, son épaule...

— Vas-y, dit-elle à Zach.

— Chut, fit alors Zach. Tu n'as plus rien à craindre...

Renard agile se tut aussitôt et ouvrit les yeux. Zach lui massa encore les bras, tandis que Caroline rassurait Hirondelle.

Ce dernier fixa Renard agile, puis se cacha sous ses couvertures. Renard finit par se recroqueviller sur lui-même, avant de replonger dans un profond sommeil.

— Il faisait la même chose, au campement ? demanda Zach à la jeune femme. Je ne me rappelle pas avoir entendu de tels cris.

— Pas à ma connaissance, répondit-elle. Mais Vieux Pont lui faisait peut-être boire des potions. Si ces cauchemars continuent, je lui en préparerai, moi aussi.

— Je ne veux pas qu'il soit drogué, protesta Zach.

Il savait que ces substances embrumaient l'esprit. S'ils voulaient rester sur les traces des Cheyennes, ils auraient besoin de toute leur énergie.

Soudain, Renard agile se remit à hurler. Après de nombreux efforts, Zach parvint de nouveau à le calmer. Quand Caroline apporta une couverture, il lui prit la main et murmura :

— Demain, nous le baignerons, et je pense que ta potion calmante nous fera du bien à tous.

22

Zach et Caroline renoncèrent vite à baigner Renard agile. Dès leur deuxième tentative, l'enfant s'était enfui. Chaque fois que la jeune femme sortait ses ciseaux, il disparaissait. Renard ne céda même pas en la voyant couper les boucles rebelles d'Hirondelle. Ces fugues leur firent perdre un temps précieux.

Caroline était touchée par les réticences de l'enfant, et la patience de Zach à son égard était impressionnante.

— Il a subi de nombreux traumatismes chez Coyote noir, déclara-t-il, plus d'une semaine plus tard, alors que le garçon s'était encore enfui. Il a peut-être peur de moi. Au prochain relais de poste, il restera avec Hirondelle et toi, pendant que j'irai acheter des provisions et des vêtements pour nous tous.

— Comment comptes-tu payer ? demanda-t-elle. Je n'ai plus un sou et je ne t'ai toujours pas rémunéré. Tu aurais dû accepter l'argent que je te proposais à Dodge City.

Il s'appuya sur un tronc d'arbre et lui sourit.

— Ce n'est pas de l'argent que j'attends de toi, assura-t-il.

Elle le repoussa vivement et le fusilla du regard, les mains sur les hanches.

— Tu accepterais mes faveurs à la place de mon argent ?

L'expression peinée de Zach indiquait qu'il n'avait pas cherché à l'offenser. Toutefois, ces paroles maladroites l'avaient froissée. Elles lui rappelaient aussi que la séparation était proche.

— Je trouverai de l'argent pour te régler ce que je te dois, même si je mets des années à te rembourser, si je dois faire le ménage dans une épicerie à Fort Keogh. Mais plus jamais tu ne me toucheras, Zach McCallister. Jamais !

Les larmes aux yeux, elle s'éloigna, de peur de trahir sa douleur.

— Retrouve le petit tout seul. Je retourne au campement.

Sans crier gare, il la souleva de terre.

— Je te touche, en ce moment, et sache que je te toucherai jusqu'à ce que tu te taises et que tu m'écoutes.

Il la plaqua contre son torse, le visage tendu par la colère.

— Repose-moi par terre, espèce de brute ! protesta-t-elle en se débattant. Je ne suis pas une prostituée !

Loin d'obéir, il la serra plus fort.

— Ne prononce plus jamais ce mot, ordonna-t-il d'un ton trop calme. T'ai-je déjà traitée comme une prostituée ?

— Non, admit-elle, immobile.

Elle refusait de glisser les bras autour de son cou, même si elle avait peur de tomber.

— C'est toi qui as parlé d'argent, pas moi. Je ne t'ai jamais réclamé un sou. Nos rapports n'ont rien à voir avec cela.

— Non, mais un peu d'argent serait le bienvenu.

— Pour satisfaire tes besoins, et pour aider les Cheyennes, dit-il en la dévisageant. Mais je ne te demanderai jamais rien.

— Très bien, concéda-t-elle. Tu as gagné. Pose-moi par terre.

Elle tenta de le repousser et regarda au loin, par-dessus l'épaule de Zach.

— Je te poserai quand je le jugerai bon, rétorqua-t-il en la serrant plus fort. Embrasse-moi.

— Comment ? s'exclama-t-elle, choquée. Quel toupet !

Lorsqu'il la relâcha soudain, elle n'eut d'autre solution que de l'enlacer.

— C'est bien mieux ainsi, murmura-t-il en la plaquant contre lui.

Incapable de résister à ses assauts, elle accepta son baiser avec un gémissement. Comme ses baisers lui avaient manqué ! Il lui avait donné tant de plaisir qu'elle brûlait de renouveler l'expérience. Hélas, la présence continuelle des deux garçons les privait d'intimité. Pour une fois, ils se retrouvaient seuls dans les bois.

Laissant libre cours à ses pulsions, elle glissa les doigts dans ses cheveux et s'abandonna avec passion aux mouvements sensuels de la langue de Zach.

Elle aimait sentir ses bras puissants autour d'elle. Hélas, ils ne s'étaient encore jamais unis. Jamais il ne l'avait faite sienne, et elle savait que ce moment serait une souffrance.

Parviendrait-elle à se détendre suffisamment pour l'accueillir en elle, alors qu'elle s'était juré de ne pas permettre à un homme de la toucher ? Elle voulait savoir pourquoi Plume sur la tête et Femme tranquille affichaient un sourire béat après leurs ébats avec leur mari. Pour cela, elle devrait offrir son corps à cet homme, alors qu'elle ne lui avait pas donné son cœur.

Elle se concentra sur ce baiser pour le savourer pleinement. Son corps s'ouvrit peu à peu à lui. Un trouble étrange naquit entre ses cuisses et elle gémit de désir.

Sans interrompre leur baiser, Zach la souleva contre lui en enroulant ses jambes autour de sa taille. Jambes écartées, elle se sentait vulnérable. Sous sa jupe en peau, elle portait une simple culotte de coton. Elle sentit le membre gonflé de Zach à travers le fin tissu. Les mains plaquées sous ses fesses, il la serra plus fort contre lui pour entamer un léger va-et-vient qui fit monter un trouble grandissant dans son ventre. Son sexe vibrait contre ses replis humides, mais elle ne souffrait pas, au contraire. Zach était sur le point de la pénétrer. Le cœur battant, elle attendit avec impatience de découvrir cette sensation nouvelle.

Mais Zach rejeta soudain la tête en arrière et poussa un long soupir. Les yeux fermés, il fit glisser la jeune femme le long de son corps, jusqu'à terre.

— Qu'est-ce qui ne va pas ? murmura-t-elle. J'ai fait quelque chose de mal ?

— Tu es merveilleuse, répondit-il en posant son front contre le sien. Trop merveilleuse…

Il l'embrassa tendrement sur les lèvres, geste qui la fit frémir d'un désir renouvelé.

— Quand je te ferai l'amour, ce ne sera pas contre un tronc d'arbre.

Il la prit par la main pour l'entraîner vers le campement.

— Viens. Les garçons nous attendent.

Caroline le dévisagea.

— Vraiment ? Comment le sais-tu ?

Il la prit par les épaules. Elle l'enlaça à son tour et se blottit contre lui.

— Hirondelle était là.

— Comment ? s'exclama-t-elle, horrifiée. Tu crois qu'il nous a vus ?

Zach lui sourit.

— Il n'a pas discerné grand-chose. Il s'est simplement frotté le ventre en désignant le campement. Le petit était avec lui. Sans doute sont-ils tous les deux affamés.

Caroline s'écarta de lui. Mortifiée, elle porta les mains à ses joues empourprées.

— Qu'allons-nous leur dire ? Nous étions censés chercher le petit et, au lieu de cela, nous...

— Hirondelle n'était pas gêné, lui, coupa Zach en lui caressant le bras. En fait, il semblait même ravi. Allez, fais-moi un sourire !

— Mais comment oserai-je les regarder en face ?

— Tu n'as pas à avoir honte. Ils nous ont surpris en train de nous embrasser dans les bois, rien de plus.

Il lui baisa la main et la regarda dans les yeux.

— Tu es rassurée ? Je veux dire... à propos de nous deux ?

L'espace d'un instant, elle se prit à imaginer qu'ils formaient un couple, qu'elle offrirait son corps à Zach, ainsi que son cœur. Elle l'enlaça et soupira.

— Pour l'instant, dit-elle. Mais je commence à me demander si je pourrai avoir un jour ma dernière leçon.

— Je te le promets.

Ces leçons d'amour étant tout ce qu'elle garderait de lui, elle entendait les savourer pleinement. Elle espérait simplement qu'il ait l'occasion de tenir sa promesse.

Petit Loup inspecta le rempart qu'ils venaient de dresser. Le bois était bien empilé, l'eau puisée, les fusils et munitions à portée de main, au cas où les *veho* donneraient l'assaut. Ses hommes étaient harassés. Ils aspiraient à la paix, mais étaient prêts à mourir ici, à l'embouchure du fleuve Powder.

Le trajet depuis la vallée de Lost Chokeberry avait été long et pénible, dans un froid glacial et le blizzard. En sentant les vents plus chauds venant du nord, les Cheyennes avaient retrouvé le sourire. La glace des rivières avait fondu, provoquant des craquements sinistres et inondant les terres des alentours.

Par ce froid, les soldats ne s'étaient guère éloignés de leurs campements. Les fuyards marchaient jour et nuit. Il fallait être désespéré pour avancer dans ces conditions.

Deux éclaireurs lakotas vinrent à leur rencontre, de la part des *veho*.

— Nous ne tirerons pas les premiers, déclara Petit Loup. Toutefois, nous nous battrons s'il le faut.

— Nous rapporterons tes propos à Chapeau blanc, répondit un éclaireur.

Petit Loup rejoignit les siens, qui protégeaient de leur mieux leur campement, en espérant que Clark, dit Chapeau blanc, un ami des Cheyennes, pourrait les aider à trouver refuge sur leurs terres.

Les messagers revinrent sans tarder. Chapeau blanc voulait s'entretenir avec Petit Loup. Celui-ci ne détecta aucun signe de trahison sur le visage des deux hommes. Son cœur lui dit qu'il pouvait faire confiance à ce *veho*, qu'il était honnête, comme Zach. Hélas, ces deux alliés n'avaient pas vraiment de pouvoir, même s'ils étaient capables d'influencer certaines décisions.

Il songea aux paroles de la Comanche, la messagère du Grand Esprit, qui affirmait qu'ils auraient le droit de vivre où ils voulaient. Le cœur plein d'espoir, il prit sa décision.

— Je vais parler à mon ami Chapeau blanc.

Il remit ses armes et suivit les éclaireurs, laissant son peuple derrière lui.

— Si je ne reviens pas, vous savez ce que vous avez à faire, dit-il à Petit Faucon, un guerrier solide et respecté des autres.

Sur ces mots, il s'éloigna dans la nuit.

Zach se détendait près du feu, en regardant Caroline coucher les enfants, quand il entendit un bruit de sabots. Aussitôt, chacun passa à l'action. Renard agile saisit ses mocassins et sortit son couteau avant d'aller se cacher. Hirondelle jaune attrapa une flèche. Caroline prit un fusil qu'elle chargea. En quelques secondes, tout le monde était en place.

Zach vérifia ses armes et se posta en pleine lumière pour viser les cavaliers.

— Bonsoir ! lança le premier avant de mettre pied à terre.

Deux autres soldats s'approchèrent.

— Commandant Zachary McCallister ? reprit le premier.

— C'est moi, répondit Zach.

Il entendit Caroline retenir son souffle. Les trois hommes saluèrent Zach, qui les salua à son tour, à contrecœur.

— Un message pour vous, commandant, du lieutenant William P. Clark, à Fort Keogh.

Le soldat lui tendit un document dans une housse de cuir.

— Tout va bien ! annonça Zach à Caroline et aux enfants.

Ils apparurent à leur tour, sous le regard médusé des militaires.

— Rangez vos armes. Les garçons, allez vous coucher. Demain, une longue journée nous attend.

Il s'approcha du feu et prit connaissance du document.

— Messieurs, je vous invite à vous coucher de l'autre côté de ce feu de camp. Avez-vous mangé ? Votre trajet a certainement été rude.

Il présenta les trois soldats à Caroline, qui la saluèrent poliment. La jeune femme leur proposa les galettes qu'elle réservait pour le petit-déjeuner du lendemain.

Ils acceptèrent avec enthousiasme, sans se rendre compte qu'elle ne cessait de fusiller Zach du regard, une main posée sur le manche de son couteau. Quel dommage qu'elle ait découvert la vérité de cette façon, songea-t-il en soupirant.

— Veuillez m'excuser, je dois m'entretenir avec Mlle Whitley et faire les préparatifs pour demain.

Il entraîna la jeune femme à l'écart.

Quand ils furent hors de la vue des militaires, elle se dégagea de son emprise et posa sur lui un regard glacial.

— Ne te fatigue pas. Je sais déjà qui tu es. Ce que je me demande, c'est pourquoi tu ne m'as jamais rien dit.

— Comment sais-tu... ?

Lui qui s'était fait un sang d'encre en cherchant un moyen de lui avouer la vérité ! Voilà qu'elle était au courant ! Il se pencha vers elle pour mieux déchiffrer son expression.

— Et toi, pourquoi ne m'as-tu pas dit que tu le savais ?

— Je ne vois pas ce qui m'obligeait à le faire. Tu étais si secret. Je ne pouvais pas vraiment aborder ce sujet pendant le dîner, par exemple.

— Comment as-tu su ? Aurais-tu fouillé dans mes sacoches, par hasard ?

— Comment ? s'indigna Caroline en croisant les bras. Jamais je ne ferais une chose pareille.

— Est-ce que tu l'as fait ? insista Zach.

— Au bout de cinq jours de délire, avoua-t-elle en se redressant fièrement. J'étais inquiète. J'ignorais si tu allais survivre. Il fallait que je sache qui contacter, au cas où tu...

Il fronça les sourcils.

— Je n'avais pas réfléchi à cela.

— Ne crois pas que tu es tiré d'affaire pour autant, reprit-elle en brandissant un index rageur. Tu t'es servi de moi pour t'introduire dans le campement cheyenne et tu as profité de ma... de ma situation pour gagner ma confiance. Tu n'es qu'un sale manipulateur !

— C'est vrai, je me suis servi de toi pour entrer dans le campement, admit-il en haussant les épaules. Mais ce premier soir, au bord de l'Arkansas, Petit Loup savait déjà que j'étais militaire. Il l'avait vu dans la fumée.

Zach ne comprenait toujours pas certains propos du chef, mais il avait l'impression que ce vieux rusé se servait de lui depuis le départ.

Et voilà que le lieutenant Clark, un ami des Indiens, le convoquait d'urgence. Les Cheyennes avaient besoin qu'il plaide leur cause. Comment sa mission avait-elle pu changer ainsi du tout au tout ? Il était au départ censé persuader Petit Loup et Étoile du matin de ramener leur peuple dans l'Oklahoma, et dans le cas contraire, prendre les mesures nécessaires à ce rapatriement.

— Tu as lu mon ordre de mission ? demanda-t-il à la jeune femme.

Si elle lui mentait, il le saurait vite, tant sa colère était visible.

— Oui, avoua-t-elle sans l'ombre d'une hésitation. Tu ne peux pas les tuer.

Au lieu de lui faire des reproches, elle prenait la défense des Cheyennes.

— D'abord, tu n'as pas encore retrouvé ton fils. Tu sais simplement que c'est Coyote noir qui a ramené tes juments. J'ignore comment tu comptes l'interroger, désormais, mais Petit Loup a un rôle important à jouer. Étoile du matin a disparu, nul ne sait s'il est encore en vie et où il se terre. De plus, tu respectes trop Petit Loup pour le tuer.

— Tu ne m'en veux pas ? s'enquit Zach, qui sentait se dissiper toute la tension qu'il avait accumulée depuis des mois.

— Je ne pourrais t'approcher si je t'en voulais. Toutefois, je ne te fais guère confiance.

Il la prit dans ses bras.

— Peut-être pas complètement, mais tu me feras confiance quand nous serons mariés.

— Comment ? s'exclama-t-elle en levant vers lui un regard troublé.

Il sourit, ravi de sa réaction.

— Je t'aime. Lorsque toute cette histoire sera terminée, je veux t'épouser.

— Non, répondit-elle en se dégageant de son étreinte. C'est impossible.

Le cœur de Zach manqua un battement.

— Tu ne m'aimes pas ? souffla-t-il.

Il ne pouvait y croire. Tout en elle affirmait le contraire.

— Si, je t'aime, répondit-elle, pour son plus grand soulagement. Mais notre union serait vouée à l'échec.

Elle recula pour l'empêcher de la reprendre dans ses bras.

— Nous sommes trop différents. Je rêve d'un foyer, d'une vraie maison, et toi, tu es un solitaire. Ton travail t'oblige à voyager dans tout le pays. Tu vis caché. Le danger te guette à chaque instant. Ce n'est pas une vie pour un homme marié.

— Et si je renonçais à tout cela ? suggéra-t-il en la prenant par la taille. Tu m'aimes ! Tu viens de l'admettre. Tant que nous nous aimerons, tout ira bien.

— Je ne peux pas t'épouser, insista-t-elle en le repoussant.

Son visage exprimait le regret, mais elle semblait sûre de ce qu'elle affirmait.

— Je te préviens, Caroline, je n'ai pas l'intention de baisser les bras. Et tu sais combien je suis déterminé. Pourquoi refuses-tu de m'épouser alors que tu m'aimes ? Ce ne peut être à cause de ta peur.

— Non. Après ce qui s'est passé entre nous, je sais que je peux éprouver du plaisir durant l'acte.

— L'acte ? répéta-t-il en riant. Quel terme rébarbatif ! Pense à nos étreintes, à ton corps chaud et vibrant, quand tu m'as supplié de continuer…

— C'est vrai, coupa-t-elle, j'ai apprécié ce moment et j'espérais que, tous les deux, nous pourrions… tu pourrais… enfin, que nous…

—… ferions l'amour ? murmura-t-il dans ses cheveux.

En la sentant frémir, il fut rassuré. Il ne la laissait pas indifférente, et avait l'intention d'exploiter cette passion qui brûlait en elle pour l'attirer à nouveau vers lui.

— Je tiendrai ma promesse, Caroline. Quoi qu'il arrive, nous ferons l'amour ensemble et tu seras ma femme. Tu vas devoir t'habituer à cette idée.

Elle secoua la tête d'un air triste.

— Je ne peux pas.

— Nous verrons, dit-il. Mais ce soir, dans ton lit froid, pense à ceci.

Il s'empara de sa bouche avec une ardeur dont il n'avait encore jamais fait preuve. Il voulait cette femme plus que tout au monde. Il voulait vivre auprès d'elle pour le reste de ses jours. Sans elle, son existence serait vide.

Elle ne lui résista pas, mais il décela une certaine réserve dans son attitude, une sorte de mélancolie. Elle devait avoir une raison de le repousser ainsi et redouter un échec.

Il se promit de lui prouver qu'elle se trompait.

Le lendemain matin, Caroline regarda Zach seller son cheval pour suivre l'un des soldats. Il semblait impatient de se mettre en route. Préférait-il fuir avant qu'elle ne change d'avis et accepte de l'épouser, ou bien tenait-il à régler cette affaire au plus vite pour repartir à la recherche de son fils ?

— Combien de temps resteras-tu à Fort Keogh ? demanda Hirondelle en l'aidant à charger son étalon.

— Je ne sais pas, répondit Zach avec un regard lourd de sens.

La jeune femme se détourna, de peur de laisser couler les larmes qu'elle refoulait. C'était la dernière fois qu'elle le voyait. Telle était la décision qu'elle avait prise, après ce baiser déchirant. Le revoir serait trop cruel.

Zach posa une main sur l'épaule d'Hirondelle jaune.

— Prends soin d'eux, lui dit-il.

Il s'entretint avec les deux autres soldats qui escorteraient la jeune femme et les garçons. Son attitude était claire : ces hommes étaient sous ses ordres. Militaire de carrière, Zach aimait la discipline, un aspect de son caractère qu'il avait bien caché.

Lorsqu'il se tourna vers elle, elle crut défaillir face à ses yeux gris.

— Adieu ! lança-t-elle d'un ton qui se voulait enjoué.

Il la prit par la main et l'embrassa avec ardeur. La soulevant dans ses bras, il la porta un peu à l'écart des soldats qui riaient.

Caroline voulut résister, mais elle mourait d'envie de ce baiser, de goûter sa saveur. Quand il s'écarta enfin, elle se plaqua contre son corps. Son membre dressé de désir ne l'effraya pas, bien au contraire.

— Tu es sûre qu'il s'agit d'un adieu ? demanda-t-il d'une voix rauque.

— Il le faut, répliqua-t-elle, déterminée à s'épargner une terrible souffrance. Merci de m'avoir demandé de t'épouser. Je sais que je ne recevrai jamais d'autre proposition.

Il la saisit brusquement par les bras.

— Je te reverrai et tu seras ma femme, affirma-t-il. Tu ne peux te dérober, Caroline, alors n'essaie pas de t'échapper. Je suis déterminé à t'épouser.

— Tu irais jusqu'à me traquer ? s'enquit-elle, consciente de l'offenser, tout en espérant qu'il comprendrait un jour. Comme tu traques ceux qui ont enlevé ton fils ?

Il ne dit rien, mais sa mâchoire crispée la mettait au défi de poursuivre. Puis il secoua la tête. Ses yeux gris exprimaient à la fois de la tendresse et de la nostalgie.

— Je vais retrouver Luke, dit-il avec un sourire. Et je ne te laisserai pas me repousser sans résister. Quand je retournerai en Virginie, tu viendras avec moi. Tu seras mon épouse, et la nouvelle maman de Luke. Fais-toi une raison.

— Je ne peux pas t'épouser, Zach, répéta-t-elle, les poings crispés. Alors n'insiste pas.

— Tu ne peux pas, ou tu ne *veux* pas ?

Il l'embrassa, puis recula d'un pas.

— Lorsque tu seras disposée à m'expliquer, préviens-moi. Je ne peux réparer ce que je ne comprends pas. Je te verrai dès ton arrivée à Fort Keogh.

— Non, répliqua-t-elle. Je ne veux plus te revoir, espèce de tête de mule ! Ce que tu es obstiné !

— C'est moi que tu traites d'obstiné... soupira-t-il en enfonçant son chapeau sur sa tête. À bientôt !

Il l'embrassa une dernière fois et la ramena auprès des soldats et d'Hirondelle.

— N'oublie pas que je te dois encore une leçon, murmura-t-il.

Tremblant de tous ses membres, Caroline le regarda s'éloigner. Au moment de disparaître derrière le sommet de la colline, il leva son chapeau en guise de salut.

Quel homme arrogant, têtu... mais adorable ! Elle avait fait de son mieux pour le repousser. Pourquoi n'acceptait-il pas sa décision, au lieu de s'humilier à la poursuivre de ses assiduités ? Surtout pour une femme dont aucun autre homme ne voudrait.

Son seul regret était de ne pas avoir découvert le plaisir de faire l'amour. Elle devrait se contenter du souvenir de ses baisers, du désir. Plus jamais elle ne croiserait un homme tel que Zach. Il aurait été malhonnête de faire l'amour avec lui sans lui avouer la vérité, et elle en était incapable. Sa souffrance était si profonde qu'elle ne pouvait prononcer les mots.

Elle s'approcha du ruisseau et s'aspergea le visage d'eau fraîche pour chasser sa tension. Une tape sur son épaule la fit sursauter.

Se relevant d'un bond, elle fit volte-face. Renard agile l'observait en clignant les yeux. Entièrement nu, il tremblait de froid. De longs cheveux bruns encadraient son visage, mais la couleur de sa peau n'était pas celle d'un Indien. C'était un Blanc. Caroline y aperçut des taches sombres.

— J'ai froid, dit-il, les lèvres bleuies. Je peux mettre mes nouveaux habits ?

Caroline l'observa avec attention. Pourquoi avait-elle soudain la chair de poule ? Était-ce la fraîcheur de l'air ou une terrible prémonition ?

— Qui es-tu ?

Il sourit. Le cœur de la jeune femme manqua un battement lorsqu'elle découvrit une fossette sur sa joue.

— Je m'appelle Luke McCallister.

— Tu es Luke, le fils de Zach ? souffla-t-elle en le prenant par les épaules. Pendant tout ce temps, tu étais avec nous ?

Il hocha la tête.

— Pourquoi ne nous as-tu rien dit ? Ton père est très inquiet.

Caroline s'en voulut. Si elle avait insisté pour baigner l'enfant, pour lui couper les cheveux. Si seulement Luke avait souri...

Il voulut lui répondre, mais il claquait des dents.

— Viens, dit-elle en le prenant par la main. J'ai un tas de questions à te poser, mais d'abord il faut s'occuper de toi.

Hirondelle apprit la nouvelle avec un cri de joie. Il donna à Luke une tape dans le dos, sous le regard médusé des soldats, qui n'arrivaient pas à croire qu'il s'agissait d'un enfant blanc. Ils l'avaient aperçu dans la matinée, mais Luke avait pris peur et s'était enfui.

Caroline le sécha, émue par les cicatrices qui barraient son dos. En rinçant ses cheveux, elle aperçut une sorte de teinture noire dans l'eau. Sa peau avait été teintée tant de fois qu'elle restait marquée par endroits. La jeune femme espérait que les taches sur son visage finiraient par s'estomper.

— Enfin, dit-elle en entreprenant de lui couper les cheveux. Cela fait des mois que je rêve de couper cette tignasse !

Dès le premier coup de ciseaux, Luke se lança dans le récit de ses aventures. Coyote noir et ses amis avaient abattu l'ami de sa mère, avant de violer et de tuer la jeune femme. L'enfant s'était caché pour ne pas entendre les cris. Puis les hurlements avaient cessé. En voyant le garçon surgir des buissons, Coyote noir l'avait capturé. Impressionné par son courage, il avait décidé de le garder en vie.

Il l'avait emmené au campement et confié à sa femme, qui ne pouvait avoir d'enfants. Il avait inventé une histoire d'adoption chez les Sioux. La femme de Coyote lui avait teint les cheveux et la peau, et façonné une tenue récupérée sur le cadavre d'un Arapaho, dans la prairie. Les amis de Coyote avaient voulu vendre les juments, mais il n'avait jamais possédé d'aussi belles bêtes. Aussi avait-il refusé l'offre d'un négociant qui lui proposait des couvertures et des perles en échange.

Après plusieurs mois passés dans la prairie, à enchaîner vols et meurtres, Coyote noir et ses amis étaient revenus à la réserve juste avant que Petit Loup et les siens ne s'en échappent. Comme les juments attiraient l'attention, Coyote les avait offertes à un ami, qui avait caché leur origine. Coyote entendait les récupérer un jour. Dès que Cuisse de bois et Hirondelle avaient commencé à poser des questions, toutefois, il avait abandonné cette idée.

— Pourquoi n'as-tu pas parlé à ton père, le premier soir, au bord de l'Arkansas ? demanda Caroline en ôtant les mèches de cheveux de ses épaules.

— Je ne savais pas que c'était mon père, répondit Luke en haussant les épaules. Il ressemblait à mon oncle Josh, alors j'ai couru vers lui.

Zach mettrait longtemps à gagner la confiance et l'amour de son fils. Elle espérait simplement qu'il puisse s'atteler à la tâche rapidement.

— Tu étais maltraité, alors ?

— Coyote noir me frappait tous les jours pour que je travaille plus dur. Cela faisait partie de l'éducation d'un Cheyenne, disait-il.

Luke se tourna vers Hirondelle, qui secoua négativement la tête.

— Je crois qu'il m'a beaucoup menti, admit le jeune garçon avec un soupir.

— Sa femme n'a pas tenté de l'empêcher de te frapper ? demanda Caroline, choquée par ces mauvais traitements.

Elle s'assit à côté de Luke et serra sa main dans la sienne.

— C'est elle qui me faisait le plus de mal, pour faire plaisir à Coyote. Quand je me suis agrippé à la jambe de mon père, je savais bien que ce n'était pas oncle Josh, qui n'a qu'une seule jambe. J'ai eu envie de pleurer. Oncle Josh m'aimait et j'espérais retourner chez lui et chez tante Abby. J'espérais que mon père viendrait me chercher. Enfin, j'en doutais, parce qu'il ne m'aime pas beaucoup. Coyote noir savait que cet homme était mon vrai père. Il m'a dit que si je révélais qui j'étais, il le tuerait. Alors je me suis tu.

L'enfant leva les yeux vers Caroline.

— Je n'ai pas pu sauver Patricia, mais si j'étais très sage, si je leur obéissais, je pouvais sauver mon père.

— Patricia ? fit Caroline. Tu veux dire ta mère ?

— Elle n'aimait pas que je l'appelle maman, répondit Luke d'un ton neutre. Mon père ne venait jamais nous voir parce que j'étais trop laid.

Caroline en eut le souffle coupé. L'enfant dressait de Patricia un tableau bien sombre. Elle avait pensé que Zach exagérait les défauts de sa femme. En réalité, il s'était montré indulgent.

— Ton père t'aime, Luke. Il se fait beaucoup de souci pour toi, assura-t-elle en le serrant contre elle. Tu as été très courageux. Il sera fier de toi.

— J'ai trompé mon père, dit Luke comme s'il s'agissait d'un jeu. Quand il a commencé à me rechercher, Coyote noir a voulu me cacher et il a même parlé de me tuer. Mais Petit Loup le surveillait et il avait peur du chef. Je l'ai entendu parler de m'emmener au lac, alors je me suis enfui. Je ne chassais pas le dindon, précisa-t-il pour Hirondelle qui l'écoutait, fasciné. Mais mon père m'a vu…

Il soupira.

— Je me suis sauvé dans la neige. En voyant mon père s'approcher, j'ai cru que c'était un ours, mais j'avais trop froid pour courir. Quand Vieux Pont a examiné mon dos et mes jambes, il a interdit à Coyote noir de me revoir. Il a surpris la femme de Coyote en train de me teindre les cheveux et la peau. Il lui a pris sa teinture et l'a chassée. J'ai parlé à Petit Loup. Ils ont longuement discuté, et Vieux Pont a commencé à m'appliquer de la teinture. Ils m'ont caché. Petit Loup trouvait qu'il valait mieux ne rien dire à mon père car Coyote noir aurait cherché à nous tuer, et toi aussi, Caroline. Il voulait d'abord que mon père fasse quelque chose d'important pour lui. Quand il m'a annoncé que je partais avec vous, j'ai pleuré.

— Tu as pleuré ? fit Caroline, abasourdie. Tu ne voulais donc pas venir avec ton père ?

— Chez Vieux Pont, j'étais en sécurité, répondit l'enfant. Personne ne me faisait de mal, j'avais à manger, je ne travaillais pas. J'avais peur que mon père me reproche de ne pas avoir sauvé Patricia.

— Oh, Luke ! Tu n'es pour rien dans la mort de ta mère. Sans savoir que tu étais son fils, Zach s'est beaucoup inquiété pour toi quand tu étais perdu dans la neige. Il faut me croire. Il t'aime énormément.

Tout en consolant l'enfant, Caroline réfléchit à l'attitude de Petit Loup. Lui et Vieux Pont s'étaient servis de ce garçon pour manipuler Zach. Leurs intentions étaient certainement altruistes, mais c'était un comportement intolérable.

— Petit Loup a dit que je ne devais vous parler que quand je serais en sécurité, reprit Luke en regardant les soldats. Mon père sera en sécurité au fort, non ? Coyote noir n'ira pas là-bas. Et nous, nous ne risquons rien, ici ?

— En effet, acquiesça la jeune femme. Tu as eu raison de respecter les consignes de Petit Loup.

Furieuse contre Petit Loup et Vieux Pont, elle l'aida à enfiler ses nouveaux vêtements. Mieux valait que Zach se charge de réprimander les deux hommes. Encore fallait-il qu'elle ait l'occasion de lui en parler...

La métamorphose de Renard agile était saisissante.

— Madame, fit un soldat quand elle eut servi un repas à l'enfant, souhaitez-vous que l'un d'entre nous prévienne le commandant que vous avez retrouvé son fils ?

— Non, sergent, répondit-elle après un instant de réflexion. Je le lui dirai moi-même.

Finalement, elle serait obligée de revoir Zach McCallister…

23

Le jour où Petit Loup et son peuple entrèrent dans Fort Keogh, au son de la fanfare de la cavalerie, le soleil brillait. Zach et Chapeau blanc chevauchaient aux côtés de Petit Loup, suivis de trente-trois guerriers, quarante-deux femmes et trente-cinq enfants. Ils étaient près de trois cents à avoir quitté l'agence de Darlington en septembre, dont une partie s'était rendue à Camp Robinson avec Étoile du matin. Hélas, beaucoup avaient péri, ce qui jetait un voile sombre sur cette journée de liesse.

Petit Loup remercia les puissances du ciel et de la terre qui lui avaient accordé leur miséricorde. Il adressa une prière au Grand Esprit et à sa messagère, dont les paroles lui avaient donné l'espoir et le courage de se lancer dans cette aventure.

Il ne se faisait cependant aucune illusion. L'avenir des Cheyennes n'était pas encore assuré. Chapeau blanc n'avait fait aucune promesse. C'était à lui de plaider la cause de son peuple auprès des chefs blancs. Grâce à ses alliés, il obtiendrait peut-être satisfaction.

En entendant une forte détonation, les femmes poussèrent des cris de frayeur, attirant vers elles leurs enfants. Les soldats éclatèrent de rire. Un autre coup de canon retentit. Petit Loup suivit le regard des militaires, qui célébraient la reddition des Cheyennes. Chacun était heureux de ne pas avoir à se battre.

Il observa Zach, qui lui adressa un clin d'œil, avant d'aller rassurer les femmes et les enfants. En atteignant le centre du fort, Chapeau blanc mit pied à terre et fit signe aux Cheyennes de l'imiter.

Chapeau blanc improvisa un discours à l'adresse des Blancs qui l'acclamèrent. Il conclut ses propos en disant :

— Les Cheyennes se sont rendus sans le moindre coup de feu. Il n'y a pas eu de victimes ni dans un camp, ni dans l'autre.

Hélas, Coyote noir courait toujours. La haine qu'il vouait au peuple blanc risquait d'anéantir les espoirs des Cheyennes.

Après la cérémonie, Petit Loup prit son calumet et monta au sommet de la colline pour admirer le coucher du soleil. Il offrit sa fumée aux puissances supérieures et aux points cardinaux, puis il pria pour la paix avec les Blancs et pour le salut des Tsisitas.

Trois jours après l'arrivée des Cheyennes à Fort Keogh, Zach se joignit à une colonne de soldats et au lieutenant Clark, le cœur plein d'inquiétude. Les éclaireurs avaient repéré un campement cheyenne, six personnes au total, quatre hommes et deux femmes. D'après leur description, il s'agissait de Coyote noir et ses acolytes, de la femme de Coyote, ainsi qu'une autre femme que Zach avait aperçue sur le campement de Lost Chokeberry, avec un enfant.

Sans hésitation, il ordonna à ses hommes d'encercler le campement.

— Mains en l'air ! ordonna Zach. Restez où vous êtes !

Il pointa son arme sur la poitrine de Coyote noir. Percevant un mouvement sur la droite, il tira aux pieds de l'épouse de Coyote, qui cherchait à s'enfuir.

— Vous aussi, madame ! lança-t-il en lui faisant signe de rejoindre son mari.

Il fit ligoter les six rebelles et fouiller leurs effets. Les soldats y découvrirent plusieurs objets compromettants : le manteau d'un soldat tué pendant qu'il réparait la ligne du télégraphe, ainsi que le fusil et le scalp de l'homme qui l'assistait.

Sur le trajet du retour, Zach et le lieutenant Clark bavardèrent, laissant les prisonniers parcourir les soixante kilomètres à pied, sauf l'enfant, bien sûr, qui chevauchait avec un vieux soldat.

Le soleil était couché derrière les collines quand Chapeau blanc et Zach vinrent à la rencontre de Petit Loup, la mine grave. Il les accueillit autour du feu et leur offrit son calumet. Lorsqu'ils eurent fumé, Chapeau blanc fit signe à son compagnon de parler.

— Nous sommes désolés de t'apporter de mauvaises nouvelles, Petit Loup, commença Zach, visiblement épuisé. Deux soldats ont encore été tués. Nous avons retrouvé les coupables : Coyote noir et ses amis. Sa femme est avec eux, ainsi qu'une autre et un enfant. Leur culpabilité ne fait aucun doute. Ils ont conservé les vêtements des victimes, ainsi que leurs affaires, et un scalp. Ils sont tous en prison, mais nous sommes inquiets.

Les deux hommes se regardèrent longuement, puis Zach reprit la parole :

— Ce crime risque d'anéantir vos chances de rester à Fort Keogh.

La colère monta en Petit Loup, qui saisit son fouet. C'était exactement ce qu'il craignait de la part de Coyote noir. Que faire pour éviter le désastre ? Les *veho* n'écouteraient pas les promesses d'un chef incapable de tenir ses hommes. À en juger par son expression, Zach partageait son inquiétude.

— Nous comprenons ta colère, dit Chapeau blanc. Les Cheyennes doivent être considérés comme un peuple pacifique, désireux de suivre les lois des Blancs. Si tu acceptes que les coupables soient jugés par un tribunal militaire, les gens seront satisfaits.

— Très bien, fit Petit Loup en opinant. Prenez-les ! Jugez-les selon vos lois ! Ils savaient que je m'étais rendu et ils ont tué tout de même. Ce ne sont plus des Cheyennes.

Le général Miles affirma aux juges chargés de prononcer la sentence que ces Cheyennes étaient des rebelles. Coyote noir et deux de ses complices furent condamnés à la pendaison. Ils ne prononcèrent pas un mot pour se défendre.

Petit Loup assista au procès et approuva le verdict. Lui-même avait banni Coyote de son peuple.

Les deux femmes et l'enfant furent libérés et rejoignirent les Cheyennes.

— Tu as pris la bonne décision, dit Zach en serrant la main de Petit Loup.

— Coyote noir ne sera pas une grande perte pour notre peuple.

— Tu es prêt à parler au général Miles et ses assistants, demain ? Le débat sera acharné. Des représentants du Kansas sont arrivés. Ils veulent que tous tes guerriers soient jugés.

— Mais seuls quelques-uns sont impliqués dans les exactions du Kansas. Beaucoup étaient avec Étoile du matin et sont morts à Camp Robinson.

— Le lieutenant Clark et moi allons expliquer que tes hommes ont agi par dépit, pour venger leurs femmes et enfants massacrés près du Washita. Beaucoup de civils se sont plaints du traitement réservé à Étoile du matin et les siens à Camp Robinson. Le capitaine

Wessels va passer devant la cour martiale. Le gouvernement sera clément. L'armée en a assez de pourchasser les Cheyennes. Les journaux de l'Est ont parlé de toi. L'opinion publique t'est favorable.

Petit Loup secoua la tête.

— Qu'est-ce que cela signifie, pour mon peuple ?

— Les gens veulent que vous restiez ici. C'est une bonne chose.

— Le Grand Père écoute-t-il son peuple ? s'enquit Petit Loup.

Lors de sa première reddition, on l'avait conduit dans une grande maison pour rencontrer le chef des Blancs. Il avait été surpris par le nombre de personnes présentes. Face à un peuple aussi nombreux, les Cheyennes devaient faire la paix. Jamais ils ne pourraient combattre tant d'ennemis.

— Si le peuple s'est adressé au Grand Père, les miens seront en sécurité, ajouta-t-il.

— Tu as sans doute raison, mon ami, dit Zach en lui tapant dans le dos. Tu obtiendras ce que tu veux.

Petit Loup lui rendit son sourire, sachant qu'il n'était pas le seul à avoir bon espoir d'obtenir satisfaction. Il s'était entretenu avec Caroline, dans la matinée.

— Toi aussi, Zach. Toi aussi.

Caroline frappa à la porte des quartiers de Zach, essuyant ses paumes moites sur sa robe.

— Reste en retrait, Luke, ordonna-t-elle. Accorde-moi une minute, le temps que je lui parle.

L'enfant hocha la tête. Sa mine pâle accentuait ses taches de teinture. Elle avait eu beau le peigner, ses cheveux refusaient de rester en place. Une boucle rebelle ne cessait de lui tomber sur le front, le faisant ressembler à son père.

— Tu es sûre qu'il voudra me voir ?

Elle l'embrassa sur la joue.

— Tout ira bien, dit-elle. Il t'aime.

Si Patricia n'avait pas été morte, Caroline l'aurait volontiers châtiée pour avoir dressé Luke contre son père.

Dès que Zach ouvrit la porte, elle oublia tout. Dans son uniforme, il était beau à couper le souffle et semblait encore plus grand et puissant. Le bleu foncé faisait ressortir le gris de ses yeux d'ardoise et son teint hâlé. Quant à son sourire, il fit défaillir la jeune femme, qui faillit céder à la panique.

— Caroline ! lança-t-il en la prenant dans ses bras. Tu es mal installée ? On ne t'a pas fourni ce dont tu avais besoin ? Dans ce cas, je…

— Tout va bien, Zach, assura-t-elle. Les garçons et moi sommes traités comme des rois, surtout Hirondelle, qui est ravi.

Zach se mit à rire.

— Ce garçon ressemble à son père encore plus qu'il ne le croit. Mais je manque à tous mes devoirs. Entre donc et assieds-toi !

Il l'entraîna vers un fauteuil en cuir.

— Je peux t'offrir un verre ? Du sherry, peut-être ?

Caroline secoua la tête, impressionnée par sa galanterie.

— Zach, ce qui s'est passé…

— Tu n'es pas au courant ? coupa-t-il, étonné. Les Cheyennes peuvent rester à Fort Keogh à titre provisoire. C'est un début. Si tout va bien, le Congrès autorisera la création d'une réserve dans la région. Étoile du matin est réapparu. Il se cachait chez sa fille, qui a épousé un Lakota. Il va bientôt rejoindre Petit Loup. Hélas, il a perdu son plus jeune fils et sa fille cadette à Camp Robinson.

— Je suis désolée de l'entendre, murmura Caroline en se tordant nerveusement les mains, sachant que

Luke attendait dehors. Tu dois te demander pourquoi je suis passée te voir, aujourd'hui...

Zach se tourna vers elle.

— Pourquoi me poserais-je cette question ? Je m'étonne que tu n'aies pas envoyé le sergent me reprocher de ne pas être venu te voir, ainsi que les garçons. Je le regrette, mais j'ai été débordé. Les généraux exigeaient un rapport détaillé de mon séjour chez les Cheyennes. Je tiens à régler tout ça avant de reprendre une vie normale.

— C'est justement le sujet de ma visite, dit-elle, sautant sur l'occasion. Ta vie.

Elle se sentait mal à l'aise dans cette pièce confortable, avec ce grand lit qui attirait son attention.

Il sourit et lui apporta un verre de sherry.

— Aurais-tu changé d'avis ? Tu veux bien m'épouser ?

Elle secoua la tête si vigoureusement qu'elle fit tomber une épingle.

— Je suis plus persuadée que jamais d'avoir pris la bonne décision. Toutefois, je suis venue avec quelqu'un que j'aimerais te présenter. Tu veux bien ? demanda-t-elle en se levant.

— Bien sûr, mais je te préviens, je ne renoncerai pas à toi.

Il pivota pour poser son verre sur le bureau.

Caroline ouvrit la porte et fit signe à Luke d'entrer. Pétrifié de peur, l'enfant refusa d'avancer. Les yeux écarquillés, il avait les lèvres bleues. La jeune femme lui prit la main. Il la serra si fort qu'il lui fit mal.

— Respire, Luke !

Il cligna les yeux et inspira profondément.

— Encore, chuchota-t-elle en le voyant retrouver des couleurs. Très bien, on y va.

Dès qu'ils approchèrent, Zach se retourna.

— Bonjour ! dit-il en se penchant vers l'enfant. Qui es-tu ? Un ami d'Hirondelle ?

— Oui, c'est un ami d'Hirondelle. Tu te rappelles certainement Renard agile ou Coyote agile. Tu détestais ce nom…

— Moi aussi, je le détestais, ce nom, affirma Luke qui sourit, creusant une fossette sur sa joue.

Caroline vit Zach blêmir.

— Je te présente Lucas McCallister.

Zach fixa le garçon, ébahi, puis son visage s'illumina de bonheur.

— Il était là depuis le départ !

— Papa ? murmura l'enfant en faisant un pas vers lui, un peu hésitant.

Il n'alla pas plus loin, car Zach se précipita pour le soulever dans ses bras.

Caroline lui relata le destin de son fils. Des larmes de joie coulaient sur les joues de Zach. Quand elle eut terminé son récit, ils étaient toujours enlacés.

Plus heureuse que jamais, la jeune femme s'en alla sur la pointe des pieds, bien décidée à graver cette image dans sa mémoire.

— Je vous aime tous les deux, chuchota-t-elle avant de les laisser.

Le soir venu, une sentinelle frappa à la porte de Zach. Les prisonniers cheyennes s'étaient suicidés. Les hommes s'étaient pendus à l'aide d'une lanière de cuir. Coyote noir était mort.

Zach congédia le soldat d'un geste et referma vivement la porte. Puis il avala une rasade de whisky et remonta les couvertures sur son fils endormi.

Quelques jours plus tard, Zach s'arrêta devant l'épicerie située à l'extrémité du fort, où Caroline avait trouvé du travail. Il consulta sa montre. Il avait dit à

Luke et Hirondelle d'enfiler leurs plus beaux vêtements, achetés pour l'occasion.

— Tu as peur ? s'enquit Hirondelle en tirant sur son col.

— Non, répondit Zach en rajustant le col de l'enfant. Pas du tout.

Hirondelle secoua la tête, sceptique.

— C'est difficile, pour un homme, de demander à une femme de partager ses fourrures. Qu'est-ce qu'on fera si elle refuse ?

— Je te remercie de m'encourager, railla Zach en se répétant qu'il avait eu raison d'amener les garçons.

Caroline avait déjà refusé de l'épouser. En présence des enfants, elle n'oserait peut-être pas le rejeter une nouvelle fois. Elle ne pouvait abandonner les garçons. Du moins l'espérait-il.

— Allez, papa, murmura Luke. Elle a dit qu'elle t'aimait.

— C'est vrai, admit Zach en masquant son irritation. Mais les femmes ne disent pas toujours ce qu'elles pensent, et elles ne pensent pas toujours ce qu'elles disent.

Il ouvrit la porte de la boutique et fit entrer les enfants, qui se dirigèrent droit vers les bocaux de confiseries.

— Attendez-moi. Quand je lui aurai parlé, nous aurons peut-être quelque chose à célébrer. Monsieur, dit-il au commerçant, nous aimerions parler à Caroline Whitley. Travaille-t-elle, aujourd'hui ?

L'homme sourit aux enfants et fit un clin d'œil à Zach.

— Certainement, commandant McCallister. Vous la trouverez dans l'arrière-boutique.

Zach esquissa un sourire poli. En chemin, il s'arrêta pour s'adresser une nouvelle fois aux enfants.

— Laissez-moi lui parler le premier. Ensuite, vous nous rejoindrez.

— Papa, dit Luke. Elle a dit qu'elle nous aimait, alors elle se mariera avec toi.

— Il a raison, renchérit Hirondelle. On est ensemble, maintenant.

Zach leva les yeux au ciel. Il s'apprêtait sans doute à faire la demande en mariage la plus ridicule de l'histoire, mais la logique de Luke était implacable.

Caroline apparut soudain en face d'eux. Elle s'arrêta.

— Vous êtes très beaux. C'est gentil de venir me voir, déclara-t-elle, pensive et contrariée à la fois, ce qui était de mauvais augure. Pourquoi êtes-vous si élégants ? On dirait que vous allez à un mariage. Ou un enterrement.

Elle retint son souffle.

— Quelqu'un est mort ?

— Non, répliqua Zach. Tout le monde va bien. Nous…

— On vient te dem…

Luke donna un coup de coude à Hirondelle.

— Attends ! ordonna-t-il.

Zach parut atterré. Caroline réprima un sourire.

— Et alors, c'est la vérité ! s'insurgea Hirondelle en prenant Caroline par les mains. Zach a retrouvé Luke, il quitte l'armée, mais il ne retourne pas en Virginie. Il va acheter des terres ici et élever des chevaux, et nous aussi. Tu veux bien être sa femme ?

— Comment ? fit Caroline en regardant Zach. Tu as quitté l'armée ?

— En effet, confirma-t-il.

Il attira Hirondelle vers lui, espérant qu'il se tiendrait tranquille.

— Je prends ma retraite et j'ai acheté quelques hectares de terrain pour faire de l'élevage. J'ai envie de fonder une famille, d'élever des enfants – ces deux garnements, notamment. Et j'aimerais bien une petite fille aux cheveux blonds, comme sa maman.

Il retint son souffle, guettant sa réaction. Son cœur battait à tout rompre. Les enfants étaient tendus, eux aussi. Hirondelle sautillait sur place, les yeux pétillants.

— Vite, embrasse-le. Le pasteur attend à l'hôtel ! Et il y a le train !

Zach soupira, se promettant de faire la leçon à Hirondelle. Caroline baissa la tête, puis le regarda dans les yeux.

— Un pasteur nous attend à l'hôtel ?

Elle tapota nerveusement le sol du pied, ce qui n'était pas bon signe. Zach sourit timidement, tandis que les garçons ne masquaient pas leur enthousiasme.

Elle avait envie de gifler Zach, qui aurait dû venir seul.

— Les garçons, allez voir M. Lambert et demandez-lui des bâtons de réglisse.

Ils se précipitèrent dans la boutique.

— Toi, tu viens avec moi, dit-elle à Zach.

Elle fit signe à son patron qui opina et remit des bâtons de réglisse aux enfants, non sans encourager Zach du regard. Dès qu'elle eut refermé la porte, la jeune femme pivota vers lui.

— Comment oses-tu utiliser les enfants de la sorte ?

Les poings crispés, elle se mit à faire les cent pas dans la pièce. Le bas de sa robe lui caressait les chevilles. Il la prit par le bras pour l'immobiliser, mais n'osa l'enlacer, tant elle semblait furieuse.

— Pourquoi es-tu dans cet état ? Les garçons étaient fous de joie. Ils voulaient être présents quand je te parlerais de mes projets.

Il soupira, puis la relâcha.

— Je t'ai demandé de m'épouser. Je t'aime, et je pense que tu m'aimes aussi. Je ne vois pas ce qui nous empêche de nous marier. C'est à cause des garçons ? Tu refuses d'élever les enfants d'une autre ?

— Bien sûr que non ! s'écria-t-elle. Je les aime tous les deux et... toi aussi.

Il sentit l'espoir renaître au fond de son cœur et tendit les bras, mais elle reprit :

— Je ne peux pas t'épouser.

— Pourquoi ? cria-t-il sans chercher à se contrôler.

— Parce que tu mérites mieux que moi.

— C'est ridicule. Tu es la seule femme que j'aime. Tu es courageuse, tu me donnes envie d'être un homme meilleur, et tu es belle, en plus. Les enfants t'adorent. Il n'y a pas mieux que toi.

Elle rougit violemment, mais secoua la tête.

— Je ne peux pas t'épouser. Tu mérites une femme qui puisse te donner ce que tu veux. Et moi, je ne le peux pas.

Elle se détourna, les épaules voûtées.

— Je... je ne peux pas avoir d'enfants, murmura-t-elle d'une voix brisée.

Il cligna les yeux.

— Tu es stérile ?

— Non, répondit-elle, incapable de le regarder en face. Je suis... abîmée. J'ai été enceinte d'Ours blanc. Je ne le lui ai pas dit, mais les vieilles femmes ont deviné mon secret. Ours blanc m'a frappée. Il a piétiné mon ventre jusqu'à ce que je perde l'enfant. J'ai saigné pendant trois semaines, puis plus jamais. Un médecin de Dodge City affirme que je ne pourrai pas avoir d'enfants.

En regardant par-dessus son épaule, elle lut une telle douleur dans ses yeux qu'elle eut un mouvement de recul.

— Je ne l'ai jamais dit à personne. Et je ne voulais pas te l'avouer, mais tu insistes tant ! Tu ne pouvais donc pas accepter ma réponse ?

Zach était furieux, mais pas contre la jeune femme. Contre le monstre à cause duquel elle se sentait indigne d'être aimée. Il savait que rien de ce qu'il pourrait dire ne la persuaderait du contraire. Elle croirait qu'il avait pitié d'elle. Ils ne pouvaient construire un couple sur ces bases. Il fallait qu'elle ait envie de tenter sa chance. Seul l'amour serait capable de la guérir.

Il pensait savoir comment l'atteindre, mais cette idée risquait de se retourner contre lui. S'il parvenait à faire en sorte qu'elle lui donne son corps, peut-être lui donnerait-elle un jour son cœur ?

— Ta décision est définitive ? s'enquit-il.

Elle opina et pivota vers lui, affichant un air résigné.

— Je comprends, murmura-t-il, même s'il avait envie de lui crier le contraire. Les enfants seront déçus, mais pas autant que je le suis...

— Que vas-tu leur dire ?

— Je trouverai bien quelque chose.

Il se pencha lentement vers elle et savoura la chaleur de son corps.

— Au revoir, Caroline, dit-il en l'embrassant sur la joue.

— Au revoir.

Il rejoignit les garçons devant le magasin. Il devait agir au plus vite, s'il ne voulait pas perdre la femme qu'il aimait.

24

À la fin de la journée, Caroline avait souri à de nombreux clients, mais ne se rappelait pas un mot de ce qu'elle leur avait dit.

Elle s'attendait à ce que sa confrontation avec Zach soit pénible, mais elle n'aurait jamais cru ressentir une telle douleur physique. Oppressée, la gorge nouée, elle respirait avec peine. Pourtant, elle avait réussi à faire bonne figure, malgré les regards inquiets de l'épicier.

Elle ravala ses larmes, refusant de s'apitoyer sur son sort. Accepter cette demande en mariage aurait été malhonnête envers Zach et les garçons. Elle était pressée de regagner la pension où elle logeait, désormais.

— Mademoiselle Whitley ?

On lui prit gentiment son balai des mains.

— Un monsieur vous demande, dit M. Lambert. Il souhaite vous raccompagner chez vous.

D'un coup d'œil, elle reconnut la silhouette de Zach, près du comptoir.

— Je… je ne peux pas, balbutia-t-elle, au bord de la panique. Veuillez le faire partir.

— J'ai essayé, mais il n'est pas homme à se laisser faire. Il insiste. Je vais finir de balayer. Vous avez eu une journée difficile. Je vous en prie, profitez de la journée de demain pour… euh, pour retrouver vos esprits, conclut-il en lui tapotant le bras.

Caroline prit son châle et son réticule, et quitta vivement l'arrière-boutique. Elle permit à Zach de lui tenir la porte d'entrée.

Dans la rue, elle se plaça face à lui, l'estomac noué, la voix brisée.

— Je ne peux pas, Zach. Je n'ai rien d'autre à te dire.

— Je veux simplement faire quelques pas avec toi, bavarder un peu...

Elle scruta son visage.

— Où sont les garçons ?

— Ils sont avec Plume sur la tête et Femme tranquille. Petit Loup les emmène faire du cheval demain, à l'aube.

Il désigna une rivière, en dehors de la ville.

— Je voulais avoir une ultime discussion avec toi. Tu veux bien ?

Elle hocha la tête et lui emboîta le pas à contrecœur. Zach glissa sa main sur son bras. Elle voulut se dégager, mais il insista. Un silence pesant s'installa entre eux. Comment avaient-ils pu en arriver là ? Ils avaient toujours réussi à discuter de leurs difficultés. Or elle ne savait pas quoi dire.

— Si j'ai bien compris, tu vas élever Luke et Hirondelle ?

Il hocha la tête.

— Petit Loup est d'accord, mais il tient à ce qu'Hirondelle passe aussi du temps parmi les Cheyennes. Il veut qu'il comprenne son peuple. Ce n'est pas un problème, puisque j'ai décidé de m'installer ici.

— Hirondelle semblait ravi. Ils s'entendent bien, tous les deux.

Peu à peu, elle se détendait.

— Hirondelle parlait d'un train. Vous l'avez raté ?

— J'espérais...

Il crispa les doigts sur sa main.

— Ne parlons pas de ce que j'espérais, reprit-il.

— Merci, murmura la jeune femme, dont le cœur battait à nouveau à un rythme normal.

— Je compte retourner en Virginie pour que Josh et Abby puissent voir Luke. Il faut qu'ils sachent qu'il sera bien avec moi, et que je serai un bon père, désormais. Je dois aussi acheter des chevaux, notamment un étalon, pour démarrer l'élevage.

— Tu comptes vraiment t'installer ici ? demanda-t-elle, incrédule. Mais pourquoi ?

— J'en ai assez de pourchasser la vermine sur tout le territoire. Je veux me poser, fonder une famille. Le lieutenant Clark est muté en Arizona. Les Cheyennes ont besoin d'un intermédiaire pour la création de leur réserve.

— Tu crois qu'ils l'auront un jour ? Le gouvernement n'a jamais tenu les promesses faites aux Cheyennes. Pourquoi commencerait-il maintenant ?

— Petit Loup a impressionné la commission par sa détermination et son courage. Tant que la paix demeure, les Cheyennes ont toutes leurs chances.

Ils marchèrent en silence. Caroline songeait aux sacrifices de ses amis pour obtenir gain de cause.

Au loin, elle aperçut un feu de camp parmi les genévriers, à côté d'un tipi.

— C'est un cadeau des Cheyennes, expliqua Zach. Plume et Femme tranquille m'ont aidé à le dresser.

— Pour moi ? demanda Caroline, impressionnée par tant de générosité.

Elle savait qu'il fallait plus de vingt peaux de bisons pour construire un seul tipi, sans oublier les heures de travail.

— Pour nous, corrigea-t-il en lui prenant les mains.

Soudain, elle eut l'impression d'avoir été prise au piège, avec la complicité de ses amies. Elle recula en secouant la tête, mais son corps la trahit. En songeant à ce qui pouvait se passer dans ce tipi, à condition qu'elle le veuille bien, elle se sentit défaillir.

— Je ne peux pas ! souffla-t-elle. Jamais je ne pourrai te quitter ensuite, si…

— Je t'ai fait une promesse, dit Zach. Et je tiens à la respecter, si tu le souhaites. Au matin, si tu n'as pas changé d'avis, je te laisserai partir sans chercher à te retenir.

Elle ne put résister à l'envie de regarder en direction du tipi. Zach se glissa derrière elle et l'enlaça de son corps brûlant. Elle sentit son souffle tiède dans son cou, la chaleur de ses mains à travers le tissu de ses vêtements.

Comment accepter une telle proposition ?

Sans lui laisser le temps de protester, Zach la souleva dans ses bras et traversa la rivière peu profonde. Puis il la déposa à terre, sur l'autre rive.

— Ne réfléchis pas, chuchota-t-il dans son cou. Contente-toi de ressentir…

— Zach, je t'en prie, gémit-elle en s'écartant de lui.

— Je ne cherche qu'à te donner du plaisir, assura-t-il en prenant son visage entre ses mains. Laisse-moi t'aimer, rien qu'une fois. Nous aurons ainsi de beaux souvenirs qui nous réchaufferont lors des longues nuits d'hiver.

Elle hésitait, mais il n'était pas homme à baisser les bras.

— Où est passée la femme passionnée que j'ai connue ? Celle qui osait entrer seule dans un saloon bondé en agitant une bourse sous les yeux d'une bande de vautours ? Celle qui a survécu à la torture ? Voilà la femme que j'aime. Celle qui n'a pas peur de prendre des risques. Qu'est-elle devenue ? Depuis quand se trouve-t-elle toutes sortes d'excuses pour se défiler ? Tu n'as rien à perdre. Je suis là, devant toi, je t'aime, je veux être avec toi, même si tu n'as qu'une seule nuit à me donner. Si tu me repousses, tu passeras le reste de ta vie à te demander ce que tu as perdu. Allez, tente ta chance !

Ces paroles firent comprendre à la jeune femme ce qui se cachait derrière sa peur.

— Montre-moi, murmura-t-elle. Je veux savoir.

Elle tendit les bras vers lui. Il s'empara de ses lèvres, ivre d'un désir qui la bouleversa jusqu'aux larmes. Ses lèvres étaient exigeantes et ses mains exploraient chaque courbe de son corps. Mue par le feu qui brûlait en elle, elle s'offrit à ses caresses.

Lorsqu'il plongea dans son regard, elle y lut une profondeur insondable.

— Tu m'as manqué, avoua-t-il en l'entraînant vers le tipi.

Elle entra la première. Plume et Femme tranquille s'étaient surpassées. Couvertures et peaux étaient empilées avec soin. Un bouquet de roses sauvages embaumait l'atmosphère. Il y avait même de l'eau fraîche et des victuailles.

La jeune femme eut soudain si chaud qu'elle dégrafa les premiers boutons de sa robe. Puis elle se tourna vers Zach, dont le visage baignait dans une lumière dorée. Il semblait amaigri, avec ses pommettes saillantes et ses yeux sombres et cernés. Elle décela même une ride sur son front.

— Tu as été malade ? s'enquit-elle en lui caressant la joue.

— Non, simplement inquiet, répondit-il en embrassant sa paume.

— Je comprends. Les Cheyennes ont traversé une période difficile.

— Ce n'était pas à cause des Cheyennes, dit-il en la dévisageant, comme s'il voulait imprimer ses traits dans sa mémoire. Je m'inquiétais pour toi ! Cela fait des semaines que je n'ai pas passé un moment avec toi. Tu t'éloignes de moi. Mais il nous reste cette nuit. Tu es dans mes bras et c'est tout ce qui compte.

La jeune femme se sentit coupable.

— Je regrette, Zach. Jamais je n'ai voulu te faire souffrir.

— Chut, fit-il en ouvrant sa robe.

Elle frémit dès qu'il la prit par la taille pour caresser ses flancs. Comme elle aimait ses caresses ! Les yeux fermés, elle le laissa saisir ses seins dans ses paumes, puis les embrasser l'un après l'autre. Enfouissant les doigts dans ses cheveux, elle soupira.

Le contact de ses lèvres sur sa peau était divin. Comme elle aimait cet homme ! Et pas seulement pour les sensations qu'il suscitait en elle. Elle ne pouvait renoncer à lui, permettre à une autre femme de jouir de ses caresses, de ses baisers, de son corps... Car il lui appartenait. Pourquoi ne l'épousait-elle pas ? Il la trouvait digne de lui, alors qu'elle était persuadée du contraire.

Chaque caresse n'en était que plus précieuse. Il fallait qu'elle capture ces moments partagés pour ne jamais les effacer de son esprit.

Les lèvres de Zach se faisaient de plus en plus avides. Il aspira un mamelon dans sa bouche. Elle attira sa tête vers elle en gémissant.

Elle brûlait d'envie de le toucher, de sentir sous ses doigts la chaleur de sa peau. Très vite, elle lui ôta sa chemise et se mit à explorer les muscles puissants de son torse.

Zach la porta sur les fourrures. Il se coucha sur elle et glissa une cuisse entre les siennes.

— Doucement, chérie, murmura-t-il en entendant ses gémissements.

Il la débarrassa de sa robe, puis de ses dessous, pour admirer à loisir son corps enfin dénudé.

— Tu es belle... murmura-t-il en caressant sa taille, sa hanche, sa cuisse. Et encore plus quand tu rougis.

— Tu me gênes, protesta-t-elle avant de fermer les yeux dès qu'il caressa l'intérieur de sa cuisse.

Il se pencha pour y insinuer la langue.

— Zach... qu'est-ce que tu fais ?

— Je mémorise les détails de ton corps. J'ai l'intention d'en savourer chaque parcelle.

— Savourer ? répéta-t-elle, intriguée par ce mot.

— J'ai goûté tes lèvres, ton cou, tes seins merveilleux, et bientôt tout le reste...

— Le reste ? s'enquit-elle, nerveuse. Tu ne vas tout de même pas...

— Ne pose pas de questions idiotes, dit-il en ôtant les épingles de ses cheveux. Détends-toi.

— J'aime la douceur de tes poils contre ma poitrine, avoua-t-elle en se cambrant.

— Et moi, j'aime ta saveur, répliqua-t-il en titillant ses mamelons.

Sa langue descendit le long de son ventre, vers son nombril, où elle dessina des cercles sensuels.

Elle laissa échapper un petit rire.

— Tu t'amuses bien ? se moqua-t-il.

— M'amuser ? répéta-t-elle.

Jamais elle n'aurait cru que l'amour puisse être amusant.

Zach se redressa au-dessus d'elle et s'empara de ses lèvres.

— Tu réfléchis trop, souffla-t-il entre deux baisers.

Le poids de son corps sur le sien l'obligeait à écarter les jambes pour lui permettre de s'installer plus confortablement. Elle sentait son membre dressé entre ses cuisses, même s'il n'avait pas encore ôté son pantalon. Elle caressa son dos tandis qu'il se frottait contre elle avec une insistance grandissante.

Elle se crispa légèrement.

— Je vais souffrir, n'est-ce pas ?

— En principe, non, mais je vais prendre mon temps...

— Va doucement, dit-elle. Et enlève ton pantalon. Je veux te voir, te toucher.

Il s'agenouilla et se dévêtit à la hâte. La jeune femme n'eut qu'un bref aperçu de son érection, mais cela suffit à lui couper le souffle. Ours blanc était beaucoup moins bien doté, or elle avait l'impression qu'il la déchirait à chaque pénétration.

Il l'embrassa avec tendresse.

— Tu verras, tu n'auras plus la moindre appréhension, le moment venu.

Elle fronça les sourcils.

— Comment peux-tu m'éviter toute appréhension ?

— Fais-moi confiance...

Il entreprit de mettre ses sens en émoi avec une ardeur décuplée.

Tout en l'embrassant à perdre haleine, il glissa une cuisse entre celles de la jeune femme, provoquant en elle mille sensations. Puis il l'embrassa dans le cou, sur la clavicule, les seins, la laissant pantelante et ivre de désir.

La langue de Zach s'attarda sur son nombril tandis qu'il la pénétrait d'un doigt. Lorsque ses lèvres descendirent plus bas, elle se cambra. Elle brûlait de sentir son contact dans ses replis secrets et humides.

Fébrile, elle s'ouvrit à lui. Zach caressa l'intérieur de sa cuisse, sans s'arrêter sur son point sensible. Il préféra écarter doucement ses lèvres tout en l'embrassant.

— Zach !

Il se mit à taquiner son bouton de rose.

— Je t'en prie... souffla-t-elle, la tête rejetée en arrière.

Il la tourmenta encore, tout en la caressant de son doigt. Le contact de sa langue en cet endroit intime était choquant, mais il déclenchait en elle des ondes de plaisir indicible. Enfin, les spasmes de l'extase la submergèrent.

Quand Zach leva la tête pour l'observer, elle lut dans son regard ses propres sentiments. Ses yeux gris ressemblaient à un ciel d'orage. Il s'humecta les lèvres et sourit, plein de fierté virile. Puis, soulevant les jambes de la jeune femme, il glissa son membre en elle. Elle gémit, et tout son corps l'accueillit.

Elle agrippa les bras de Zach, qui tremblait. Elle fixa son visage à mesure qu'il entrait en elle. Enfin, son ventre se plaqua contre le sien. Elle ressentit une plénitude infinie.

— Tout va bien ? demanda-t-il, les traits tendus.

Le front inondé de sueur, il se pencha sur elle, appuyé sur ses avant-bras, et l'embrassa.

— Tu avais raison, chuchota-t-elle. Je n'ai pas mal. Tu as fini ?

Elle espérait que non, car elle savourait le moindre de ses mouvements en elle. Il rit doucement. Soudain, elle fut transpercée par un éclair. Le cœur battant à tout rompre, elle ferma les yeux.

— Je viens à peine de commencer, chérie, dit-il en se retirant pour mieux la pénétrer à nouveau, provoquant de nouvelles ondes de plaisir.

— Encore, implora-t-elle.

Dès qu'il se retira, cette fois, elle se cambra pour l'accueillir. Il posa son front sur le sien. Puis il reprit ses mouvements de reins réguliers et sensuels.

— Zach… gémit-elle, impatiente.

— Doucement, mon amour.

Chaque fois qu'elle le rejoignait d'un coup de reins, le plaisir s'intensifiait. Il accéléra et la souleva légèrement, jusqu'à ce que l'extase les engloutisse.

Puis il s'écroula sur elle.

— Je t'aime, Caroline, souffla-t-il en l'embrassant.

Elle savoura le poids de son corps sur le sien et l'enlaça, le cœur battant.

Quelle sotte elle avait été !

Zach se réveilla en sursaut. D'abord, il crut qu'il était seul dans son lit, que cette nuit d'amour avec Caroline n'avait été qu'un rêve. Puis il sentit un souffle lui chatouiller le torse et vit des cheveux blonds éparpillés. Ils étaient nus tous les deux.

Il ne rêvait pas ! En la regardant dormir dans ses bras, il crut que son cœur allait éclater de bonheur. Il refusait de la laisser partir, mais il devait tenir sa promesse.

Si seulement il pouvait lui expliquer qu'un tel amour ne se rencontrait pas tous les jours. Jamais il n'avait rien ressenti de tel. Elle était son âme, et il n'imaginait pas la vie sans elle.

S'il devait renoncer à elle, l'aube venue, il entendait profiter pleinement de cette nuit. Doucement, il fit rouler la jeune femme sur le ventre et sourit en la voyant se blottir contre les fourrures. Il enfouit les doigts dans ses boucles blondes, puis l'embrassa sur la joue, la paupière, le nez et la nuque. Elle remua et souleva les hanches. Il se coucha sur elle et entama un mouvement de va-et-vient.

Elle se réveilla en sursaut et poussa un petit cri. Zach s'écarta et la regarda se redresser sur les fourrures, les cheveux épars, les yeux écarquillés, affolée. Sans doute venait-il d'anéantir tout le bien qu'il avait réussi à faire jusqu'à présent.

Mais, peu à peu, elle se calma.

— Excuse-moi, murmura-t-elle. Ours blanc me prenait toujours par-derrière. Parfois, il me réveillait en...

Elle frémit et se tut.

— Tu me fais confiance ? s'enquit Zach, déterminé à chasser les démons qui la hantaient.

Elle hocha la tête.

— Alors couche-toi sur le ventre.

Elle l'observa un moment, puis obéit, un peu crispée.

— Ferme les yeux.

Il lui massa les épaules, puis les bras, les mains. Elle se détendit. Ensuite, il en fit autant pour ses jambes et ses fesses rondes. Il aimait le contact de cette peau lisse sous ses doigts.

Elle soupira. Lorsqu'il dénuda son oreille meurtrie, elle voulut protester, mais il l'obligea à s'allonger. Il déposa un baiser sur son oreille, puis la recouvrit de ses cheveux.

Assis sur les fourrures, il attira la jeune femme dans ses bras. Il la berça tandis qu'elle laissait couler ses larmes.

Quand elle fut calmée, il dégagea son visage et caressa ses joues humides.

— J'aimerais embrasser toutes tes cicatrices, surtout celles de ton âme, et chaque jour de ma vie. Mais c'est impossible, car je n'aurai pas d'autre occasion de te prouver mon amour. Je vais devoir me contenter de te faire l'amour à nouveau.

— Tu vas partir ? demanda Caroline en plongeant dans son regard, troublée. Je peux venir avec toi ?

Zach la fixa.

— Non ! Je ne vais nulle part.

Avait-il bien compris les propos de la jeune femme ?

Elle lui offrit un sourire radieux.

— Tu as changé d'avis ? s'enquit-il, incrédule. Je ne peux pas vivre sans toi. Tu es mon cœur, mon âme. Sans toi, plus rien n'a d'intérêt.

— Sauras-tu me pardonner, Zach ?

Elle enroula les bras autour de son cou pour l'embrasser.

— J'avais si peur… Mais tu as su me montrer que je n'avais rien à redouter. Je t'aime plus que je ne peux le dire. Je t'aime au point que j'en ai mal. J'aime ta détermination, ton sourire, ta fossette.

Elle écarta une boucle brune de son front.

— Et même tes mèches rebelles. Je ne veux pas vivre une journée de plus sans toi, alors pardonne mes appréhensions, mon manque de confiance…

— Tu es pardonnée, dit-il en l'embrassant.

Il la prit par la taille et la serra contre son membre gonflé de désir.

— Tu vois quel effet tu me fais ?

Dès qu'elle se mit à gémir en agrippant ses épaules, il la fit sienne.

25

Le lendemain, ils passèrent la journée à profiter l'un de l'autre, à se découvrir encore davantage. À un moment, ils s'interrompirent en entendant Plume et Femme tranquille devant le tipi. Bientôt, d'appétissants fumets envahirent les lieux. Ils découvrirent du lapin rôti et des galettes, qu'ils partagèrent non sans expérimenter de nouveaux plaisirs à cette occasion.

Avec Zach, ses peurs s'envolaient. Chaque mauvais souvenir cédait la place à un autre, plein de joie et de plaisir.

Ils émergèrent de leur refuge le lendemain, à midi. Si la jeune femme était un peu gênée, Zach affichait un sourire satisfait. Il lui proposa d'aller annoncer à M. Lambert qu'il devrait chercher une autre employée, tandis qu'il irait parler au pasteur. Mais avant tout, ils devaient faire part de la bonne nouvelle aux garçons.

Ils se précipitèrent vers eux pour les embrasser et les féliciter. Petit Loup apparut, suivi de Cuisse de bois et de nombreux autres Cheyennes. Zach ne lâcha pas Caroline une seconde.

— On va prendre le train, maintenant ? demanda Hirondelle.

— Bientôt, répondit Zach. D'abord, il faut officialiser les choses.

— Tu seras ma maman ? s'enquit Luke.

Caroline se pencha vers lui.

— Je sais que je ne remplacerai jamais ta vraie maman, mais je ferai de mon mieux.

— Déjà, je t'aime, assura-t-il en l'étreignant.

— Je t'aime aussi, dit-elle, les larmes aux yeux.

Elle se redressa, blottie entre Zach, Luke et Hirondelle.

— Il est bon que tu épouses cet homme, déclara Petit Loup. Oublie ton passé. Mon cœur se réjouit de te voir heureuse.

Caroline lui sourit, pleine de tendresse et de gratitude.

— Merci pour tout, Petit Loup. Tu m'as sauvé la vie et je ne l'oublierai jamais.

Il fit signe à Femme tranquille d'approcher.

— Mes épouses sont heureuses de savoir que tu vivras non loin de nous, reprit-il en prenant Femme tranquille par les épaules. Elle a des conseils à te donner sur la façon de faire plaisir à un homme.

L'Indienne allait prendre la parole, quand son mari la fit taire d'un signe.

— Plume est également très experte, mais plus calme.

Caroline rit de bon cœur. Comment faisaient-elles pour partager le même mari en bonne intelligence ? Elle-même aurait été incapable de partager Zach avec une autre.

Les trois femmes s'éloignèrent et elle put enfin s'entretenir avec ses amies en toute tranquillité.

— Merci pour ce tipi et pour votre aide, leur dit-elle en rougissant au souvenir de ce qui s'y était passé.

— Ne sois pas timide, protesta Plume en lui tapotant la main. Nous comprenons. Nous avons été jeunes mariées, nous aussi. Enfin, cela remonte à très longtemps...

— Elle oublie qu'elle est plus âgée que moi, bien qu'elle soit la seconde épouse de Petit Loup ! grommela Femme tranquille.

— Attendez ! intervint Caroline. Cette discussion risque de durer des heures et je souhaiterais retrouver mes hommes sans tarder. Je voulais vous dire que vous aviez raison. J'aurais dû vous écouter et ne pas laisser mes craintes dicter ma conduite. Comment vous remercier ?

— Dis-nous... Zach est-il... ? commença Femme tranquille.

Caroline sourit.

— Superbe, répondit-elle d'un air espiègle. Oui, il l'est.

Les deux femmes soupirèrent. Soudain, elles entendirent un air de flûte.

— Qu'est-ce que c'est ? s'enquit Caroline, ne voyant personne.

Femme tranquille écarquilla les yeux.

— Un air gai. C'est bon signe, assura-t-elle.

Ils se marièrent une semaine plus tard, lors d'une cérémonie célébrée à la fois par un pasteur et un chamane. Le marié était en noir de la tête aux pieds, et la mariée portait une robe de peau fine comme de la soie. Luke était en noir, comme son père, et Hirondelle en tenue de peau. Il arborait toutefois un chapeau de cow-boy flambant neuf, orné d'une plume.

Petit Loup remit la mariée à Zach, sous l'œil attendri de Plume et Femme tranquille.

Tous les habitants du fort étaient conviés à la fête qui suivit.

À un moment, Cuisse de bois entra dans le fort sur le cheval de Zach, criant de joie. Il descendit et tendit les rênes à Zach.

— Il est magnifique, commenta Caroline.

— Il te plaît ? demanda Zach. J'en ai beaucoup d'autres, là d'où il vient.

— Je l'espère, répliqua-t-elle en s'installant devant lui.

Ils s'éloignèrent sous les acclamations de la foule. Les garçons les suivirent un moment, puis rejoignirent Plume et Femme tranquille. Caroline était impatiente de se retrouver seule avec son mari.

— J'ai quelque chose à te montrer, dit Zach en sortant une feuille de papier de sa poche.

— Je ne peux pas lire, dans le noir, répondit-elle en fronçant les sourcils.

— Ce n'est pas un problème. Je connais le texte par cœur. C'est un télégramme de Josh : « Félicitations pour ton mariage. Stop. Je savais que tu retrouverais Luke. Stop. Sommes impatients de rencontrer Caroline le mois prochain. Stop. Avons adopté un fils et une fille. À bientôt, Josh. »

— Zach ! s'exclama Caroline. Je suis ravie pour eux. Je me sentais un peu coupable de les priver de Luke.

— Moi aussi. Luke va leur manquer, mais ils ont leurs propres enfants à élever, maintenant.

— Je suis impatiente de découvrir la maison où tu as grandi, dit-elle en se blottissant contre lui. Je crois que je suis proche du bonheur, désormais.

— Proche, seulement ? fit-il d'une voix rauque.

Elle sourit.

— Je te préviendrai quand je l'aurai vraiment atteint.

Zach lança son cheval au galop et l'attacha près du tipi, dans lequel ils n'étaient pas revenus depuis une semaine.

Leurs vêtements étaient autant d'obstacles entre eux, mais la jeune femme prit rapidement le contrôle de la situation en allongeant Zach sur le dos.

Plus tard, elle se tourna vers lui, repue.

— Ça y est, dit-elle.

— Quoi ? s'étonna-t-il, un peu inquiet.

Le cœur gonflé de joie, elle plongea dans son regard gris.

— Je connais le bonheur.

Il éclata de rire.

— Moi aussi, répondit-il en l'embrassant.

Au loin, une flûte se mit à jouer un air plein d'entrain.

AVENTURES
& PASSIONS

Retrouvez les romans de la collection en magasin :

Le 5 janvier :
Séduite par un escroc ☙ Caroline Clemmons (n° 8208)
L'ange de la vengeance ☙ Meagan McKinney (n° 3373)

Le 19 janvier :
Le cow-boy et la lady ☙ Zoe Archer (n° 8211)
Captive de ses passions ☙ Kate Lyon (n° 8233)

Découvrez les prochaines nouveautés de la collection :

Le 2 février :
Promise à un autre ☙ Sara Bennett (n° 8116)
Lady Genova veut se remarier pour que son fils ait un père. Elle part demander à lord Henry, son ami d'enfance, ce qu'il en pense. C'est alors que, piégés par un orage, ils succombent à leur désir mutuel. Malheureusement, certains sont prêts à tout pour s'approprier la fortune de la jeune veuve.

Le bijou égyptien ☙ Tammy Hilz (n° 8232)
Égypte, 1799. La bataille archéologique entre Français et Anglais est féroce pour mettre la main sur la coiffe de Ménès. Gavin, chargé de rapporter cette couronne en Angleterre, doit faire équipe avec la séduisante Mackenzie, chef de chantier aguerrie. Au cœur de tous les dangers, les passions se déchaînent…

Nouveau ! 2 rendez-vous mensuels aux alentours du 1er et du 15 de chaque mois.

Le 16 février :

Des feux sombres Brenda Joyce (n° 3371)

La jeune Jane est confiée à la tutelle du comte de Dragmore, surnommé le Seigneur des Ténèbres. Quant à lui, il n'a aucune envie de s'encombrer d'une gamine de dix-sept ans ! Mais la beauté de Jane le trouble et elle se prend à rêver d'audacieuses caresses...

Le trésor des Highlands –1, Une étourdissante épouse May McGoldrick (n° 8238)

Lorsque son défunt père est accusé de traîtrise, Catherine fuit dans les Highlands auprès du châtelain John Stewarts. Surpris dans une situation compromettante, John décide de l'épouser. Il ne se doute pas que l'éblouissante jeune femme va bouleverser son univers...

Nouveau ! 2 rendez-vous mensuels aux alentours du 1er et du 15 de chaque mois.

Si vous aimez Aventures & Passions, laissez-vous tenter par :

Passion intense

Quand l'amour vous plonge dans un monde de sensualité

Le 19 janvier :

Club fantaisie Joan Elizabeth Lloyd (n° 8212)

Jenna veut sortir de la routine, et part vivre à New York chez son amie Chloé, une fan de sexe. Très vite, Jenna se libère et les deux femmes montent une maison close de luxe où les hommes viennent vivre leurs fantasmes...

Nouveau ! 1 rendez-vous mensuel aux alentours du 15 de chaque mois.

Romance d'aujourd'hui

Le 19 janvier :

Promesses ~ Susan Crandall (n° 8213)

Molly, médecin à Boston, sympathise avec une jeune maman qui se sent en danger et lui confie son enfant. Le lendemain, la femme est retrouvée morte. Effrayée, Molly part avec le bébé. Elle est contactée par Dean, l'oncle de l'enfant. Ensemble, ils vont tout faire pour découvrir la vérité.

Doux amer ~ Spencer LaVyrle (n° 2942)

Depuis la mort de son mari, Maggie ne supporte plus la solitude. Son thérapeute lui conseille de renouer avec ses amis de jeunesse. Maggie appelle Éric : celui avec qui elle a tout partagé, de l'amitié à l'amour. Il semble si heureux... De quel droit lui lance-t-elle cet appel au secours après tant d'années ?

Nouveau ! 2 titres tous les deux mois aux alentours du 15.

Retrouvez également nos autres collections :

SUSPENSE

Le 5 janvier :

Marée fatale ~ Iris Johansen (n° 8210)

Melis soigne les blessures de son passé meurtri sur une île. Mais elle détient un secret que beaucoup veulent : l'emplacement d'une cité perdue. Assoiffés de fortune et de gloire, des aventuriers sont prêts à tuer pour connaître cette information. Et Melis est prête à mourir pour défendre son héritage...

Nouveau ! 1 rendez-vous mensuel aux alentours du 1er de chaque mois.

MONDES MYSTÉRIEUX

Le 5 janvier :

Morsure fatale ≈ Suzanne Sizemore (n° 8209)
Colin Foxe est un vampire. Lorsqu'il rencontre Mia Luchese, il est immédiatement attiré par la jeune femme. Issue d'une lignée de chasseurs de vampires, elle croit que tous sont mauvais. Mais le danger va rapprocher ces ennemis de toujours et les unir passionnément.

Nouveau ! 1 rendez-vous mensuel aux alentours du 1er de chaque mois.

Et toujours la reine du roman sentimental :

Barbara Cartland

Le 5 janvier :

Les deux amours de Pamela (n° 1483) *Collect'or*

Le 19 janvier :

Un nouveau bonheur (n° 4269)

Nouveau ! 2 rendez-vous mensuels aux alentours du 1er et du 15 de chaque mois.

8233

Composition Nord Compo
Achevé d'imprimer en France (Manchecourt)
par Maury-Eurolivres
le 19 décembre 2006.
Dépôt légal décembre 2006. EAN 978-2-290-35540-4

Éditions J'ai lu
87, quai Panhard-et-Levassor, 75013 Paris
Diffusion France et étranger : Flammarion